완월회맹연 2

정씨 가문의 위기

2

현대역

완월회맹연

정씨 가문의 위기

하늘이 우리 집안에 가혹한 벌을 내려 남편을 잃는 망극한 슬픔과 어진 며느리를 잃는 이치를 거스르는 슬픔을 겸한 데다 손자와 손녀를 잃어버려 생전에 찾기를 기약할 수 없다。또 큰아들을 멀리 이별하여 모자가 산 낯으로 반기지 못하게 되었구나。

완월회맹연 번역연구모임

《완월회맹연》 교주본과 현대역본을 내면서

조선시대 최장편 국문소설 《완월회맹연》

완월회맹연(玩月會盟宴, 달구경을 하면서 굳은 약속을 하는 모임 혹은 잔치). 이는 18세기 조선의 장편소설 제목이다. 달밤의 약속이라니, 낭만적이다. 무슨 이야기일까? 《완월회맹연》은 고전문학 연구자들에게는 익숙한 작품일 터인데, 일반 독서 대중들에게는 낯선 소설일 수도 있겠다.

《완월회맹연》의 교주본과 현대역본 출판을 앞두고 쓰는 서문은 각별하다. 궁금한 작품이었고 또 널리 알리고 싶은 작품이었지만 너무나도 방대한 분량에 압도되어 오늘날의 독서물로 번역할 엄두를 내기 어려운 작품이었기 때문이다. 번역을 하기 위해서는 원문 교주본이 필요하다. 제대로 된 번역을 하기 위해서는 원문에 대한 정확한 이해가 확보되어야 하는데, 이 긴 분량을 교감 작업을 하면서 주석하는 일 역시 엄두가 나지 않기는 마찬가지였다. 그런데 지금 그 1차 교주본과 현대역본의 출간을 앞두고 서문을 쓰고 있다. 1976년 창덕궁 낙선재에서 《완월회맹연》이 발견된 이후 첫 번째 교주 및 현대역 작업의 결과물이 이제 첫선을 보이는 것이다.

창덕궁 안에 있는 낙선재에 소장되어 있었던 장서각본 《완월회맹연》의 독자는 비빈과 상궁, 궁녀 등 궁중에 거처하는 여성들이었을 것이다. 조선시대에는 소설을 읽기도 했지만 남이 읽어주는 것을 듣는 방식으로 즐기기도 했다. 그렇기 때문에 '독자'라는 단어를 사용하기가 조심스러운 부분이 있는데, 180권이나 되는 작품을 듣는 방식으로 즐긴다는 것은 엄두가 나지 않을 것으로 보이기에 이 같은 국문장편소설의 경우는 독자라는 단어가 적합할 것으로 보인다.

이 최장편 국문장편소설의 작가는 안겸제의 어머니로 알려진 여성이다. 이를 뒷받침하는 것은 조재삼(1808-1866)이 쓴《송남잡지(松南雜識)》의 기록이다.

> 또 완월은 안겸제의 어머니가 지은 바로, 궁궐에 흘려 들여보내 이름과 명예를 넓히고자 했다(又玩月 安兼濟母所著 欲流入宮禁 廣聲譽也).

안겸제의 어머니가《완월》을 지었는데, 궁중에 들여보내 자기 이름이 알려지고 명예가 더해지기를 바라서 이 소설을 지었다는 내용이다. 조선시대 소설은 작가가 밝혀진 경우가 드문데, 이 장편 거질은 작가가 거론되고 창작 이유까지 언급되어 있다. 더구나 작가가 여성이라니 더더욱 눈길이 가지 않을 수 없다.《완월》은《완월회맹연》을 가리키는 것으로 보인다. 조재삼의 기록은 신뢰할 만한 근거가 있다. 조재삼 집안과 안겸제의 모친 전주 이씨는 외가이자 사돈지간으로, 조재삼의 외고조부가 안겸제 모친과 재종지간이며 조재삼의 큰며느리도 전주 이씨이다. 이런 경로로 조재삼은 집안끼리의 왕래를 통해 안겸제 모친에 대한 소식을 들었을 수 있다. 안겸제의 모친 전주 이씨는 1694년에 아버지 이언경과 어머니 안동 권씨 사이에서 태어나 20세 무렵 안개(1693-1769)와 혼인했으며, 안겸제는 그녀의 셋째 아들이다. 지금도 파주에 가면 전주 이씨가 남편인 안개와 함께 묻힌 묘소가 있다. 무덤 앞의 비석에 새겨진 비문을 보면 전주 이씨는 부덕을 갖췄으며 여사(女史)의 풍모가 있는 여성이었음을 알 수 있다. 이런 자질은 《완월회맹연》의 작가로서 잘 어울리는 요소이다. 그뿐만 아니라 안겸제 모친 전주 이씨의 친정 가문 여성들에게 소설을 즐기는 문화가 있었다는 연구 결과도 보고되어 있다. 다만 소설 분량이 너무 방대하고 후반부에 약간 결이 다른 서술들이 발견된다는 점을 염두에 두고 볼 때 《완월회맹연》을 지은 작가가 전주 이씨 한 명만이 아닐 가능성은 있다. 중국의 장편소설인 탄사소설 《재생연(再生緣)》도 공동 창작 작품으로, 원래 작가였던 진단생이 마무리를 못 하고 죽자 후에 양덕승이라는 여성이 그 뒤를 채워 결말을 맺었다.

《완월회맹연》은 180권으로 이루어진, 단일 작품으로는 가장 긴 서사 분량을 지닌 한글소설이다. 지금 우리가 보기에 180권이나 되는 소설 작품은 돌출적인 작품인 것처럼 보일 수도 있다. 그러나 17세기 중후반부터 조선에서는 국문장편소설을 창작하고 즐기는 여가 문화가 펼쳐졌을 것으로 보인다. 17세기 작품인 《소현성록》 연작이 그 효시가 되는 작품이며, 소위 삼대록계 국문장편소설로 불리는 다수의 작품이 있고, 이 같은 장편대하소설들은 18, 19세기까지 지속적으로 창작되고 독자들을 확보했다. 세책가라고 불리는 책 대여점에서도 국문장편소설은 중요한 비중을 차지했다. 이런 소설들은 가문소설이라고 불리기도 하는데, 그 까닭은 이런 소설에서는 대개 두세 가문이 등장하여 혼인 관계로 사건이 얽히고 삼대에 걸쳐 가문의 흥망성쇠를 보여주는 서사가 펼쳐지기 때문이다.

'완월회맹연'이라는 제목처럼 이 작품은 아름다운 달밤에 자식들의 혼인 약속을 정하는 것이 서사의 근간을 이룬다. 그 이야기의 세계는 우아하고 유장하고 섬세하고 구체적이며 때로는 격렬하며 역동적이고 선악의 길항이나 인간 내면의 여러 겹 층위를 다양하게 드러내어 보여주고 있다.《완월회맹연》서사 세계의 정교함과 풍부함 그리고 문제적 징후를 포착해 내는 시선은 중국의《홍루몽》에 비견할 만하다. 또《완월회맹연》의 방대한 서사는 여느 연의소설에 견주어도 못지않은 장강 같은 흐름을 보여준다. 이 작품에는 조선시대의 상층 문화가 상세하게 재현되어 있다. 배경은 중국이지만 이 작품이 다루고 있는 내용은 조선시대 상층 양반들의 이야기이자 그들의 생활문화이다. 180권에 달하는 서사 분량 속에 당대 문화의 규범과 일상의 디테일들이 풍부하고도 섬세하게 담겨 있는 것이다. 그러나 그렇다고 하여 이 작품이 상층의 인물만을 재현하는 것은 아니다.《완월회맹연》은 하층 인물들 또한 구체적으로 실감나게 재현하고 있으며 하층 인물의 경우에도 인물마다 이야기를 만들어주고 있다. 이 교주와 번역 작업을 통해《완월회맹연》의 서사 세계와 그 가치가 드러날 수 있기를 기대한다.

《완월회맹연》 교주 및 현대역 작업 과정

《완월회맹연》 교주 및 번역 작업은 이화여자대학교 고전소설 전공자들이 진행하고 있다. 박사 논문을 쓴 선배부터 석사과정 학생에 이르기까지 이화여대에서 고전소설을 전공하는 이들이 모여 매주 열너덧 명의 인원이 강독 스터디에 참여하고 있으며, 그중 국문장편소설을 번역할 역량을 갖춘 구성원들이 주축이 되어 교주 및 번역 작업을 담당하고 있다. 《완월회맹연》 강독은 2016년 무렵부터 시작하여 그 이후 매주 토요일에 각자 입력하고 주석한 원문과 번역문을 가지고 와서 안 풀리는 부분을 함께 풀어가고 있다. 이 모임에는 이미 삼대록계 국문장편소설을 번역·출판한 경험을 비롯하여 다수의 한문소설을 번역한 경험을 지닌 연구자들 여럿이 함께하고 있는데, 《완월회맹연》 번역은 기존에 했던 어떤 국문장편소설보다도 난도가 높은 것으로 보인다. 방학 동안에는 조금 더 집중적으로 작업을 해왔으며 코로나 이후로는 토요일마다 계속 줌(zoom)을 통해 같은 작업을 이어가고 있다. 혼자서는 도저히 안 풀리던 구절이 여럿이 함께 의논하면 신기하게도 풀리곤 하는 경험을 반복하고 있다. 여럿의 입이 난공불락의 글자들을 녹여 뜻을 드러내는 듯하다. 이렇듯 노력을 기울이고 있지만 그 과정에서 툭툭 오류들이 발견되고 수정될 때마다 아차 싶고 교차 검토에서도 오류가 바로잡히는 것을 보게 된다. 첫 번 시도하는 《완월회맹연》 교주 및 번역 작업에 만전을 기하고자 노력하지만 여전히 발견하지 못한 부분들이 남아 있을 수도 있다. 이어지는 또 다른 작업에서 오류가 시정되기를 바라면서 《완월회맹연》의 첫 번 교주본과 현대역본을 세상에 내보낸다.

《완월회맹연》은 180권으로 이루어진, 단일 작품으로는 가장 긴 서사 분량을 지닌 한글소설이다. 이 작품은 현재 두 개의 완질본이 있는데, 하나는 한국학중앙연구원 장서각본(180권 180책)이고 다른 하나는 서울대학교 규장각본(180권 93책)이다. 장서각본은 원래 창덕궁 낙선재에 소장되어 있었다. 이 두 이본은 책수가 다르고 필사 과정에서 약간의 차이를 보이는 부분들이 있으나 전체적인 내용과 분량은 서로 유사하다. 이 두 이본 중에는 장서각본이 전체적으로 더 보관 상태가 깨끗하며, 상대적으로 구개음화나 단모음화가 일어나지 않은 표기가 빈번하므로 필사 시기도 앞설 가능성이 높을 것으로 논의되고 있다. 그러므로《완월회맹연》의 교주 작업 역시 장서각본을 대상으로 했으며, 규장각본으로 교감 작업을 병행하여 장서각본의 원문이 불확실한 부분을 보완했다. 이같이 본격적으로 규장각본을 함께 검토하고 교열하면서 교주 및 번역 작업을 해오고 있다.

《완월회맹연》은 한글소설이지만 한자 어휘 및 용사나 전고 등의 한문 교양이 대거 사용되고 있다. 교주본 작업을 하면서 각주를 통해 용사나 전고 등의 전거를 최대한 정확하게 밝히고자 했다. 미진한 경우에는 맥락에 따라 추정을 하고 그 추정 근거를 밝히는 방식으로 작업했다. 각자 교열 및 주석 작업을 한 후에는 수차례에 걸쳐 서로의 교주본 파일을 교차 검토하면서 교주본의 완성도를 높이기 위해 노력했으며 오류가 발견되는 경우 강독 모임을 통해 그 경우의 수들을 공유하면서 각자 수정을 하여 교주 및 번역의 일관성을 유지할 수 있도록 했다.

국문장편소설에는 길이가 긴 문장들이 자주 보이는데《완월회맹연》도 한 문장의 길이가 매우 긴 경우들이 빈번하게 등장하며 그 안에서 초점화자가 바뀌는 경우들이 있기에 주술 관계나 수식 관계를 파악할 때 각별한 주의를 기울였다. 긴 문장 속에서 자칫하면 서술어의 주체를 놓치기 쉽고, 경우에 따라서는 인물들의 호칭도 헷갈릴 수 있기에 조심스럽다. 남성 인물들은 대개 성씨에 관직명을 더해 부르는데 두세 가문의 인물들이 주로 나오므로 같은 성씨가 반복되는 데다가 여러 인물들이 같은 벼슬을 할 수도 있고 같은 인물이라 해도 승진이나 부서 이동에 따른 호칭 변동이 있을 수 있다. 여성 인물의 경우에도 용례는 다르나 비슷한 어려움에 처할 경우가 생긴다. 친정의 맥락에서는 남편 성씨에 따라 부르기도 하기 때문이다. 예를 들어 서씨 성을 가진 여성이 정씨 집안으로 시집을 가면 시집 맥락에서는 계속 서부인으로 불리다가 친정의 맥락에서는 정부인으로 불리는 식이다. 더군다나 친족 관계 호칭도 상황에 따라 변할 수 있기에 인물들 간의 관계를 잘 따져가면서 확인할 필요도 있다.

《완월회맹연》 번역은 특히 이런저런 신경을 늘 쓰고 있어야 맥락이 풀리는 경우가 많다. 매주 하는 강독 모임에서 발견하는 즐거움이 있다면 그것은 이런 문제 해결에서 온다. 혼자서는 맥락이 잘 안 잡히던 부분이 여럿의 공동 고민을 경유하면 툭 하고 풀리는 시원함을 경험한다. 이러니 힘들지만 우리는 서로에게 책임을 느끼며 모이는 데 열심을 낼 수밖에 없다. 《완월회맹연》 교주와 번역은 이화여대 《완월회맹연》 번역팀의 열너덧 명이 한마음으로 진행하고 있다. 이렇게 작업할 수 있음에 감사하고 또 묵묵하게 힘든 작업을 해내는 구성원들 모두에게 존경을 보낸다. 보다 구체적인 번역 원칙은 교주본의 일러두기에 적어놓았다. 현대역본을 내면서는 별도로 두 가지 일러둘 부분이 있는데, 하나는 가계도에 대한 것이고 다른 하나는 원문 세주에 관한 것이다. 가계도의 경우, 교주본에서는 아들을 먼저 적고 그 뒤에 딸을 적었는데 현대역본에서는 밝힐 수 있는 한 정리를 해서 태어난 순서대로 적는 방식을 택했다. 또 원문 세주의 경우, 교주본에서는 원문 세주 부호를 따로 두어 구별을 했고 현대역본은 가독성을 높이기 위해 현대역 본문에 원문 세주 내용을 풀어 넣거나 세주 부호를 사용해서 번역문 가운데 삽입했다.《완월회맹연》 작품 자체에 대해서는《완월회맹연》 작품 자체에 대해서는 이 팀의 공동 저서인《달밤의 약속, 완월회맹연 읽기》에 미룬다.

우리 팀은 우선 교주와 번역을 시작했는데 막상 이런 장편 거질을, 그것도 원문 입력과 주석까지 더한 학술적 성격의 초역을 출판해 줄 출판사를 만나는 것이 또 하나의 숙제였다. 이처럼 방대한 작업의 출판을 기꺼이 결정해 주신 휴머니스트 출판사에 마음 깊은 곳에서 우러나는 감사를 드린다.

이야기는 인류의 유산이자 자산이다. 지금도 새로운 이야기들이 만들어지고 있다.《완월회맹연》은 18세기 조선에서 만들어진 유례없는 장편소설이다. 이 작품이 지니는 여러 매력적인 지점들과 의미 있는 부분들로 인해《완월회맹연》에 대해서는 지속적으로 연구들이 쌓이고 있다. 이런《완월회맹연》의 첫 교주본과 현대역본을 낼 수 있게 되다니 감개가 무량하다.《완월회맹연》 교주본과 현대역본 출판은 학문적 연구의 활성화는 물론이며 다양한 문화콘텐츠의 원천으로도 충분히 활용 가능할 것이다.

조혜란 씀

차례

정잠과 정삼 집안

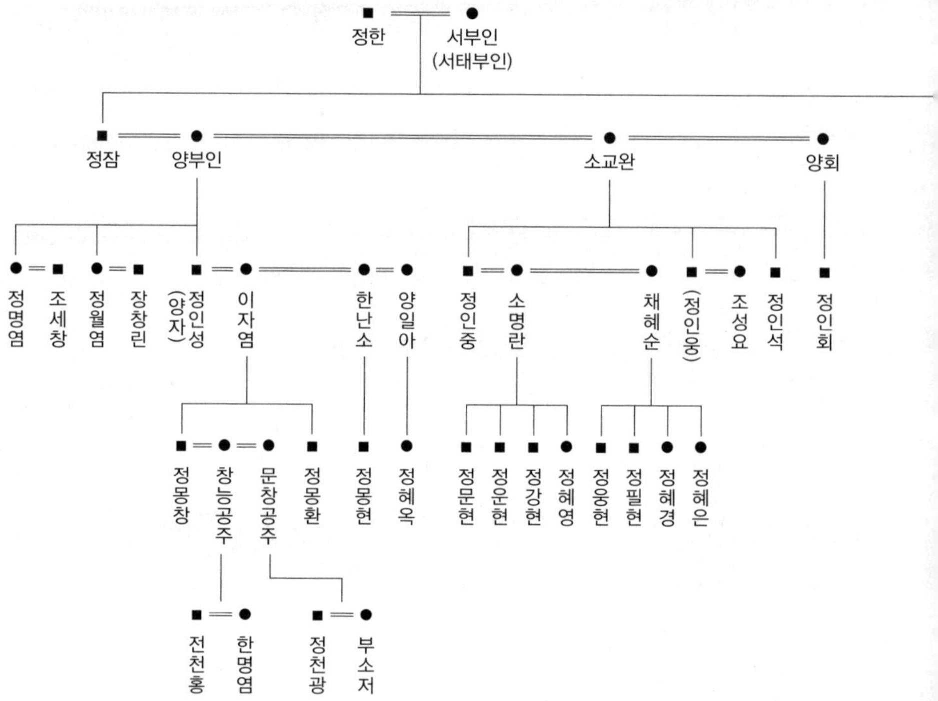
정한
서부인
(서태부인)
정잠
양부인
소교완
양회
정명염
조세창
정월염
장창린
정인성
(양자)
이자염
한난소
양일아
정인중
소명란
채혜순
(정인웅)
조성요
정인석
정인회
정몽창
창능공주
문창공주
정몽환
정몽현
정혜옥
정문현
정운현
정강현
정혜영
정웅현
정필현
정혜경
정혜은
전천홍
한명염
정천광
부소저

인물 관계도

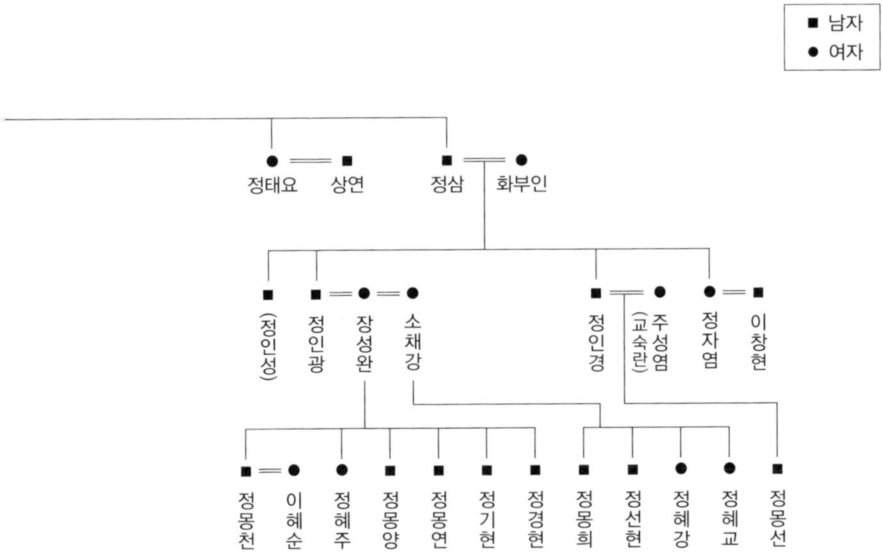

■ 남자
● 여자
정태요
상연
정삼
화부인
(정인성)
정인광
장성완
소채강
정인경
주성염
(교숙란)
정자염
이창현
정몽천
이혜순
정혜주
정몽양
정몽연
정기현
정경현
정몽희
정선현
정혜강
정혜교
정몽선

정흠과 정염 집안

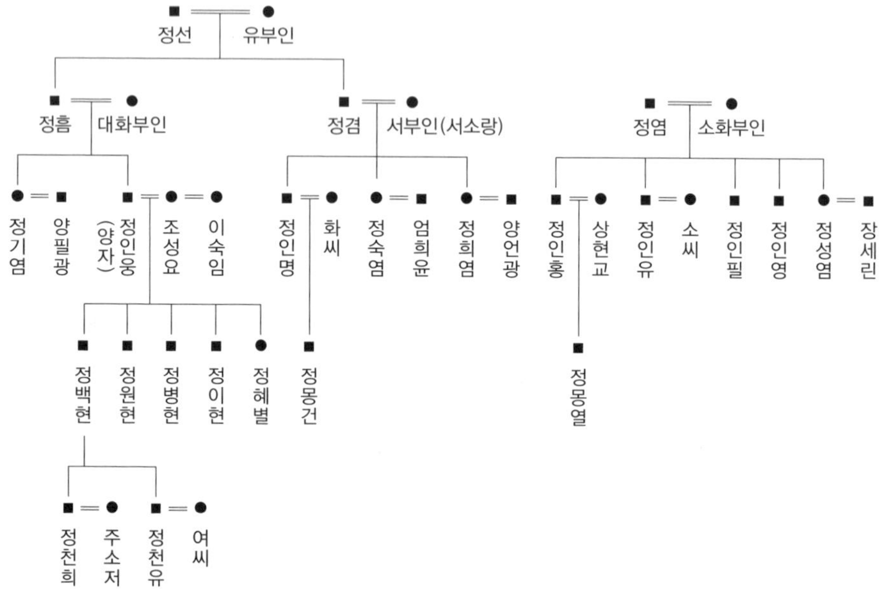

조세창 집안

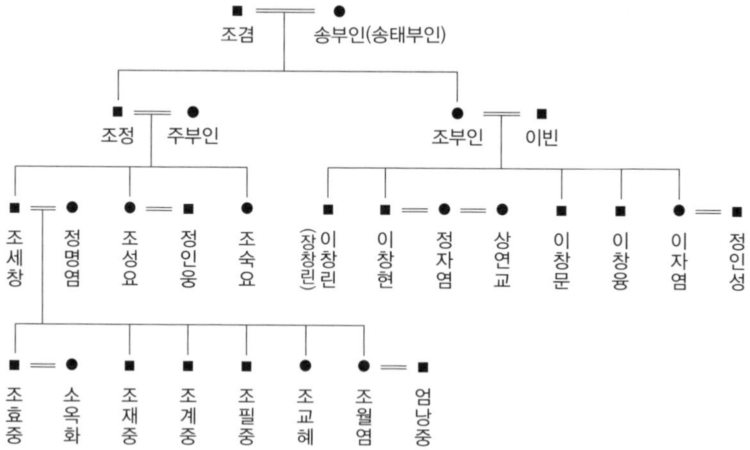

장헌 집안

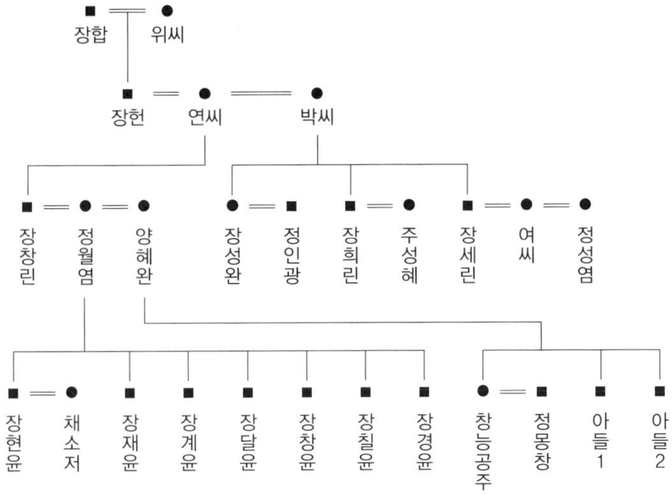
장합
위씨
장헌
연씨
박씨
장창린
정월염
양혜완
장성완
정인광
장희린
주성혜
장세린
여씨
정성염
장현윤
채소저
장재윤
장계윤
장달윤
장창윤
장칠윤
장경윤
창능공주
정몽창
아들1
아들2

소교완 집안

소희랑
주부인(주태부인)
소운
탕부인
소현
소태우
소시랑
소부인
상환
소부인
동원
소교완
정잠
소경유
단씨
소명아
상안국

상연 – 정태요 집안

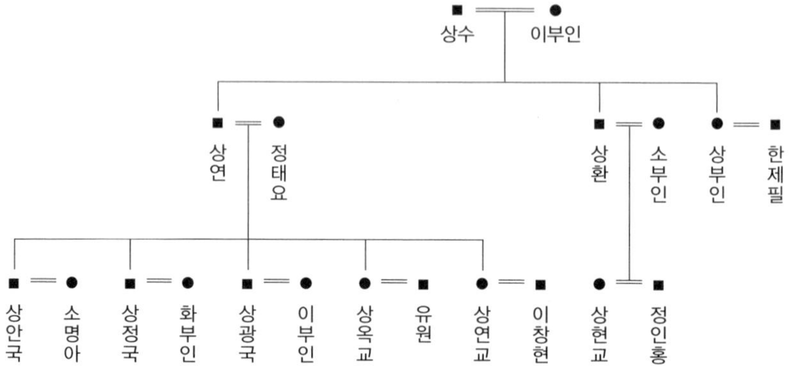

주성염(교숙란) 집안: 정인경 처가

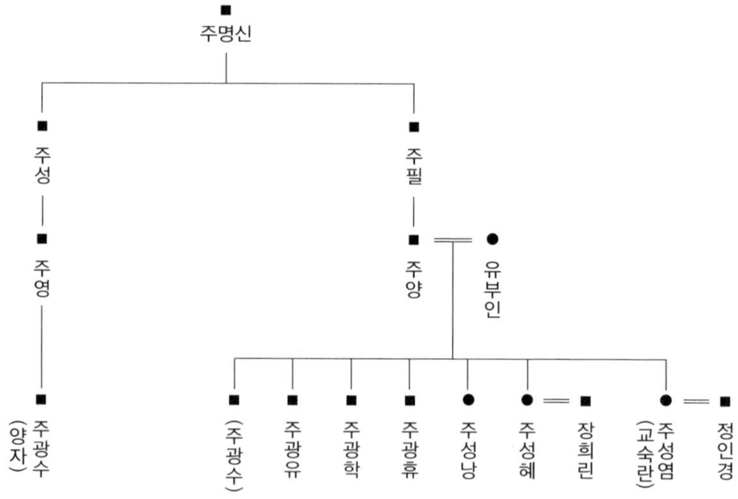

완월회맹연 권11

정씨 가족의 헤어짐

정잠은 황제를 구하러 떠나고
정삼은 가족과 함께 천태산으로 옮겨가다

정흠의 뒤를 이을 정인웅의 뛰어남

정겸이 서태부인 말씀을 듣고 불효함을 더욱 슬퍼하여 흐느껴 울며 말했다.

"못난 저희가 사나운 화와 부모님 상을 당했으나 큰어머니의 길러주신 은혜로 부모 잃은 지극한 슬픔을 알지 못하고 무사히 자랄 수 있었습니다. 그래서 큰아버지 슬하에서 한결같이 모시며 작은 정성이라도 다할까 했습니다. 그러나 저희의 남은 죄가 무거워 큰아버지를 여의었으니, 외로운 심사와 쌓이고 쌓인 지극한 슬픔이 천지가 다하도록 끝이 없습니다. 이제 큰아버지는 계시지 않으나 오직 큰어머니가 계시니, 형님과 더불어 길이 서로 의지하여 큰어머니를 받들고 형제의 차례를 잃지 않으면서 남은 세월을 보낼까 했습니다. 그런데 뜻하지 않은 죄가 이에 미쳐 형님이 후사를 남기지 못하고 목숨을 바친 충신들을 본받아 돌아가시니, 무한한 불효로 큰어머니의 참혹한 슬픔을 더하게 되었습니다. 전날 큰아버지와 큰어머니를 부모처럼 여기던 것이 또한 허사로 돌아갔습니다. 착한 사람은 복을 받는다는 말이 어그러졌으니 하늘의 이치도 믿을 게 없습니다. 그러나 돌아가신 형님의 지극한 효와 충렬은 후사를 통해 보답을 받을 것입니다. 인웅이가 이렇게 비상하고 기염이의 효성과 절개가 남의 열 아들을 부러워하지 않을 만하니, 엎드려 바라건대 큰어머니께서는 돌아가신 형님을 아예 없던 이로 여기시어 참혹하고 슬픈 일은 다시 생각지 마시고, 인웅이와 기염이로 돌아가신 형님을 대신하십시오."

서태부인이 슬피 눈물을 흘리고 탄식하며 흐느끼다가 천천히 말했다.

"네 형의 명과 복이 길지 못한 것은 네 큰아버지가 살아 계실 때도 깊이 우려하시던 바였다. 그러나 내가 간절히 믿은 것은 네 형의 순순하고 탈속한 행실과 인자하고 두터운 덕이 족히 수를 누리고 복을 받을 만할 뿐만 아니라 곧은 절개와 당당한 충렬이 일월을 꿰뚫을 만한 것이었다. 또 평소의 행실도 한 점 부끄러움이 없기에 하늘이 충신열사를 박하게 하지는 않으리라 생각했다. 조카며느리(정흠의 부인 화씨)는 조용하고 맑고 지혜로운 덕과 부지런하고 겸손한 행실로 부드럽고 편안하여, 온갖 재앙을 없앨 주나라 후비의 기풍이 있으니 길이 복을 누릴 줄로 알았지, 부모의 상과 참혹한 변고를 만날 줄은 꿈에도 생각지 못했다. 가운의 불행이 끝이 없는 까닭에 저 하늘의 살피심이 없고 귀신의 잔혹함이 미쳐 네 형이 억울하게 죽었으니, 이는 천리(天理)에 어긋나고 조카며느리의 지극한 원통함은 그 어디에도 비할 데가 없구나. 그러니 나의 마음은 말할 것도 없고 무심한 타인의 마음이라도 몹시 참혹할 것이다. 저 강보의 양사가 어찌 일찍 세상을 떠난 아버지의 후사를 반드시 빛내리라고 기대할 수 있겠느냐? 다만 기염이의 효성과 장렬함은 목란이 아버지 대신 군대에 나가고 제영이 궐에 나아가 아버지 대신 벌을 받겠다고 한 일에 부끄럽지 않다. 열 아들이 불효하면 딸 하나보다 못함을 알고 있으니, 아들이 없는 것을 원망하지 않는다. 하늘이 남은 딸 기염이에게 보답해 주어 길이 수복을 누리길 바란다. 그 빼어난 아름다움과 유달리 맑고 깨끗함을 볼 때마다 제 아비와 함께 기뻐하지 못하는 것이 뼈에 사무치게 슬퍼 날이 가고 달이 지날수록 참혹한 마음을 비할 곳이 없구나. 지금 나라의 변고가 끝이 없으니 녹을 먹는 신하가 죽기로 나라를 위하고 임금을 따르는 것이 마땅하다. 하지만 어진 조카가 변고를 당한 뒤에 또다시 재앙을 겪으니, 마음은 식은 재와 같고 모습은 마치 고목과 같다. 세상에 대한 생각이 사라진 모습을 보니 슬프고 놀라움을 이기지 못하겠구나. 그러니 스스로 세상을 버리고 몸을 숨겨 어지러운 나라에 참예하지 말고 목숨을 보전할 길을 찾거라. 또 돌아가신 시숙(정선)의 원통한 죽음과 원한을 품고 참혹하게 죽은 조카의 영령과 혼백을 위로하고 조카며느리를 도와 저 아이들을 잘 보호하거라. 그러면 기염 등이 아비가 없으나 아비가 있는 것이요 기댈 데가 없으나 기댈 데가 있는 것이니, 아비 없는 지극한 슬픔에 그나마 위로가 되지 않을까 싶다."

정겸이 슬피 탄식하고 부모의 영령과 혼백 그리고 죽은 형의 원통한 혼을 좇아 무덤에 천륜의 정을 다하려고 하니 문득 세상 생각이 사라졌다. 그러나 억지로 온화한 기운을 내어 큰어머니를 위로했다.

그리고 인웅을 안고서 얼굴을 대고 귀밑을 어루만지니, 그 생김새가 비상하고 탁월하여 볼수록 아끼고 사랑하는 마음이 일어났다. 인웅 또한 정겸의 얼굴을 만지고 풍성한 뺨을 부비며 반가운 정을 표했다. 인웅은 영리하고 총명하여 봄에 얼핏 본 것을 일일이 기억하고 정겸과 정염을 알아보았다. 그러자 양아버지(정흠)를 부르고 대화부인을 가리키며 지극한 마음을 누르지 못했다. 어린아이가 이렇게까지 하니 무겁고 굳센 마음도 움직일 정도인데, 우애가 각별한 정겸과 정염의 마음이 어떠하겠는가? 정겸은 애통하게 눈물을 흘리며 말을 이루지 못하고 정염 또한 눈물을 비같이 흘리니, 온 집안이 새삼 슬피 흐느끼며 애절함을 이기지 못했다.

인웅은 비록 강보를 면치 못한 어린아이지만 타고난 자질과 생각이 민첩하고 통달하여 역사를 통틀어 다시없는 인물이었다. 달리는 짐승 가운데 기린이요, 날짐승 가운데 봉황이요, 흙이 쌓인 구덩이 가운데 태산이요, 물이 고인 것 가운데 강과 바다 같으니, 사람들 가운데 성인이요 다시 찾기 어려운 탁월한 인물이었다. 인웅은 좌중에서 저의 양아버지를 찾고 나서, 사람들이 슬퍼하는 것을 보고는 문득 슬프고 애절한 소리로 울어댔다. 그러자 정삼이 어머니의 슬픈 마음을 더하지 않으려고 인웅을 안으며 울음을 그치게 하고 길게 탄식하며 말했다.

"죽은 형이 이 아이를 얻어 후사를 이었으니 진실로 죽어도 죽은 것이 아니구나. 비록 우리 형님(정잠)과 큰형수(소교완)가 낳은 아이지만 완전히 종형(정흠)과 형수를 위하여 났으니, 속어에 이른바 '배를 빌렸다'는 말이 이것이다. 제 비록 정신이 민첩하고 통달하나 하늘이 시키신 것이 아니면 어찌 형수와 종형을 더 따르고 찾겠는가? 이 세상에 태어나 한 가지 일도 이룬 것이 없으면 그 이름 없음은 금수와 다름이 없다. 죽은 형의 온화한 마음에 한 가지 원통함이 있었다면 아들을 낳지 못한 일이었을 것이다. 돌아가신 영혼은 충신 용방의 자리를 밟고 비간의 자취를 이어서 만고의 충성된 혼들과 벗하시고, 이미 사사로운 일을 돌아보지 않으시던 대로 흰 구름을 타고 제향에 이르렀으니 남은 한이 없을 것이다. 통달한 사람의 달관함으로 보면 오래 사는 것이나 일찍 죽는 것이 다 한가지라 하니, 우리가 오늘 서로 마주하여 비통해하는 것이 무슨 유익함이 있겠느냐? 하물며 시간이 지나면 하룻밤 꿈으로 여겨지리니, 죽어서도 앎이 있다면 천고의 즐거움이 무궁하고 앎이 없다면 밝고 고요할 것이다. 이는 한창려(한유)가 자신도 죽을 날이 머지않았으니 '슬퍼하지 않을 시간이 무궁하다'고 한 것과 같다. 수백(정겸)은 슬픔을 누르고 괴로움을 참아 하늘의 운수가 변하는 것을 보라."

정겸이 눈물을 거두고 말했다.

"형님의 말씀처럼 저도 돌아가신 형님의 후사가 뛰어남을 몹시 다행으로 여깁니다. 그러나 아이가 보통보다 월등히 뛰어나고 특별하니, 수복을 온전히 누리지 못할까 염려가 됩니다."

정삼이 말했다.

"범사에 근심하고 염려하여 또한 믿을 것이 없으니, 이 형은 주로 마음을 씻어내고 심심풀이로 시간을 보내고 있네. 인웅이의 빼어남이 중도를 넘어서 너무 뛰어나지만 왕영이나 낙빈왕의 불길함이 없으니, 수복을 못 누릴까 근심할 정도는 아니네. 춘추대의가 멀어지고 성인이 사라진 지 오래이니, 하늘이 특별히 명나라 황실을 기울게 하는 게 아니라 해도 맹자의 뒤를 이어 유학의 도를 일으킬 뛰어난 현인을 평안케 두지 않으시는 건 아닐까 하는 두려움도 있네. 하지만 지금 이런 때에 먼 훗날의 일을 근심하는 건 아니지 싶네."

정겸이 순순히 맞는 말이라 일컫고는 다시 말이 없었다. 정잠이 인웅을 내려오게 해서 무릎 아래 앉히고 정겸에게 말했다.

"내가 인성이 등을 잃고 나서 아이들의 거동에 눈을 주는 일이 없었네. 뿐만 아니라 이 두 아이가 생기지 않았더라면 내 아이를 그렇듯 바삐 잃어버리지 않았을 것이라 생각하면 원통함이 뼈에 사무쳐 미처 부자의 정도 느끼지 못한다네. 죽은 아우(정흠)가 생전에 이 아이를 지나치게 사랑하는 것을 병으로 여겼는데, 오늘에 이르러 아우가 부탁한 뜻을 이으며 온 마음이 슬픔을 이길 수 없으나 내 아이가 아니라 아비 없는 조카로 여기며 사랑하고 아낀다네. 훗날 내 뒤를 이을 인성이를 찾으면 사랑하는 마음이 많이 옮겨갈 것 같고, 그렇지 않으면 평생의 한이 맺혀 두 아이에게 부자의 정을 흡족하게 못 줄 것 같네. 인웅이는 오히려 죽은 아우의 아들이요 내 아이가 아니거니와 인중이는 더욱 상관이 없다네. 기다리지 않던 아이들이 태어나 걸음을 배우고 말까지 하는데, 내 뒤를 이를 사랑하는 아들은 지금 살았는지 죽었는지 어디에 있는지를 모르니 조문하는 사람들이 이상해하지 않겠는가?"

정겸은 슬픔이 마디마디 애를 끊는 듯했다. 비록 겉으로는 굳게 참고 있으나 만사에 뜻이 없고 오직 인웅을 죽은 형의 뒤를 이을 아들이라 여길 뿐 사랑을 깨닫지 못하고 있었고 인경 등은 미처 돌아보지 못하고 있었다. 그러다 정잠의 말을 듣고 눈을 들어 아이들을 살피니, 인경 등의 뛰어남과 빼어남은 반악의 아름다움과 송홍의 덕을 족히 겸하고 있었다. 인경은 한 해 사이에 그 뛰어난 풍채가 사람을 감동시킬 만하고 준수한 기상이 소장부의 모습을 갖추고 있었다. 몸을 굽혀 공경하는 자세로 몸을 가지런히 하고 두 손을 모은 채 호흡을 나직이 하며 말을 삼가니, 그 행실이 갖추어지고 효성이 사무쳤다. 이 어찌 어린아이 같은 미성숙함과 속인 같은 평범함과 같겠는가? 진실로 태평시대의 기린이요 학을 탄 선동이 세상에 내려온 듯했고, 왕이보가 들에서 노닐던 풍채보다 뛰어났다.

자기의 아들딸과 정염의 아들 또한 뛰어나고 빼어남이 그 사이에 더해졌고, 인중의 탁월한 기질과 빼어난 골격은 맑고도 아름다워서 곤산의 티 없는 옥을 쪼아 다듬고 바다 밑의 진주를 거둔 것 같았다. 아름다운 눈썹과 이마는 무한한 재주와 기상을 띠고 두 눈과 눈동자는 밝은 광채를 좌우에 쏘는 듯하니, 옥 같은 진승상의 얼굴 같고 멋있는 이태백의 풍채 같았다. 비록 인경의 잘생기고 부드러운 골상에는 미치지 못하고 인웅의 뛰어나고 빼어난 모습에는 미치지 못하나, 태도와 모습이며 풍채와 골격이 몹시 비범하여 세상을 벗어난 인물 같았다. 이는 모두 부모의 모습을 이어받은 것이었다. 정겸은 아들과 조카들을 함께 나오게 해서 좌우에 앉히고 손을 잡고 머리를 쓰다듬으며 사랑하고 아끼는 정을 나타냈다. 그러고는 정잠에게 말했다.

"형님의 지극한 덕으로 보면 오늘 말씀은 참으로 인정에 멀군요. 글쎄요, 그 무슨 말씀이신지요? 인성이는 수복을 타고난 아이니 잠시 잃어버렸으나 훗날 반드시 돌아올 것은 보지 않아도 알 수 있습니다.

설령 잃어버렸다 해도 두 아이의 탓이 아닌데, 부자의 사랑을 펴지 않으신다면 너무 박절하신 것 아닌가요?"

정잠이 한숨을 쉬며 말했다.

"아우는 나의 지극한 한과 슬픈 마음을 알지 못할 것이네. 인정이 박하다고 해도 이상하지 않네. 하지만 내가 이렇게 하지 않으면 원통하고 분함을 참을 수가 없을 것 같다네."

말을 마치고 분개한 듯 미간이 일그러졌다. 서태부인은 갈수록 화목함을 중요하게 여기고 있던 터라 찬찬히 탄식하며 말했다.

"인성 등을 잃고 헤어진 것은 가운의 불행과 저들의 곤액이 극심한 까닭이니 누구를 탓하고 원망할 일이 아니다. 너는 어찌 이치에 어긋난 말을 하느냐? 지금 나라의 변고로 망극한 지경이니, 사사롭고 하찮은 일을 이를 때가 아니다. 너는 쓸데없는 말을 하지 마라."

정잠이 머리 숙여 용서를 구하며 말했다.

"어머님 말씀이 마땅하시니 더욱 불충함을 깨닫게 됩니다. 다만 군자가 실제 모습을 보지 않고 그림자만 보고 의심해서 활을 쏘는 것은 각박한 일입니다. 그러니 제가 마음 가득 원통한 바를 시원하게 풀어야 여한이 없을 것 같습니다."

소교완에 대해 커져가는 의심

서태부인이 아들의 의심이 점점 깊어지는 것이 기껍지 않아 말없이 있다가 다시 정색하고 말했다.

"군자가 뜻을 세우는 것은 반드시 한결같고 광명정대하여 마음을 차분하게 하고 단정하고 조용함을 위주로 하며 모든 일에 조심스럽고 자상하여 인자하고 온화함이 마땅하다. 일이 빠르면 반드시 뉘우치게 되고 말이 빠르면 반드시 예에 어긋남이 있다. 총명한 자가 실수가 많은 것은 생각하고 헤아리지 않고 말하기 때문이고, 둔한 자가 이로움이 있는 것은 헤아려 듣기 때문이다. 이는 자연스러운 일이지. 총명한 자는 반드시 슬기롭고 둔한 자는 반드시 어리석지만 총명한 자는 소홀하기 쉽고 둔한 자는 미혹되기 쉽다. 사람이 언어로 논란할 때 어리석음을 취할지언정 총명함을 구하지 않는 것이 옳다. 진실로 총명하고 통달하여 천 리 밖의 일을 앉아서 헤아리면 아름답지만 그릇하여 약간의 총명과 민첩함으로 각박하고 소홀함에 가깝게 한다면 그것은 불행한 일이다. 진실로 실제 모습을 보지 않으면 그림자만으로 그윽한 의심을 두기 어려운데, 하물며 좋지 않은 그림자를 보지 않고도 의심한다는 것이냐? 모름지기 괴이한 뜻을 두지 마라."

정잠은 어머니가 기뻐하지 않는 것을 보고 부질없는 말을 낸 것을 뉘우치고 즉시 일어나 불민함을 사죄하고 온화한 안색과 부드러운 말로 어머니의 마음을 위로했다.

정겸과 정염은 소부인과 화부인을 청해서 서로 보려고 했다. 그러나 이때 정잠과 정삼은 비록 선친의 두 번째 제사를 지내고 상을 마쳤으나 아직 상복을 입은 사람이라 한결같이 굳게 예를 지키니, 어찌 부부가 서로 상대하며 말을 나누는 무례함이 있겠는가? 정잠이 즉시 밖으로 나가고 정겸과 정염이 두 형수를 맞아 서로 예를 마쳤다. 그러나 피차 무한한 고통으로 말에 생기가 없었다. 화부인의 성스럽고 어진 기질과 행실이며 맑은 덕과 인자하고 밝음은 다시 말할 것도 없지만, 소부인의 부드러운 언사와 똑똑한 기질은 보고 들을수록 그 어짊이 고금을 통틀어 맞설 사람이 없었다. 옥 같은 얼굴과 온화한 인품은 사람을 놀라게 하고, 갖은 아름다움은 세상에 다시없는 고운 자태를 아우르고 있었다. 정흠을 흠모하여 우러르고 돌아가신 시아버님의 삼년상을 마칠 즈음에는 슬픈 말과 애달픈 태도가 달이 시름하는 듯하고 배꽃 한 가지가 봄비를 떨치는 듯하고 붉은 매화가 섣달그믐에 내린 눈을 맞은 듯했다. 날렵한 가는 허리와 꽃 같은 얼굴에다, 초롱초롱한 눈길에는 총명함이 드러나고 기상이 상쾌하여 책략이 흘러넘쳤다. 진실로 치마 입은 진평이요 비녀 꽂은 장자방이었다.

정겸과 정염이 마음속으로 '소씨 형수는 보면 볼수록 저렇듯 비상하고 뛰어나지만 너무 능란하고 총명하구나. 형님(정잠)이 단정함과 정직함으로 단속해서 비록 본분을 넘지 않으나 화씨 형수와 비교하면 그 품성이 다름을 알겠다.'라고 생각했다. 성녀의 사덕(四德)으로는 혹시 태임과 태사의 덕을 잇지 못할 수도 있지만 그 재질과 언행은 속세의 평범한 부류가 죽었다 깨어나도 따르지 못할 바였다. 그런 까닭에 시집의 여러 사람들이 소교완의 속내를 엿보지 못하고 극악한 흉악함을 알지 못했다. 그러나 정잠의 의심은 점점 더해가고 서태부인과 정삼 부부도 거의 짐작하고 있었다.

정겸이 별당으로 물러 나와 정흠의 빈소에서 통곡하니, 정염이 정흠의 유서를 가져와 정겸에게 주며 흐느껴 울면서 말했다.

"돌아가신 형님이 너무 슬퍼하지 말라고 당부하셨으니, 아우님은 무익한 슬픔을 누르고 돌아가신 형님이 남기신 부탁을 저버리지 마시게."

정겸이 흐느끼고 통곡하며 죽은 형의 유서를 붙들고 피를 뿜으니 기운이 다시 끊어질 것 같았다. 정염과 정잠 등이 온갖 말로 위로하자 잠깐 진정하고 함께 외헌에 나와 어깨를 나란히 하고 손을 잡고 자리에 앉았다. 그러나 무릇 일마다 애통해하며 부르짖기를 더할 뿐이요 조금도 좋은 일이 없으니, 나라를 근심하는 슬픔과 임금을 사랑하는 눈물이 충신의 간장과 피를 사를 뿐이었다. 정잠이 즉시 향탁을 깨끗이 하고 돌아가신 아버지의 유서를 받들어 보니 그 유서에 이렇게 쓰여 있었다.

맏아들 잠은 작고 사사로운 정으로 불충의 죄를 더하지 말고 부모를 떠나 집을 버리고 황제를 받들어 아비의 부탁을 저버리지 말아야 할 것이다. 둘째 아들 삼은 천태산 은청동 벽한정에 일가 여러 사람들과 더불어 몸을 숨겨 세상을 버리고 달빛 아래 《황정경》을 외우며 운산의 지초를 캐면서 요란한 시절을 피하라. 그리하면 7, 8년이 지나지 않아 고생이 즐거움으로 바뀌어 모자와 형제가 한집에 편히 모일 것이다.

정잠 등이 그리워하는 마음을 이기지 못하는 가운데, 돌아가신 아버지가 만세를 헤아리고 천추를 꿰뚫어 지금의 형편과 참혹한 형상을 일일이 예지하신 것에 더욱 감동하고 슬퍼했다. 정잠이 천천히 유서를 거두어 깊이 감추고 정삼에게 말했다.

"아버님께서 천하를 다니시며 사방을 안찰하실 때에 수레를 머물지 않으신 곳이 없지만 천태산 은청동에 벽한정을 지으신 것은 내가 알지 못하는 일이다. 너는 천하를 다니며 아버님이 가신 곳은 거의 다 보았을 것이니 그곳을 알고 있느냐?"

정삼이 대답했다.

"제가 10년 전에 우연히 산수를 유람하다가 천태산 은청동에 이르러 벽한정을 보았습니다. 그러나 아버님께서 구태여 몸을 숨기고 세상을 버리는 일에 대해서는 말씀하시지 않으셨기에 정자를 지으신 까닭을 여쭙지 못했습니다. 그러나 오늘날 저희를 위해 산중에 집을 지어두신 것을 깨달으니 더욱 통절함을 이기지 못하겠습니다."

정잠이 슬피 탄식하며 말했다.

"아버님의 유서와 어머님의 말씀이 명백하시나 내가 불충하고 불효하여, 임금이 근심하는 것은 신하의 치욕이고 임금이 치욕을 당하면 신하가 죽는다는 것을 깨닫지 못했다. 이런 때를 당하여 집안의 작고 하찮은 일에 거리낄 수는 없다. 게다가 내 운수가 기구하고 박덕하여 어진 아내를 잃고 자식과 헤어졌으니 갖은 슬픔을 다 갖추었다. 그뿐만 아니라 내 명백히 알지 못하고 또한 스스로 보지 못했으나 저 소씨란 자가 뜻을 이루면 족히 한고조의 여후와 당나라의 측천무후처럼 되려고 할 것이다. 설사 뜻을 이루지 못해도 정씨 가문을 뒤엎고 후사를 멸하고자 난이나 변고를 일으키는 일에 힘쓸 것이다. 그림자를 감추며 모습을 드러내지 않고 자기 소원이 맞아 들어가는 것을 마음껏 즐기고 있을 것이다. 상중에는 자식과 조카라도 잘못을 꾸짖지 않는 게 도리여서 종들을 문초하지도 않고 모르는 척 아무 말도 하지 않았다. 하지만 길에서 도적을 만난 변고는 아무리 생각해도 나의 집안에서 시킨 것이 아니라고는 못 하겠다. 사람이 차마 이런 일을 하고 또 무엇을 행하지 못할까? 혹시라도 간사한 인물의 악랄한 손길이 뜻을 이뤄 어머님께 해를 끼칠까 하는 염려에 미치면 등골에 땀이 흘러 옷을 적시고 심장이 놀라 떨린다. 그러나 내가 믿는 바는 어머님과 화씨 제수이다. 어머님의 성덕은 사나운 금수도 부드럽게 하고 제수의 효성과 덕행은 진효부보다 뛰어날 뿐 아니라 신성한 예지에서 오는 밝고 통달한 식견을 지니셨다. 화씨 제수가 소씨의 불령한 마음을 거울같이 비출 것이니, 설사 악독한 일을 만들어 행해도 미리 막아서 나를 불효 죄인으로 만들지 않으리라 바라고 있네."

정삼이 듣고 나서 얼굴빛이 흐려지며 몹시 놀랐다. 그러나 이는 구태여 소교완을 어질다고 여기고 형의 말이 차마 있을 수 없는 일이라고 생각해서가 아니었다. 소교완의 사람됨이 온순하고 현숙하지는 않지만 청아하고 고상하여 비루하거나 교활하거나 음란하지는 않았다. 안으로 강함을 숨기고 겉으로는 부드러워 공강의 열절과 경강의 예의, 백희의 고집과 염씨의 곧음, 팔뚝을 자른 왕씨의 결단을 다 갖추고 있었다. 또 효성으로 선조를 받드는 일과 혼정신성의 예절에도 힘과 마음을 다하고 있었다. 그런데 형이 형수를 깊이 의심하고 원통해함으로써 부부 사이가 멀어지고 집안일이 어지러워질까 극도로 염려하여 황망히 머리를 저으며 말했다.

"지금 나라의 변이 망극하오니 사사로운 일을 한가롭게 의논할 바가 아닙니다. 형님께서 잘못 아시고 말씀하신 것이 있으니, 제가 비록 불민하오나 어리석은 소견을 말씀드리겠습니다. 형님께서 불행히 어진 짝을 잃으셨으나 이미 새로 만나신 배필이 자질과 성품과 행실

모든 것이 특출하십니다. 끝내 허물을 엿보는 무리가 험악하게 말을 지어내고자 해도 끝내 덕을 가릴 수 없으니 허물을 찾기 어려울 것입니다. 그런데 형님께서 어찌 존경받는 집안의 딸의 성품을 살피지 않으시고 차마 여후와 측천무후에 비하십니까? 하물며 아이들을 잃어버린 것은 길에서 도적을 만난 변고입니다. 결코 의심이 다른 데 있지 않은데도 도리어 백옥같이 흠 없는 소씨 형수께 미루고자 하시며, 차마 말할 수 없는 것으로 어머니께 불효가 될까 걱정하십니까? 소씨 형수의 전전긍긍하며 부모님을 모시는 효성과 최선을 다하는 행실이 그림 속의 떡이 되어버렸습니다. 비록 형제 사이라도 이런 말씀을 내뱉어 억측으로 사람을 조금도 용납하지 않으시면 형님 덕화에도 크게 해로울 것입니다. 뿐만 아니라 부부는 인륜대사이니 혹 과실이 있더라도 잘 인도하여 화목해야 할 것입니다. 인륜의 중대함이 있음에도 허물과 악행을 직접 보지 않고 의심하시는 것은 괴이하지 않습니까? 엎드려 바라옵건대, 해와 달이 제 갈 길을 가듯 집안을 다스리시고 교화하신 아버님과 하늘과 땅이 서로 화합하듯 온화하고 겸손하신 어머님을 이어 마음에 걸려 하거나 의심하지 마십시오."

정삼은 말을 마치고 자기도 모르게 눈물을 흘렸다. 정염과 정겸 또한 그렇지 않다고 간하니 정잠이 길게 한숨을 쉬며 말했다.

"나는 본래 못나고 어리석은 사람이다. 마음에 합당하지 않다고 여겼으나 그 간교한 꾀를 찾아내지 못한 채 그냥 삼년상을 지냈다. 아우가 이르지 않아도 갑자기 박하게 할 수 없다는 것을 왜 모르겠는가? 다만 어머니를 받들어 큰 불효를 끼치지 않는다면 원통하고 분한 마음을 잠깐 풀겠다."

정삼이 거듭 형수의 어질고 효성스러운 덕행을 갖추어 일컫고 그 뛰어남을 고했으나 정잠은 그렇게 여기지 않았다.

정씨 형제에게 육즙을 권하는 서태부인

이러저러하여 담제를 지내는 달이 되었다. 돌아가신 태부의 향탁을 받들어 제사를 모시고 통곡하니, 온 집안사람들의 슬픈 곡성이 천지를 흔들었다. 정잠 형제는 새삼 지극한 슬픔으로 꺾어지며 미어질 듯 피눈물을 쏟아 흰 이불을 적셨다. 곡성이 참혹하여 구곡간장을 태우고 당장이라도 아버지를 따라갈 듯 정신을 놓아버리니, 갑자기 숨이 멎고 인사를 알지 못했다. 그러자 좌우에서 흐느껴 울며 목놓아 통곡했다. 정염과 정겸이 붙들어 겨우 구호하고 제사를 끝낸 뒤 서태부인을 뵈니, 부인이 갑자기 눈물을 쏟고 가슴을 치면서 큰 소리로 울부짖었다.

"늙은 어미의 목숨이 모질고 구차하여 따라 죽지 못하고 살아서 오늘 망극한 가운데 절박한 근심을 끼치는구나. 큰아이에게는 사사로운 정을 차마 끊어내지 못하게 하고, 둘째에게는 노모와 함께 세상을 떠나 은신할 것을 정하지 못해 황망하고 초조한 근심을 더하게 하니, 미망인이 오래 사는 것이 어찌 한스럽지 않겠는가?"

정잠 등이 슬픈 빛을 거두고 온화한 얼굴과 부드러운 말로 어머니를 위로했다. 내일 정잠은 북쪽으로 떠나고 정삼은 사당의 신주와 어머니를 모시고 천태산 은청동 벽한정으로 은신할 것이라 고하니, 모자와 형제가 서로 이별해야 하는 슬픔이 비할 데 없었다.

하늘의 이치를 헤아리기 어렵고 시절의 흉흉함을 보니, 정잠이 노영으로 향하는 것이 문천상과 육수부처럼 충성을 다하는 것일 수는 있겠지만 능히 일신을 보호하여 반드시 고국으로 돌아올 것을 바랄 수는 없었다. 정삼이 은신할 천태산은 깊고 그윽하며 은청동도 인적이 미치지 않는 곳이지만 경태제가 끝내 찾아 해하려 한다면 또 어찌 될지 알 수 없었다. 여러 가지 위태함으로 인해 모자와 형제가 모여도 반기는 얼굴과 즐기는 말로 서로를 대하기 어려웠고, 속절없이 구곡간장이 마디마디 끊어지고 가슴이 막혀 말을 할 수가 없었다. 또 서로를 배려하고 위로하려는 마음 때문에 애달픈 말이나 슬픈 말은 되도록 하지 않았다.

그러다 정잠이 갑자기 피를 토하고 기절하여 아무것도 알아보지 못하니, 서태부인이 몹시 놀라고 당황하여 손을 잡고 얼굴을 어루만지며 어찌할 줄을 몰랐다. 정삼은 형이 피를 토하는 것을 때때로 보았으나 어머니가 모르고 있어서 조용히 돌보았는데, 오늘은 어머니 앞에서 이렇게 되니 더욱 민망히 여겨 급히 약물로 구호하고 보살폈다. 한 식경쯤 지나 정잠이 살아났으나 오히려 숨이 끊어질 듯 위태로웠다. 이에 정염이 서태부인에게 고했다.

"형이 삼년상을 지내는 동안 하루에 한 종지도 편히 넘기지 못한데다 이번에 나라의 변고를 당하여 나라와 임금을 걱정하는 마음으로 물 한 모금도 마신 적이 없습니다. 이미 삼년상을 마쳤으니 육즙으로 그 기운을 좀 보충하는 것이 좋을 것 같습니다."

서태부인이 옳게 여겨 직접 육즙을 장만해서 정잠의 입에 넣었다.

정잠이 정신없는 상태였으나 어머니가 걱정하시는 것을 두려워하여 억지로 겨우 일어나 앉으며 어머니가 갖고 계신 것이 무엇인지 물었다. 서태부인이 육즙이라고 하며 정삼에게도 함께 먹으라고 하니, 정삼이 자리를 피하며 말했다.

"저는 형처럼 기운이 근근이 이어질 정도는 아니니, 구태여 오늘 육미로 기운을 돋우지 않아도 괜찮습니다."

서태부인이 말했다.

"민자건과 복자하는 공자의 제자였는데, 부모의 삼년상이 끝나자 거문고를 튕기며 노래했다. 민자건은 절절히 슬퍼하고 복자하는 기뻐하고 즐기며 선왕의 예를 감히 끝낼 수 없다고 했는데, 공자께서는 이들을 군자라 하셨다. 그러나 자공이 육년상을 지낸 데 대해서는 '취하지 않는다'고 하셨다. 무릇 슬퍼함에는 절도가 있고 상을 지내는 데도 도가 있느니라. 너희가 이제 돌아가신 아버지의 대상을 마치고 상복을 벗으니, 새삼 지극한 슬픔이 어찌 초상 때와 다르겠느냐? 그러나 오늘 육즙을 먹는 것은 공자와 맹자께 여쭈어도 그르다 하지 않으실 것이니 모름지기 고집하지 마라. 너희가 상주의 예를 지켜 초막에서 지낼 때 슬퍼하되 목숨을 상할 정도로는 하지 않는다는 것을 깨닫지 못하고 지나치게 슬퍼했으나 늙은 어미가 이를 그치게 하지 못하고 또 육미를 권하지 못했던 것은 어미를 무식하게 여길까 봐 스스로 부끄러웠을 뿐 아니라 지극한 슬픔이 뼈에 사무쳐 부질없는 말로는 돌이킬 길이 없음을 헤아린 것이었다. 혹시라도 3년간 몸을 보전하지 못할까 초조했으나 다시 너희의 지극한 효를 생각하니 부모의 하늘 같은 큰 은혜를 갚는 것이 삼년상을 치르는 데 있음을 깨닫고 아버지의 삼년상을 무사히 마치고 노모로 하여금 자식을 잃고 곡하는 설움을 끼치지 않을 것이라 믿었다. 이제 겨우 삼년상을 마쳤으나 지금 큰아이의 위태한 모습과 슬픔으로 뼈만 남은 네 모습을 보니 오늘 내일을 못 넘길 것 같구나. 어찌 걱정하지 않을 수 있겠느냐?"

말을 마치고 통곡하며 눈물을 흘리니, 정삼이 급히 머리 숙여 못나고 어리석은 잘못을 빌었다.

정잠이 처음에는 어지러워 정신이 없어 육즙의 맛을 알지 못하다가 어머니가 이르는 말을 듣고 자기가 벌써 육미를 먹었다는 것을 알고 놀랍고 기가 막혔으나 또한 어머니가 정삼에게 이르는 말이 의리에 마땅하게 여겨졌다. 돌아가신 아버지가 모든 일을 알맞게 하시던 것을 생각하니, 비록 아버지의 낳아주신 두터운 은혜가 어머니의 길러주신 은혜보다 크지만《모시(毛詩)》에서 말하기를 '은혜는 아버지 은혜보다 큰 것이 없고, 기대는 것은 어머니에게 기대는 것보다 큰 것이 없다.' 했으니, 어머니의 정도 천지처럼 커서 하늘같이 넓고 넓은 아버지의 정에 비길 만했다. 그리고 이미 홀로 계신 어머니께 깊은 걱정을 끼치지 않겠다고 한 터라 어머니의 마음을 편케 하고자 스스로 그릇을 들어 육즙을 마시며 아우 정삼을 돌아보고 말했다.

"자식으로서 어머니의 명을 거스르지 못하니, 아우도 어머니 말씀을 받드는 것이 옳거늘 어찌 차마 못 먹는 기색이 있느냐?"

정삼이 대답했다.

"갑자기 육미를 먹는 것이 스스로 놀라워 진정하는 중입니다. 어머니께서 명하시고 형님이 말씀하시는데 어찌 받들지 않겠습니까?"

말을 마치자 정염이 그릇을 들어 먹기를 청했다.

모자의 정을 나누는 서태부인과 정잠 형제

서태부인이 소부인과 화부인을 부르려 하니 정잠이 간하여 말했다.

"피차 서로 대하면 슬픈 마음을 더할 뿐입니다. 한집에서 머무는데 어느 때든 보지 못할까 봐 구태여 오늘 서둘러 보겠습니까?"

서태부인이 탄식하며 말했다.

"네 말이 마땅하나 오늘 밤이 지나면 너는 북쪽으로 갈 것이니, 모자가 헤어지는 마음은 이를 것도 없고 소씨 며느리의 마음이 슬프지 않겠느냐?"

정잠이 대답했다.

"제가 아직 마흔이 되지 않았고 소씨 또한 젊음이 저물지 않았으니 훗날 서로 봐도 늦지 않습니다. 부디 어머니는 이런 작은 일에 마음 쓰지 마십시오. 제가 내일 북쪽으로 떠나면 언제 돌아올지 알지 못하니, 마음이 서글퍼 뭘 해야 할지 모르겠습니다. 오늘 밤엔 아우와 더불어 어머니를 모시고 자면서 어렸을 적 어머니께서 가르치고 어루만져 주시던 사랑을 다시 받고자 합니다."

서태부인이 슬프게 탄식하며 말했다.

"너희가 이제 늙은 어미와 함께 자려고 한다니, 이는 편안한 시절에는 벼슬에 나가고 어지러운 때에는 물러나 사직의 위태로움과 종사의 위급함을 돌아보지 않고 스스로 살기를 탐하고 편안하게 모자와 형제가 한집에서 웃고 즐기며 단란하게 날을 보내지 못함을 아쉬워하려는 것이냐? 네 비록 황제를 받들어 북쪽에서 돌아오지 못한다 해도 마침내 충렬을 세워 돌아가신 아버지의 충의를 지킨 큰 도를 잇는다면 이 늙은 어미가 비록 변곤의 어머니와 같은 의리를 따르지는 못하나 너를 믿고 소중히 여기기를 내 곁에 있는 것보다 더할 것이다. 하물며 너의 타고난 수복은 변곤이 진중에서 전사한 것과 다르고, 지극한 정성과 한결같은 효도는 온교가 소매를 자르고 전쟁에 나가 돌아오지 못한 것과 같지 않을 것이다. 세월은 문틈으로 흰 말이 지나가는 것을 보듯 순식간에 지나가리니 6, 7년 세월이 그 얼마나 되겠느냐? 때도 얻고 잃음이 있고 명(命)도 궁함과 통함이 있으니, 굽혔다 펴지고 갔다가 돌아오는 것은 하늘의 이치이다. 천운이 명나라 황실을 망하게 하지 않는다면 너는 황제를 받들어 반드시 고국에 돌아올 것이다. 늙은 어미는 스스로 위로하며 널리 헤아려 네가 멀리 노영에서 이 어미의 고통을 근심하게 하지 않겠다. 바라건대 너는 어렸을 적 슬하의 은혜를 잠깐 잊고 어미의 당부를 저버리지 않도록 해라."

정잠이 두 번 절하여 명을 받들고는 말했다.

"제가 비록 부족하나 어머니의 밝은 가르침을 받들어 불충한 죄인이 되지 않겠습니다. 바라건대 어머니는 복을 많이 받으시고 만수무강하옵소서."

모자와 형제가 마주하여 이렇게 사랑하는 마음을 나누는 사이에 이미 날이 저물었다. 저녁밥을 먹고 촛불을 이어가며 이야기하다가 정염과 정겸은 밤이 깊어 물러갔다. 정잠이 어머니의 이부자리를 깔고 정삼과 더불어 모시고 자니, 모자의 애틋한 마음을 이루 헤아릴 수 없었다. 새벽에 다시 촛불을 밝히고 시녀가 새벽밥을 올리니, 정잠은 어머니께 드시기를 청하고 서태부인은 자식들에게 먹기를 권했다. 상을 물린 뒤 정겸 부부와 정염 부부가 당에 모여 이별하는 회포를 나누었다. 서태부인이 다시 정잠을 돌아보며 소교완의 얼굴을 보지 않고 떠나는 것은 마땅하지 않고 인정에도 맞지 않다고 이르니, 정잠이 효를 으뜸으로 여기는 까닭에 시녀를 시켜 소부인을 모셔 오게 했다. 서태부인이 기뻐하며 소부인과 화부인을 함께 나오게 하니, 두 부인이 나와 서로 예를 갖춘 후 자리에 앉았다.

소교완의 아리땁고 가녀린 모습은 물기를 머금은 난초 같고 보배로운 구슬이 상서로운 기운을 뿜는 듯했다. 어느새 삼년상을 마치고 오늘 부부가 예전처럼 마주했으나 사정이 달라진 것을 슬퍼하여 비통한 빛이 멀리 전해지니 아름다운 모습이 더욱 남달랐다. 구슬 같은 눈물이 맺힌 채로 천천히 가는 허리를 굽혔다가 머리를 숙여 자리에 앉으니, 흰 학이 가벼이 날개를 펴고 구름 밖으로 나는 듯했다. 조식이 이른바 '학이 멀리 아득해지며 두 날개를 펴고 날아가네.'라고 한 것은 바로 이를 두고 이른 것이었다.

화부인은 친정아버지의 삼년상을 아직 마치지 못해서 흰 상복을 입었는데, 그 맑은 골격은 얼음이 얼어붙은 듯했다. 옥 같은 피부가 초췌해지고 모습이 쓸쓸하여 매화가 한겨울 눈을 띤 듯하고, 입술과 뺨에는 핏기가 없어 얼굴빛이 옥 같은 눈처럼 깨끗하여 세속을 벗어난 듯하나 몹시 위태로워 보였다. 그러나 어른 앞에서 슬픈 빛을 나타내지 않으려 애써 참으며 새벽부터 밤까지 조심하고 또 조심하느라 다른 일을 생각할 겨를이 없었다. 의양과 태주 사이가 아득히 수천 리 떨어져 있어 부모의 상을 당했어도 자식으로서 효성을 다하지 못하니, 피눈물을 뿌리고 한숨지으며 애통해하고 슬퍼함이 날로 더할 뿐이었다. 그러나 행여라도 그런 마음을 드러내지 않았으며 그 마음을 나누는 상대는 여동생인 정염의 부인 화씨뿐이었다. 서로 의지하여 슬픔을 견디며 세월을 보내는 가운데 인성 같은 뛰어난 아들을 잃고 죽었는지 살았는지 어디에 있는지 알지 못하니, 애타는 근심과 애끓는 마음을 또 어찌 참을 수 있겠는가? 화부인은 성인의 지식과 천리의 도를 꿰뚫어 아는 까닭에 인성 등이 죽는다는 생각은 아예 하지도 않았으며 반드시 돌아올 것이라고 여기며 위로했으나, 보는 일마다 굽이굽이 깃든 온갖 회포를 어디에 비하겠는가? 날로 마음을 태우고 간장이 끊어질 듯하니, 그 모습이 위태하여 서태부인이 깊이 걱정했다. 그러나 정잠과 정삼의 위태로움이 화부인보다 더해서 미처 화부인에게까지 염려가 미치지 못하다가 오늘날 그 위태로움을 보고 서태부인이 슬픔에 젖어 말했다.

"화씨 며느리가 아직 젊음이 쇠할 때가 아닌데 거듭 변고를 당해 애끓는 슬픔이 지극히 효성스러운 마음을 병들게 하니, 날로 위태로워 껍데기만 걸린 것 같구나. 내가 이를 볼 때마다 걱정이 깊고 놀라움이 더할 뿐이다. 게다가 늙은이는 쇠하지 않고 젊은이는 빨리 쇠하니, 이는 하늘의 이치를 거스르는 일이다. 내 팔자가 사나워서 먼저 어진 며느리 양씨를 잃은 터라 그윽이 두려움을 이기지 못하겠구나."

정잠이 슬픈 빛으로 화부인을 향해 손을 모으고 말했다.

"제수의 큰 효성으로 지금의 상황이 어찌 남다르지 않으시겠습니까? 그러나 어머니께서 몹시 걱정하시니, 청컨대 지극한 슬픔을 참으시어 어머니의 근심을 더하지 않게 해주시면 매우 다행이겠습니다. 아우가 본래 효성이 지극하여 저의 불초함과 같지 않고 제수의 특별한 효성이 비할 데가 없으니, 제가 말씀드리는 것이 당치 않습니다.

하지만 제가 언제 돌아올지 모르니, 어머니께서는 지극한 사랑으로 저를 생각하고 근심하심이 끝이 없겠지요. 제수가 집안의 아이들을 거느리시어 어머니의 마음을 달래고 위안하여 기쁘게 해드리기를 지극히 해주시면 저의 기쁨은 더할 나위가 없을 듯합니다."

화부인이 공손히 듣기를 마치고 일어나 절하고 사례하며 말했다.

"원컨대 시숙께서는 일월 같은 변함 없는 충성과 천지 같은 큰 덕을 다하시어 황제를 받들어 고국으로 돌아와 황실을 보좌하시고, 공을 세워 군대를 이끌고 오셔서 어머님을 길이 위로하시기 바랍니다. 하찮은 이 몸을 염려해 주시니, 비록 감격하오나 또한 그럴 겨를도 없습니다. 제가 부모님을 영원히 이별했으나 모질고도 못나서 조아의 효를 본받지 못합니다. 하지만 시아버님의 은택이 뼈에 사무치고 온몸에 넘쳐 태산북두와 같이 우러르고 존경하고 있습니다. 천성이 어리석으나 어머님을 모시고 위안하며 기쁘게 해드리는 일에 시숙의 가르침을 삼가 어기지 않겠습니다."

정잠이 또한 절하며 고마워했다.

북쪽으로 떠나는 정잠

날이 이미 밝았으나 정잠은 차마 떠나지 못하고 어머니의 손을 붙들고 무릎 앞에 꿇어앉아 길이 평안하시기를 기원했다. 슬픔에 젖고 마음이 애달파 온화한 얼굴빛을 할 수가 없으니, 서태부인이 어찌 마음이 무너지고 간담이 찢어지지 않을 수 있겠는가? 그러나 아들의 슬픈 마음을 더하지 않으려고 태연히 수레를 재촉하며 말했다.

"이별의 정을 말하자면 날이 가고 밤이 다해도 그치지 못할 것이니, 모름지기 네가 먼저 가거라. 이 늙은 어미는 너를 보낸 뒤에 삼이 등과 함께 천태산으로 가겠다."

정잠이 할 수 없이 일어나 하직하니, 슬픈 눈물이 멈추지 않고 흘러 옷깃을 적셨다. 온 자리에 슬픈 바람이 일어나고 가는 빗발이 애달팠다. 이에 정겸의 부인과 정염의 부인에게 가서 헤어지는 정을 나누고, 대화부인(정흠의 아내)을 향해 자녀를 잘 길러 죽은 아우가 남긴 부탁을 저버리지 말고 길이 지극하게 돌보기를 청했다. 간절한 마음과 인자한 말은 어엿한 예의가 있으면서도 형제의 깊은 정이 느껴졌다. 대화부인이 은혜에 감격하여 눈물을 머금고 절하며 작별했다.

정잠은 소교완에게는 한 조각 아끼는 마음이 없어서 꿈속에서도 말을 건네고 싶은 마음이 없었다. 그러나 서태부인이 박절하다고 할 것 같아 억지로 마지못해 홀로 계신 어머니를 효로 받들고 어린 아들을 잘 돌보며 친족과 화목하여 부녀자의 도리를 어기지 말라고 대략 이야기했는데, 말투가 무뚝뚝하고 쌀쌀했다. 비록 입으로 말은 하지만 행여 눈을 들어 쳐다보지는 않았다. 소교완은 매우 총명한 인물이니 비록 눈을 들어 그 기색을 보지 않았지만 어찌 박대함을 모르겠는가? 마음속으로는 자기 신세를 한탄했으나 또한 얼굴빛에 드러내지 않았고, 오직 얼굴빛을 단정히 하고 옷깃을 여민 채 명을 들을 뿐 한마디도 응대하지 않았다. 소교완의 재주와 용모 그리고 아름다운 자질로 남편에게 사랑받지 못하는 것은 참으로 운명이 괴이한 까닭이었다.

정잠이 어머니께 두 번 절하여 작별하고 제수와도 작별 인사를 나눴다. 그러고는 문묘에 하직하는데, 조상을 그리워하는 회포로 간장이 끊어지는 듯했다. 뒤이어 정흠의 빈소에 곡을 하고 작별할 때는 슬픔을 가누지 못했다. 이제 걸음을 돌이켜 문을 나가려 할 때 아이들이 따라 나와 소매를 붙들었다. 인웅이 큰 소리로 울며 얼른 다녀오라고 하는 말을 들으니, 자연히 자기도 모르게 천륜에 대한 사랑이 일어나 인웅을 어루만지며 울음을 그치게 했다. 또 조카들을 쓰다듬으며 잘 있으라고 했으나 인중은 본 체도 하지 않으니, 인중은 민망해서 크게 울 따름이었다. 정잠이 이마를 찡그리며 말했다.

"순임금을 죽이려 한 상[1]의 후신(後身)과 위각의 넋은 이만할 때부터 시기하는 뜻이 있었으니 어찌 통한치 않겠는가?"

정삼이 슬프게 말했다.

"형님은 참으로 사랑이 박하십니다. 저 몇 살 안 된 아이를 어질지 못한 사람에 비기시고 한번도 예뻐하지 않으시니 보는 사람으로서 의아하지 않을 수 없습니다. 저 아이는 아직 세상일을 모르는데 어찌 상의 노함과 위각의 원망에 비기십니까?"

정잠이 탄식하며 말했다.

"내 어찌 자애가 박하겠는가마는 저 아이의 어질지 못한 싹은 강보에서부터 나타났으니 진실로 근심이 없지 않다."

말을 마치고 인중을 어루만지며 들어가라 하고 조상들의 옛 묘와 아버지의 묘 앞에서 피눈물을 흘리며 통곡하니, 울음소리와 눈물이

---

1 상(象): 순임금의 이복동생.

함께 나와 그칠 줄을 몰랐다. 세 아우가 붙들며 날이 늦었다고 고하니, 정잠이 다시 정흠의 묘 앞에서 곡하여 이별하고 드디어 형제가 헤어졌다. 이들이 본디 여자가 아님에도 손을 잡고 눈물을 하염없이 흘리니, 아녀자의 연연해하는 모습을 비웃을 바가 아니었다. 정삼 등 세 사람이 정잠의 소매를 잡고 얼굴을 가린 채 형제간의 이별을 슬퍼하여 눈물을 쏟으며 흐느끼느라 말을 못 하니, 이 이별은 월강의 송별과 남관의 시름 많은 이별과 다름이 없었다. 이야기가 길고 많이 남았으니 부디 다음 회를 찾아보고 기기묘묘한 곳을 놓치지 말라.

정염이 정잠의 손을 잡고 목이 메어 흐느끼며 말을 못 하다가 마음을 가라앉히고 눈물을 거두며 말했다.

"형님이 이제 가시면 황제의 수레를 붙들어 충절을 다하실 것이니, 돌아가신 태부의 일월 같은 충성을 이어 문호를 빛내시길 바랍니다. 또한 들어와서는 효도하고 나가서는 충성하는 그 이름을 천하에 가득하게 하시어 그 위세로 천하를 진압하여 큰 공과 높은 덕이 만세토록 이어지기를 기대합니다. 저 같은 사람은 백 명이 있어도 사직을 보필하지 못하고 임금을 붙들지 못합니다. 그래서 태평한 시절에는 높고 좋은 관직에 나아가 국록을 훔치고, 위태롭고 어지러울 때는 쥐처럼 자취를 감추지요. 서리 내리는 가을을 맞은 뱀이 구멍을 지키고 겨울을 맞은 버러지가 엎드려 숨듯이 머리를 내밀지 못하고 괴로이 숨을 들이쉬며 서리서리 한을 쌓고는 담대한 장부로서 화를 홀로 두려워하고 충의에서 벗어나 몸이 편하기를 탐합니다. 우러러 하늘같이 높은 인물을 뵈니 땅처럼 낮은 사람의 부끄러움이 비할 데가 없습니다. 청컨대 머나먼 험지에서 몸을 삼가고 조심하여 황제를 받들어 모시고 즐거이 돌아오시기를 바랍니다."

정잠이 그의 팔과 손을 어루만지며 말했다.

"내가 이번에 가는 것은 돌아가신 아버님이 남기신 말씀과 어머님의 가르침으로 인한 것이다. 그러나 충성이 얄팍하고 재주와 덕이 좁아서 능히 돌아가신 아버님의 충성스러운 큰 뜻을 우러르지 못한다네. 사직이 위태로운데 녹을 먹는 신하가 무사태평하게 있는 것은 진실로 살아 있어도 죽느니만 못하겠지. 만백(정흠)의 충렬은 우리처럼 구구하게 세상에 연연하는 용렬함과 비교할 수 없는 것이니, 오늘에 이르러 만백의 충렬에 더욱 감복하게 된다네. 그러나 몸을 수양하고 세상에 살면서 진평이 사직을 보호하고 적인걸이 중종을 복위한 재주와 덕을 따르지 못한다면 차라리 누사덕의 관대함을 배우고 벼슬을 사양하고 백의로 산중에 돌아가 목숨을 보전한 이필을 본받을 것이네. 은백(정염)의 충성과 신의 그리고 어짊과 재주로 한유가 〈불골표〉를 올린 것과 장구령이 〈금경록〉을 올린 것을 따라 배우지 못할 게 없지. 그러나 천하가 이미 기울어지면 받들 수 없다는 것을 분명히 알기에 세상을 떠나 몸을 숨기고 구름 낀 산에서 지초를 캐며 날마다 《황정경》을 읽으려는 것이지 않나? 이제 우겸 등이 사직을 위한다고 하면서 경태제를 세우고 국권을 잡았으나 얼마 안 되어 이사가 죽음을 앞두고 함양의 저자에서 누런 개를 생각하며 탄식했듯 후회하게 될 것이다. 훗날 천운이 길하게 되면 온 가족이 모여 옛날의 회포를 이야기하게 될 것이니, 아우는 사소한 이별을 슬퍼 말고 여백(정겸)과 더불어 은청동에 들어가 6, 7년간 무사히 지내게."

그리고 정삼에게는 혼자 계신 어머니를 위로하여 기쁘게 해드리고 맛있는 음식으로 받들며 형제의 이별을 너무 슬퍼하지 말라고 했다. 정삼도 형을 붙잡고 멀고 먼 여행길에 무사히 도착해서 황제를 옆에서 모시고 얼른 돌아오라고 천만번 당부했다. 이에 정잠이 고개를 끄덕이며 대답하고도 차마 떠나지 못했다.

산골의 해는 아득하고 변방의 바람은 차가운데 북쪽 하늘이 어두워지며 첫눈이 흩날리고 검은 구름이 일어났다. 실로 계절이 싸늘하고 경치는 쓸쓸하여 '까막까치가 남쪽으로 날아가니 수풀 우거진 곳곳에서 온갖 근심이 더하여 일어나고 겨울날이 차고 매운데 일백 굽이를 가야 한다.'라는 말은 오늘을 이르는 것이었다. 네 사람이 서로 마주하여 장부가 한숨짓는 것이 구구한 것인 줄도 모른 채 한숨짓고 흐르는 눈물은 얼굴을 덮었다. 그러나 피차에 수레를 늦출 수는 없어서 마침내 헤어졌다. 세 아우가 절하며 작별하니, 정잠이 고개를 끄덕이며 천리마를 채쳐 길에 올랐다. 정삼 등이 눈물을 비 오듯 흘리며 멀리 갈 때까지 바라보다가 날이 늦은 뒤에야 몸을 돌이켜 집으로 돌아왔다.

천태산 벽한정으로 떠나는 서태부인

이때 서태부인은 큰아들을 멀고 위험한 땅에 보내고 고향을 떠나 궁벽한 시골의 사람 없는 골짜기, 세상과 단절되어 저승을 이웃하며 인간 소식이 아득한 곳으로 향했다. 이제 정인성 등의 생사를 더욱 알 길이 없는 것이 참담하고 애통했다. 천 가지 슬픔과 만 가지 근심으로 몸속에 칼이 걸린 듯하고 애틋한 그리움으로 슬픈 눈물이 옷깃을 적시니, 여러 부인들이 정성껏 서태부인을 위로했다. 이어 세 형제가 들어와 부드러운 목소리와 즐거운 낯빛으로 위로하고 정염의 서제(庶弟)로 하여금 떠날 준비를 차리게 했다. 그리고 조상들의 위패를 모신 뒤에 서태부인이 수레에 올랐다. 이때 정삼이 서부인(정겸의 부인)을 돌아보며 말했다.

"어머님께서 수레 안에서 슬픈 심사가 더하실 테니, 누이가 한 수레에 타서 어머님을 위로하는 게 어떻겠는가?"

서부인이 웃음을 머금고 말했다.

"제가 숙모를 모시고 가는 건 오라버니가 분부하지 않아도 하겠지만 오라버니는 화부인에게 명하시는 것이 옳은데도 구태여 저를 시키시니 이는 순서가 잘못된 것 같습니다."

정삼이 말했다.

"신하가 임금을 섬기고 나라를 위할 때는 천륜의 정을 돌보지 못하듯이, 여자가 남편을 우러르고 시부모를 받들 때도 사사로운 정을 끊어 마음을 절제하고 괴로운 빛을 드러내지 않아야 하는 법이다. 작은 예를 크게 여기고 사사로운 슬픔을 먼저 살피는 사람은 어른 앞에서 삼가지 않는 것이다. 그러니 화씨에게 맡긴다면 어찌 어머니의 슬프고 걱정스러운 마음이 더하지 않겠느냐? 이런 까닭으로 누이에게 어머니를 모시고 수레에 오르기를 부탁하는 것이야."

정삼이 이 말을 한 것은 화부인의 연약한 기질과 지친 모습이 위태로워 보였기 때문이다. 그 모습을 보면 어머니의 근심이 깊어지고 아픈 마음을 달래지 못할까 봐 서부인에게 당부했던 것이다. 이에 화부인이 놀라며 부끄러워하자 정염이 미소를 지으며 말했다.

"제가 감히 형님과 형수를 평가하는 것이 당돌하지만 여자로 사는 것이 진실로 어려움을 오늘 형님이 형수 책망하시는 것을 보고 깨닫게 되는군요. 형님께 형수의 갖은 슬픔과 온갖 괴로움을 감당하게 했으면 벌써 세상을 하직하고 무덤에 들어가 계실 겁니다."

정삼이 정염을 보고 빙그레 웃으며 말했다.

"아녀자는 속마음을 다 드러내지 않으니 사람들이 다 그렇게 여기지. 부부는 고락을 함께하는 한 몸이니 잘 되든 못 되든 함께하는 법이다. 내가 못 참는 것을 제 홀로 참았단 말인가?"

정염이 말했다.

"잘 되거나 못 되거나 하나라고 하지만 형님은 장인 내외의 삼년상을 마칠 때까지 수천 리 밖에 있으면서 지극한 슬픔으로 삼지 않으셨습니다. 그러니 형수가 끝없는 슬픔으로 부모의 삼년상을 유감없이 치른 뒤에 시어머니를 효로 받들고 지극한 정성으로 위로하시는 것과 같겠습니까?"

정삼이 답하지 않고 부인들에게 가기를 재촉했다. 총명하고 능숙한 소부인, 믿음직하고 현숙한 화부인, 민첩하고 지혜로운 서부인, 탁월하고 명민한 정기염이 벌써 수레를 차려 머무는 종과 데려갈 여종을 정하고 모든 일을 정리하니, 쫓겨 다급하게 하는 것이 없이 바로 출발했다. 정삼이 어머니 행차를 호위할 네 여종 외에 부인들에게는 모두 여종 하나씩을 따르게 했다. 소교완의 유모 육난과 시녀 녹빙과 계월은 심복이고 더욱이 계월은 인중의 유모라 떨어뜨리고 갈 수가 없어서 수레를 쫓아오게 했다. 집에 머물 종들에게는 '와서 거처를 묻는 사람이 있으면 이리이리 대답하라'고 가르치니, 종들이 머리를 숙이고 어린아이가 어머니를 떠나는 것처럼 통곡했다. 정겸【의계공의 서제】이 집안의 일용할 물건들을 거두어 수레에 싣고 부인들의 수레와 가마를 호위해서 문을 나서니, 뜰의 나무들이 슬퍼하고 닭과 개가 애달파하며 하루아침에 사람이 떠나가고 인원이 적어진 것을 슬퍼했다. 좁던 집이 널찍해지니 적적하고 고요하여 썰렁하게 빈집이 되었다.

서태부인과 화부인이 수레에서 목놓아 통곡하며 규중을 벗어날 때까지 그치지 않았다. 정삼 등이 온갖 말로 달래고 위로하고 정성껏 보호하며 길을 떠난 지 여러 날에 이르렀다. 바다와 하늘이 아득하고 구름 낀 산이 푸르러 머리를 돌려 경사를 바라보고 태향을 생각하니, 흰 구름이 만여 겹으로 이승과 저승처럼 아득히 멀었다. 만 리 머나먼 길에 바람은 슬픔을 흔들고 천 리 강물의 외로운 달은 저녁 길을 인도하며 슬픔과 한을 더했다.

수십 일을 고생스럽게 가서 천태산 아래 다다르니, 천 길 골짜기마다 큰 소나무가 가득하고 붉은 바위와 푸른 절벽에 신목이 무성하며 아름다운 꽃이 숲을 이루고 있었다. 이 곧 신선의 산길이요 이사[2]가 숨을 곳임을 알 수 있었다. 산골짜기를 따라 은청동으로 접어들기 시작하니, 이때는 섣달그믐이라 변방의 차고 매운 바람이 옷소매 사이로 들어오고 서리와 눈이 펄펄 내려 뼈와 살을 뚫고 들어왔다. 길에 쌓인 눈이 엉겨 수정 발 같은 얼음이 되어 천 길 높은 골짜기를 장식

---

2 이사(李斯): 전국시대 말기의 대표적인 법가 사상가이자 정치가.

하니, 길을 가는 데 고생스러움이 더했다. 그러나 점점 깊이 들어갈수록 따뜻한 바람이 스며들어 얼어붙은 피부와 차디찬 뼈를 따뜻하게 풀어주고, 길에는 쌓인 눈이 없었으며 산빛은 오히려 봄빛을 띠고 있었다. 온 봉우리와 골짜기를 흐르는 두 줄기 물이 중간에 나뉘어 온 산을 둘러싸고 있고 아름다운 꽃과 기이한 풀과 신령한 새와 기이한 짐승들이 다투어 보이니, 보는 것마다 상서롭지 않은 것이 없고 걸음마다 특별하지 않은 곳이 없었다. 천 길이나 되는 폭포에는 은빛의 큰 물고기가 뛰놀고 있었는데, 은빛 못은 넓어 둘레가 90여 리였다. 가는 곳마다 빼어난 경치가 나타나니, 영주산 십이봉과 요지의 선경도 이보다 못할 것 같았다.

벽한정에 도착한 정삼 일행

계속 가서 벽한정에 이르니, 돌아가신 태부 정한이 친필로 석 자 크기의 비석에 '천태산 은청동 벽한정'이라는 금색 글자를 새겨놓았다. 그 아래에는 네 수의 글을 새겼는데, 의지와 취향이며 품성과 행실로 정삼 등의 장래를 일러둔 것이었다. 오늘날 여기에 모일 줄을 본 듯이 알았던 것이다. 세 공이 바삐 말에서 내려 돌아가신 태부의 필적을 대하고는 새삼 애통해했다. 그러나 방을 정하고 서태부인을 위로할 일이 바빠 서둘러 벽한정으로 들어갔다. 띳집이 시내를 마주하고 있고 대나무 사립문과 소나무 울타리가 한가함을 자랑했다. 높은 누대와 화려한 누각을 두지 않고 수놓은 창으로 꾸미지는 않았으나 정결하고 깨끗하며 몹시 기이하고 절묘했다. 집을 지키는 사람은 돌아가신 정한의 육촌 서제인 정천이었다.

정천은 고상한 품성과 탈속한 사람됨으로 백이와 숙제의 탄탄함을 우러르고 소부와 허유의 맑은 마음을 흡족히 이었으니, 서얼이라는 낮은 신분을 가진 것이 아까웠다. 정한이 생전에 마음을 주고 아끼고 사랑하여 10년 전 이곳에 정자를 짓고 정천을 이곳에 옮겨와 살게 했다. 정천이 평소 지극히 원하던 것이어서 그 아내 상씨와 더불어 산속에 집을 짓고 살면서 뒷밭에서 보리를 거두고 시냇가에 소나무를 심고 때때로 자지곡[3]을 외우곤 했다. 또 낚싯대를 맑은 시내에 드리우고 질항아리와 보잘것없는 술잔으로 술을 마시다 취흥이 기분좋게 일어나면 현에 맞춰 오래 노래를 즐겼다. 초당이 한가한 달에는 성리학을 밝히 연구하고 도학을 익혔다. 호를 '학운재' 또는 '매시옹'이라 하고 이곳에 터를 잡고 산 지 10년에 세상의 자취를 끊었다.

상씨는 정국공 상연의 서숙모로 늘 친척 소식을 몰라서 깊이 슬퍼하곤 했다. 이때 정천은 분수에 넘치지만 앞날을 예견한 소옹과 길흉을 점친 곽박의 뒤를 이어 앞일을 점쳐 알 수 있었다. 그래서 이때 정삼이 어른을 모시고 아랫사람들을 거느려 벽한정으로 돌아올 줄 미리 알고 그 아내를 시켜 좋은 술을 빚고 고기를 준비하고 늙은 닭을 찌고 작은 생선으로 회를 뜨고 과일과 야채를 갖추어 술과 밥을 잘 장만해 놓고 동구를 자주 내다보며 행차를 기다렸다. 수레가 다다르

3 자지곡(紫芝曲): 영지버섯을 캐며 부르는 노래.

자 정천이 정삼 등을 맞아 피눈물로 슬퍼하며 화란을 당한 데 대해 안부를 묻고 비루한 몸에 병이 들어 멀리 나가 맞이하지 못했다고 인사를 했는데, 말과 행동에 학문이 뛰어난 선비의 풍모가 넘쳤다. 정삼은 이전에 이곳에 와봤지만 정겸과 정염은 초면이었기 때문에 저 서얼이 이렇게 탈속하고 뛰어난 것을 오히려 의아하게 여겼다.

서태부인을 모셔 안채로 들어가니 몇 칸의 깨끗한 방은 사람이 겨우 설 수 있을 정도이고 세 칸 청사는 한 마룻바닥을 둘렀으나, 정원이 높고 툭 트여 팔방의 경치가 맑고 깨끗하며 조금의 티끌도 없었다. 이곳저곳 띠로 이은 방과 흙을 쌓아 만든 청사는 고요하고 깨끗할 뿐 아니라 정천 부부가 쓸고 닦기를 지극히 하여 문과 창에 반점 먼지도 쌓인 것이 없었다. 뒤로는 한 칸 초당이 동산을 마주하고 있었는데, 금잔디가 깔리고 아름다운 난초가 빽빽한 곳이 있었다. 이는 반드시 조상들의 신위를 봉안할 곳이라 여기고 정삼과 정겸과 정염이 나아가 조상들의 신위를 모시고 다례를 마친 뒤 별사(別舍)에 정흠의 신위를 봉안했다. 대화부인의 처소를 그 곁에 정하고 안방에 들어가 서태부인의 기운이 어떠한지를 물었다. 여러 부인들이 아이들을 거느리고 서태부인을 모시고 있었는데, 서태부인은 마주하는 일마다 슬퍼하고 계속 감회에 젖어 있었다. 정삼이 민망하고 당황하여 부드러운 얼굴과 말로 어머니의 슬픈 마음을 간절히 위로했다. 서태부인은 아들이 슬퍼하는 것을 돌아보고 억지로 기분을 돌이켰다.

상씨가 뵙고 인사드리기를 청하니 서태부인이 기뻐하며 불렀다. 상씨가 두 딸과 더불어 서태부인께 절하고 정삼·정겸·정염 세 공과 부인들과 서로 인사하는 예를 마친 뒤 멀찍이 몸을 굽혀 앉았다. 상씨는 맑은 기질과 부드러운 태도를 지녀 전혀 속된 기운이 없었고 그 두 딸도 몹시 맑고 깨끗했다. 서태부인이 그 딸들이 맑고 깨끗함을 기뻐하며 은근히 말을 꺼내기를 세 공과 부인들이 한집에 모인 것이 의외라고 일컬으며 말을 주고받았다. 상씨의 응대와 대답이 예법에 다 맞아 깊은 산골짝 촌사람의 무지하고 어리석음과는 거리가 멀었다. 이윽고 술과 밥을 올렸는데, 좋은 술과 맛있는 반찬들이 갖추어져 있었다. 또 과일과 야채는 달고 차서 맛있는 반찬에 비할 바가 아니었다. 서태부인과 아랫사람들이 야채와 과일을 맛보고 상씨의 술과 밥을 정결히 차린 솜씨와 아름다운 사람됨을 칭찬하고 천천히 상을 물렸다.

세 공이 서태부인을 모시고 밤늦도록 조용히 이야기를 나누다가 정겸과 정염은 한겨울에 말을 달려오느라 기운이 편치 못해 먼저 물러나고, 정삼은 그 자리에 있으면서 서태부인의 잠자리를 바로 하고 편히 쉬실 것을 청했다. 또 서태부인의 얼굴을 우러러 혹시라도 불편한 기색이 없는지 보고 머리를 짚어 덥고 찬 것을 살피며 손을 붙들어 맥을 짚고 환약을 맑은 물에 타 내오면서 만사를 뜬구름같이 흘어 마음에 거리끼지 마시라고 청했다. 얼굴빛이 부드럽고 효성이 말할 수 없이 지극하여 증자의 큰 효성과 노래자의 색동옷 입은 효성도 이보다 더하지 못하고, 자로가 쌀을 지고 간 효성과 황향이 추위에 이불을 데우고 더위에 부채를 부친 효성도 정삼의 효성보다 더하지 못했다. 서태부인이 이부자리에 나아가며 정삼의 손을 잡고 길게 탄식하며 말했다.

"네 어미의 부족한 덕과 천한 자질에 비하면 지난날의 부귀와 복은 넘치는 것이었다. 그럼에도 사람은 만족할 줄 모르고 오히려 자녀가 적다고 한탄하고 양가의 부모님을 일찍 이별하여 의지하고 우러를 데가 없음을 지극히 원통하게 여겼으니, 인생의 근심만 알고 즐거움을 알지 못했다. 오늘날 깊은 산골짜기 초가에 와서 지난 일을 돌이켜 보니, 내가 본래 성격이 오만하고 편협하며 스스로를 높이고 남을 해롭게 한 것을 생각하게 되는구나. 비록 맹광의 어짊을 따르지 못하나 네 아버지와 혼인한 뒤로 베와 키를 직접 잡고 바느질과 방적으로 구실을 하고 뽕을 따는 것을 맡아 하며 치마를 걷어 매고 밥을 짓고 국을 맛보며 음식 만드는 일만을 힘썼다. 외람되게 상국군 부인이요 재상의 어미라 해도 감히 손을 매어두고 맛있는 음식으로 위장을 채우며 웃고 즐기고 놀면서 날을 보내지 않고자 했다. 딸과 며느리도 나를 따라 분수를 넘지 않고 사람됨이 아름다워 현숙한 행실과 은근한 덕이 규방의 모범이 될 만했다. 내 마음속으로 생각하기를, 아들이 어질고 효성스러워 선비들에게 부끄럽지 않고, 딸이 현숙하여 어버이에게 책망이 돌아오지 않고, 며느리의 그윽한 덕성은 집안의 도를 일으킬 싹이니, 해를 이어 아름다운 아들과 딸을 낳으면 내 자녀가 적은 것을 족히 위로하고 기린 같고 봉새같이 뛰어난 자녀들이 앞에서 넘놀 것이라 여겼다. 그러나 하늘이 가혹한 벌을 내려 남편을 잃는 망극한 슬픔과 어진 며느리를 잃는 이치를 거스르는 슬픔을 겸한 데다 인성 등을 참혹하게 잃어 생전에 찾기를 기약할 수 없다. 또 큰아들을 만 리 멀리 이별하여 모자가 산 낯으로 반기지 못하게 되었고, 딸아이는 살았으나 사별한 것과 다름이 없다. 어린 명염이를 생각하면 어미를 일찍 잃고 부모를 그리워하는 슬픔이 맺혀 있는 데다 친정과 멀리 헤어져 유명을 달리한 것 같았는데, 이제 여기에 오니 저나 나나 생사를 알 길이 없구나. 난초 같은 약한 몸으로 죽은 어미를 부르짖으며 서러워하고 살아 있는 아비를 보지 못해 그리워하며 할미 얼굴을 생각하고 아우를 찾지 못할까 애통하던 중에 남편이 참혹한 형을 받고 북방 변경에 죄인으로 유배되었으니 슬픈 근심으로 간장이 끊어질 것이다. 그 비통함을 비록 잊고자 하나 잠을 자거나 밥을 대하거나 먼저 생각이 나는구나. 큰조카 흠이 어질고 효성스러워 나를 어미처럼 여겼는데, 꽃다운 나이가 저물지 않아서 원통하게 죄를 받아 죽었으니 조카며느리 화씨의 지극한 슬픔과 비할 데 없는 사정은 말할 것도 없고, 저의 옥 같은 얼굴과 뛰어난 풍채를 생각하면 문득 가슴이 막힌다. 이 늙은 어미의 회갑이 아직 멀었는데도 참혹한 화와 흉악한 변을 두루 당하여 천 가지 슬픔과 억만 가지 근심을 품게 되니, 모질고 박명한 운명이 나 같은 사람을 찾기 어려우리라. 내 이제 복이 없고 빈천한 것을 슬퍼함이 아니니다. 세 자녀 가운데 이제 앞에 있는 건 너뿐이고 사방을 돌아봐도 형제자매와 친척이 없으니, 미망인이 오히려 죽을 날이 멀어서 스스로 두려움을 이기지 못하겠구나. 너는 어미 안심시킬 일을 생각지 말고 네 몸을 보호하여 노모의 바람을 끊어지게 하지 마라."

정삼이 더욱 감회에 젖어 대답했다.

"어머니 말씀을 듣자오니 감회를 이기지 못하겠습니다. 모든 일에 다 명이 있으니 뜻을 펼 날이 아득하나 선조들의 쌓으신 음덕과 어머니의 덕성과 은택이 진실로 묻혀 사라지지는 아니할 것입니다. 형님 가신 길이 근심되오나 마침내 열렬한 충성과 큰 도로써 아버지가 하시던 일을 잊고 효도를 완전히 할 것입니다. 인성 등을 잃은 뒤로 어디로 갔는지 살았는지 죽었는지 알지 못하지만 끝내 기쁘게 돌아올 날이 있을 것입니다. 저는 이를 크게 근심하지 않습니다. 태요 누님의 소식을 모르고 조카딸 명염이의 일을 슬퍼하시나 조세창은 각별한 풍모와 절개를 가진 사람이고 명염이는 명과 복을 그릇 타고난 아이가 아니니 양씨 형수가 일찍 죽은 것과 같지 않을 것입니다. 훗날 누님과 명염이가 웃는 낯으로 영화롭게 어머니를 뵐 것이고 못난 제가 어머니를 모시니, 경강같이 의탁할 곳 없는 신세가 아니실 뿐 아니라 인경 등이 슬하에 넘놀면 적막한 근심이 없으실 것입니다. 종형(정흠)이 원통하게 죽은 것을 슬퍼하시지만 형수가 형님을 대신하여 인웅이를 얻어 후사를 의탁하고 기염이의 비상함이 다른 사람의 열 아들을 압도할 것이니, 지금의 부족함을 한스러워할 것이 없습니다. 어머니께서는 슬픔과 근심을 단호히 물리치시고, 헤어짐과 만남이 순식간이니 훗날 모두가 한집에 모여 즐길 것을 생각하십시오."

서태부인이 슬픈 마음을 누르고 말했다.

"네가 이르지 않아도 내 지나침이 없으랴마는 다만 네 마음을 잘 추스려 슬픔과 근심으로 병을 이루는 일이 없으면 큰 효도가 아니겠느냐?"

정삼이 또 대답했다.

"제가 비록 어리석으나 공연히 훗날을 생각해서 쓸데없는 염려와 지나친 근심을 두지 않습니다. 그러니 걱정하지 마십시오. 저는 다만 어머니의 얼굴이 슬픔으로 가득하고 건강이 불안하심을 뵐 때마다 마음이 초조해서 자는 것도 먹는 것도 편히 할 수가 없습니다."

모자가 이렇게 위로하다가 서태부인이 잠깐 잠이 드니, 정삼이 화부인에게 정겸의 부인 서씨와 더불어 자염 등 손녀들을 데리고 잠자리를 지키게 했다. 정삼은 밤이 다 가도록 외실에 가지 않고 창밖에서 어머니의 기운을 살피다가 닭 울음소리에 응하여 아침 인사를 했다. 서태부인은 아들이 밤새도록 쉬지 못한 것을 알지 못하다가 자염이 근심하는 얼굴을 보고서야 알아차리고는 깜짝 놀랐다. 이후로는 두 며느리와 세 조카며느리가 잠자리를 지키지 않는 날은 정삼에게 들어와서 자라고 하며 침상 아래 눕게 하니, 애틋한 자애가 강보에 싸인 아이 때와 똑같았다. 정삼 역시 어머니를 받들어 자고 먹기를 종종 했으나 하룻밤에도 네댓 번 깨어 어머니의 기운을 살폈다. 형님의 행로와 아이들을 잃어버린 마음이 예사롭지 않았으나 만사를 다 털어버리고 날마다 어머니를 받들어 음식을 올리며 공경하고 위로함을 정성스럽게 하니, 다른 마음을 둘 겨를이 없었다.

정삼은 다른 땅에 와서 해가 바뀌고 새해를 맞으니 보는 것마다 감회가 날로 더했으나 일찍이 너그럽게 참는 것을 중요하게 여긴 터라 얼굴과 말에 나타내지 않았다. 서태부인이 효자의 마음을 돌아보고 그 마음을 하나라도 위로하기 위해 마음을 크게 먹고 참고 견뎠다. 그러나 새해를 맞아 온갖 슬픔이 새롭게 느껴지는 것을 또 어디에 비기겠는가? 자연히 음식을 잘 못 먹고 잠자리가 불안하니, 정삼이 당황하여 갈수록 위로하기를 지극히 했다. 집안의 아이들을 이끌고 가서 어머니 앞에서 놀게 하고, 평소에는 유쾌한 말로 어머니의 마음이 즐겁기를 바라고, 정염과 정겸에게 장기를 두게 해서 마음이 풀어지게 했다. 집안의 부인들에게는 슬픈 말과 근심하는 말 한마디도 어머니 보시는 데서는 못 하게 했다. 밤낮으로 어머니를 곁에서 모시며 색동옷을 입고 춤추고 아이 같은 놀이를 하여 어머니의 웃는 얼굴이 환하면 마치 만금을 얻은 듯했다. 그러나 근심스러운 얼굴이 슬프면 마치 모든 것을 잃은 듯 당황하여 온갖 우스갯말과 위로의 말을 했다. 이로부터 서태부인이 슬픔을 참고 견뎠다.

화부인은 수천 리 타향에서 친정 부모의 삼년상을 마치고 정염 부인과 더불어 상복을 벗었으나 지극한 슬픔이 끝이 없고 한스러움이 날로 더함을 어디에 비기겠는가? 그윽이 마음을 끓이다 피를 토하는 병을 얻었으나 겉으로는 억지로 부드러운 기색을 지었다. 하물며 소교완 또한 부모 떠난 마음을 어찌 참을 수 있겠는가? 그러나 시어머니를 효성으로 받들고 부드러운 목소리와 즐거운 얼굴빛으로 음식을 봉양하는 지극한 정성이 진효부를 넘어설 정도였다. 동서와 시누이와도 우애가 있으니 아름다운 정과 제사를 모시는 정성은 새삼 말할 바가 아니었다. 세월이 갈수록 모든 일에 능숙하여 비교할 만한 사람이 없으니, 진실로 세속을 벗어난 뛰어난 인물이었다.

정삼은 바깥일을 정천 등에게 맡기고 정겸 등과 더불어 어머니를 모시고 닭이 울 때부터 삼경에 이르도록 즐겁게 해드리고 물러나면 긴 베개와 넓은 이불을 함께했다. 그들의 화목한 정이 동기보다 못하지 않아 잠시도 서로 떠나지 않았다. 또 그윽이 정잠의 행로를 근심하느라 산중의 빼어난 풍경을 한번 유람할 뜻도 없었다.

(책임번역 김경미)

완월회맹연 권12

몽골로 가게 된 정인성

정인성이 몽골인들에게 구조되어
몽골의 난에 참여하다

몽골인에게 구조된 정인성

앞서 정인성은 흉악한 도적의 사나운 해를 당해 몸이 천 길 강물로 떨어졌다. 정인성이 비록 날 때부터 왕이보의 신선 같은 풍모나 왕발이나 사마천 같은 문장가들보다 모습과 기질이 빼어났으나 여덟 살 어린 나이로 저 무리의 사나운 힘을 어떻게 당하겠는가? 이미 저들의 사나움을 벗어나지 못해 물에 빠지는 환란을 당했으니, 본래 바람과 구름을 부리는 용이 아니요 먼 하늘을 바람처럼 날아가는 대붕이 아닌데 어찌 위험에서 벗어나기를 바랄 수 있겠는가?

하늘이 유가의 학문을 잇기 위해 내신 성인을 헛되이 죽게 하여 공자가 이은 덕과 안빈낙도로 이어온 유가의 학문을 하루아침에 멸하려는 것이 아니므로, 강과 바다의 수신(水神)이 곁에서 보다가 당황하고 슬퍼하여 땅을 두드리니 이 소리가 하늘 문까지 닿아서 잠깐 사이에 북극까지 소란스럽게 했다. 이에 상제(上帝)가 참혹해하고 놀라시며 바삐 수신에게 명하여 도적들을 벌하게 했다. 그러나 오히려 도적 장손술과 왕술위에게 벼락을 쳐 가루로 만들지 않으신 것은 그 수명이 아직 다하지 않아서였다.

용신(龍神)이 정인성을 부서진 배의 널 위에 올리고는 널을 이끌어 물 위에 띄우고 사흘 밤낮을 화살같이 갔다. 정인성이 그래도 정신을 잃지 않고 만 리 바다 위에 한 조각 널을 의지해 가니, 비록 강물에 잠기는 화는 면했으나 어찌 살기를 바라겠는가? 그윽이 불효하게 된 것을 슬퍼하여 하늘을 우러러보고 길게 탄식하며 말했다.

"삶과 죽음이 정해져 있고 화와 복이 하늘에 달려 있으니 오는 화를 사람의 힘으로 어찌하겠는가? 오늘 나에게 닥친 봉변은 내 죄로 인한 것이다. 우리 부모는 사람을 구하여 덕을 쌓으시고 할머니는 크게 어질어 은혜를 베푸셨으니 불초한 자손에게도 반드시 음덕이 미칠 것이다. 어찌 길에서 도적을 만난 것 때문에 우리 남매를 잃고 슬퍼하시는 아픔이 있겠는가? 모르겠구나, 월염 누이와 인광이는 살아 있으며 숙부와 연교는 또 어찌 되었는고?"

이렇게 참담해하며 슬퍼할 뿐이었다. 그런데 갑자기 멀리서 큰 배 한 척이 푸른 물결 사이로 떠오는 것이 보였다. 태도와 옷차림이 중국인과 다르니, 인성은 위태로운 상황에서도 저들 무리를 만난 것을 기뻐하지 않았다. 배가 점점 가까이 오더니 문득 배 가운데에서 무수한 몽골인들이 다투어 내다보며 시끄럽게 손뼉을 치고 어지러이 말했다.

"신기롭고 기이하며 밝고 빛나도다. 황헌도 깜짝 놀라게 한 아이와 도대체 어떤 아낙네가 이런 아이를 낳았느냐고 감탄하게 했던 왕이

보도 이보다 못할 것이다. 성대한 시대와 밝은 시절을 지난 지 오래 되었는데, 기린과 봉새 같은 상서로운 인물을 우리 몽골국에 내릴 줄 어찌 알았겠는가?"

이렇게 한창 요란할 때, 널이 뱃전에 붙으며 용신이 한번 몸을 뒤채자 인성이 배 가운데로 들어갔다. 붉은 용이 고개를 숙이고 꼬리를 내리며 곧 강물 속에 몸을 감추니 간 곳을 알 수 없었다. 남쪽 강가에는 안개와 구름이 모여들어 하늘까지 잠겨 있고, 북쪽 여울에는 성난 고래가 어지러이 날뛰어 산악 같은 물결이 하늘같이 치솟았다. 바람 소리가 요란하여 큰 바다의 물결 같고 물빛이 뒤집히니 음산(陰山)의 눈 같았다. 노를 엎고 돛을 삼킬 듯하더니 인성이 배에 오르자 햇빛이 환해지면서 천지가 밝아지고 맑은 바람이 불어오면서 물결이 잦아들었다. 비단 같은 물고기가 빛나고 흰 물고기가 뛰놀고 바람 소리가 고요하고 물결이 잔잔했다.

인성이 선창에서 눈을 들어 살피니, 진실로 한 무리의 잡신이 아니면 해천 몽골 사람들임을 묻지 않아도 알 수 있었다. 한결같이 머리를 깎고 소매 좁은 옷을 입었는데, 긴 옷을 밑에 입고 짧은 옷을 위에 입고 있어 옷차림이 이상했다. 게다가 모습이 사나워 불그레한 얼굴에 눈은 횃불 같고 이마는 비어져 나왔으며 송곳니는 뻗쳐 하나하나가 험악했는데, 우두머리 두 사람은 모습과 차림새가 더욱 험악했다. 마음속으로는 불길한 생각이 그치지 않았으나 용신이 받들어 배 가운데 넣은 것은 하늘이 자기를 괴롭게 하실지언정 지금 물에 빠져 일찍 죽게 하려는 것이 아님을 깨닫고 얼굴을 바르게 하여 절은 하지 않고 다만 읍만 하고 말했다.

"감히 묻나니, 여기는 어느 곳이며 월청강이 여기서 얼마나 멉니까?"

붉은 입술을 잠깐 여니 낭랑한 소리가 맑고 시원해서 단혈의 어린 봉새가 우는 것 같았다. 가을 물 같은 풍모는 세상 티끌이 묻지 않아 흰 옥을 쪼고 다듬은 듯 맑고 빛났다. 긴 눈은 해와 달의 정기를 품었고, 푸른 눈썹은 강산의 빼어난 기운을 띠었으며, 반듯한 이마는 부귀할 상이요 두 팔은 무릎을 지날 정도로 길어 영달할 골격이었다. 아름답고 훌륭한 천품과 크고 의젓한 몸가짐이 모두 빼어나고 웅대하며 말이 없고 의젓하여 훤하고 엄숙하니, 사람이 생겨난 이후 으뜸가는 사람임을 알 수 있었다. 저 몽골 사람들이 여덟 살 어린아이인 줄 알지 못하고 다만 하늘의 신선이 내려왔는가 하면서 의아해하고 황홀해하며 그 풍채에 놀라는 눈길이 어지럽게 오갔다.

원래 이 몽골 사람들은 해천을 마주하고 북쪽 오랑캐에 가까이 있었다. 그런데 그때 마선 군대의 강함과 장수들의 용맹함이 이웃 나라에 진동하여 몽골 왕 옹막달이 마선의 위엄을 두려워하여 태부 금설노와 민부상서【민부상서는 당나라 때의 호부상서로 옹막달의 나라는 당나라 때의 작호를 썼음】 척발유로 하여금 자기 나라의 산물을 실어 특별히 예물로 삼고 마선에게 글을 쓰게 해서 형제의 나라로서 두터운 정을 맺기를 청했다. 마선이 흔쾌히 청을 받아들이고 금설노와 척발유를 잘 대접하여 돌려보냈다. 금설노와 척발유는 기분이 좋아 즐거이 부하들을 거느리고 몽골로 향해 가다가 오늘 정인성을 만난 것이었다. 금설노는 인성을 보고 몽골의 기이하고 상서로운 조짐이라 여겨 임금을 위한 마음으로 크게 기뻐했다. 척발유는 관상 보는 법이 뛰어났는데, 인성이 크게 부귀하고 출세할 관상으로 결코 평범한 사람이 아님을 알고는 공경하고 우러르는 마음이 끝이 없었다. 이에 인성의 말에 답하기를 '이곳은 북쪽의 작은 나라'라고 하고 '대국까지 만여 리나 떨어져 있고, 월청강이 있다고 들었으나 일찍이 보지는 못했다'고 하니, 인성이 이 말을 듣고 더욱 놀라고 기가 막혀 생각했다.

'내 몸이 한 조각 널 위에 실려 사흘 밤낮을 화살같이 왔으니, 이미 멀리 온 줄은 알았지만 어찌 만여 리나 와서 몽골에 떨어질 줄 알았으리오? 내가 이러한 불행을 당했으니 살아서 어머니 얼굴 뵙기를 기약할 수 없겠구나. 그러나 아직은 목숨 보전할 방도를 먼저 생각하고 모든 애를 써 고향에 돌아가기를 힘쓰면, 혹시 하늘이 막지 않으시고 신명[4]이 방해하지 않는다면 부모님을 뵙고 절할 수 있으리라. 이제 비루하게 되었다고 그저 슬퍼하기만 하면, 내 나이 겨우 일곱 살이 지나 아직 혈기가 씩씩하지 못하니 얼마 있다가 아침 이슬처럼 갑자기 사라지지 않겠는가? 만일 죽으면 부모님이 낳고 길러주신 몸을 만리타국에 던져 백골도 고국에 돌아가지 못하겠지. 그러면 연로하신 할머니와 부모님이 지극한 슬픔 가운데 다시 우리 남매를 잃은 슬픔이 눈앞에 주검을 놓은 것보다 더하시리라. 하물며 우리 어머니는 천지가 무너지는 부친상을 당하시고도 예(禮)로 대의를 지키시고 사사로운 정을 끊으셨다. 효성이 지극하시어 상례만으로는 낳고 길러주신 은혜를 다 갚지 못해 높이 우러러 제사 지내며 지극한 슬픔이

---

4 신명(神明): 하늘과 땅의 신령.

더욱 깊으실 텐데, 또 우리를 잃으신 마음이 어떠하실까? 친어머니가 열 달 동안 품어주신 수고로움과 양어머니가 3년 동안 전전긍긍하며 품어주신 은혜를 조금도 갚지 못하고 두 어머니를 여의니, 사람의 자식으로 살이 에일 듯 지극히 슬프나 나는 마음을 달래며 지내지만 어머니께서는 속으로 한없이 애만 태우시겠구나. 내 그윽이 불효를 슬퍼했는데 이제 어머니께 끝없는 슬픔을 더하시게 하는구나. 마침내 죽어 돌아가지 못하면 오랜 세월 참담해하고 슬퍼하시며 몸을 보전하지 못하실 테니, 이는 천고에 둘도 없는 불효로다. 돌아가신 어머니께서 못난 나를 넘치게 사랑하셔서 만리장성과 높은 산처럼 믿으셨으니, 영령께서 이를 아신다면 반드시 내가 살기를 바라실 것이다. 그러니 천 갈래 만 갈래 생각하다 목숨을 보전하지 못하는 것은 아녀자처럼 좀스러운 일이다. 몽골 사람을 만난 것이 불행하나 저 무리가 나를 해치지 않는다면 고국에 돌아가기를 빌어보리라.'

그러고는 바로 몽골 사람을 향해 말을 하려 하니, 금설노와 척발유가 앞으로 나와 인성의 손을 잡으며 이름을 묻고 표류해 온 까닭도 물었다. 인성이 이 무리와 이름을 주고받는 것을 괴롭게 여겼으나 마지못해 이름을 말했다. 월청강에서 도적의 변고를 만나 물에 빠졌다는 말은 하지 않고 다만 배가 부서져서 이런 낭패를 당했으니 고향집으로 돌아가게 해주면 은혜를 뼈에 새기겠다고 했다. 금설노는 임금을 위해 큰 현인을 얻은 것을 기뻐하고 척발유는 정신이 홀려 공경하는 뜻이 있으니 어찌 그냥 돌아가라고 하겠는가? 하물며 몽골이 대국에 가는 길이 3년에 한 번 있는데, 이미 작년 11월에 사신이 대국에 갔다가 올해 3월에 돌아왔고 또 국법이 몹시 엄해서 타국 사람이 표류해 와도 반드시 사신 편에 같이 보내고 아무 때나 보내지 않는다고 했다. 이제 자기 나라로 돌아가 내년 겨울을 기다리라고 하고 이어 말린 생선과 미숫가루를 주며 잠깐 목을 축이라고 했다.

인성이 몽골 사람들의 마음을 헤아리니, 내년 겨울 사신 행차에 함께 가기를 기약할 수 없었다. 또 자신이 이곳에 여러 달 머문다면 부모님 생각으로 견디기 어려울 것 같았다. 여러 가지로 마음이 심란하여 활 같은 눈썹에 근심이 사무치고 별 같은 눈빛이 흔들리며 다시 말이 없었다. 이에 척발유와 금설노 두 몽골 사람이 두 번 세 번 위로하며 말린 생선과 미숫가루를 주며 목을 축일 것을 간청했다. 인성은 이미 살기로 결단했으니 구태여 수양산에서 굶주려 죽은 백이와 숙제를 본받을 수는 없었다. 비록 몸이 여기 떨어져 몽골 사람이 먹는 것으로 배를 채울지라도 이는 불행을 만나 잠깐 타국에 부쳐 사는데 불과했다. 나라의 사신으로 황제의 명을 욕되게 하거나 맑은 절개를 굽혀 따르는 것이 아니니, 이릉이 거짓 항복한 것이나 위율이 진짜 항복한 것과도 달랐다. 또 소무가 부절을 붙들고 숫양의 젖이 나올 때를 기다리던 충절로도 오히려 양고기와 우유를 맛보고 오랑캐 여자를 아내로 삼았으니, 옛일을 두루 생각하며 오늘의 형세를 헤아려도 자신이 몽골의 음식을 먹는 것이 군자의 행실에 비추어 조금도 부끄럽지 않았다. 위험을 벗어나 고향에 돌아가지 못하고 여덟 살 어린 나이에 굶어 죽은 귀신이 되는 것이 더 불효를 저지르는 것이었다. 인성이 드디어 미숫가루를 마시고 말린 고기를 맛보니, 몽골 사람들이 그가 먹는 것을 기뻐하고 함께 자기 나라로 돌아가는 것을 몹시 좋아했다.

옹막달을 만나게 된 정인성

하루 종일 배를 타고 가 몽골국 도성에 이르니, 척발유가 정인성을 자기 집에 머물게 하고 금설노와 더불어 국왕을 뵙고 마선이 성대히 대접한 것과 따뜻이 답장한 것을 아뢰었다. 옹막달이 마선의 답장을 보고 온 얼굴에 가득 기쁨을 띠고 말했다.

"나의 웅대하고 큰 지략으로 어찌 마선을 겁내랴? 그러나 나라가 작고 군사가 약해서 저들 같은 강한 군대와 용감한 병사들이 없으니, 아직은 형제 나라로 잘 지내며 전쟁을 피하고 서서히 도모하여 형세를 굳힌 뒤에 북쪽 땅을 쳐서 마선의 눈을 뽑으리라. 그대들이 소진과 장의 같은 뛰어난 변론으로 마선을 잘 달랬도다."

금설노는 가장 높은 작위에 있어서 금구슬과 보물을 상으로 주었고, 척발유는 본직인 민부상서에 대도독을 더해 병권을 맡겼다. 두 몽골인이 임금의 은혜에 사례하고 전날 이러이러한 기이한 아이를 얻어 왔다고 아뢰니 옹막달이 웃으며 말했다.

"옛날 진나라 목공이 백리해를 얻고 효공이 상앙을 얻고 소왕이 범수를 얻어 그 말을 듣고 그 계책을 써서 나라가 부유하고 군대가 강성해져 시황에 이르러 여섯 나라를 아울렀다. 이제 두 공이 얻어 온 사람은 한낱 어린아이라 나라에 이로운 신하가 될 것을 기대할 수 없다. 또 그 본뜻이 우리나라에 오려고 한 것이 아니고 우연히 표류해 온 것이니 돌아갈 마음이 급할 것이다. 사람이 원하지 않는 것을 위엄으로 핍박하지 못하니 두 공은 깊이 생각하라."

금설노와 척발유가 절하고 하례하며 말했다.

"말씀이 마땅하시나 신등이 얻어 온 이는 비록 어린 소년이지만 성품과 기질이 천고와 만대를 통틀어도 다시없으니, 그의 나이가 약관에 이르면 큰 덕과 높은 재주가 있어 입으로 온 세상을 맑게 하고 손으로 천하를 평정할 것입니다. 깊은 헤아림과 높은 덕과 뛰어난 재주와 능력을 지녔으니, 어찌 목공이 백리해를 얻고 효공이 상앙을 얻으며 소왕이 범수를 얻은 데 비하겠습니까? 신등의 뜻은 전하께서 별관에 직접 납시어 정씨 아이를 보시고 은혜로 대접하셔서 결초보은할 마음을 가지게 하시면 정씨 아이가 돌아갈 마음을 잊고 성은을 갚느라 다른 데 마음을 두지 않을 것입니다."

옹막달이 기뻐 웃으며 말했다.

"태부의 뛰어난 식견과 척공의 사람을 알아보는 눈으로 정씨 아이가 평범한 사람이라면 이렇게까지 칭찬하고 감탄하지 않을 것이다. 과인이 별관에 가서 정씨 아이를 보고 은혜를 베풀어 머물게 하리라. 충신은 반드시 효자 집안에서 구한다 했다. 정씨 아이가 여기 머물면서 부모를 그리워하는 마음이 없다면 효성이 없는 것이니 충성도 기대할 수 없을 것이다. 또 효성과 우애가 남달라서 과인이 은혜로 대접해도 돌아갈 마음이 급하고 머물고자 하는 뜻이 없으면 위엄으로 핍박하지도 못할 것이다. 과인이 제후국의 임금으로 저 어린아이를 감복시키지 못해 떨치고 돌아가면 체면이 깎이고 사람들에게 알려지는 게 부끄러울 것이다. 과인은 '석륵(石勒)이 만약 고조를 만났으면 마땅히 천자로 섬겨 장량과 진평과 어깨를 나란히 했을 것이고, 만약 광무제를 만났으면 마땅히 중원에서 나란히 경쟁하여 누가 중원을 차지했을지 알 수 없다'고 한 것과 '조맹덕과 사마중달이 과부와 고

아를 속여 천하 얻은 것을 따르지 않겠노라' 한 것을 이전부터 마땅히 여겨왔다. 오늘날 명나라 황제는 어리석고 덕이 없어 어진 신하의 충언을 듣지 않고 왕진을 총애하여 그 다스림이 옛날 나라를 망하게 한 임금과 같다. 마선이 오래지 않아 명나라 황제를 겁박해서 노영에 가둘 것이니, 장안이 공허하고 인심이 어지러운 때를 타 군대를 정비하여 한번 침범하면 또 어찌 만리강산을 과인의 것으로 삼을 수 없겠느냐? 그러나 과인은 다만 위로 하늘을 우러러보고 아래로 인심을 살펴 모든 일에 하늘의 명을 따르고 귀신과 사람에게 부끄러움이 없게 하고자 하므로 중원을 침범할 생각을 하지 않는 것이다. 과인의 욕심 없는 마음으로 정인성이 부득이 돌아가려 하면 구태여 잡지 않고 온갖 말로 달래지도 않을 것이다. 이미 만승천자 되기를 힘써 도모하지 않는데 이윤과 여상 같은 재상이 굳이 필요하겠는가?"

금설노와 척발유가 감동하고 탄복하여 절하고 말했다.

"임금의 어진 덕이 이러하니 하늘이 어찌 북두·남산 같은 만수무강과 태평시대 같은 빛나는 일월과 상서로운 구름과 별로 갚아주지 않겠습니까? 신등은 너무 기쁘고 즐거워 어찌 감사해야 할지 모르겠습니다. 다만 '충신을 구할 때는 반드시 효자의 집안에서 구한다' 하시며 정인성이 돌아가려 하지 않으면 그 충성만 있는 것을 믿지 못한다 하셨으나 온교는 어머니의 뜻을 거스르고 나랏일에 마음을 다했으니, 효가 부족하다고 해서 충이 없다고 할 수는 없습니다. 하물며 정인성은 표류해 온 어린아이로, 임금이 넘치는 은혜로 대우하셔서 머물게 하는 것이 그에게는 과분한 복입니다. 설령 그 부모를 잊고 고향 생각을 하지 않더라도 불효가 되지 않습니다. 국가의 복과 사직의 행운을 생각하시어 부디 정씨 아이를 머물게 하는 것을 예사로 여기지 마시기 바랍니다."

옹막달이 낯빛에 자부심을 띠며 말했다.

"그대들은 과한 말로 나의 재주 없음과 부족한 덕을 더욱 부끄럽게 하지 마라. 태평시대에 해와 달이 빛나며 상서로운 별이 뜨고 상서로운 구름이 일어나는 것을 외람되게 작은 나라인 몽골에서 바라겠는가? 과인은 다만 나라가 평안하기를 원하여 곧은 충신을 구하고 간사한 이를 물리치되, 내 뒤를 이을 세자가 나보다도 못할 것 같아서 그윽이 능성군을 믿고 있다."

원래 능성군 옹탈패는 옹막달의 셋째 아들로 어진 덕과 맑은 행실을 지녀 아들 열 명 가운데 으뜸이었다. 큰아들인 오계군 옹탈불은 시기심이 많고 잔인하며 음란하고 흉악해서 옹막달의 관대한 성품과 다르므로 옹막달이 그리 좋아하지 않았다. 척발유와 금설노가 임금의 말을 듣고 후일을 근심했으나 얼굴에 나타내지 않고 다만 '별관에 나아가 정씨 아들을 보소서.' 하고 즉시 물러났다.

이때 옹막달의 큰아들 옹탈불이 병풍 뒤에 숨어 있다가 부왕의 말을 들으니, 본래 탈패를 싫어하던 중 한층 분노가 더하여 불 위에 기름을 부은 듯했다. 탈불이 이날 밤에 자객을 시켜 탈패를 찔러 죽이려 하다가 자객이 도리어 잡히니, 그 말이 자연히 전해져 옹막달의 귀에까지 들어갔다. 이때 옹막달이 별관에 가서 정씨 아들을 보려 하다가 사랑하던 아들이 독수에 해를 당할 뻔했다는 말을 듣고 경악할 뿐 아니라 형제를 죽이려 한 것이 한심하고 놀라워 하루 밤낮을 자리에 누워서 걱정하고 있었다. 금설노와 척발유가 들어와 알현하고 옹막달을 위로했는데, 척발유는 세자를 폐하는 것이 마땅하다고 하고 금설노는 내치고 아는 체를 하지 말아야 한다고 했다. 옹막달이 탄식하며 말했다.

"탈불을 세자로 삼은 것은 태비【옹막달의 어머니】의 뜻이니, 하루아침에 바꾸지 못한다. 탈패에게 대사를 맡기려 한 것은 과인의 뜻이니, 부자의 정이 어찌 다름이 있겠는가마는 차마 천승 왕위를 양광【수나라 양제의 이름】 같은 자에게 맡기면 종사를 망하게 하고 신민(臣民)의 바람을 이루지 못할 것이다. 부득이 탈패로 내 자리를 이으려 하나 그 형세가 둘이 양립할 수 없으니 탈불은 자연히 죽게 될 것이다. 이런 사정이 잔인하지 않은가?"

척발유가 엄하고 매섭게 말했다.

"법이란 사사로움이 없는 것입니다. 음란하고 어지러운 세자를 벌써 폐했어야 마땅한데, 전하는 오히려 미적거리며 결단하지 못하셨습니다. 이제 세자가 능성군을 해치려 했는데도 다스릴 생각을 하지 않으시니, 훗날 종묘를 어느 곳에 두려고 하십니까? 능성군이 너그럽고 올바르며 밝고 후덕해서 사람들에게 촉망받은 지 오래이니, 청컨대 세자로 책봉하셔서 신하들과 백성들의 바람을 저버리지 마십시오."

옹막달이 탄식하며 말했다.

"내 마음은 참담하나 그대의 말이 마땅하니 모후께 조용히 고하고 탈불을 폐하겠노라."

금설노는 훗날을 두려워하여 강경한 의견을 내지는 않았으나 척발유는 여러 번 임금에게 이를 권했다.

옹막달을 시해하는 옹탈불

이때 옹탈불이 비록 벌을 받고 있었으나 심복을 곳곳에 두어 군신 간의 문답을 낱낱이 듣고는 음흉하고 극악하게 아버지를 시해하고 스스로 왕이 될 꾀를 태연하게 행했다. 옹막달이 사랑하는 여인인 독발미인의 반찬을 주관하는 시녀 백화수는 탈불과 몰래 정을 통한 사이였다. 탈불이 독약 한 봉지를 백화수에게 보내며 이런 글을 함께 부쳤다.

'부왕이 본래 밤늦게 한 잔 술을 드시고 잠자리에 드시는데, 근래 계속해서 독발미인의 처소에 머무신다. 그곳에 술과 안주를 받들어 낼 사람은 너밖에 없다. 이 약을 술과 안주에 섞으면 크게 맛이 변치 않으니, 자연히 나의 지극한 소원을 이루고 내 뜻을 펴게 될 것이다. 내 몸이 만승지국을 움켜쥘 것이니, 어찌 녹록히 북쪽 몽골국의 천승 지위를 달게 여기겠는가? 내 이미 중원에서 천하를 놓고 다투기로 했으니 작은 절개 따위는 지키지 않을 것이다. 부왕은 녹록하고 어리석어 더불어 대사를 도모할 수 없고 밖에는 강충과 같은 무리가 장차 나를 죽이려 하니, 내 어찌 강충의 모함으로 목숨을 끊은 여태자의 죽음을 본받겠는가? 비록 효성과 우애로 따지면 죄인이 되나 훗날 후회하며 탄식하는 일이 없고자 하니, 너는 모름지기 대사에 일등 공을 세우고 이 일을 비밀로 하라.'

백화수 또한 간사하고 악랄하며 흉한 계교가 넘치는 인물로 탈불의 급한 사정을 원통해하고 있었다. 그러던 중 세상일이 이렇게 되니, 탈불이 살길은 옹막달을 죽이는 것임을 알고 마음을 다하여 때를 엿보고 있었다. 그랬더니 과연 독발미인이 왕이 깊은 근심으로 가만히 누워 있는 것을 보고는 이를 걱정하여 한밤중에 백화수를 불러 술과 안주를 갖추게 한 뒤 스스로 은술잔을 받들어 옹막달 앞에 나아가 위로하며 말했다.

"문왕은 성인이시나 큰아들 백읍고를 잃었고 공자도 큰아들 백어를 잃고 우셨으니, 성인도 자식을 잃는 고통을 면치 못하셨습니다. 이제 동궁의 불초함은 주공을 의심해서 난을 일으킨 관숙과 채숙보다 더합니다. 능성군이 설령 동궁에게 해를 입었다 해도 전하께서 아버지의 사랑으로 그 몸을 어루만지며 한번 우시고 동궁의 죄를 다스리면 능성군의 억울한 죽음을 갚아주는 것이고, 죽고 사는 데는 명이 있으니 전하께서는 너무 슬퍼하지 않으심이 옳습니다. 그런데 하물며 능성군이 예전과 같고 세자는 허물이 드러나 벌을 받고 있습니다. 전하께서 만약 능성군에게 대사를 맡기고자 하신다면 어서 세자로 책봉하시고, 동궁의 허물을 없던 일로 하려 하신다면 능성군을 편안하게 두시고 동궁을 경계하셔서 개과천선하기를 당부하시고 부자의 정을 온전히 하심이 옳습니다. 어찌하여 아녀자 같은 태도로 몸을 이토록 상하게 하신단 말입니까? 술잔을 받으시고 온갖 근심들을 물리쳐 기운을 상하게 하지 마십시오."

옹막달이 그 말을 듣고 몸을 일으켜 술잔을 기울이고 안주를 맛보고는 탄식하며 말했다.

"네 어찌 나라의 대사에 간여하여 이렇게 함부로 구느냐? 내 심신이 어지러우니 다시 이르지 마라."

이렇게 말하며 바로 거꾸러졌는데, 낯빛이 푸른 물감을 칠한 것 같았다. 독발미인이 몹시 놀라고 당황하여 급히 기운을 물으니, 옹막달이 희미하게 말을 하는데 자세하지 않고 손으로 가슴을 치며 바삐 모후를 청하고 능성군을 부르게 했다. 독발미인이 역시 가슴을 두드리며 좌우를 시켜 태비를 모셔 오게 하고 능성군을 부르게 하는데, 갑자기 탈불이 칼을 들고 재빨리 들어왔다. 얼굴에는 살기가 가득하고 사나운 거동은 승냥이나 이리보다 더했다. 독발미인은 정신이 나가 몸을 부르르 떨었으나 옹막달은 약간의 지각이 있어 침상을 두드리며 윤강(倫綱)을 멸절한 불초한 반역자라고 크게 꾸짖고는 명이 다하여 죽었다.

이에 밤기운이 음습하고 어두운 구름이 일어나며 달빛이 없어지고 갑자기 천둥과 번개가 울리더니 벼락불 한 덩이가 탈불의 뒤통수를 지나 멀리 서 있는 백화수를 가루로 만들었다. 탈불이 비록 아비를 죽인 천하의 악인이지만 눈앞에서 이런 일을 보니 놀라서 넋이 나가 땅에 넘어져 뒤엿혀진 채 어찌할 줄을 몰랐고 옆에 있던 사람들도 모두 어지러이 넘어졌다. 목발태비와 비빈들이 이른 뒤 탈불이 정신을 차리고는 오히려 계교를 잃지 말아야겠다 싶어 옹막달의 시체를 붙들고 한바탕 통곡하며 슬퍼하다가 긴 칼을 비껴 잡고 큰 소리로 외쳤다.

"불공대천의 원수를 죽여 멸하지 못하면 그 전에는 슬퍼도 슬퍼하지 못할 것이요 또 여러 공자들은 상례를 지키지 못할 것이다. 그러니 모름지기 각각 칼을 차고 들어와 내 명령을 따르라."

사람들이 곡절을 알지 못해 놀랍고 당황스러워하다가 겨우 부왕이 불의에 돌아가시게 된 까닭을 묻고는 행여 작은 움직임만 있어도 내의원의 의원들을 불러 약을 써보게 했다. 목발태비는 머리를 부딪쳐 피가 나고 가슴을 두드려 살이 미어질 정도로 슬퍼하며 따라 죽으려 했다. 탈불이 의원들을 불러 약을 쓰다가 혹시 화타나 편작 같은 자가 있어서 살아날 것을 두려워하여【가히 천 번 베고 만 번 도륙할 만하다】 이미 어쩔 수 없다고 하며, 독발미인이 모시고 있을 때 이런 변고가 생겼을 뿐 아니라 그 시녀 백화수가 이러이러한 천벌을 입었으니 순전히 독발미인이 시킨 것이라고 미루었다. 왕이 죽자 독발미인이 서둘러 그 뒤를 좇아 따라 죽으려 하다가 탈불의 이러한 흉악한 말을 들으니, 살아서는 능히 원통함과 억울함을 풀 길이 없어 차라리 죽어 넋이라도 탈불에게 보복하고자 했다. 이에 하늘을 가리켜 맹세하기를 '왕을 해하지 않았다.' 하고 스스로 목을 찔러 죽으니, 방 안에 세 주검이 가로놓여 있었다.

옹탈불이 독발미인의 죽음을 도리어 시원하게 여겼으나 모든 사람들의 의심을 없애기 위해 좌우를 호령하여 독발미인의 주검을 내어다 베라고 했다. 그리고 한편으로는 자신의 심복 신하들에게 명하여 궁궐을 호위하게 한 후 왕의 장례를 의논하여 치르게 했다. 이에 옹막달의 아들들이 다 모였으나 탈패만 홀로 오지 못했다. 탈불이 탈패를 부르러 가던 시자(侍者)를 죽이고 교지를 만들어 옹막달의 유서라 하며 보냈기 때문이다.

평소에 그릇 능성군을 사랑하여 세자로 봉하려 했으나, 다시 생각하니 장자를 폐하고 어린 아우를 세자로 세우는 것은 나라가 망하는 길이다. 아울러 능성군은 허물이 중하니, 거짓으로 자객의 해를 받을 뻔했다고 하면서 세자를 해치려는 흉한 마음을 먹었다. 그것을 알지 못했을 때는 세자를 극악하다고 여겼으나 이제 분명히 이르는 자가 있으니 세자의 억울함을 알겠다. 이에 부자의 정을 베어 내 능성군에게 죽음을 내리고 세자를 왕위에 오르게 하노라.

그러고는 원융대장을 시켜 문을 막고 능성군을 들이지 못하게 했다. 해천 몽골국이 비록 예의를 알지 못하지만 옹막달이 신하들과 백성들을 덕으로 교화하고 법으로 나라를 다스림이 다른 흉노와는 조금 달랐다. 사람들은 임금이 하룻저녁에 병도 없이 죽은 것을 망극하게 여겨 마치 부모의 상을 당한 것처럼 슬퍼했다. 게다가 능성군이 억울하게 죄인이 되고 음탕하고 포악한 세자가 왕위에 오른 것에 실망하여 민심이 흉흉했다.

군대를 일으키는 척발유

이에 척발유가 부왕을 시해한 옹탈불의 흉악한 마음을 알고 분하고 원통하여 부하 장졸과 호위장 금설구와 더불어 바로 대궐로 쳐들어가 탈불을 죽이고 능성군을 왕위에 오르게 하기로 결단했다. 태부 금설노가 이를 알고 크게 놀라 큰일을 소홀하게 하면 안 된다고 주장하니, 척발유가 스스로 결단하지 못하고 정인성을 만나 이 일을 말하고 계교를 물었다. 이에 인성이 분개하여 말했다.

"일을 급히 도모하다가 혹시 잘못되면 대역죄인의 오명을 면치 못하고 오히려 능성군의 죽음을 재촉하는 결과가 되지 않겠습니까?"

척발유가 분명히 깨달아 사례하고 돌아와서 한밤중에 능성군을 이끌고 인성이 머무는 별처에 이르러 국사의 망극함을 전하며 이렇게 말했다.

"능성군은 세자의 명을 따라 죽기를 기다리고 있다."

그러나 인성은 별다른 말이 없었다. 척발유가 눈물을 흘리며 좋은 계교를 물으니 인성이 탄식하며 말했다.

"어리고 변변찮은 사람이 만리타국에 떠돌며 능히 뜻대로 고국에 돌아가지도 못하는데 어찌 특별한 지략이 있어서 한 나라의 대사에 참예하겠습니까? 하지만 진나라 헌공의 두 아들에 비추어 의견을 말한다면, 신생은 안에 있다 죽고 중이는 밖에 있다가 나라를 되찾았습니다. 하물며 세자가 능성군과 형제의 도를 바꾸고 부자의 천륜을 끊었으니 빨리 몸을 감추어 생명을 보전하게 하십시오. 또 부왕을 시해한 것이 분명하다면 죄를 묻는 것은 뒤로 미루어도 늦지 않을 것입니다."

척발유가 마땅하다고 하고 이날 밤에 능성군에게 시골의 천한 사람 모양으로 옷을 바꿔 입고 급히 깊고 궁벽한 산골짜기에 몸을 감추게 했다.

이때 옹탈불은 아버지를 죽이고 백화수와 독발미인의 시신을 내가서 베게 했다. 백화수는 이미 뼈가 부서지고 몸이 조각난 주검이라 수고로울 것이 없었다. 그러나 독발미인의 머리를 베려 하니 무사가 칼을 움직이지 못하고 붙인 듯이 서 있었다. 이 말을 옹탈불에게 고하자 몽골 사람 중 간하는 사람이 있어서 '선왕이 총애하던 여자를 분명하지 않은 죄로 그 주검을 다시 베는 것은 불가하다'고 했다. 탈불이 짐짓 위엄을 보이기 위해 이전에 능성군과 정이 특별하던 사람들 다섯을 한칼에 베니, 둘은 옹막달의 아우요 셋은 자신의 아우들인 넷째 왕자와 일곱째 왕자와 아홉째 왕자였다. 이들의 죄가 독발미인과 같다고 하고 친히 칼을 들어 벤 뒤에 바로 독발미인의 머리를 베려 하니, 공중에서 원통한 곡소리를 내며 꾸짖는 소리가 들렸다.

"아비를 시해한 반역자 탈불아! 네가 왕위에 오를 수 있겠느냐? 백화수는 천벌을 받았지만 반역자 홀로 죽음을 면한 것은 그 명이 아직 다하지 않아서이고 국운이 이르지 않아서이다. 말 없는 하늘이 살펴보시지 않는다고 여겨 갈수록 흉측하고 극악한 일을 그치지 않는 것이냐?"

그러고는 모래와 돌을 날려 옹탈불을 마구 때렸다. 탈불은 털이 곤두서는 중에 팔이 저려 독발미인의 머리를 베지 못하고 다만 요사한 정령이라 하며 멀리 끌어 내치라 하니 그 친족들이 거두어 묻었다.

옹탈불이 궁에 돌아와 아버지를 염하고 상복을 입은 뒤에 왕위에 올랐다. 바삐 탈패를 없애려 했으나 뜻밖에 탈패가 달아나 거처를 모른다고 하니, 탈불이 분노를 참지 못해 능성군의 처자를 함께 쳐 죽이려 했다. 이때 목발태비가 애걸하며 훗날 능성군을 잡아 죽일지언정 규방 안의 소저와 강보의 어린아이는 조금도 죄지은 것이 없다고 거듭 말했다. 탈불이 목발태비를 할미라 하여 공경하고 따라서가 아니라 예전에 옹막달이 자신을 폐하려 했을 때 목발태비의 한 조각 자애에 힘입어 세자의 자리를 보전하고 오늘 뜻을 이룬 것에 오히려 감격하는 마음이 있어서 그 바람을 듣지 않을 수 없었다. 탈불은 능성군의 처자를 벌하여 깊은 옥에 엄히 가두고 능성군을 찾으면 처치하겠다고 했다. 목발태비가 천만다행으로 여겼으나 탈불의 흉악무도함을 목도하고는 전날 부질없이 대사에 간섭해서 끝내 그릇되게 한 것을 몹시 뉘우쳤다. 그러나 이제 다른 방법이 없으니 차라리 분을 참고 화를 서리담아 사나운 마음을 드러내지 말고 전처럼 자애롭게 하다가 형편을 보아 저 흉한 인물을 없애고 능성군을 찾아 국가를 평안케 하고자 했다.

이때 옹탈불이 척발유를 능성군만큼이나 미워했으나 아버지가 총애하던 대신을 한번에 죽이지 못하고 아직은 분함을 참으며 죄줄 만한 허물을 엿보고 있었다. 옹탈불의 사부인 알율대가 본래 척발유를 꺼리고 싫어하는 마음이 있었던 터라 바로 이때 뜻을 맞춰 척발유를 해칠 꾀를 이루기는 어렵지 않았다. 이에 알율대가 교묘한 노래를 지어 심복을 시켜 길거리의 아이들에게 가르쳐 부르게 하고, 또 척발유에게 죄를 짓고 도망한 종놈인 배울로 하여금 이리이리 고변하게 했다. 배울은 척발유가 사라지면 자기 죄도 없어지니, 알율대의 말을 듣고 즉시 고변하기를 '척발유가 군대를 모으고 병사들을 뽑아 새로운 임금을 없애려 하고, 별관에 있는 정인성 공자를 세워 북쪽 삼천여 리 땅을 빼앗기지 않게 하려 한다'고 했다. 옹탈불이 바야흐로 척발유를 없애고자 하던 차에 동요가 수상한 것을 몹시 의아해하다가 배울이 고변함을 들으니, 척발유 하나만 죽이려 하겠는가? 그 삼족을 걸어서 죄를 주려고 일시에 궁을 호위하는 위사들을 보내 척발유와 별처에 있는 정인성을 함께 잡으라 하고, 또 전날 척발유와 친하던 사람들을 옥에 가두고 엄하게 지키게 했다. 이 가운데 금설노 형제와 문무 관리들이 모두 잡히지 않을 수 없었다.

이때 척발유가 능성군을 멀리 감춘 뒤 옹탈불의 무도함이 날로 극심해짐을 보고 분개하여 잠도 못 자고 밥도 먹지 못했으며, 선왕을 추모하고 사직을 근심하느라 간장에 종기가 나고 밖으로 울기를 그치지 않았다. 인성이 그 충성스러운 모습을 보면서 북쪽 변방 이국땅에 이런 순수한 충성이 있음을 아름답게 여겼다.

하루는 갑자기 수백 명의 갑옷 입은 군사들이 척발유의 집을 에워싸고 잡아오라는 명을 전하고 척발유의 대도독 병부를 빼앗고 인성을 함께 잡아가려 했다. 정인성이 비록 숙성함이 보통 아이들과는 다르지만 여덟 살 어린아이라 어찌 놀라지 않을 수 있겠는가? 그러나 오히려 얼굴빛을 변치 않고 똑바로 앉아 움직이지 않고 당당한 목소리로 물었다.

"척발 장군은 생사가 그 임금께 매였지만 나는 대국에서 우연히 표류하여 여기에 이른 것이니 그 실상은 몽골국 손님이다. 국왕에게 간섭한 일이 없는데 어찌 위사를 보내서 자기 나라 신하처럼 잡아가려 하는가? 국왕이 비록 덕이 없고 예를 잃어 이런 행동을 하나 그 신하된 자는 부족한 점을 채우고 빠진 것을 수습하며 임금의 잘못을 따지고 간하는 도를 알지 못하고 한갓 명을 받들고 아첨하니 만세의 불충을 면치 못하리라. 묻나니, 무슨 까닭으로 척발 장군과 나를 잡아오라 하더냐?"

말을 마치고 늠름하게 정색을 하니, 그 기상이 엄숙하여 한번 쳐다보기만 해도 두렵고 위축되어 숨도 크게 쉬지 못했다. 몽골 사람들이 비록 사납고 무섭지만 정인성의 신명함이 요순의 마음이요 문왕의 덕을 본받은 것을 우러러보고 황홀하고 기이하게 여겼다. 배울이 척발유를 함정에 빠트리려고 정인성을 얽어 고변한 것은 생각지 못하고, 진실로 이 사람을 높여 몽골국의 임금을 삼고 싶은 마음이 솟구쳤다. 위사 윤출보가 무릎을 꿇고 대답했다.

"임금의 명이 엄해서 미처 곡절을 말씀드리지 않았는데, 이제 까닭을 물으시니 어찌 받들어 아뢰지 않겠습니까? 척발 장군의 종인 배울이 이러이러한 고변을 해서 임금이 진노하셨으니, 척발 장군과 공자께서 한번 임금 앞에 끌려가시게 되면 반드시 생명이 위태해지실 것입니다. 저에게 죽음을 면하실 방법이 있으니, 제가 공자를 위해 한번 죽음을 무릅쓰겠습니다."

척발유가 눈을 부릅뜨고 소리를 지르며 말했다.

"소왕이 죽자 악의가 반역하고, 태자의 스승을 벌한 죄로 상앙이 죽었다. 그러나 나의 뜨거운 충성은 해와 달을 꿰뚫을 정도이니, 참으로 신명과 사람에게 부끄럽지 않다. 그러나 이윤이 태갑을 가르친 것을 배우지 못하고 곽광이 어리석은 군주를 폐하고 밝은 군주를 세운 충성에는 미치지 못해, 아비를 죽인 반역자를 아직도 살려두어 이제 반역한 종 배울이 알율대 따위와 더불어 흉계를 행해서 오늘날의 변고에 이르게 했다. 내 본래 종사를 위하고 반역자를 위하지 않으니, 어찌 잡아오라는 명을 따르겠는가?"

말을 마치고 대도독 병부를 도로 앗아서 허리에 비껴 차고 북을 울려 부하 장졸들을 모아 호령하여 말했다.

"오늘날 대사를 도모하니, 잠시 반역자로 불릴 수도 있으나 이는 오로지 사직을 위하고 옹씨를 위한 것이다. 반역자 옹탈불을 베고 나면 백성들이 나의 충성과 의리를 알리라. 지금은 역적이라는 두 글자를 괘념치 말고 각각 부모와 처자식을 멀리 옮긴 뒤 일제히 안양 회현관으로 나아와 나의 명을 따르라."

여러 장수들이 절하고 엎드려 명을 듣고 위사부터 집을 에워쌌던 갑사까지 다 자원해서 따랐다. 좌영도독 윤출복은 위사 윤출보의 형으로 이곳에 와서 마음과 힘을 더하여 아비 죽인 반역자 옹탈불을 베기로 맹세하고 한편으로 군대를 차리니, 천여 칸 큰 집이 터질 것 같았다.

이때 옹탈불이 두 번 위사를 보냈는데 위사가 하나같이 한 편이 되어 식구들을 멀리 치우고 뒤이어 척발유를 좇았다. 척발유가 위세를 크게 떨쳐 즉시 대궐로 쳐들어가 옹탈불을 베려 했으나 오히려 알율대의 대군을 당하지 못할 것 같았다. 이에 회현관에 머물면서 군사들을 훈련시키고 용맹한 장수와 군사들을 더 모아 알율대를 먼저 죽이고 옹탈불을 죽여 위태함을 없애기로 하고 바삐 군대를 내어 안양 회현관으로 향했다. 척발유가 정인성을 편한 말에 태워 자신의 처자와 함께 행하라 하고 자신은 장수들과 더불어 뒤에 처져서 추격병을 막으며 나아가니, 그제야 정인성이 위험에서 벗어났다.

이때 옹탈불이 척발유가 모반한다는 말을 듣고 바삐 군대를 보내 알율대로 대장을 삼고 스스로 후군이 되어 척발유를 쫓았다. 척발유의 무예와 용맹함은 당대에 보기 드문 것이라 화살 하나로 알율대의 어깨를 맞춰 말에서 떨어뜨렸다. 그러자 장수들과 군사들이 일시에 알율대를 구해서 돌아가고 옹탈불도 군대를 거두어 돌아갔다. 척발유가 서둘러 가서 회현관에 이르니 척발유의 사촌동생인 수장 척발기가 성문을 열어 맞이했다. 이에 성안으로 들어가 장수들과 군사들을 안전하게 주둔시키고 정인성을 별처에 머물게 했다. 인성이 어쩔 수 없는 사정으로 여기에 이르렀으나 고국에 돌아갈 기약이 점점 아득해지니, 스스로 운명을 원망하고 부모 그리는 마음이 날로 더해 잠도 자지 못하고 밥도 먹지 못했다. 척발유가 지극히 위로하며 능성군을 세우고 나라를 진정시킨 뒤에 대국에 사신을 보내 새 임금이 즉위했음을 아뢸 때 함께 돌아가라고 했다.

정인성에게 반한 척발유의 딸

세월이 빠르게 흘러 태부 정한의 첫 기일이 지나고 겨울이 끝나 새해를 맞으니, 인성의 서글픈 마음이 더하여 온갖 괴로움이 몰려들고 슬픔으로 애간장이 마디마디 끊어지는 듯했다. 부모를 그리는 눈물이 베개를 적시고 음식이 걸려 목을 넘어가지 못하니, 병세가 무거워져 때때로 인사를 알지 못했다. 척발유가 불쌍히 여겨 위로하고 극진히 간호했으나 조금도 효험이 없을 뿐만 아니라 척발유는 매일 군대 일에만 골몰했다. 성안이 어지럽고 인심이 흉흉해서 승리를 기약하지 못하고 끝내 어떻게 될지 알 수 없었다. 이때 몽골의 아내들은 지아비를 위해 근심할 겨를도 없는데, 누가 있어 인성의 병을 염려하여 죽과 약을 때에 맞게 해주겠는가?

그러나 척발유의 아내 금씨와 딸 보완은 인성을 몹시 원망했다. 배울이 '척발유가 정인성을 임금으로 세우려고 한 것'이라 고변했으니,

인성이 아니었다면 이런 변이 없고 이런 성안에서 괴로울 일이 없을 것이라 여겼다. 그리하여 한과 원망이 인성에게 돌아가니, 칼 같은 모진 마음이 생겨나 그를 죽이고자 했다. 계집의 망령된 생각으로, 정인성을 죽여 그 머리를 임금께 바치면 행여 죄를 용서하고 다시 고관대작으로 부름이 있을까 속으로 바랐던 것이다. 그런 마음으로 큰 흉계를 생각하여, 척발유가 성문 밖에서 장수와 군사들에게 활쏘기를 연습시킬 때를 타 금씨가 보완을 이끌고 말했다.

"우리 모녀가 아직 정인성을 보지 못했지만 어린아이에 불과하니 무슨 기이함이 있겠느냐? 내 나이 열다섯 살 때부터 네 아버지를 따라 말 달리기와 창 쓰기, 활 쏘기와 칼 부리는 법을 시험하지 않은 바가 없었다. 그러나 이제 자녀가 여러 명이 되고 위의가 높아지니 네 아버지가 각별히 못 하게 잘라 막았다. 뿐만 아니라 네가 태어나면서부터 더욱 부인의 도리를 익히게 하고 계집의 활달함을 네 눈에 보이지 말라고 해서 내가 영영 그만두었지. 오늘날 옛날 재주를 떨쳐 정인성을 한칼에 맞춰볼까 하니, 너는 나를 따라 나와서 어미의 재주를 보고 가만히 정인성의 머리를 가져다 임금께 바쳐서 네 아버지의 억울함을 벗어나게 해라."

보완이 기뻐 날뛰며 즐거이 답했다.

"저는 벌써부터 그런 마음이 있었으나 아버지께 말씀드리지 못하고 있었습니다. 그런데 모녀의 마음이 통해서 어머니가 먼저 생각하시고 칼로 정인성의 머리를 베어 임금께 바치고자 하시니, 제가 비록 제영이 부친을 위해 궐에 나아가 하소연하고 목란이 아버지를 대신하여 군대에 나간 것을 본받지 못하나 어찌 원수의 머리를 받들어 아버지가 입은 누명을 풀지 않겠습니까? 정인성이 무슨 병이 있는지 병관에서 이리로 올 때 살펴보니, 규방 여자처럼 길에서 각별히 얼굴을 가리고 몸을 감추어 남이 얼굴을 자세히 못 보게 하던 게 참으로 이상하더군요."

이렇게 말하며 모녀가 나는 듯이 뛰어 정인성이 있는 데 이르렀다. 이때 인성은 병세가 위중한 가운데 더욱 어지럽고 쇠약해져 인사를 모르고 자리에 쓰러져 사람이 들고 나는 것도 알지 못했다. 금씨와 보완이 거리낌 없이 지게문을 열고 들어가니 인성이 바야흐로 이불에 몸을 맡기고 눈썹을 괴롭게 찡그리고 있었다. 증세가 가볍지 않아 모습이 수척했으나 첫눈에 황홀하고 기이하여 술에 취한 듯 바보가 된 것 같은 마음을 헤아릴 수가 없었다. 덧붙여 말한다면 옥 같은 기질과 붉은 꽃 같은 풍채가 더할 수 없이 맑고 깨끗했다. 가을 하늘이 아스라한데 옥토끼가 구름 속을 배회하는 듯하고, 봄바람이 불어 뜬 구름을 말끔히 씻어내고 태양이 비치어 봄바람이 10리의 꽃 수풀을 흔드는 듯했다. 수려한 얼굴에 아리따운 자태가 어우러지니, 두 뺨은 서왕모의 복숭아꽃 일천 송이가 다투어 붉은 것 같고, 봉 같은 두 눈은 해를 쏘는 듯한 정기를 담고 있었다. 강산의 빼어난 기운이 오로지 얼굴에 모였으며, 기린 같고 봉 같은 기질과 하늘의 해와 같은 모습은 천고와 만대에 다시 있기 어려운 사람이었다. 이태백이 승천한 것이 그 무엇이 귀하며 왕자진이 난새를 탄 것이 무슨 특별한 일이라 하겠는가? 사람이 한 번 보면 취한 듯 황홀하여 그 사람됨을 알지 못하고, 두 번 보면 마음이 무르녹고 생각이 뒤집어져 인생에 한번 이 사람을 모시고자 하는 마음이 일어나고, 세 번 보면 음란하고 흉악한 생각이 사라지게 했다. 금씨의 사나운 마음과 보완의 못된 성질로도 한 번 보고는 크게 놀라 우러러 탄복했다. 가까이 나아가 홀린 듯이 보면서 감히 비수를 날려 해칠 마음이 없어지고 그를 위해 눈물이 떨어지는 것도 깨닫지 못했다. 금씨가 슬피 눈물을 흘리며 말했다.

"어떤 사람이 저런 귀공자를 낳고는 열 살도 안 된 나이에 만리타국에 표류하여 서로 어디에 있는지 죽었는지 살았는지도 모르는가? 그 부모가 아들을 그리는 마음에 몸을 보전치 못하겠구나. 참으로 피와 살을 받은 몸일진대 어찌 두루 갖추어 이토록 기이하단 말인가? 이는 학을 탄 선동이 인간세계에 내려와 척발공을 희롱하는 것이 아니랴? 진나라 황제와 한나라 무제의 위엄으로도 마침내 신선을 보지 못했는데, 우리는 아무런 수고도 없이 천자가 될 만한 기풍을 지닌 사람을 대하니 삼생의 복이로구나."

말을 마치고는 발을 구르고 손뼉을 치며 기이하고 비상하다는 말을 그치지 않았다. 보완은 올해 열세 살로 매사에 근심이 없을 뿐 아니라 어려서부터 음란하고 방탕한 마음이 키워져 이즈음에는 남자를 생각하는 마음이 없지 않았다. 그러나 척발유가 사위를 고르는 일에 매우 신중했고 딸이 음탕하다는 것을 모르고 있었기 때문에 보완이 감히 드러내지 못하고 있었다. 이날 정인성이 누운 곳에 이르러 그 풍채와 기상을 보니 정신이 그대로 취하여 순식간에 온몸이 사라지는 듯하고 인성의 몸을 누를 듯이 마음이 무르녹아 생각이 극도로 음탕해졌다. 그러니 어찌 홍불기가 양소의 참모인 이정을 따르고 탁문군이 사마상여를 따르기 위해 벽을 뚫고 달아난 데 그치겠는가? 갑자기 나아가 인성의 옥 같은 손을 잡으니, 실로 인간 세상에서 화식하는 사람이라고는 생각할 수 없었다. 이윽고 인성이 스스로 정신을 차리고 자기 누운 자리 옆에 사람이 어른거리고 누가 손을 잡는 것을 이상하게 여겨 벌떡 일어나 앉았다. 금씨와 보완이 오랑캐의 염치로도 오히려 부끄러운 마음이 들어 잠깐 걸음을 물려 멀찍이 섰다. 인성이 얼핏 그 거동을 보고 벌써 음탕하고 못된 무리임을 깨닫고 속으로 탄식하며 생각했다.

'군자의 행실과 처신은 푸른 하늘의 해와 밝음을 다투어 위험한 곳에는 들어가지 않고 어지러운 곳에는 거주하지 않는다. 옛날에 공자께서 장차 조나라에 가시며 수풀 아래서 탄식하시길 '태를 파헤치고 지아비를 죽이면 기린이 그 들에 이르지 아니하고, 둥지를 치고 알을 깨뜨리면 봉황이 오지 아니하며, 물을 푸고 고기를 잡으면 용이 그 못에 놀지 않는다. 어진 신하를 해치고 임금을 찬탈하려 하는데 내 어찌 강을 건너겠는가?' 하셨으니, 성현은 의가 아닌 데서는 굽히지 않으셨고 도가 없는 데서는 행하지 않으셨다. 내가 어린아이로 팔자가 기구하여 만리타국에 떠내려왔으나 천하에 이렇게 어지러운 곳이 없구나. 옹탈불이 아비를 시해하고 스스로 왕이 된 것은 윤강을 무너뜨린 극악한 일이고, 척발유는 비록 자기 나라의 종묘와 사직을 보전하려는 충성을 가졌으나 백이와 숙제가 말고삐를 붙들고 간하여 만류하고 주나라 곡식을 먹지 않았던 절의로 따진다면 또한 백이·숙제의 죄인 되기를 면치 못할 것이다. 위가 흐리니 자연히 아래도 맑지 못해서, 염치를 모르는 계집은 내외가 거리를 두고 남녀가 유별함을 알지 못하고 바깥사람 대하기를 아무렇지도 않게 하니 어찌 한심하지 않은가? 이 여자가 처음 왔으나 좋은 뜻이 아닌데, 무슨 까닭으로 천둥과 벼락 앞의 벌레처럼 서 있단 말인가? 내 비록 어린아이로 군자의 엄숙함이 없으나 가정의 가르침을 이어 눈으로는 나쁜 것을 보지 않고 귀로는 예가 아닌 것을 듣지 않으며 정밀하게 살피고 한결같이 행하고자 한다. 지금 이런 무리를 대하니 비위에 거슬리지만 내 기운으로는 움직여 나갈 수가 없구나. 다만 보고도 못 본 척할 따름이다.'

그러고는 고요히 두 눈을 내리깔고 사람이 있는지 없는지 살피지 않으니, 엄중하고 늠름하여 가을 서리같이 매서웠다. 금씨의 사납고 무례함과 보완의 음란하고 간특함으로도 갑자기 말을 붙이기가 어려웠다. 너무 무안해서 고민하다가 금씨가 좀스러운 생각으로 문득 나아가 꿇어앉으며 말했다.

"저는 척발 장군을 모시는 사람입니다. 마침 장군의 명으로 병상에 계신 공자의 적막함을 위로하러 오면서 소녀에게 약과 미음을 맡기려고 이에 데려왔습니다."

인성이 그들을 대하고 있기가 민망하던 중에, 그 말이 간호한다는 데 이르자 비록 거짓말인 줄 알지만 바삐 쫓아 돌려보낼 생각이 급해서 엄하게 말했다.

"장군의 후의에 깊이 감사하나 내 어린아이로 만 리를 떠돌며 고향 생각이 간절하여 다른 일에는 관심이 없다. 그리고 병이 있으나 약을 자주 먹지 않으니 구태여 여종이 곁에서 시중들지 않아도 된다. 또 속병이 깊어서 사람이 번거롭게 어른거리면 병이 더 심해지니, 이 말을 장군께 고하고 지체하지 말고 빨리 돌아가라."

금씨가 또한 인성이 하는 말을 들어보려고 꾸며서 한 말이었으나 만일 척발유가 알면 자기 모녀가 살아남을 수 없으므로 인성이 비록 물러가라고 하지 않아도 오래 있을 뜻이 없어 이에 하릴없이 물러났다. 보완은 인성의 곁을 차마 떠나지 못하다가 금씨가 이끄는 대로 하는 수 없이 나오며 책상 위에 있던 인성이 보던 책 한 권과 부채를 거두어 가지고 갔다. 인성이 그 거동을 보고 그 뜻이 흉악함을 알았지만 다투어 뺏을 기운이 없고 말 붙이는 게 더러워 도로 자리에 누우니, 기운이 더욱 흐려져 정신이 없었다.

인성에게 누명을 씌우는 보완

이때 보완이 인성의 책과 부채를 가지고 들어와 금씨에게 말했다.

"제가 대도독의 귀한 막내딸로 넘치는 사랑이 만금보다 더하고 부귀가 한 몸에 있어 궁궐의 공주가 부럽지 않습니다. 그러나 나이가 찬 뒤로 마음속 깊이 맺혀 있는 것은 혹시라도 용렬한 배필을 만나 저의 재주와 용모를 헛되이 마칠지도 모른다는 염려입니다. 아버지가 늘 여자의 정조와 열행을 당부하셔서 감히 뜻을 드러내지 못하고 있었습니다. 그러던 중 오늘 어머니가 정공자를 죽여 근심을 덜고자 하시므로 정공자의 머리를 베려 한 것인데, 사람의 마음은 이렇게 약하군요. 정공자의 성품과 기질은 저 아득한 시대로부터 찾아도 상대할 사람을 생각하지 못하겠습니다. 제가 그를 좇아 일생을 마치는 건 바라지도 못하고, 잠깐 동안이라도 그와 가까운 사이가 되어 운우지정을 나누며 첫날을 즐긴다면 그 이튿날 몸이 저며지는 화를 당해도 즐거운 웃음을 머금고 즐거운 넋이 될 것 같습니다. 이 일을 도모하기가 어렵지 않지만 다만 아버지의 성품과 고집이 과격하시니, 이제 제가 정공자의 풍모를 보고 사모하여 시첩이라도 달게 여기려 한다는 걸 들으시면 반드시 부녀의 정을 끊고 한번 죽임을 어려워하지 않으실 겁니다. 잠깐 계교를 써서 아버지를 속여 이리이리하면 아버지가 비록 마음에 들지는 않으시겠지만 정공자를 기대하고 존경하시니 구태여 요란하게 꾸짖지 않으시고 저를 정공자에게 시집보내실 겁니다. 어머니는 다만 제가 하는 대로 가만히 계시고 정공자의 행동을 흠잡지 마십시오."

금씨가 눈썹을 찌푸리며 말했다.

"너의 계책이 비록 이치에 맞는 것도 같지만 사실은 그릇된 생각이다. 정공자가 앉은뱅이도 아니고 말 못 하는 사람도 아닌데, 네 아버지가 책과 부채를 가지고 불미한 일을 묻는다고 한들 어찌 사리를 따져 밝히지 못하겠느냐? 만일 너의 못된 계교가 드러나면 네 아버지는 태연히 부녀의 정을 끊을 것이다. 차라리 네 아버지와 조용히 의논해서 정공자를 사위로 삼는 게 마땅할 것 같구나."

보완이 머리를 흔들고 손을 저으며 말했다.

"안 됩니다. 아버지가 비록 사위를 높이 구하시나 정공자의 위인은 제가 우러를 바가 아니니, 한갓 칭찬하고 기대할 뿐 사위 삼을 뜻은 없으실 겁니다. 어머니가 권하셔도 결단코 그렇게는 안 될 것입니다. 다만 정공자가 이리이리하더라고 하면 형편상 어쩔 수 없이 저를 허락하시고, 잠시라도 시끄러워서 좋을 게 없다고 헤아리시면 정공자를 보아도 구태여 불미한 일을 묻지 않으시고 좋은 얼굴로 청혼하실 겁니다. 정공자 또한 나이가 어리고 아버지에게 은혜를 입었으니 매몰차게 물리치지 않겠지요."

금씨가 탄식하며 말했다.

"너는 아름답고 뛰어난 데다가 부귀까지 갖추었다. 그런데도 맞는 짝을 구하지 못할까 하는 생각이 끝이 없었으니 어찌 걱정스럽지 않았겠느냐? 내가 어미로서 자애가 부족하지 않으나 너의 앞날을 영화롭게 해주지 못했구나. 이제 정공자에 대한 너의 뜻이 금석처럼 굳으니 내가 방해할 일이 아니로다. 하지만 네 아버지의 성정이 남다른 데가 있어서 이것이 깊이 염려가 되는구나."

보완이 불같은 음욕과 해로운 마음을 억제하지 못해 갖은 꾀로 어머니를 달래고 말이 어긋나지 않도록 하라고 천만번 당부했다. 그리고 즉시 침소에 돌아가 머리를 베개에 던지고 짐짓 나쁜 일을 당한 사람의 모양을 하고는 혹시라도 계교를 이루지 못할까 초조해하니, 목이 타고 소변이 붉으며 정말 그 모습이 지는 꽃과 같았다. 이날 날이 저문 뒤 척발유가 들어와 금씨를 보고 보완을 찾으니, 금씨가 혀를 차며 슬픈 얼굴로 대답했다.

"장군의 의기가 너무 지나쳐 도리어 천금 같은 딸의 앞날을 그릇되게 했으니 어찌 한스럽지 않겠습니까?"

척발유가 보완을 보통 사랑하는 것이 아니었으므로 몹시 놀라며 말했다.

"그대 말이 무엇을 이르는 것인가? 내가 잘 알아듣지 못하겠네."

금씨가 말했다.

"장군이 정공자를 데려와 여러 달 지극히 사랑하며 대하는 것은 무슨 생각에서입니까?"

척발유가 정색하며 말했다.

"그대 말이 어찌 이리 모호하고 괴이한가? 내가 정공자를 별처에 두고 각별히 후대한 것은 다른 뜻이 아니오. 선왕의 시대에 그를 회유해서 우리나라를 도울 신하로 삼아 사직을 받들게 하려는 것이었네. 백성이 복이 없고 종사가 망극해서 뜻밖에 국상이 나고 반역자 옹탈불이 임금의 자리에 오르니, 내 마음이 밤낮으로 끓어올라 사직의 위태함을 슬퍼할 뿐이네. 정공자를 우리나라의 기둥으로 삼으려 했던 마음도 없어졌지만 옹탈불의 군대가 자주 성을 에워싸니, 저 어린아이를 혼자 내보내어 돌아가라 하는 것은 저 많은 창칼 앞에 던지는 꼴이라 지금까지 머물러 둔 것이네. 그대가 새삼 묻는 것은 어째서인가?"

금씨가 한숨을 쉬며 말했다.

"장군이 말을 알아듣지 못하고 저를 꾸짖지만…… 딸아이를 보세요. 어찌 한스럽지 않으리까?"

척발유가 몹시 의아해서 보완의 침소에 이르니, 보완이 이불에 몸을 던지고 눈물이 베개를 적셨다. 척발유가 몹시 놀라 얼른 딸의 손을 잡고 물었다.

"딸이 무슨 까닭으로 이리 슬퍼하여 아리따운 얼굴을 상하게 하느냐?"

보완이 낯을 붉히고 오래 말을 하지 않으니 척발유가 다급하게 재촉했다. 보완이 비로소 기운을 가라앉히고 파 뿌리 같은 흰 손으로 눈물을 거두고 계속 흐느끼며 대답했다.

"제가 부모님의 낳고 길러주신 큰 은혜를 입어 재주와 얼굴이 하류가 아니고 또 아버지의 지나친 사랑을 받아서 스스로 부귀가 한 몸에 있음을 자부했습니다. 그래서 평생을 부모님 슬하에서 형제들과 즐기며 노래자처럼 일부러 넘어져 우는 시늉도 하고 색동옷을 입고 춤도 추며 부모님을 즐겁게 해드리면서 살기로 기약했습니다. 그래서 두목지의 아름다운 얼굴과 사마장경의 구름 타는 재주를 겸한 천상의 남자가 내려와도, 여자는 남편을 따라야 하지만 부모와 형제를 멀리 떠나는 건 차마 할 수 없습니다. 늘 고사를 따라 읽다가 탁문군이 벽을 뚫고 달아난 일에 이르면 더럽고 의아함을 참지 못해 저도 모르게 눈을 감고 책을 덮었습니다. 그러나 운명이 기구하여 천만뜻밖에 아버님이 거두어 별관에 두신 정공자가 오늘 저의 침소에 갑자기 쳐들어와 수없이 한 음란한 말들은 입에 다시 옮기기도 더러운 것들입니다. 한낱 부채와 책으로 남녀가 처음 만나는 신물로 삼고 영원토록 저버리지 않을 뜻을 보이는 것이라고 하며 온갖 말로 꼬이던 얘기를 차마 들을 수 없었습니다. 제가 바삐 죽어 분노와 추함을 잊어야 할 것이나 아버님께 이 까닭을 아뢰지 못했으므로 종일토록 아버님 오시기를 기다리며 애를 태우고 있었습니다. 제가 비록 철부의 밝은 식견은 없으나 규수의 몸으로 차마 이 욕을 보고 살아야 합니까?"

말을 마치자 칼을 잡고 스스로 목을 찌르려 하니, 척발유가 크게 놀라 황망히 칼을 빼앗았다. 두 눈이 동그래지고 얼굴이 잿빛이 되어 말을 이루지 못하다가 이윽고 가슴을 누르며 놀란 것을 가라앉히고 말했다.

"네가 도깨비나 귀신을 정공자로 본 것이 아니냐? 저 정공자가 비록 어린아이지만 성현의 풍모가 있어 모든 행실이 밝히 빛나고 아홉 가지 덕이 풍성하여 의롭지 않고 법에 어긋난 일은 남이 권해도 귀를 막고 듣지 않는다. 게다가 만 리 밖을 떠도는 그 마음이 슬프고 황망해서 고향을 생각하는 뜻 말고는 다른 마음이 없다. 매사에 성숙하고 뛰어나며 신중하고 엄숙하여 아홉 살 어린 나이는 말할 것도 없고 스물일곱 한창 나이라도 색욕 때문에 예를 어길 사람이 아니다. 그런데 이 무슨 일이며 이 무슨 말인고?"

보완이 머리를 가로저으며 말했다.

"아버님이 정공자를 기특한 줄로만 아시고 저의 말을 의심하십니까? 정공자가 아니면 어느 도깨비와 귀신이 저 책과 부채를 가져왔겠습니까? 원래 정신을 잃고 미쳐서 도깨비와 귀신과 더불어 잡담과 괴설을 어지럽게 떠드는 자는 그 안에 맑은 것이 부족할 뿐 아니라 그 오장육부 가운데 한 가지가 덜 생겨 허망해서 그런가 싶습니다. 저는 불행히 여자가 되어 탕자에게 욕을 당했으나 자로가 죽을 때 관끈을 다시 맨 것처럼 아무리 급해도 성인의 가르침을 벗어나지 않기로 마음을 정했습니다."

척발유가 이에 미쳐 또 생각지도 않게 책과 부채를 보니 과연 정공자의 것이었다. 놀라고 분통이 터져 생각했다.

'내가 정공자를 큰 성인으로 존중하여 공경하고 예로 대접하기를 춘추 난세에 공부자를 뵈온 듯했는데, 저 어린아이가 나를 업신여기고 해천 몽골이라 하여 한낱 노예같이 알고 나의 귀한 딸을 대낮에 겁박해서 음란하고 못된 욕심을 채우고자 했으니 어찌 분노하지 않으리오? 나는 본래 음란하고 도리를 벗어난 자를 추하게 여기니 용서할 뜻이 없다. 한 가지 일로 만사를 미루어 생각해 보면, 정공자는 안팎을 달리하여 속은 악하고 겉은 착한 부류이니 이는 실로 만고에 드문 별종 요물이다. 내가 딸의 앞날을 위해 이 사람을 이전과 똑같이 대할 수 없다. 딸을 빈 규방에서 늙게 하여 혼인을 안 시키기로 하고 요물 별종을 속히 죽여 분한 것을 풀리라.'

생각이 이에 미치니 어찌 참겠는가? 보완에게 다시 아무 말도 하지 않고 벌떡 떨쳐 일어나서 밖으로 나와 허리에서 긴 칼을 빼어 들고 바로 별처로 향했다. 이때 정공자는 바야흐로 병을 무릅쓰고 일어나 앉아 죽을 마시고 있었다. 갑자기 지게문이 열리고 거기에 척발유가 문득 주홍색 쟁반 같은 얼굴에 노기를 가득 띠고 범 같은 수염을 휘날리며 눈을 부릅뜬 채 손에 큰 칼을 끌며 들어왔다. 사납고 무서운 거동이 모진 범과 성난 이리 같아서 보통 사람이 한번 보면 놀라 넋이 달아날 지경이니, 인성이 어찌 경악하지 않겠는가? 하지만 오히려 털끝 하나 움직이지 않고 그릇을 들어 태연하게 죽을 먹었다. 척발유가 전날에는 인성의 모든 것을 다 흠모하고 경탄하여 기이하게 여기지 않는 것이 없었으나 오늘은 분노로 가득 차 갑자기 달려들면서 눈을 부릅뜨고 욕했다.

"젖먹이 어린아이가 여덟 살이 겨우 지나 어미 품을 떠나지 못할 때인데 천신의 죄를 얻어 만 리 밖을 떠도는 것을 내 한번 보고는 몹시 애처로워 거두어 돌아왔었다. 오직 고국에 돌아가기만을 원하는 너의 도리는 학업에 힘써 선비의 맑은 행실을 닦는 것이 마땅하다. 그런데 아홉 살 어린아이가 어찌 거짓 병을 칭하고 드러누워 음란한 정욕을 날로 길러 나를 해천 몽골인이라 하여 업신여기고 우리 해천

국 여자는 사람을 따르는 예와 도리가 없다고 여겨, 담장을 넘고 벽을 엿보며 딸을 훔칠 생각으로 오늘 갑자기 깊은 규방에 들어와 음란하고 흉악한 말로 재상의 귀한 딸을 욕보이니, 그 무슨 마음이며 행실인가? 내 본래 성미가 괴상해서 쥐나 여우같이 거짓 도덕군자인 체하며 속으로 요악한 마음과 음란한 꾀를 감춘 자를 차마 보지 못한다. 그러니 어찌 내 딸의 앞날을 위해 추하고 미운 것을 견디겠는가?"

말을 마치자 칼의 광채가 온 방에 가득하며 흰 칼날이 바로 인성의 머리 뒤를 향하니, 위태롭기 그지없었다. 인성은 그 죄를 따지는 말은 놀랍지 않았으나 다만 칼날이 가까이 닥침을 보고 빨리 피하지 않으면 저 흉한 해를 벗어날 길이 없고, 또한 힘이 달라 상대가 되지 않으니 기운을 떨쳐 일어나기가 어려웠다. 좋은 계교가 없어 부질없이 몽골 사람의 칼날에 맞은 원통한 넋이 될 것을 생각하니, 자기 스스로도 저 몽골 사람이 천만 부당함을 모르지 않지만 원통함과 억울함을 말하지 않고 칼을 받는 것이 가소로웠다. 이에 그릇을 놓고 몸을 돌이키며 긴 팔과 옥같이 희고 아름다운 손을 움직이니, 척발유가 칼을 빼앗기고 어이없이 넘어졌다. 인성이 비록 탁월하고 기이하여 세상에 견줄 만한 사람이 없으나 용맹으로 말한다면 어찌 척발유의 백분의 일에나 미치겠는가? 그러나 모든 신이 호위하며 천지가 보호하고 손을 놀릴 즈음에는 신명이 뚜렷이 도와 척발유를 거꾸러지게 하고 칼을 빼앗을 수 있었던 것이다. 인성이 척발유를 보고 말했다.

"제가 장군의 후의를 입어 바다로부터 귀국에 이른 지 이미 달이 가고 해가 바뀌었습니다. 비록 내 마음속을 비추지 않았으나 장군이 스스로 사람을 알아보는 식견이 있다고 자랑하며 저를 높이 일컬음이 지나칠 지경이었지요. 그런데 오늘에 이르러 칼을 빼 들고 꾸짖으며 욕하는 말이 미친 사람의 허황되고 터무니없는 말이니 어찌 이럴 수 있습니까? 장군이 어디에서 근거 없는 맹랑한 말을 곧이듣고 이렇게 사나운 행동을 하는지 모르겠군요. 내 나이 겨우 아홉 살이니 만리타국을 떠돌아다니지 않더라도 여자에게 마음 둘 때가 아닌데, 하물며 대국의 당당하고 높은 문벌로 이곳 몽골에 표류해 있으니 더 말할 것도 없습니다. 진실로 몽골의 여자는 위로 황제가 명하시고 부모가 명하셔도 차마 아내로 삼아 내 몸을 욕되게 할 수 없습니다. 소무가 19년간을 오랑캐 땅에서 지내며 뜨거운 충절을 지녔으나 오랑캐 여자를 아내로 삼은 것을 저는 속으로 탄식해 왔습니다. 그런데 아홉 살 어린아이가 차마 어찌 음란하고 방탕한 마음이 그 지경까지 되어 담을 넘고 벽을 엿보아 선비의 행실을 무너뜨리고 성인의 가르침에 반하는 죄인이 된단 말입니까? 다만 세상에 널리 거할 도덕과 어진 행실이 없으므로 위험한 곳에는 들어가지 않고 어지러운 곳에는 거하지 않는 것을 모르지 않습니다. 하지만 몸이 조롱 안의 새가 되어 떨쳐 날지 못하니, 큰 기러기와 고니의 날개를 빌리지 못함을 슬퍼하고 혹시라도 장군의 의기로 돌아갈 수 있을까 하는 희망으로 다른 일엔 겨를이 없습니다. 뜻밖에 두목지에게 귤을 던지고 사마상여를 따라간 여자를 따라 하는 것을 보니 참으로 이상했습니다. 저는 두목지 같은 풍채도 없고 사마상여 같은 다정함도 없으며 아직 어린아이라 미녀에게 관심도 없습니다. 그러니 제가 어느 곳에 음란함을 두겠습니까? 오늘 장군이 보내신 여자를 곁에 둘 마음이 없는 까닭에 후의를 받들지 못하고 즉시 물러가라 재촉했더니, 그 여자가 나의 부채와 책을 가져갔습니다. 그 뜻을 알지 못했으나 너무 음흉해서 바로 볼 수가 없었습니다. 더럽다는 마음이 풀리지 않더니 뜻밖에 장군이 사나운 말과 놀라운 행동으로 나를 해치려 하니, 그 무슨 곡절인지 의아할 뿐입니다. 장군이 비록 무예가 뛰어나고 용력이 견줄 데 없으나 어찌 사람의 목숨을 함부로 해치겠습니까? 만승천자의 위엄이라도 필부를 죽일 때 온 나라가 죽일 만하다고 한 뒤에 죽여야 후세의 시비를 면하는데, 장군이 스스로 그 무슨 위엄으로 칼을 비껴 사람 위협하기를 노예같이 한단 말입니까? 청컨대 저의 죄를 말하면 베이는 것을 사양치 않고 칼을 받겠습니다."

인성이 말을 마치고 나서 의연하고 단정히 앉으니, 척발유가 칼을 뺏기고 거꾸러졌다가 다시 일어나 앉아 인성을 우러러보았다. 인성이 긴 팔을 날렵하게 놀려 척발유가 잡은 칼을 빼앗을 때는 용감한 협객의 풍채를 아울러 가지고 있었다. 그 늠름한 기운은 노장공과 제 환공이 만나는 자리에서 환공을 위협하던 조말의 거동 같기도 하고, 홍문연 자리에서 항왕을 부릅떠 보던 번쾌 장군의 형상 같기도 했다. 이는 이른바 한번 울면 사람을 놀라게 하고 한번 날면 하늘까지 솟구친다는 격이었다. 용이 비록 하늘 못을 떠나고 봉새가 천 길 높이에서 떨어져도 배가 고프다고 상곡을 먹지 않으니, 기이하고 상서로운 기운이 까마귀와 현격히 다름을 알 수 있다.

척발유는 평소 용력을 자부했으나 칼을 뽑아 인성을 베려고 하다가 헛되이 칼을 뺏기고 거꾸러지며 한낱 도마뱀이 구름 속 용의 상서로운 빛을 마주한 것과 같았으니, 진실로 부끄러워 얼굴을 들 수가 없었다. 다시 인성이 화평한 목소리로 조용히 이르는 말을 들으니, 실로 한마디도 꾸밈이 없고 말마다 곧고 바를 뿐이었다. 또 그 얼굴은 빼어난 정기를 온전히 거두어 눈빛에는 팔덕(八德)이 성대하게 나타나고 눈썹 사이에는 육행(六行)이 빛나게 어려 있었다. 이는 참으로 천고의 성현이요 오늘날 큰 유학자를 이을 사람이었다. 이런 큰 현인을 음란하고 추하고 어지러운 말로 욕하며 칼로 해치려 했으니, 진실로 몽골 사람의 흉악함을 드러낸 것이며 사람이 해서는 안 될 일이었다. 척발유는 스스로 의리에 두루 통달하고 지식이 특별하여 여느 몽골인처럼 짐승 같은 마음과 개 같은 행실이 없고 학문이 넓어 이치에 밝다고 자부했다. 그런데 오늘에 이르러 갑자기 사나움을 감추지 못했으니 뉘우침과 부끄러움을 걷잡을 수 없었다. 이 모든 것이 보완의 요사하고 음란함과 금씨의 속임수임을 묻지 않아도 알 수 있었다. 이에 범 같은 노여움을 풀고 이리 같은 성질을 돌이켜 고개를 숙여 듣고는 일어나 사과하며 말했다.

"크고도 크구나, 그대의 풍모와 덕이! 높고 높아 멀리서 보면 태산 같기도 하고 가까이서 보면 흘러넘치는 큰 바다와 같구나. 강직하고 온화하며 크고 용맹함이 모두 그 가운데 있으니, 하늘이 낸 사람들 가운데 그대에게 미칠 사람이 없구나. 내가 천한 본성으로 손님을 해치고자 한 것을 즉시 뉘우치지 않는다면 유묘가 순임금의 덕에 항복하지 않고 갈백이 탕임금의 덕에 복종하지 않았던 것과 무엇이 다르겠는가? 마땅히 무릎으로 기어가 그대의 다스림을 청할 것이로되, 그대의 뜻이 요란함을 괴로이 여기니 한갓 머리 숙여 사죄할 뿐이다. 그대는 이 척발유의 뉘우치는 뜻을 돌아보고 깊이 마음에 두지 않도록 하라."

인성이 척발유를 붙들며 부드럽고 온화환 태도로 지나친 예를 말리고는 다시 말이 없었다.

(책임번역 김경미)

정인성의 귀환

정인성이 몽골의 위기를 구하고
몽골을 떠나 고국으로 향하다

여교(女教) 30편을 지어주는 정인성

척발유가 잇달아 잘못했다고 하며 '보완의 이루 말할 수 없는 음란함으로 반드시 정공자의 풍모를 흠모해서 아비를 속이고 어미와 한 마음이 되어 자네에게 시집가기를 꾀한 것이니, 그 흉측한 마음을 잠시도 살려둘 수 없다'고 어지러이 말하고 얼른 죽여 없애겠다는 생각이 불같았다. 인성은 그 거칠고 사나움이 골육 죽이기를 예사로 하려는 것을 보고 이렇게 말했다.

"보완 소저가 배우지 못하고 자라서 음욕만 기르고 규수의 염치가 없는 것은 꾸짖을 바가 아닙니다. 군자의 덕이 오랑캐 땅에도 행해진다면 보완 소저를 교화하여 그 악함을 선함으로 돌이키는 데 이르지 못하겠습니까? 이에 공자께서는 부모와 형제는 그 귀하고 중함이 만물에 비할 데가 없고 부모와 형제가 서로 죽이는 것은 고금의 큰 변고라고 하셨으니, 보완 소저의 음란함은 구태여 치우친 죄가 아니라 진실로 배우지 못한 데서 비롯되어 예의와 염치를 모두 잃은 것입니다. 다시 여자의 행실과 부녀의 도를 가르치고 자애를 더하여 뉘우치고 자책하게 된다면 다행한 일입니다. 하지만 마침내 고치지 못하면 이른바 어리석은 사람의 기질은 변하지 않는 것이니 그때 조용히 죽여도 늦지 않습니다."

이처럼 여러 가지 어진 말을 하니 그 헤아림이 보통 사람들이 생각지 못할 것이었다. 척발유가 새삼 우러러 칭찬하고 높이 칭송하며 자신의 사나운 뜻과 험악한 마음을 낱낱이 뉘우치고 그 밝은 가르침에 감사했다. 그러고는 눈물을 흘리며 하늘의 이치를 원망했다. 이는 인성을 흠모하고 우러르는 마음이 이렇게 간절하나 한 나라에서 한 임금밖에 섬기지 못하기 때문이었다. 인성은 대국의 세력 있는 가문에서 태어나고 자신은 해천 몽골에서 태어나 좁은 소매와 깎은 머리로 옹막달을 왕으로 모시다가 이제 막 자기를 알아주는 임금을 잃고 아비를 시해한 반역자를 베어 죽이지 못하는 분노와 종사의 위태함을 슬퍼하는 근심이 웅대한 뜻을 막으니, 삼천리 지방을 편안케 하지 못할까 근심하느라 어찌 다른 일을 생각할 겨를이 있겠는가? 이제 인성과 한번 손을 나누어 헤어지면 만리타국의 낭떠러지가 가리고 바닷물이 가로막아서 이승과 저승을 격한 것과 같으니, 어디서 높은 현인을 모셔 춘추의 남은 도덕과 문질을 다시 보겠는가? 그윽이 명나라 조정의 길고 긴 명맥이 국가와 황실을 도와 지키고 혼탁한 세상을 한번 씻어낸 것을 부러워했지만 인성을 추대해서 왕위에 오르게 할 뜻을 두지는 않았다. 이 또한 인성이 담담하고 맑은 마음으로 천하를 뜬구름처럼 던지고 만승천자도 헌 신짝 보듯 하니, 그 뜻이 구정같이 무겁고 그 마음을 돌리기가 어려움을 알기 때문이었다. 옹막달을 위한 척발유의 충성심은 금석 같아서 천지가 개벽해도 변치 않을 것이니, 몽골 무리 가운데 충성스러운 한 선비였다. 인성이 척발유의 지나친 칭송을 좋아하지 않아 감당할 수 없다고 사양하니 척발유가 문득 말했다.

"내 딸이 벌써 음란한 뜻을 드러내 규수의 염치를 잃었으니, 말로 경계해도 뉘우칠지 믿을 수가 없다. 바라건대 그대의 효성과 큰 도리로 여교를 지어 부녀 행실의 정숙함과 열행을 알게 해주기를 바라네."

인성이 말했다.

"제가 평소에 재주가 없어 시문 같은 것도 고심 없이 짓지 못하는데 여교를 어찌 갑자기 짓겠습니까? 새로 여교를 짓지 말고 옛날 어진 부인의 사적과 절개 있는 부녀의 행사를 기록해서 그걸로 가르치면 될 것 같습니다."

척발유가 말했다.

"내 딸이 옛일을 몰라서가 아니다. 학문도 이미 부족함이 없는데 음란한 뜻을 내니 새로 여교를 배우게 하려는 것이다. 그대는 부디 글을 지어주게."

척발유가 거듭 간청하자 인성이 자기 필적을 음란한 여자에게 머물게 하는 것이 괴로워 척발유에게 붓을 잡게 하고 입으로 읊어 '여교' 30편을 지었다. 그 문법이 크고 광대하며 높고 높아 하늘의 조화와 바다 같은 도량을 지녔고, 근원이 은하를 기울이고 동해의 넓음과 태산의 높음을 겸했으며 또한 그 뜻이 깊어 너른 바다처럼 아득하며 금과 옥이 쟁그랑거리고 귀신이 놀라는 듯하니, 《춘추》의 문장이요 삼강오륜의 뚜렷한 갈래였다. 여자 행실의 온순함과 부덕의 정숙함을 말하는 데 이르러서는 포사와 달기같이 간사한 자라도 환히 깨달아 뉘우칠 만했다. 척발유가 다 쓴 뒤에 인성을 향해 문법의 기이함을 입이 닳도록 칭찬하고는 거두어 주머니에 넣었다. 그리고 인성에게 편히 쉬기를 권하니, 인성이 억지로 오랫동안 글을 지은 터라 자리에 돌아가 누웠다. 척발유는 비로소 걸음을 돌이켜 보완의 침소로 향했다.

한편, 보완은 아버지가 말없이 빨리 나가서는 오랫동안 돌아오지 않는 것을 몹시 의아해했다. 자신의 간절한 소원이 이루어지기를 바라는 뜻이 뜨거운 햇빛 아래 단비를 기다리듯 절박했으나 감히 밖으로 나가 동정을 살피지 못하고 마음만 초조하게 태우고 있었다. 밤이 깊은 뒤 척발유가 들어와 보완을 계단 아래 꿇리고 세 가지 큰 죄와 다섯 가지 음란함을 하나하나 따진 뒤 한 칸 비실(卑室)에 단단히 가두고 주머니에서《여교》30편을 내주며 말했다.

"이 책을 보고 악한 데서 착한 데로 돌아가 정숙하고 열행을 갖춘 여자가 되면 내가 또한 부녀의 정을 끊지 않겠다. 끝내 잘못을 고치지 않으면 쾌히 죽여 분하고 추함이 없게 할 것이다."

말을 마치자 대답을 기다리지 않고 보완을 휘몰아 가두었다. 보완은 음란하고 교활하나 아버지를 두려워했다. 그런데 저의 음란한 계획이 발각되었으니, 정인성은 바라지도 못하고 아버지가 서릿발 같은 칼날로 제 머리를 두 조각 낼까 봐 근심하여 한마디도 못 하고 비실로 내려갔다. 척발유가 다시 금씨를 크게 꾸짖고 책망했다. 금씨는 처음부터 보완의 계교가 이루어지지 못할 것을 근심하던 까닭에 척발유가 그 성정으로 보완을 죽이지 않은 것을 도리어 다행으로 여기고 묵묵히 원망하는 기색이 없었다. 척발유가 보완을 가두어 마음대로 움직이지 못하게 하고 인성을 공경하고 소중히 대함이 날로 더하니, 인성은 이를 감당할 수 없어 했다.

회현관을 공격하는 옹탈불

이때 옹탈불이 아버지 장례를 지낸 뒤 군기를 다스려 갑자기 회현관을 쳤다. 척발유가 죽기 살기로 힘을 다해 대적했으나 마침내 사천 명에 불과한 군졸로 옹탈불의 삼만 군대를 당하기 어려웠다. 척발유가 오로지 용기만 믿고 날마다 싸웠으나 승부를 결정하지 못했다. 성안에서는 군량이 끊겨 얼마 되지 않는 군사들이 굶주림을 면치 못하니 인성이 척발유를 보고 말했다.

"이제 옹탈불의 갑작스러운 공격을 당하고 군량이 떨어져서 군사들이 굶주림까지 겸하니 강한 군대와 맞서 싸우기 어렵습니다. 저의 어린 소견으로는 장군이 계교를 써 옹탈불을 잡으시되 힘으로 싸우지 않는 것이 옳을 것 같습니다."

척발유가 웃으며 말했다.

"옛날 조조가 관공(관우)를 머물게 하여 사흘간 작은 잔치를 베풀고 닷새간 큰 잔치를 열어 그 마음을 기쁘게 하고 말에 오르면 금을 주고 말에서 내리면 은을 주며 그 뜻을 낚으려 했다. 그러나 관우는 소열왕(유비)을 위하는 그 마음을 기울이지 않고 안량과 문추를 베어 조조에게 원수를 갚은 뒤 쾌히 돌아갔다. 그대가 관우의 고사를 이어 탈불을 쳐부수고 빨리 돌아가려 하느냐? 내 비록 조조 같은 간사한 영웅에 미치지 못하나 찬역하는 마음은 조금도 없으니, 대역을 도모하지 않는데 동량이 될 신하를 구해 무엇에 쓰리오? 당초에 그대를 만나 나이 어린 것을 거리끼지 않고 우리 임금의 스승 같은 벗으로 맞게 하려 했는데, 하루아침에 모든 일이 그릇되었다. 오직 능성군을 맞아 나라를 평정하게 할 뿐 그대를 머물게 할 뜻이 없으니, 그대는 돌아갈 일을 염려하지 말라. 관우는 도원결의도 저버리지 못했는데, 하물며 그대의 특별한 효성으로 부모님을 떠나왔음에랴?"

인성이 사례하며 말했다.

"장군이 제 마음을 밝히 아시니 다시 긴말할 필요는 없겠군요. 돌아갈 일은 장군을 믿습니다. 지금 옹탈불의 형세를 보니, 장군의 굳셈과 용맹은 만 명이라도 당할 수 없지만 굶주린 군사들이 옹탈불의 강한 군대를 당하지 못할까 걱정입니다. 먼저 진평이 황금 사만 근으로 초나라 군신 사이를 이간한 계책을 행하고 이어 이리이리하여 옹탈불을 잡아 반드시 죄를 주는 것이 좋겠습니다."

척발유가 듣고 손을 모으고 사례하며 말했다.

"옛날 어린 유후(장량)가 70세인 범아부(범증)를 압도한 것을 후세 사람들이 칭찬하고 탄복했는데, 그대의 빼어난 재모와 지략은 와룡(제갈량)을 지나고 장자방을 넘어서 헌원의 신통한 지략까지 온전히 가졌도다. 나는 여덟 살부터 경서를 읽고 열네 살부터 《육도삼략》에 마음을 기울여 문리에 거의 막힐 것이 없으나 내 지혜가 얕아 다만 두 팔의 힘만 믿고 계교를 쓰지 못하니, 이제 그대의 가르침을 따르리라."

인성이 감당할 수 없다고 사례하니 척발유가 또 말했다.

"하늘이 큰 성인을 낳아 길이 도덕의 으뜸으로 삼았으나 지극한 보배는 상하기 쉬운 법이니 그대가 어찌 장수를 누리겠는가? 내 비록 무지한 일개 몽골인이나 오히려 사람의 길흉을 거의 깨달아 아는데, 그대의 크고 귀한 격조는 반드시 일인지하 만인지상이라 반평생 하늘까지 울림이 있을 듯하다. 하지만 수명이 예순도 바라지 못할 듯하니, 하늘이 어찌 성인을 아끼심이 이와 같은가? 그러나 얼굴에 만복이 모두 갖추어지고 성품이 현명하고 밝으니 문왕의 상서로움과 소호의 신기한 격조와 방불하고, 길선화상의 현달과 장수와 영화와 작록이 자손에게 면면히 이어질 것이니, 귀함과 복록이 그대에게 미칠 사람이 없을 것이다. 팔십 수를 다 누리지 못한다고 아쉬워할 일이 아니네."

인성이 미소를 지으며 말했다.

"이렇듯 과찬하시니 듣는 사람이 부끄럽습니다. 적병이 성을 에워싸고 있는데 한가하게 관상이나 논하십니까? 장군께서는 그 이야기를 뒤로 미루고 바삐 계교를 행하십시오."

척발유가 그 말을 좇아 즉시 부장 야목금을 불러 계교를 가르치고 진평이 맡았던 임무를 감당하게 했다. 야목금은 지혜롭고 말을 잘하며 지략이 많고 재능이 뛰어난 사람으로, 감히 청하지는 못했지만 실로 원하는 일이었다고 하며 흔쾌히 명을 받들고 갔다. 이에 인성의 지휘에 따라 팔문석진(八門席陣)을 펼쳤다. 이전의 신기한 지략과 묘한 수법을 생각하며 조금도 어김이 없이 진을 치니, 천지가 뒤집히고 천둥과 번개와 비구름이 진동하는 듯하고 우레같은 북소리와 함성은 바다가 갈라지고 산이 무너지는 듯했다. 척발유가 감동하여 하늘을 우러러 탄복하며 말했다.

"이는 내가 어려서 배운 것인데 어째서 두 진이 마주했을 때 써보지 못하고 저 어린 소년의 가르침을 받은 뒤에야 펼치면서도 두려워 득실을 따지고 있단 말인가? 신하로서 쓸데가 없구나. 정인성의 뛰어남은 태어날 때부터 갖추어진 것이니, 모든 일이 신기하고 통달하여 세상 사람에 비할 바가 아니구나."

이렇게 말하며 부러워 탄복하기를 그치지 않았다.

이날 밤 인성이 병을 무릅쓰고 일어나 뜰을 배회하며 별을 우러러보았다. 인성은 뛰어난 총명함과 타고난 영특함이 있지만 운명을 점치고 앞일을 내다보다는 것을 배우려 하지 않았다. 본래 하나를 들으면 열을 알고 열을 들으면 백을 아는 것을 아무렇지 않게 여겼지만 아직 상수학을 잘 알지 못한 까닭에 잠자코 천문을 공부하지 않았다. 그런데 오늘 밤에 이르러 배워서 알려고 하지 않았는데도 이전에는 풀리지 않던 것들이 저절로 문득 환히 깨달아졌다. 마치 신령이 가르치고 스승이 가르쳐 일러주는 듯했다. 별자리를 하나하나 살피니, 자기 주성이 점점 북쪽 변방을 꿰뚫고 가장자리로 광채를 흘릴지언정 돌이켜 고국으로 가지는 않았다. 인성이 한참 하늘을 보다가 몹시 놀라 얼굴빛이 달라지며 말했다.

"아아, 척발유를 도와 어지러운 곳을 평정하고 그 길로 사신 행차와 함께 고국으로 가려 했는데, 무슨 까닭으로 나의 주성이 점점 변방 나라에 미치며 고국과는 만 리도 더 멀어지는가? 내 공부가 미진해서 지금은 상수학에 정통하지 못하다. 이는 먼저 천문을 점치는 것이 기술에 가까운 까닭에 모름지기 상수학을 안 뒤에 천문에 통해야겠다는 생각에서였다. 그러나 이제 어찌 하늘을 살펴 별자리를 밝게 헤아리고 상수학을 알지 못하겠는가? 초나라 사람 신포서가 말하기를 '하늘의 뜻이 정해지면 사람을 이기지만 사람이 많으면 또한 하늘을 이긴다.'라고 했다. 내가 정성을 다하면 하늘이 감동하셔서 고국에 돌아가 할머니와 부모님께 절하고 어머니의 반기심을 우러르며 만리해국에서 아스라이 그리워하던 마음을 아뢰고 흩어졌던 형제가 함께 모여 형제간의 슬픔 없이 어머니를 모시고 색동옷을 입고 춤을 추고 재롱을 부리며 즐기게 해줄 것이다. 구태여 별자리 때문에 꺼림칙해하지 말자. 하늘이 진실로 내가 돌아가는 것을 허락하지 않으면 속절없이 길에서 속을 태울 뿐이겠지. 알 수 없구나, 무슨 죄와 무슨 까닭으로 이 지경까지 이르렀는가? 돌아가신 어머니는 어진 덕성이 분명히 드러나 긴 수명을 누리실 듯했으나 서른 살을 넘기지 못하신 것은 오직 불초한 나의 죄가 가득해서였다. 이제 몸이 만리타국에 떠돌며 사당에 절한 지 오래되었구나. 할아버지 제사에 아침저녁으로 곡하고 절할 때 작은 정성도 펼 길이 없으니, 어느 때에 얕은 효성이나마 베풀겠는가?"

그러고는 할아버지의 생일이 2월 16일인 것을 떠올리니, 이때는 바로 2월 초순이었다. 옛일을 생각하니 온갖 슬픔이 몰려왔다. 유명을 달리한 할아버지를 추모하며 두 어머니의 얼굴을 그리워하니, 마음이 천 갈래 만 갈래로 찢어지고 무너져 피눈물이 비같이 떨어져서 흰옷의 넓은 소매가 붉은 꽃을 뿌린 것 같았다. 머리를 돌려 고향을 바라보니 관산이 삭막하고 절벽이 가로막아 만리타국에서 효자가 부모님의 얼굴을 그리워하는 마음이 미어지고 꺾어지는 듯했다. 게다가 친어머니는 부모님이 돌아가시는 큰일을 당했으나 대의를 생각해서 사사로운 정을 끊고 낳아주고 길러주신 하늘같이 크나큰 은혜를 갚지 못하니, 의양의 제사를 애통해하는 지극한 슬픔과 효성이 날마다 더하실 것이었다. 이를 생각하니 부서지는 듯한 슬픔을 말로 표현할 수가 없었다. 양어머니 소부인은 집안일을 담당하여 제사를 받들고 시부모를 효성으로 섬기고 다시 일가친척을 거느려야 하니 수고롭고 일이 많아 조금도 한가하지 못할 것이었다. 그 몸이 어찌 평안하기를 기대하겠는가? 인성이 소부인을 생각하는 마음은 친모자 사이나 다름없었다. 하늘이 낸 큰 효자가 아니라면 이렇게는 못 할 것이다.

달빛이 대낮같이 밝아 주변이 환히 비쳐서 눈을 돌려 좌우를 살피니, 몽골 사람들이 곳곳에 쓰러져 단잠을 재촉하고 있었다. 등불이 그윽하고 온 세상의 소리가 고요하나 더불어 마음을 털어놓고 말을 주고받을 사람이 없었다. 속절없이 구름 낀 산에 눈물을 뿌리고 달밤에 한숨을 쉬며 '저 민둥산에 올라 어머니 계신 곳 바라보네.' 하고 읊고는 쓸쓸히 슬퍼하며 방에 들어가는 것도 잊고 있었다. 해북의 찬바람은 봄기운을 따라 따뜻해지지 않아서 이슬이 비단버선을 적시고 찬 바람이 뼈와 살을 뚫고 들어왔다. 병으로 약해진 기운이 크게 상하는 것을 깨닫고 즉시 문을 열고 들어가 촛불을 돋우고 경서를 읽으며 밤을 지새웠다.

집 처마에서 닭이 꼬꼬댁거리며 새벽을 알리고 성안의 쇠북이 크게 울리며 산사의 북과 소리를 맞추니, 듣는 소리와 보는 것이 다 고국과 달랐다. 머리를 들어 산에 걸린 달을 보고 고개를 숙여 고향을 생각하니 슬픔과 애달픔을 억누를 수 없었다. 그러나 슬픔을 거두고 몸을 보호하여 증세가 회복되면 고향에 돌아갈 것을 기약했다.

왕위에 오른 능성군

이전에 야목금이 척발유의 명을 듣고 옹탈불의 진 가운데 이르러 가만히 진평이 황금 사만으로 초나라 군사를 흩어지게 한 것을 본받을 뿐 아니라 장자방이 퉁소 한 곡조로 강동 자제 팔천 명을 일시에 다 흩어버린 기이한 계교까지 두루 행했다. 과연 오래지 않아서 장수들이 병을 칭하며 나오지 않고 군사들 가운데 흩어져 도망하는 자들을 셀 수가 없었다. 옹탈불이 분노를 이기지 못해 머리를 베고 삼족을 멸하라고 호령하나 벌써 군사들의 마음이 빠르게 변해 도망하는데 조금의 거리낌도 없었다. 이에 옹탈불이 두려운 마음이 들어 군대를 물러나게 해서 돌아갔다.

옹탈불이 총애하던 휼도의는 야목금과 나이가 같은 옛 친구이자 목숨을 걸고 맹세한 사이로, 관포의 지기와 유종의 지음을 이어 서로를 알아주는 사이였다. 그러나 휼도의는 알율대의 부장으로 옹탈불의 진에 있고 야목금은 척발유의 부하로 회현관에 와 있었다. 이에 서로 보며 관포의 고사를 말하고, 야목금이 '좋은 새는 나무를 가려서 깃드는데 하물며 좋은 신하가 임금을 가리지 않겠느냐?'라고 하며 옹탈불을 없애고 능성군을 맞아 나라를 평정하여 종사를 바로잡는 것이 충성이라고 말했다. 휼도의가 계교를 묻자 야목금이 이리이리하라 하니 휼도의가 고개를 끄덕이며 응했다. 각각 헤어진 뒤 휼도의가 옹탈불이 회군한 군대를 쫓아 낙성으로 향하는데 갑자기 전면에서 함성이 크게 울렸다. 옹탈불이 크게 놀라 장군들과 함께 사방을 살피니 사방이 고요하여 아무것도 없었다. 의심스러워 두루 둘러보는데, 문득 저 멀리 서쪽 광야에 팔문석진이 펼쳐져 있었다. 검은 구름이 쓸쓸하고 은은한 살기가 높이 하늘까지 퍼져 있었다. 이때 날이 이미 저물고 어두운 빛이 검푸르니 길을 채 분별할 수 없었다. 알율대가 팔문석진을 알아보고 칭찬하며 말했다.

"이 누구의 진인가? 살아 있는 제갈량이로구나."

그러고는 여러 장수들을 돌아보며 말했다.

"그대들은 저기 펼쳐진 진의 찬란함을 알겠는가?"

사람들이 다 모른다고 대답했으나 휼도의가 앞으로 나와 말했다.

"이는 제갈공명의 팔진도이니 어찌 모르겠습니까? 저 가운데 살아날 문과 죽을 문이 있고, 천지가 뒤집히고 바람이 불고 구름이 몰리며 천둥과 벼락이 치니 변화를 헤아릴 수가 없습니다. 장군이 저 진을 밝히 아시니 주상께서는 지금 이후로 장군을 주나라 강태공이나 촉한의 제갈공명같이 대접하셔야 할 것입니다."

옹탈불이 이어서 말했다.

"그대는 제갈량의 진법을 이렇게 아는데, 과인은 그 뛰어남을 직접 못 보니 참으로 답답하군."

휼도의가 호쾌하게 웃으며 말했다.

"이는 척발유가 주상이 돌아가시는 길을 어지럽히려고 이곳에 석진을 베푼 데 불과하니 그 무슨 어려움이 있겠습니까? 제가 비록 재주가 없으나 주상을 모시고 석진에 들어가 허실을 살핀 뒤 깨부수겠습니다."

옹탈불이 알율대와 더불어 휼도의를 따라 앞에서 돌진해 들어갔다. 문득 바람이 불고 천둥소리와 함께 비가 쏟아지며 천지가 뒤집히고 날이 어두워지며 눈앞도 구분할 수 없었다. 또 광풍이 크게 일어나 모래와 자갈이 날리니, 천군만마에 둘러싸인 듯 함성이 크게 울리며 군사들이 서로 짓밟아 죽는 자가 태반이었다. 옹탈불과 알율대가 크게 놀라고 겁내며 '휼장군아, 나를 구하라.'라고 외쳐댔다. 휼도의는 이미 야목금의 말을 들어 진을 푸는 방법을 알고 있었다. 높은 봉우리에서 뛰어내려 문을 바라보며 나아가면서 손에 삼척보검을 들고 입으로 주문을 외우며 살아날 문을 바라보고 경서를 읽었다. 그 모습이 가히 거칠 것이 없는 듯, 동쪽을 가르치고 서쪽을 지휘하며 북으로 달려 구름 사이로 날아오를 듯했다. 옹탈불이 하늘을 우러러 '장자방과 제갈공명이 있으니 족히 근심할 것이 없다.' 하며 크게 기뻐하고 오로지 척발유를 무너뜨리려 했다. 그러나 하늘이 이미 옹탈불의 마음을 빼앗아 나쁜 의심이 들지 않게 하고 휼도의의 꾀에 빠져 망하기를 재촉하니, 아비를 죽인 반역자가 그 어찌 하늘의 복을 편히 누리며 삼천여 리 땅의 임금이 되겠는가? 오늘 옹탈불이 망하는 것이 늦었다고 하지만, 다시 생각하면 인성의 지모와 지략이 아니었다면 척발유의 꾀 없는 용력만으로 이 적을 주멸하기가 쉽지는 않았을 것이다.

한편, 척발유는 야목금을 보낸 뒤 장졸들을 거느려 석진과 운무 중에 매복했다가 옹탈불이 진으로 들어오는 것을 보고 일시에 큰 소리를 지르며 달려들어 잡아맸다. 척발유가 옹탈불을 잡은 뒤 장졸들에게 호령했다.

"옛날에 요순이 천하를 어짊으로 이끄시니 백성들이 따라서 돌아가고, 걸주가 천하를 사나움으로 다스리니 백성들이 돌아가기를 잊었다. 임금의 명이 백성들이 좋아하는 데 반하면 백성들이 따르지 않는 법이다. 이제 옹탈불을 잡았으니 그대들은 갑옷을 벗어 항복하고 함께 나라에 돌아가 원수의 고기를 맛보고 선왕의 돌아가신 한을 씻으라."

말을 마치고 하나하나 살아날 문으로 내어놓으니, 군사들이 머리를 조아리며 살려주신 덕에 감사했다. 홀로 옹탈불의 앞에 있던 덕지발이 울며 말했다.

"어버이가 사나워도 다 각각 주인이다. 내 어찌 임금이 망함을 보고 새로 부귀를 구하여 임금의 화를 모른 체하겠는가? 한번 죽어 혼백이 임금의 뒤를 좇아 만고의 절개로 벗함이 또한 몽골국의 영화와 작록을 누리는 무리보다 낫지 않겠는가?"

그러고는 머리를 부딪쳐 죽었다. 척발유가 몹시 슬퍼하고 그 몸을 거두어 후히 장례를 치러주었다.

모든 군졸들이 옹탈불과 알율대를 끌어내니, 벌써 진중에서 날아오는 돌을 맞아 뼈가 대부분 조각나고 실낱같은 목숨만 남은 채 함거에 실려 왕성으로 향했다. 척발유가 야목금과 흩도의로 하여금 깊은 산골짜기를 두루 찾아 능성군을 받들어 낙성으로 돌아오게 했다. 사촌 동생 척발기에게는 회현관을 지키게 한 뒤 의기양양하게 낙성에 닿으니, 벌써 옹탈불이 잡히고 척발유가 돌아온다는 소식이 도읍에 전해진 까닭에 옹씨 족속들이 목발태비에게 고하여 옹탈불의 처자를 끌어내 가두고 능성군의 처자를 데려다 본궁에 안전하게 있게 했다. 옹탈불에게 죄를 얻어 원통하게 옥에 갇힌 자들을 하나하나 풀어주니, 온 성안 사람들이 기뻐하고 좋아했다. 어린 동자들과 소녀들도 옹탈불이 망한 것을 기뻐하고 갓난아이가 어미를 기다리듯 능성군이 돌아오기를 기다렸다. 종친과 친척과 문무 신하들이 척발유를 맞아 그 충성이 해를 꿰뚫고 덕은 천지를 덮으며 공은 태산과 나란함을 입이 닳도록 칭찬하고 엎드려 절하며 축하했다. 그러나 척발유는 조금도 기쁜 빛이 없이 쓸쓸히 눈물을 흘리며 말했다.

"인생이 한 가닥 터럭 같아서 늙은이나 어린이나 한번 긴 잠이 들어 깨지 못하는 것이 죽는 것이다. 슬퍼할 게 뭐가 있는가? 화복이 하늘에 달려 있으니 근심과 기쁨을 어찌 마음대로 하고 구구하게 세상의 영화와 복을 바라고 화와 고통을 슬퍼하겠는가? 한결같이 옹씨를 위하고 종사를 근심하는 뜻으로 오히려 달아났다가 오늘 반역자를 잡아서 돌아와, 온 나라 사람들이 다 함께 선왕의 원수를 갚으니 참으로 다행이다."

척발유가 흐느끼며 독발미인의 원통함을 풀어주고 옹탈불의 죄악을 하나하나 고하며 조종(祖宗)께 제사를 올렸다. 목발태비가 명하기를 '옹씨 족속들과 문무 신하들은 일제히 조정 한가운데서 옹탈불의 머리를 베어 북쪽 저자에 달고 교지를 내려 능성군의 거처를 알아내 임금의 자리를 잇게 하라.'라고 했다. 또 금설노를 태부도총관에 체찰사를 시켜 문관을 거느리고 온 백성을 두루 살펴 어루만지라 하고, 척발유를 호위대장군에 정국군을 봉하여 일등 공훈으로 모든 관료들의 우두머리가 되게 했다. 척발유가 사양하려 했으나 그렇게 하지 못하고 공직을 행하여 살피니, 비록 지위가 높고 권력이 많은 것을 좋아하지 않으나 본심이 옹씨를 섬기다가 죽기를 기약한 까닭에 나라를 위하는 마음이 더욱 새로웠다. 목발태비가 잠깐 국정을 맡아 정사를 살폈으나 능성군이 돌아오기를 기다리는 마음이 급했다. 오래지 않아 야목금과 휼도의가 능성군을 받들어 낙성에 돌아왔다.

능성군이 선왕의 참혹한 죽음과 골육의 가혹한 참변이 천만고 역대를 둘러봐도 다시 없는 것임을 슬피 통곡하여 차라리 세상 생각을 끊고 산골짜기의 은사가 되기를 원할 뿐 천승 왕위를 바라지 않았다. 그러나 문무 신하와 종친과 친척 등이 간절히 달래고 목발태비가 다급하게 재촉하여 마침내 즉위했다. 능성군은 신하들의 축하를 받고 비통함을 이기지 못해 목을 놓아 울며 몹시 애통해했다. 즉시 옹탈불의 시신을 후히 장사 지낸 뒤 공신들에게 작위를 내리고 백성들을 어루만져 위로했다. 또 정사를 부지런히 다스리고 태비를 효성으로 모시며 편안하게 했다. 이제 오랑캐의 행실을 버리고 중화의 풍속을 엿보아 따르고자 하니, 현인이 나아오고 소인이 물러가며 나라 안이 태평하고 사방에 흉한 일이 없었다. 척발유는 나라 안이 진정되자 알율대와 배울을 목 베어 죽이고 즉시 회현관에 나아가 처자를 데려왔다. 그리고 반역자 옹탈불을 잡을 수 있게 해준 정인성을 거듭 칭찬했다. 인성이 칭찬을 사양하고 국왕이 새로 섰으니 반드시 중국에 사신을 보내 조공을 올릴 것이라 생각하여 사신 행차와 함께 가기를 청했다. 척발유가 흔쾌히 대답했다.

"이 일은 그대가 다시 말하지 않아도 내가 마음을 다할 것이니, 원컨대 고국을 생각하는 회포를 덜고 몸의 병이 빨리 낫기를 기다리라."

말을 마치자 수레를 내어 낙성으로 향했다. 정인성이 척발유에게 이끌린 처지라 자연히 그를 따를 수밖에 없게 되었으나 보완의 요사하고 음탕함을 본 뒤로는 더욱 몽골을 떠날 뜻이 급해서 일각이 여삼추 같았다.

이보다 앞서 보완이 비실에 갇혀 답답하고 적막해하다가 아버지가 준《여교》를 깊이 생각하며 보았다. 처음에는 오히려 부끄러움을 깨닫지 못하고 그 문장이 빛나는 것만 좋게 여기다가 차츰차츰 날이 오래되고 달이 바뀌도록 여계(女戒)를 대하니 사람의 예의와 염치가 금수와 다르다는 것을 알게 되었다. 그러자 오랑캐의 마음과 음란한 마음에도 문득 부끄럽고 창피한 생각이 들기 시작하여 몸 둘 곳이 없고 죽고 싶은 마음이 들어 백 번 뉘우치고 천 번 한탄했다. 깨닫기를 빨리 하고 고치기를 쉽게 하니 문득 음식을 물리치고 죽기를 원했다. 금씨가 크게 근심하여 어루만지며 위로하고 때때로 맛있는 것을 가져다 먹기를 권하며 지극한 정을 쏟았다. 보완이 이미 부정하고 음란한 생각을 고쳐 단아하고 곧은 정절을 으뜸으로 삼아 공손하고 효순한 사람이 되었으므로 어미가 근심하고 슬퍼함을 민망하게 여겨 할 수 없이 음식을 먹고 죽을 마음을 거두었다. 그러나 이전의 잘못을 뉘우치며 끊임없이 자책했다. 이에 금씨가 흐뭇해하고 척발유 역시 딸의 음란하던 마음이 선하게 바뀐 것을 알고 이전처럼 사랑하여 낙성에 데리고 갔다. 뒤에 곽창성을 좇아 섬기게 했는데, 그 이야기는 뒤에 나온다.

사신을 따라 몽골을 떠나는 정인성

이때 왕이 된 옹탈패는 나라를 안정시킨 뒤 중국에 사신 보낼 것을 의논했다. 이제 정인성이 고국에 돌아가 부모와 할머니를 만나게 될 것인가?

태부 금설노가 아뢰었다.

"중국이 우리나라를 본래부터 예우했으므로 우리나라가 또한 부모같이 섬겨 해마다 조공을 그치지 않았습니다. 그런데 선왕이 즉위하고 3년간 흉년이 들자 각로 문청공(정한)이 황제께 아뢰어, 하늘 아래 임금 땅이 아닌 곳이 없고 모든 땅의 백성이 임금의 신하가 아님이 없으니 비록 해외의 작은 나라이지만 여러 해 흉년으로 백성이 굶주려 죽는 것이 측은하다 하시고 수로로 미곡 사오 척(隻)을 보내시고 조공을 3년에 한 번 바치도록 했습니다. 이로부터 우리나라가 3년에 한 번씩 사신 보내는 것을 규례로 했으니, 중국의 융성한 은혜를 받아온 것이 보통이 아닙니다. 이웃 나라의 마선이 대국에 맞서 신하국의 도리를 버리고, 황제가 덕망을 잃어 소인을 가까이하고 어진 신하를 멀리하고 있습니다. 그러나 우리나라는 반드시 신하국의 도리를 다하여 선왕이 돌아가신 일과 우리나라의 변고를 알려야 합니다. 먼저 선왕의 부고를 알릴 고부사를 급히 보냄이 옳을까 합니다."

이에 옹탈패가 말했다.

"그대의 말이 내 뜻과 꼭 같도다. 선왕이 마선의 강포함을 괴로워하시며 우리나라의 화기(和氣)를 잃지 않으려 하셨고, 황제가 덕망을 잃은 것을 들었으나 마선을 도와 중국에 맞서려 하지 않으셨다. 가볍은 선조를 따르고 국법은 전례에 의거한다. 과인이 선왕의 충의와 성덕을 우러르지 못하나 전례를 고칠 뜻이 없으니, 어찌 고부사 보내기를 더디 하겠는가?"

금설노가 두 번 절하고 사례했다. 척발유가 사신을 자원하려 하다가 국사가 바야흐로 안정되고 새 임금이 왕위에 오른 뒤 일등 공훈으로 백관의 머리가 되어 국가의 모든 일을 의논하는 데 하루도 없어서는 안 되기 때문에 사행을 청하지 못하고 정인성이 곧 떠남을 슬퍼하여 울적해했다. 이에 사신을 정하니, 척발유의 사촌동생 척발기가 상사가 되고 금설노의 동생 금설규가 부사가 되어 날을 정해 출발했다.

몽골 왕이 별관에 와서 정인성을 송별하는데, 인성은 속으로 몹시 불쾌했다. 그러나 이미 전날 본 적이 있는 데다 제 비록 몽골 사람이나 천승의 귀함을 겸한 왕이고 어린아이가 혈혈단신으로 여기 표류해 와서 그의 신하 척발유에게 도움을 받았으니, 그 임금을 까닭 없이 경멸할 수 없었다. 인성이 할 수 없이 왕을 맞아 존귀한 분이 친히 와서 타국에서 표류해 온 사람을 송별하는 두터운 정에 감사했다. 왕이 인성의 손을 잡고 이후 만날 날이 아득함을 슬퍼하여 눈물을 흘리면서 머나먼 험로에 무사히 잘 도착하라는 말씀이 지극하니, 정인성의 인물됨을 알 만하다. 아홉 살 어린아이가 덕은 성인 같고 거동은 밝고 빼어났으며, 눈부신 모습과 달빛같이 맑은 태도는 봉새가 아스라이 날고 기린이 조용히 이른 듯했다. 몽골의 왕과 신하들이 놀라 우러러보고 새삼 칭송하고 탄복했으나 감히 머물게 할 뜻을 내지 못하고 저마다 눈물을 머금고 가는 길에 몸을 소중히 할 것을 바랄 뿐이었다. 인성은 몽골의 왕과 신하들이 이렇게 하는 것을 이상하게 여겼으나 또한 매몰차게 구는 것이 옳지 않다고 여겨 다만 사례하고 사행을 따라 길에 올랐다.

옹탈패는 즉시 궁으로 돌아갔으나 척발유와 금설노는 한갓 사신을 송별하기 위해서만이 아니라 정인성을 훌훌 떠나보내는 것이 아쉬워 10리 밖까지 나와 전별하며 손을 잡고는 섭섭해서 눈물을 비같이 흘렸다. 인성 또한 슬픈 얼굴로 훗날 혹시 대국의 사신으로 오게 되면, 밥 한 끼 먹여준 은혜도 반드시 갚았던 범수처럼은 못 하더라도 반드시 찾아뵙고 반길 것이라고 했다. 또 임금을 섬기고 나라에 보답하며 태평하고 안락하게 지내라고 하니, 척발유가 한숨을 쉬고 탄식하며 말했다.

"그대를 바다에서 우연히 만났을 때 성스러운 덕이 얼굴에 드러나 말세의 탁한 세상에 다시없는 사람이라 생각했네. 그래서 외람된 생각으로 온갖 방법을 써 우리나라에 머물게 하려 했지. 비록 오랑캐 옷을 욕되게 여길지라도 머리를 깎고 우리와 어깨를 겨루며 우리 임금을 섬기게 하면, 우리가 비록 아랫사람이 될지라도 일생이 영화로울 것이라 생각했네. 그러나 그대가 날마다 고국에 돌아가기를 바라고 또 나랏일이 망극하여 미처 그런 생각을 실행에 옮기지 못했다네. 그러다가 이제 겨우 나랏일을 바로잡았는데 그대가 돌아가게 되었으니 언제 어느 때 다시 만나보겠는가? 금년 사신 행차 때 이 척발유가 자원하여 그대와 동행하고자 했으나 하찮은 신하의 소임이 중해서 멀리 떠날 수 없게 되었네. 이제 조정이 안정되어 사촌동생과 금장군이 사행으로 함께 가니, 그대를 받들어 보호하는 일은 우리보다 낫겠지만 우리의 서운한 마음은 비할 데가 없구나. 그대의 당당한 기풍과 일월같이 늠름하고 상서로운 모습은 완연히 명도선생(정호)과 닮았고, 얼음 낀 호수에 비치는 가을 달 같은 모습은 그대로 이천선생(정이)의 기질이다. 그대는 또 추상같은 기개가 있을 뿐 아니라 믿음직하고 굳센 품성과 하늘을 감동시킬 지극한 효성을 가지고 있다. 내가 비록 다 알지는 못하지만 천지신명이 함께 보호할 것이니 가는 길이 위태롭지는 않을 듯하다. 그러나 혹시라도 뜻대로 안 돼서 고국에 빨리 돌아가지 못하고 다른 데서 머물게 되더라도 지나치게 염려하거나 상심하지 말라. 이 또한 천명이요 액운이 무거운 탓이다. 초나라 사람이 '하늘의 뜻은 사람을 이기고 사람이 많으면 또한 하늘을 이긴다.'라고 했으나 내가 알기로는 그렇지 않다. 그대가 정성과 힘을 다해도 하늘의 뜻을 이기기는 어려울 것이다."

인성은 척발유가 이렇게 말하지 않아도 천문을 점치고 나서 깊이 염려하고 있었는데, 이 말을 듣자 근심이 더욱 커져 낯빛이 자연스레 변하면서 슬프게 말했다.

"제가 어리고 불민하나 장군의 가르침을 들으니, 가는 길이 비록 뜻대로 되지 않더라도 지나치게 걱정하지 않겠습니다. 제가 지금껏 악행을 저지른 적이 없는데 모르는 사이에 쌓인 재앙이 끝이 없어 만리타국에 떠돌기에 이르렀으니, 자연히 돌아갈 일을 생각하며 애써 미리 대비한 것이 없지 않습니다."

그러고는 길을 떠나려 하니, 척발유와 금설노가 자기 사촌동생과 아우를 이별하는 섭섭함은 그다음이고 정인성을 보내는 슬픔으로 눈물이 옷깃을 적셨다. 말고삐를 잡고 먼 길에 조심할 것을 당부하는데, 마치 따르는 종처럼 하며 체면과 위신을 돌아보지 않았다. 날이 늦어지자 마지못해 말고삐를 놓고 멀리 갈 때까지 보면서 이별의 슬픔을 참지 못했다. 곧 말이 몸을 돌려 가니 자취가 멀어지고 그림자도 희미해졌다. 척발유와 금설노는 정인성의 뛰어난 재주를 칭찬하며 끝내 다른 나라에 호락호락하게 머물지 않을 것이고, 비록 가는 길에 다시 태풍에 표류하는 화를 만나더라도 구태여 위태롭지는 않을 것이라고 했다. 또 천신이 몽골에 강림한 것인지 그 기이함을 알 수 없으나 이후에 만날 날이 아득함을 슬퍼하며 각자 집으로 돌아갔다. 두 사람은 날이 지날수록 정인성을 생각하면 자신도 모르게 먼저 슬픈 표정이 지어졌다.

인성이 사행(使行)을 따라 며칠 동안 말을 타고 가서 바닷가에 이르니 이미 배가 기다리고 있었다. 척발기와 금설규가 인성과 더불어 배에 올랐는데, 이때는 바로 사월 보름이었다. 해북의 찬 바람이 비로소 그치고 바야흐로 삼춘의 아름다운 때를 맞아 만물이 피어나고 천기가 화창하여 푸릇푸릇한 수양버들은 동풍에 춤을 추고 은은한 파도는 부드러운 바람에 넘실거렸다. 온갖 꽃이 다 피어나 해에게 아름다움을 뽐내고 원숭이와 흰 사슴은 소나무 열매를 따 먹고 붉은 짐승과 푸른 새는 봄빛을 노래하니, 진실로 즐거운 때요 아름다운 풍경이었다. 온 산에 봄 경치가 펼쳐지고 봄꽃이 강물에 그림자를 드리우니, 강 곳곳에 나는 듯 가는 배는 우수 어린 사람에게 즐거운 흥을 돋우었다. 작은 배와 큰 배가 어지러운 가운데 고깃배와 장삿배가 평지를 오가듯 쉽게 왕래하고, 배를 다스려 바다 가운데 떠 있어도 파도가 잔잔하고 고요하여 큰 배가 가볍게 가는 것이 흐르는 살과 같았다. 척발기와 금설규가 종자들과 더불어 기뻐하고 인성은 마음속으로 천만다행으로 여기며 길이 무사하게 배가 가기를 바랐다.

그렇게 열흘이 지났을 때 갑자기 먹구름이 사방을 덮고 광풍이 크게 일어나며 파도가 산같이 뛰놀아 돛이 떨어졌다. 배 안의 사람들이 놀라 얼굴빛이 변하고 당황하여 어찌할 줄을 몰랐다. 반나절이 지나 먹구름이 걷히며 광풍이 그쳤으나 돛이 찢겨 배가 이리저리 휩쓸려 부딪치며 거슬러 달리기를 그치지 않았는데, 다행히 물에 잠기지는 않았다. 정인성이 하늘을 보고 탄식하며 말했다.

"이 또한 나의 남은 재앙이 다하지 않았기 때문이다. 어찌 무사히 돌아갈 수 있겠는가?"

척발기 등이 감히 배를 바로잡아 돌이킬 생각을 못 할 뿐 아니라 배가 흐르는 별처럼 빨리 가니, 다만 나중을 기다릴 뿐 어찌할 수 없었다. 망망한 바다 위에서의 그 위태로움과 두려움을 어찌 다 이를 수 있겠는가?

금국에 도착한 사신 일행

생사가 어찌 될지 모른 채 하루 종일 밤낮으로 가다가 다음 날 대낮에 한곳에 배가 부딪쳤다. 몽골 사람들이 정신을 차리고 살펴보니, 몽골 북쪽 왼편에 있는 금국이었다. 금국은 북쪽 오랑캐 15부를 통솔하여 모은 달자국 부류 중 으뜸으로 큰 나라였다. 달자 왕 알야견은 외람되고 방자한 뜻이 없어 다만 도읍을 지키며 신하국의 도리를 폐하지 않고 북쪽 오랑캐 여러 부를 호령하지도 않았다. 그런 까닭에 마선이 오른편에 있으면서 15부 중 반 이상을 겁박하여 저희 영토에 보태고 금국을 삼킬 뜻도 없지 않았다. 이때 금국이 여러 해 흉년과 기근을 겪고 전염병이 극성이었는데, 달자의 사나움으로도 독한 전염병에 걸리면 열에 하나도 살아나지 못했다. 이런 까닭에 마선이 전염병을 두려워하여 금국에 가지 못하고 있었다. 척발기와 금설규가 예전에 왕명으로 금국에 온 적이 있었기 때문에 달자 왕의 나라인 것을 단번에 깨닫고 깜짝 놀라 말했다.

"우리나라가 금국과 삼천칠백 리 떨어져 있어서 뱃길에 순풍을 만나도 열흘여 만에 이르면 몹시 신기하다고 했다. 이번에 남쪽으로 가면서 물결을 따라간 지 열흘 만에 무시무시한 광풍으로 배가 물결을 거슬러 달린 지 하루 밤낮이 지나 금국 모래언덕에 부딪치니 어찌 놀랍지 않은가? 비록 그렇긴 하나 하늘이 우리를 바다에 잠기게 하지 않으시고 이곳에 이르게 한 것은 살길을 주신 것이다. 이제 배에서 내려 금왕께 이 사연을 아뢰고 조용히 배의 돛을 수습하여 대국으로 다시 나아가야겠다."

그러고는 한꺼번에 배에서 내려 모래밭에 가지런히 줄을 맞추어 자리를 잡고 앉았다. 인성도 홀로 배 안에 있지 못하고 함께 내려 자리에 가서 앉았다. 몽골 사람들이 술을 마시며 건어와 미숫가루로 굶주림을 달래고 인성에게도 각별히 권하며 먹기를 청했다. 인성은 자기의 액운이 여기까지 미쳐 바다에서 표류하다 몽골과 금국에 이르게 했으니, 어느 세월에 고국에 돌아갈지 알 수 없었다. 새삼 온갖 근심과 염려와 슬픔을 이루 말할 수 없었다. 마음이 막막하고 놀라워 당장 어찌해야 할 줄을 모르는데, 진귀하고 맛있는 음식이라 해도 어찌 맛을 알겠는가?

그러나 하늘이 죽게 하지 않으신 다음에야 쓸데없이 근심하여 부모가 낳고 길러주신 천금같이 귀한 몸을 북쪽 오랑캐 땅에 버려 백골도 고향에 돌아가지 못한다면 천지의 둘도 없는 불효요 고금에 없는 불충이었다. 이에 스스로 몸을 보호하여 끝내 부모님께 돌아가 어머니의 무병장수하심을 혹시라도 하례할 때가 있을까 절박하게 바라는 마음이 간절했다. 그런 까닭에 괴롭고 거슬리는 것을 억지로 참고 미숫가루를 마시고 건어를 맛보았으나 마치 돌을 삼키고 모래를 넣는 것처럼 그 맛을 알 수 없었다. 척발기 등이 저희 무리가 바람에 휩쓸린 불행은 오히려 근심하지 않았으나 정인성이 애태우고 근심하는 것을 보고는 매우 염려했다.

몽골국 사신이 바람에 휩쓸려 금국 경강 모래밭에 이른 것을 달자국의 무리가 서로 전해서 알렸다. 전염병이 걸리지 않은 무리가 나와서 보고 정인성의 넓은 소매와 긴 옷이 오랑캐 복색이 아닌 것을 의아해했다. 그뿐만 아니라 인성을 보니 만고를 기울일 풍모와 천지를 짓누르는 오악의 빼어난 기운을 지니고 있었으며, 온 세상을 아우른 듯한 아름다운 눈썹이 일월 같은 눈을 두르고 있었다. 옥산을 깎은 듯한 이마와 흰 눈이 엉긴 듯한 목은 요임금의 모습과 얼핏 비슷하며, 난새와 봉새가 나는 듯한 두 어깨는 정나라 자산의 어깨와 방불했다. 저 달자의 무리가 미처 정인성의 문장과 자질이 뛰어나고 맑아 공자의 문하에 들어가기에 넉넉하며 안자와 증자의 높은 가르침이 두루 한 몸에 모여 있음을 살피지 못하고, 다만 하늘궁전에서 일만 개 별을 거느리고 조회하는 태을성군이 하강하고 남두규성이 오랑캐 땅에 떨어진 줄로만 여겼다. 자기도 모르게 한꺼번에 손뼉을 치며 급히 소리 질러 말했다.

"신기하구나, 신기해! 몽골국 사신이 표류하여 우리나라 경계에 이르렀다고 해서 한번 보려고 왔더니, 옥제의 향안 앞에 칙서를 받들었던 태을선군을 데리고 와서 우리를 놀라게 하는가? 빛나고 기이하도다. 저 사람이 어찌 속세의 사람이란 말인가?"

달자국 무리가 어지러이 지껄이고 시끄럽게 이러쿵저러쿵하니 정인성은 몹시 괴로웠다. 이에 척발기가 시끄럽다고 하며 잡된 소리를 그치게 했다.

금국 사람들에게 정인성을 소개하는 척발기

이윽고 금국 아락 상공이 나온다고 하며 멀리서부터 기괴하고 이상한 쌍알이 도인을 호령했다. 정인성을 우러러보며 갑자기 넋을 잃고 놀라 칭찬하던 달자의 무리가 일시에 머리를 숙여 몸을 피하고 무릎을 꿇고는 감히 얼굴을 들지 못했다. 얼마 있다 아락 노야라 하는 거사의 수레가 다다르니, 따르는 자가 매우 많아 길을 모두 덮을 정도였다. 아락 노야의 의복과 행동거지는 몽골국과 흡사하고 생김새는 대국 사람과 흡사했다. 아락고(아락 노야)가 수레에서 내려 척발기와 금설규 등이 앉은 곳에 들어와 서로 보고 먼저 옹왕의 죽음을 위로하고 이어 이곳에 떠내려온 연유를 물었다. 척발기와 금설규가 국상의 망극함을 일컬으며 눈물을 흘리고 중국에 고부사로 나아가다가 이상한 바람에 배가 잘못 거슬러 와 여기에 이르렀다고 대답하니 아락고가 놀라 말했다.

"배가 바람에 휩쓸려 온 것도 이상하지만 원래 귀국 왕이 지난해 돌아가신 것은 우리나라에 이미 부음을 전했는데, 대국의 고부사만 더디게 해서 이제야 보내는 것은 어찌 된 일인가?"

척발기와 금설규가 탄식하며 말했다.

"우리나라의 그 많은 망극한 일은 이웃 나라가 알게 하기 민망하니, 어찌 두서없는 말로 다 아뢰겠습니까? 처음에 선왕이 이리이리 돌아가시고 선왕의 넷째, 일곱째, 아홉째 공자 등이 일시에 죽음을 당했고, 선왕의 셋째 공자는 겨우 피해서 죽음을 면했습니다. 그사이 변고가 계속되어 흉적 알율대가 아비 죽인 반역자를 도와 골육을 죽이라 권하고 충신을 모함할 것을 도모하니, 누가 있어 중국에 고부사를 보내자고 의논했겠습니까? 옹탈불이 아비를 죽인 못된 마음으로 끝까지 반역을 생각하여 대국을 범하고자 하므로 짐짓 고부사를 보내지 않았습니다. 그런데 이웃 나라에는 군사를 빌리기 위해서 부음사를 보낸 일이 있었나 봅니다."

그리고 그간에 있었던 일을 낱낱이 전하니 아락고가 놀라 말했다.

"우리나라는 옹왕이 돌아가셨다는 소식을 듣고 성덕이 족하신데 요순의 수명을 누리지 못한 것을 안타까워했을 뿐 이러한 변고가 있음을 알지 못했소. 그사이에 우리는 흉한 일들을 진정시키기 위해 군왕께서 칠일재계하고 머리를 자른 후 신령들에게 기원하시니, 사나운 마음을 가진 불충한 신하들도 자연히 백성을 근심하는 마음이 없지 않아 저마다 목욕재계하고 군왕의 지극한 정성이 하늘을 감동시키길 바라고 또 바랐지요. 제사가 끝난 뒤 군왕과 백관들이 깜빡 잠들었는데 비몽사몽간에 옥제의 조서를 보았답니다. 그 조서에 이르기를 '금국이 북쪽 오랑캐 15부를 통솔하여 알야기 5대를 이어 위(位)를 누리니 부귀가 오랑캐 중 으뜸으로 극진하다. 알야목이 신하의 본분을 알지 못하고 그 임금을 시해하며 구족을 멸하니, 그 남은 재앙이 이에 미처 먼저 백성을 굶주리게 하고 이어 알야시를 망하게 했다. 그러나 알야건의 백성을 위한 마음과 나라 다스리는 덕은 족히 오래 누릴 만하다. 그런 고로 알야목의 죄과를 돌이켜 금왕에게 특별히 수백 년 왕위를 허락하고 액운이 있을 때 진성대군자를 오랑캐 땅에 잠깐 머물게 해서 그 정기로 전염병 귀신을 쫓아내고 신이한 기운으로 단비 오기를 빌게 하여 금국 백성의 위급함을 구하노라.' 하셨소. 상하 군신들이 머리를 조아리고 절하며 하늘의 은혜에 사례하고 진성대군자의 근본을 엎드려 물으니, 상제가 이르기를 '해국 사신이 표류하여 이곳에 올 때 함께 오는 자가 있다. 그는 전생에 아성(亞聖)으로 천상에서도 신선들 가운데 가장 큰 도를 지닌 군자이니, 인간 세상에 어찌 그런 사람이 있겠는가? 다만 시운이 불리하여 만리타국에 표류해 왔으니 힘써 받들어 공경함을 다하라.'라고 했소. 군왕이 백관과 더불어 머리를 조아려 말씀을 듣고 인하여 깨니 한 꿈이었다오. 우리 군왕이 궁으로 돌아와 진성대군자 만나기를 몹시 기다리며 애를 태우시다 병세가 더 위독해지셨소. 나라 안 사람들이 당황하고 근심하는 가운데 혹시 꿈이 헛되지 않아 해국 사신이 바람에 휩쓸려 여기에 이르는 일이 있을까 바랐소. 그런데 그대들이 지금 표류해 오니 지난날 꿈이 과연 헛된 게 아니었습니다. 각별히 기이한 사람을 보지 못하니 마음이 답답하고 군왕의 바람이 이루어지지 않게 될까 봐 더욱 걱정이오."

원래 금왕 알야건의 오대조 알야목은 그 임금 갈연허를 죽이고 갈연시를 함몰시켜 금국을 빼앗은 것이었다. 척발기 등이 이 말을 듣고 신기하고 이상하게 여겨 낯빛을 고쳐 만족스러워하며 대답했다.

"모든 일이 하늘의 뜻에서 벗어나지 않으니, 사람의 힘으로는 못하는 것입니다. 오늘날 귀하고 높은 대인의 말씀을 듣고 더욱 밝히 알게 되었습니다. 우리나라가 모월 모일에 이러이러한 현사(賢士)를 만나게 되어 사촌형인 정국공(척발유)이 받들어 안양 회현관으로 피난했습니다. 그런데 그 현사가 일을 지휘하는 것이 헌원의 신기함과 와룡의 재주로 가득하여 이렇게 나라를 진정시켰습니다. 나라 안의 모든 사람들이 그를 흠모하고 탄복했으나 현사가 고향을 그리워하다 병이 들어 감히 오래 머물게 하지 못해 이번 사행에 받들어 대국으로 나아가다가 광풍을 만나 표류하여 우리와 함께 이곳에 이르렀습니다. 조금 전 대인이 오셨기에 잠시 나오라 권했으니, 당당히 서로 만나게 될 것입니다."

아락고가 듣고 나서 몹시 좋아하고 기뻐하여 체면을 차리지 못하고 앉았다 일어났다 하며 바삐 병풍을 걷고 성현께 절하기를 청했다. 척발기가 즉시 정인성에게 이런 연유를 전한 뒤에 병풍을 걷으니, 정인성이 괴로워 머리가 아파왔다. 그러나 천성이 어질고 현명하여 아락고가 나라를 위하고 임금을 생각하는 충성에 감동했다. 또 자기의 액운으로 대양에 표류하다 여기까지 왔으니, 몽골과 동행하는 객이 홀로 달자를 안 볼 수 없어 하는 수 없이 몸을 움직여 아락고를 보았다. 아락고가 정인성이 머리 땋은 어린 사람이라고 생각하지 않고 얼른 일어나 공손하게 예를 올리고 자리를 피해 앉으며 감히 마주하지 못했다. 정중하게 공경하는 것이 대단한 큰 손님을 대하는 것 같으니, 마치 임금과 신하 사이 같았다. 인성이 사양하며 아락고에게 몸을 펴라고 했는데, 맑고 깨끗한 목소리가 사람 없는 산속과 빈산 깊은 골짜기에서 봉새가 우는 것 같고 높고 아름다운 누각의 큰 종이 호응하는 것 같았다. 아락고가 인성의 목소리를 따라 눈을 들어 우러러보니, 과연 고금을 두루 찾아도 비교할 만한 사람이 없었다. 엄숙한 덕과 빛나는 문질이 외모에 드러나고, 초태우의 관옥 같은 얼굴과 진학사의 가을 물결 같은 골격에 송홍의 덕과 도량을 겸하고 있었다. 귀한 상과 통달한 모습이 두루 갖추어져 뛰어나니, 흰 눈처럼 하얀 얼굴은 화씨의 흰 구슬이라도 미치지 못하고 혜왕의 진주보다 더 빛날 정도였다. 활 같은 눈썹은 강산의 빼어난 기운을 거두었고 눈은 살쩍에 닿을 듯이 길었으며 일월 같은 눈빛에는 엄숙함이 어리었다. 또 우뚝한 코와 둥그런 이마는 한번에 어엿한 귀인의 상임을 알 수 있었다. 맑고 깨끗함은 광풍이 구름을 거둔 뒤의 달 같고 영롱함은 태양의 붉은 빛 같았다. 푸른 바다의 용같이 교교하고 구오산의 봉새같이 표표하며 외로운 구름처럼 아스라하니, 백학이 아니면 가을의 늠름한 소나무와 국화라 할 만했다.

아락고가 세상에 태어난 지 50여 년 만에 이러한 옥골선풍과 대현군자를 어찌 꿈속에서나 구경했겠는가? 도리어 황홀하여 정신이 나간 듯이 말을 하지 못하다가 한참 뒤에야 정신을 차리고 귀한 분이 누추한 땅에 오신 것을 일컬으며 절한 후 성과 이름을 물었다. 정인성이 그 지나친 예를 깊이 사양하고 성명을 말했으나 구태여 재상 가문의 자제임을 나타내지 않았으므로 몽골 사람들이나 달자의 무리가 정인성이 문청공 정한의 장손임을 몰랐다.

돌아갈 것을 허락하는 금왕

아락고가 정인성을 우러러보고 탄복하다가 자기 임금의 병이 몹시 위급함을 생각하고 척발기 등을 청하여 객관에 들게 하고 정인성도 함께 머물게 했다. 그런 뒤 바삐 대궐에 나아가 몽골국 사신이 표류해서 여기에 이른 일이며 이러이러한 현사가 함께 온 것을 금왕에게 아뢰었다. 알야건이 바야흐로 고상하고 어진 군자를 만나지 못할까 속을 태우다가 즉시 자리를 떨쳐 일어나 대신 두어 명과 금문도독을 거느리고 객관에 나아와 정인성을 보았다. 척발기와 금설규가 당황하여 서둘러 절하고 천세를 부르며 임금 섬기는 예와 도리를 다했다. 정인성은 참으로 괴롭고 절박하나 몸이 이곳에 떨어져 한낱 조롱 안의 새와 같아서 고니의 날개를 빌리지 못하니 어찌 떨쳐 날 수 있겠는가? 이미 아락고를 먼저 보았는데 또 어찌 금왕을 안 볼 수 있겠는가? 마지못해 주객의 예로 서로 보니, 금왕이 공경하며 예의를 갖추어 대하면서 임금의 존귀함을 지극히 낮추었다. 달자라고는 하지만 지식이 통달하고 모습이 준수하고 위엄이 있어 복덕이 완전한 상이었다.

금왕이 정인성과 더불어 예를 마치고 앉은 뒤 눈을 들어 한번 보니 실로 혼탁한 세상에서 볼 수 없는 사람이었다. 춘추시대는 지나갔고 성인들은 이미 죽었으며, 이제 염치와 의리는 쓸려 가고 윤강이 무너져 없어져 버렸다. 그러니 어디에 왕계와 태임 같은 사람이 있어 주나라 덕을 잇겠는가? 또 눈으로 나쁜 것을 보지 않고, 귀로 음란한 소리를 듣지 않고, 자리가 바르지 않으면 앉지 않고, 똑바로 자른 것이 아니면 먹지 않고, 가르치는 것이 무엇보다 중요하다는 것을 어찌 생각하겠는가? 한갓 옥 같은 얼굴과 풍모에 누에같이 가는 눈썹과 봉같이 기다란 눈에 붉은 입술과 꽃 같은 뺨이 역사를 통틀어도 비할 데 없이 빼어났다. 그뿐만 아니라 신중한 태도에는 성인의 학문이 드러나고 훤하고 넓은 이마에는 강산의 빼어난 기운을 띠었으니, 글로써 온 세상을 맑게 하고 말로써 만고의 역사를 밝힐 대현군자였다. 한참을 쳐다보는데, 공경하여 우러름이 넘치고 흠모하고 부러워하는 마음이 지극했다. 금왕이 체면을 잃고는 자기도 모르게 좌우의 신하들을 돌아보며 큰 소리로 칭찬하여 말했다.

"과인이 살아온 지 40여 년에 이 같은 모습과 성품을 옥경(玉京)의 그림에서도 보지 못했다. 바람에 휩쓸려 여기에 온 배는 해국 사신의 배가 아니라 해상 영웅 여동빈의 연엽주가 이른 것이며, 뗏목을 비껴 타고 하늘에 날아오르던 장건이 여기 온 것이냐? 과인이 여러 세월 동안 밤낮으로 하늘에 기도하며 백성들의 목숨을 살리려고 했다. 하지만 감히 대현군자를 만나 그 큰 재주에 감탄하고 흉년으로 어려운 시절을 돌이켜 태평한 시절을 기약하게 될 것은 바라지도 않았다. 어제 꿈이 이러이러하고 오늘 이런 현인을 만났으니, 이제 하늘이 금국을 각별하게 도우심을 알겠다."

아락고 등이 일시에 엎드려 절하고 하례하며 기뻐하는 소리가 그치지 않았다. 정인성은 괴로움이 한층 더하여 이에 정색하고 말했다.

"저는 단지 어린아이로 이곳에 떠내려왔을 뿐인데 금왕께서 헛되이 과찬하시니 몹시 부끄럽습니다. 하물며 학문이 미진하고 재주가 엉성해서 평소 아는 것이 없고, 남자가 되어 어리석고 용렬하여 고국에 돌아가는 것도 뜻대로 못 해서 대양에 표류하게 되었습니다. 부모를 그리워하고 사모하는 마음에 간장이 찢어지지만 고국에 돌아가는 것도 스스로 하지 못함을 보더라도 제가 쓸데없는 인물임을 알 것입니다. 어찌 높이 성인에 비겨 이렇듯 허망한 말씀을 하십니까?"

금왕이 이어 말했다.

"현사는 이상하게 여기지 말라. 오랑캐가 평생 어리석은 백성을 대하며 신선 같은 풍모를 지닌 현인의 높은 학문과 큰 도를 알지 못하다가 오늘날 천행으로 보게 되니 삼생의 복이요 일생의 지극한 경사이다. 그래서 마음이 황홀하고 좋아 말이 저절로 나오는 것을 어쩌지 못하는 것이다."

그러고는 척발기 등을 불러, 정인성이 해국에 몇 달간 머무르며 있었던 일과 척발유를 가르쳐 석문팔진을 펼쳐서 옹탈불을 잡은 것을 낱낱이 물어 일일이 알고는 더욱 우러러 탄복하고 감탄했다. 척발기 등이 금왕께 아뢰어 다음 날이라도 배를 고쳐 대국으로 향하기를 청하니, 금왕이 정인성을 대하여 말했다.

"과인이 그대의 부모 그리는 마음을 들으니 감히 머물게 할 말이 없다. 우리나라가 본래 해마다 늦여름과 초가을 사이에 나라에서 생산된 것을 실어 대국에 바치니, 불과 몇 달이 지나면 현사가 우리 사신과 더불어 돌아갈 수 있을 것이다. 그사이에 누추한 이 땅에 잠깐 머물며 전염병을 진정시켜 주면 현사의 은혜가 천지에 가득할 것이니, 결초보은하더라도 그 은혜를 다 갚지 못할 것이다. 현사의 뜻은 어떠한가?"

정인성이 금왕의 청을 들으니 돌아갈 마음이 더 급해졌다. 뿐만 아니라 척발기 등을 따라가지 못하고 여기에 있다가 또 무슨 사고를 만나 못 돌아갈지 어찌 알겠는가? 실로 허락할 마음이 없어 걱정스레 눈썹을 찡그리며 말했다.

"대왕의 간절한 말씀이 이러하시나 제가 여기 머물면서 전염병을 진정시키고 제갈공명이 적벽의 동남풍을 일으킨 것같이 3년 가뭄을 돌이켜 비와 이슬을 내리게 할 재주가 있다면 어찌 뜻을 받들지 않겠습니까? 그러나 저는 실로 한 조각 덕과 재주도 없으니 백 년을 여기 있어도 귀국의 폐만 더할 뿐이고 조금도 도움이 되지 않을 것입니다. 하물며 꿈이란 헛된 것이니, 대왕은 부질없이 새로 들어오는 사람을 구하지 마시고 갈수록 어진 덕을 베푸시어 하늘을 감동시키고 태평을 누리소서. 혼탁한 세상에 염치가 사라지고 윤강이 가려지니 어질고 성대한 군자가 어디서 나오겠습니까? 황하는 일천 년에 한 번 맑아지고 성인은 오백 대에 한 번 나오니, 성현이 어찌 이 시대에 있겠습니까? 옛날 이척이 말하기를 '요사함은 덕을 이기지 못하니 군은 덕을 닦으소서.' 한 것이 당당한 정론입니다. 귀국에 전염병이 극성하고 가뭄이 들었으나 대왕이 백성들을 구휼하시고 선왕의 유지를 받드신다면 나라가 안락하고 백성이 태평을 누릴 것입니다."

금왕이 다시 말을 잇지 못하니, 아락고 등이 큰 소리로 말했다.

"현사가 여기에 이른 것은 실로 하늘이 금국 백성들의 위태함을 구하고자 하심이니, 이에 우리 임금께서 천승의 존귀함을 굽혀 늙고 어림을 따지지 않고 지성으로 머물기를 빌었소. 그런데 현사가 듣지 않으니, 비록 고국에 돌아가는 것이 바쁘다 하나 실은 우리 임금을 가볍게 여기고 우리나라를 업신여겨 몽골같이 귀하게 대하지 않는 거요. 현사가 처음에 해국에서 금태부(금설노)와 척발(척발유) 장군을 만나 돌아가기를 청했으나 능히 뜻을 이루지 못하고 3년에 한 번 사신이 가는 것을 기다린 적도 있었소. 그런데 여기서 몇 달 머물다 초가을 사신이 갈 때 돌아가는 것이 척발기·금설규 등과 동행하는 것만 못하지 않을 것이로되 허락할 마음이 없으니 어찌 한스럽지 않겠는가? 우리의 나라 위한 충성이 비록 척발 장군에 미치지 못하나 현사가 우리 임금의 간청을 듣지 않고 굳이 척발기 등과 동행하고자 하면 현인을 존중하는 도리를 잃더라도 우리 달자의 무리가 기운을 내어 진을 치고 현사가 돌아가는 길을 쇠문이나 돌문처럼 에워쌀 것이오. 현사는 깊이 생각하여 우리 달자를 오랑캐 무리라 여겨 너무 업신여기지 말라."

말을 마치자 화난 기색이 얼굴에 드러났다. 이에 금왕이 무례함을 꾸짖어 물리치고 척발기 등을 돌아보며 말했다.

"현사가 꼭 그대들과 가고자 하면 과인이 어찌 머물기를 바라겠는가? 그대들이 사사로이 가는 것이 아니고 또한 불행히 표류하여 여기 왔으나 여러 달을 지체하지 못할 것이니, 배를 수습해서 내일이라도 마음대로 돌아가도록 하시오."

척발기 등이 두 번 절하여 은혜에 감사했으나 아락고 등은 기분 나빠 하는 빛이 역력했다. 인성은 구태여 놀라지도 않고 분노하지도 않으며 조용히 말했다.

"내가 이곳에 머물러 조금이라도 유익함이 있다면 귀국 군신의 이 같은 뜻을 받들어야 하겠지만 실로 아는 것이 없으니 여러 날을 머문들 어디에 쓰겠습니까? 쇠문과 돌문으로 막는 것은 말할 것도 없고 힘이 장사인 사람 하나만 길을 막아도 이 어린 저는 벗어나지 못해 목숨을 보전하지 못할 것입니다. 다만 저의 뜻은 힘으로 앗아가지 못할 것이니 그대들이 마음대로 하십시오."

정인성이 말을 마치고 희미하게 미소 지으니, 붉은 입이 밖으로 열리며 옥 같은 이가 보이고 빛나는 웃음이 맑은 귀밑에 퍼졌다. 인성의 깨끗한 기운과 빼어난 아름다움은 양귀비가 한번 고개를 돌려 웃으면 온갖 아름다움이 일어나던 것을 비웃고, 육궁의 곱게 단장한 여인들을 우습게 여길 정도였다. 그를 바라보던 사람들은 얼굴을 움켜쥐고 싶다는 생각이 들 만큼 황홀해했고, 그 늠름한 품격과 의젓한 태도는 웅장하고 점잖으며 엄숙하고 정대했다. 머리 땋은 어린아이가 만 균의 신중함과 구정(九鼎) 같은 굳음이 있으며, 그 엄숙한 기운과 도량은 의연히 가을 하늘 같고 늠름한 신체는 여름 해처럼 두려워할 만했다. 금국의 상하 군신들이 정인성을 쳐다보며 모두 넋을 잃은 듯했다.

점심이 지나고 날이 저물어 금왕이 궁으로 돌아가면서 다음 날 아침에 다시 보자고 하고, 척발기 등에게 다음 날 배를 수습하고 그다음 날 이곳을 떠나라고 했다. 그런데 정인성과 함께 갈지 어떨지는 정하지 않았다. 금왕이 정인성을 객관에 머물게 하고 궁으로 돌아가니, 아락고 등이 정인성을 결단코 돌려보내지 말아야 한다는 말을 갖추어 고했다. 이에 금왕이 씁쓸하게 웃으며 말했다.

"과인인들 어찌 돌려보내고 싶겠는가? 하지만 저의 뜻이 굳으니 억지로 몰아세울 수가 없다. 그래도 정성을 다해 몇 달 머무르게 해서 전염병을 다스리고 가뭄과 더위에 비와 이슬이 내리는 것을 본 뒤에 사행과 함께 보낼 생각이다. 내일 다시 간절히 부탁해 보겠다."

아락고 등이 마땅하다고 일컫고 물러났다.

이때 인성은 남은 액이 다하지 않고 길운이 멀어지니, 이날 밤 갑자기 몸이 불편해지면서 비위가 거슬려 저녁밥을 토하고 사지에 기운이 없어 정신을 잃고 잠이 들었다. 마음이 아득히 흔들리며 변방 북쪽 만여 리에 있는 넋이 문득 하늘로 솟구쳐 날며 하염없이 고향으로 돌아갔다. 어머니가 문에 기대 기다리는데, 얼굴이 마르고 초췌하며 피부는 근심으로 수척했다. 새벽 별과 지는 달을 보며 창자가 녹아내리고 저녁 하늘과 밤비에 속이 칼로 베이는 듯함을 묻지 않아도 알 만했다. 한갓 자녀를 잃은 슬픔뿐만 아니라 흐르는 세월에 하늘에 사무치는 슬픔이 점점 더하니, 어찌 초상을 당한 것보다 더하지 않겠는가? 수척한 모습은 아침저녁으로 위태로워 우러러보기를 채 못 해서 마음이 몹시 놀라고 간장이 찢어져 눈물이 흐르는 것도 깨닫지 못할 정도였다. 심장이 뛰고 안색이 어두워지면서 엎어질 듯 절을 마치고 정신없이 나아가 손을 잡고 끌어안으며 목을 놓아 울다가 숨이 끊어질 듯했다. 이별의 슬픈 회포를 미처 펴지 못했는데 아버지(정잠)가 말했다.

"네가 만 리 밖에서 아침저녁 곡하며 절하기를 그만두고 자손의 도리를 차리지 못했다고 하나 여기 와서도 향탁에 절하며 곡도 하지 않느냐?"

인성이 그 말씀을 듣고 절하고 엎드렸다가 몸을 일으켜 할아버지 향탁에 나아가 진정으로 작은 정성을 펴고자 했다.

(책임번역 김경미)

완월회맹연 권14

도사들의 핍박

정인광과 정월염은 요도들에게 납치되고

요도들은 인광 남매를 제자로 삼으려 하다

정한의 꿈속 계시를 받은 정인성

정인성이 아버지의 말씀을 들은 후 일어나 두 번 절하고 할아버지의 향탁 앞에 나아가 무궁한 회포를 풀고자 했다. 창백해진 얼굴로 슬프게 부르짖으며 절하고 통곡하려 할 때, 갑자기 맑은 바람이 낭랑히 일어 휘장을 들추고 옥패 소리가 맑게 울려 향탁을 움직였다. 그러더니 할아버지(정한)가 머리에 검은 베로 만든 관(冠)을 쓰고 몸에는 흰 학창의를 입은 채로 나타났다. 허리에는 난초 향이 어른거리고 손에는 학의 깃털로 만든 부채와 옥으로 만든 홀을 들었는데, 맑은 골격이 더욱 깨끗하여 나이를 묻지 않아도 알 수 있을 듯했다. 정인성이 한번 우러르니 반가운 정을 무엇에 비길 것이며 그 황홀한 마음을 또 어디에 견주겠는가? 황급히 두 번 절하고 손을 받들어 무릎 앞에 공손히 꿇어앉아 목 놓아 울기를 그치지 않았다. 이에 정한이 어루만지며 깊이 사랑하는 정이 갓난아기 때보다도 더해 슬퍼하며 탄식했다.

"아아, 인성아! 인성아! 너의 시운이 어찌 이토록 험난하단 말이냐? 제때를 타고나지 못한 기린도 있고 상서롭지 못할 때 나타나는 봉황도 있는 법이다. 네가 바로 그런 때에 태어나 미처 자라기도 전에 계모의 흉한 계략을 만났으니 그 한(恨)이 어찌 평범하다고 할 수 있겠느냐? 허나 이 또한 하늘의 뜻이자 너의 운명이니 차마 어쩌겠느냐? 비록 이역만리 오랑캐 땅을 떠돌며 고향에 돌아오는 것이 더뎌지더라도 저 하늘의 뜻은 이길 수가 없다. 그러니 모름지기 일이 되어가는 형세를 잘 살피고, 과도하게 마음을 상하거나 수명이 단축될 만한 일은 만들지 말거라. 네가 바다 밖 오랑캐 땅을 떠돌게 되지 않았다면 네 아비가 만분에서 명을 잇지 못할 뿐 아니라 죽게 된 것을 살리지 못할 것이니, 부질없이 돌아오는 데 급급해하지 말고 넓은 바다에 표류하게 된 것에 놀라지 말거라. 다만 네가 어리고 약한 몸으로 북쪽 변방의 오랑캐 땅을 동서로 떠돌아다니고 남북으로 두루 돌아다녀 마음을 지나치게 상하게 될 것이니 이것이 내 깊은 근심이로구나. 또 훗날 집에 돌아갔을 때 인중 모자의 온갖 악행이 비할 데가 없을 것이니 그 불행을 어찌 다 말할 수 있겠느냐? 하지만 하늘이 내 손자를 내셨으니 반드시 유자(儒者)의 유풍이 있을 것이며, 하늘이 낸 유자이니 곤란에 빠진들 공자께서 그러셨던 것처럼 별문제가 없을 것이고 네 천명에 해가 되지 않을 것이다. 계모와 인중이가 마음에 걸리지만 공자의 부인이 덕이 없고 주나라 문왕이 관숙과 채숙을 낳았던 것과 같지 않겠느냐? 내가 인간 세상에서 지은 죄가 없다 하여 외람되게 상제에게 발탁되어 천상백옥경에서 상제를 모시면서 선군들의 우두머리가 되었으나, 먼저는 국사가 한심한 것이 슬프고 다음으로는 집안의 화란이 매우 괴이하여 애달프구나. 살아서 임금의 덕을 요순 임금의 덕에 이르게 하지 못하고, 요사스럽고 흉악한 무리를 아주 먼 땅으로 내치지 못해 결국 왕진 등 쉬파리 같은 간신 무리의 머리를 베지 못한 까닭에 황제의 수레가 오랑캐 땅에 구르는 치욕이 머지않게 되었으니, 저승의 남은 한이 억울함을 품은 귀신이 되어 마선 등 오랑캐를 토벌하고자 하나 상제를 곁에서 모시는 혼령이라 사람의 몸을 얻을 수 없어 뜻대로 할 수가 없구나. 내가 너를 위해 근심하지만 오히려 인웅이에 대한 염려가 더욱 크다. 정교하게 다듬은 금과 아름다운 옥 같은 너희가 모래나 돌, 흙 같은 인중이 모자 가운데 있어 높은 이름과 넓은 덕을 후세에나 드리우게 되고 살아서는 수복을 다 누리지 못할까 안타깝고 슬프구나."

인성이 무릎을 꿇고 머리를 숙인 채 다 듣고는 더욱 슬픈 마음을 참지 못해 할아버지의 무릎 아래 머리를 박고 비 오듯 눈물을 줄줄 흘렸다. 정한이 그 머리를 어루만지며 말했다.

"사람의 정이 매몰차지 못해 산 사람이 죽은 사람과 함께 슬프고 괴로운 사연을 나누었으나 이 어찌 유익한 일이겠느냐? 아무쪼록 이 할아비의 말을 꿈에 있었던 일이라 하여 허탄하게 여기지 말고, 다음 해 갑자월 정유일【갑자월 안에는 정유일이 없으니 날의 간지를 잘못 말한 것이다.】에 네 아버지를 위독한 상황에서 구호하여 몸이 회복될 수 있도록 해라."

말을 마치자 맑은 바람이 불며 순식간에 자취를 감췄다. 인성이 미처 대답도 못 한 채 급히 뒤를 쫓아갈 듯 너무나 애달파하다가 닭 울음소리에 깨어 보니 하룻밤 꿈이었다. 할아버지의 얼굴과 말씀이 또렷하여 무릎 앞에서 어루만져 주시는 듯했고, 할머니와 두 아버지며 어머니의 애타는 얼굴과 여위어 안쓰러운 모습을 가까이 대한 듯하니, 다시금 온갖 아픔이 밀려들고 무한한 슬픔이 마디마디 사무쳐 슬프게 부르짖고 눈물을 줄줄 흘리며 생각했다.

'바다 밖 오랑캐 땅에서 타향살이하는 몸이 꿈에나마 고향에 돌아갔더니, 어찌 닭 울음소리가 급해 이리도 빨리 깨게 하는가? 이 못난 자식이 부모님을 그리워하는 마음이 이와 같으니 두 아버지와 어머니가 우리를 잃고 생사는 물론 어디 있는지도 전혀 모르시는 그 침통한 마음은 마치 주검을 눈앞에 둔 것 같으리라. 돌이켜 생각해 보니 내가 부모님을 그리워하는 마음은 아마 그 열에 하나도 미치지 못하겠지. 어느 날에나 돌아가 슬하에서 사랑을 받으며 남은 한을 없앨 수 있을까? 할아버지의 영혼이 지하에서도 이 못난 손자의 타향살이를 슬프게 여기시어 극진히 위로하고 깨우쳐 주시니, 그 말씀이 또렷하여 앞에 모시고 듣는 듯하구나. 내 비록 어리석지만 만사를 초탈하여 좀스럽게 마음을 상하지 말아야겠다.'

기우제로 금국을 구한 정인성

스스로 이렇게 마음속으로 다짐하며 눈물을 거두고 슬픔을 억누르려고 했다. 그러나 부모님의 얼굴이 생생하여 영문도 모른 채 이별한 후 부모님을 그리워하는 슬픔을 진정하기 어려웠다. 이런저런 근심스럽고 두려운 마음에 다시 잠을 이루지 못했을 뿐 아니라 온몸을 찌르는 듯한 증세가 가볍지 않아 척발기 등이 곁에서 구호하며 몹시 걱정했다.

다음 날 아침 아락고 등이 이르러 정인성의 병세가 위중한 것을 보고 매우 놀랐으나, 이 때문에 척발기 등의 사행길에 함께 가지 못하게 된 것에 대해서는 진정 다행으로 여겼다. 금왕은 정인성이 병들었다는 소식을 듣고 놀라 몸소 객사에 와 보았는데, 인성은 몸도 움직이지 못하고 기진맥진하여 침상에 누워 있었다. 금왕이 매우 놀라 의원을 불러 정인성의 병세를 보라고 하자 의원들이 극진히 진맥했다. 어떤 사람은 걱정 때문에 생긴 병이라고 하고 어떤 사람은 몽골에 있을 때 생긴 병이라고 했으나, 실은 그런 것이 아니라 인성의 운수가 험난하고 곤궁하여 고국에 돌아가는 것을 하늘이 막고 신명이 방해해서였다. 그 때문에 자연히 어리고 약한 몸이 병을 얻어 척발기 등의 사신 행차에 따라가지 못하고 금국에 남아 시간을 지체하게 된 것이니, 하늘의 뜻은 사람의 힘으로는 어쩔 수 없는 것이었다. 금왕이 모든 의원들에게 명하여 약을 쓰라고 하고 척발기 일행을 돌아보며 말했다.

"정공자의 병세가 가볍지 않으니 절대로 그대들의 행차를 따르지 못할 것이다. 제 비록 뛰어나지만 열 살 안팎의 아이로, 이름이 온 천하에 드러나지 않았을 뿐 아니라 아직 과거에 급제하지도 않은 한낱 어린아이라 근본은 명나라 사람임에도 그 존재를 명나라에서 알지 못할 것이다. 그러니 그대들이 공자를 지키느라 선왕의 부고를 지체하는 것은 이치에 맞지 않다. 아무쪼록 길 떠날 행장을 정비하여 내일 떠나는 것을 늦추지 마라."

형세가 그러하자 척발기 일행은 바삐 배를 정비하여 다음 날 아침 떠나게 되었는데, 인성이 정신을 차리지 못하고 침상에 누워 있어 인사도 못 하고 길을 떠나게 된 것을 매우 속상해했다. 인성은 척발기 일행이 떠나자 심기가 더욱 불편해져 병에 차도가 없었으나 금왕의 지극한 정성으로 10여 일이 지나자 조금씩 차도를 보였다.

금왕은 매우 기뻐하는 와중에 온 나라에 전염병이 무섭게 퍼지고 3년 간의 극심한 가뭄으로 백성들이 굶주림을 이기지 못해 도적이 곳곳에서 벌떼처럼 일어나는 것을 근심하여 정인성에게 제문을 청하여 하늘에 비가 오길 빌었다. 탕왕이 상림에서 비가 오기를 빌면서 자신을 자책한 것도 금왕이 비가 오길 비는 마음보다 더하지 못했을 것이다. 인성의 뛰어난 문장은《춘추》의 유풍이 있어 양계의 물고기가 글을 듣고 옮아가고 남해의 신령이 글을 보고 춤을 출 만했다. 기우제를 마치자 구름과 안개가 사방을 막아 광대한 하늘을 덮더니 천둥과 벼락이 요란하게 치지도 않았는데 큰비가 여러 지역에 흡족히 내려 금국 땅 안에 비가 안 온 곳이 없었다. 금국 사람들이 3년 동안 빗방울도 구경하지 못하다가 이날 큰비가 내리는 것을 보고 매우 기뻐하고 즐거워하여 왕부터 관료들과 일반 백성들까지 모두 웃옷을 입고 나와 비를 맞으며 물을 움켜쥐고 즐기기를 마지않았다. 그뿐 아니라 정인성이 객사에 머문 이후로 도성 안의 전염병으로 고생하던 사람들이 하나하나 회복되기 시작하여 몇 달이 안 되어 전염병이 진정되고 단비가 내리니, 진정 성인의 덕과 신이한 재주가 아니면 이렇지 못할 것이었다. 금왕의 지극한 공경과 우러름은 말할 것도 없고 남녀노소가 모두 정인성의 신성함과 기이함을 입이 닳도록 칭송하여 마치 천상인을 대하는 듯했다. 금국 사람들은 이제 살 방도를 얻었다고 하고 죽어서도 영광이 되리라 했다.

정인성이 금국에 머무는 동안 금왕의 정치를 도와 정사가 날로 밝게 다스려지게 되었다. 임금의 밝음으로 인해 모든 관료들 또한 더욱 예의를 바탕으로 한 정치를 가다듬자 오랑캐 땅의 무지한 풍속이 바뀌어 예의를 잘 지키는 나라가 되었다. 그뿐 아니라 도적떼가 바뀌어 선량한 백성이 되고 불효자가 효를 닦아 온순하게 되니, 부모는 사랑을 베풀고 자식은 효도하며 형제간의 우애가 깊고 어른과 아이 사이에 차례가 있으며 친척 간에 사이좋게 지내고 남녀의 분별이 있고 이웃끼리 서로 돕게 되었다. 처음에 아버지와 아들이 서로 잡아먹고 부부가 서로 죽이는 극도로 흉악하던 인심과 비교해 보면 완전히 다른 나라가 되었다고 할 만했다. 정인성의 군자와 같은 덕이 넓고 넓어 그 은혜가 널부러진 해골에까지 미치며 의리는 벌레 같은 미물에까지 이르니, 헐벗은 백성들이 자애로운 어머니 같은 사랑을 받은 듯하고 봄볕을 흡족히 쬐고 단비에 목욕한 것처럼 만들었다. 어린 나이 때부터 이런 덕을 갖추었으나 오직 소교완의 마음만 돌이키지 못해 하늘을 우러러 울부짖는 일이 반평생 이어지니 어찌 한스럽지 않겠는가?

거침없는 세월은 흰 망아지가 문틈을 휙 지나가는 것처럼 빠르게 흘러 이미 여름이 지나고 초가을이 되었다. 금왕이 신하들과 의논하여 명나라에 사신을 보내려 할 즈음에 명나라 황제가 마선을 치고자 토목에 이르렀다가 대패하여 50여만 명의 군사를 죽이고 수족 같은 무수한 충신들을 적진에서 보호하지 못한 채 결국에는 노영에 피란하는 상황이 되어 경사가 텅 비고 나라 전체가 갈팡질팡하여 마치 물이 끓고 불이 붙은 듯한 지경이라는 소식이 전해졌다. 금왕이 이 소식을 듣고 크게 탄식하며 말했다.

"성군이 덕을 잃어 충신을 멀리하고 환관을 기용하시어 아첨하고 참소하는 말을 곧이들으시니, 자연히 앉아서 패망을 재촉하여 황제의 수레로써 몸소 정벌하는 수고를 마다하지 않으시다가 노영에 피란하는 상황이 되었도다. 하늘을 거스르는 무도함을 지닌 마선이 어찌 황제를 존경하겠는가? 반드시 오랑캐 진영에 황제를 억류할 것이니, 명나라의 명맥이 끝없이 멀고 길다면 충의 있는 현명한 신하와 절의 있는 훌륭한 신하가 목숨을 바쳐 황제를 구할 것이다."

아락고 등이 아뢰었다.

"황제가 노영에 피란하신 때에 우리나라에서 사신을 보내면 경사가 텅 비고 인심이 흉흉한 중에 제후국의 사신이 이른 것을 의심하여 분명 흑백을 가리지 않고 깊은 곳에 가두지 않으면 죽여 없앨 것입니다. 아직은 사신 보내는 것을 미루시고 명나라의 소식을 자세히 알아보는 것이 옳을 듯합니다."

금왕이 눈살을 찌푸리며 말했다.

"황제가 비록 노영에 잡혀 계시나 황태자와 동생이 분명 자리를 이어 정사를 다스리며 인심을 진정할 것이니, 제후국 신하의 조공이 이르러도 절대로 의심하지 않을 것이다. 다만 우리나라 사람의 말이 북쪽 오랑캐와 다르지 않고 명나라의 의관·복색과 다르니 혹시라도 마선이 보낸 밀정으로 알고 내정을 몰래 캐려는 것이 아닌가 의심할 듯하다. 그러니 아직은 그대의 말대로 사신 보내는 것을 미룰 것이다. 그러나 마선은 분명 오래지 않아 병사를 이끌고 우리나라를 침범할 것이다. 백성들이 흉년의 기근 속에 이리저리 유랑하다가 겨우 단비를 얻어 농사에 뜻을 두고 거처를 평안이 하여 인심이 잠시 진정되는 상황에서 또 전쟁이 일어나면 아예 싸움을 시작도 안 하고 각자 살기를 도모하여 산속 깊이 도망칠 것이다. 백성들이 사방으로 흩어진 후에는 내가 누구와 함께 나라를 지키겠는가?"

아락고가 위로하며 말했다.

"마선이 하늘을 거스를 만큼 무도하여 명나라를 자주 침범하다가 이제 황제를 위협하여 자기 진영 안에 억류하는 상황이 되었으나 명나라가 결단코 지레 망하지는 않을 것입니다. 오히려 강하고 용맹스러운 장수들과 충성스러운 열사들이 적지 않으니, 분명 황제의 수레를 받들어 고국으로 돌아갈 때가 있을 것입니다. 또한 마선이 비록 우리나라를 침범하고자 한 지 오래되었으나 지금은 황제를 진영에 억류한 상태라 다른 일은 미처 행할 겨를이 없을 것이니, 수개월 내에만 전쟁이 일어나지 않으면 가을이 지나 논밭과 들의 곡식을 거둔 후에 마선의 병사가 이르게 될 것입니다. 그렇게 되면 우리나라 또한 병사가 강하고 군량이 넉넉하여 마선의 무도한 군사들을 두려워하지 않을 만합니다. 청컨대 임금께서는 너무 염려하지 마십시오."

그럼에도 금왕은 근심과 걱정으로 탄식하며 즐거워하지 않았다.

이때 인성은 절박한 심정으로 여름을 보내고 초가을을 맞아 사신 행차와 함께 돌아갈 수 있을까 염원하다가 황제가 노영에 억류되고 이로 인해 금국이 사신 보내는 것을 꺼려 지연시키자 너무나 놀라고 낙심하여 마음이 칼로 베이는 듯했다. 또한 정씨 가문의 자손으로 충성스럽고 신의 있는 마음과 의로운 열사의 기운을 타고났으니, 황제가 노영에서 억류되는 욕을 당한 것이 송나라 휘종과 흠종이 오국성에 포로로 잡혀간 것과 같음에 격분하여 피를 쏟으며 호통하는 소리가 원통스럽고 구슬퍼 하늘과 땅에 사무쳤다. 금왕과 신하들이 슬퍼하고 근심스러워하며 국운이 불행한 때이니 사사로이 비분강개해도 어쩔 수 없다고 위로했다. 그러나 정인성은 이때부터 음식의 맛을 거의 알지 못하고 잠도 이루지 못했다.

정인성의 황제를 향한 충심과 나라를 걱정하는 근심은 부모를 그리워하는 마음보다 덜하지 않았다. 그뿐 아니라 자기를 낳아준 친아버지 정삼은 은둔한 현자인 소부와 허유의 고상하고 맑은 정신을 따라 세상에 이름이 알려지는 것을 원하지 않아 평생 검소하고 소박하게 살면서 영원히 산림에서 덕이 높은 현자의 벗이 되고자 했으니, 나랏일이 이처럼 불행한 것을 애통해하고 슬퍼할지언정 나라의 흥망이 왔다 갔다 하는 상황에 직접 참여할 일은 없었다. 그러나 정잠은 일찍 과거에 급제하여 이름이 온 나라에 알려지고 위세가 천하에 가득하여 모두가 추앙하니, 하늘을 지키는 자물쇠요 하늘을 받치는 대들보였다. 일찍이 육경(六卿)의 자리에 오른 후 재상의 지위를 더하니, 황제가 추대하며 높고 큰 산처럼 믿었고 푸른 하늘과 빛나는 해 같은 밝음으로 백성들을 잘 보살피는 것은 그 유명한 한유나 위상보다 더했다. 그러니 지금은 할아버지 정한의 삼년상을 다 마치지 못한 상태라 상복 입은 몸으로 급히 황제의 수레를 따르지는 못하나 삼년상을 마치고 나면 당당히 목숨을 걸고서라도 황제를 구할 것이었다.

상중에 지나치게 슬퍼함이 자식의 죽음을 슬퍼하다 실명한 자하나 백유보다 더한데, 거기에 다시 황제를 위하고 나라를 걱정하는 마음으로 노영에 들어간다면 그 목숨을 돌아보지 않을 것이니, 가문의 불행이 이보다 더할 일이 없으리라는 생각에 미치자 간장이 끊어지는 듯했다.

이에 지난 꿈속의 일을 생각해 보니 할아버지의 밝은 가르침이 어찌 하나라도 어긋남이 있겠는가? 밤에 하늘을 살펴보니 자신의 주성은 북쪽 변방에 있어 오랑캐 땅을 쉽게 벗어날 길이 없었다. 고개를 떨구고 자기의 시운이 험하여 고향에 돌아가는 것이 여의치 못할 것이라는 데 생각이 미치자, 이렇게 근심하고 슬퍼하는 것이 이롭지 않다고 여겼다. 그러나 참을 수 없는 것은 부모님 곁을 떠나 이승과 저승처럼 멀리 있어 살았는지 죽었는지를 알리지 못하는 것이었다. 속절없이 하루 종일 고향을 그리며 지내다가 다시 가을이 지나고 겨울이 돌아와 할아버지의 대상(大祥)을 맞으니, 만 리 떨어진 오랑캐 땅에서 제사를 지내지 못하는 지극한 슬픔과 한이 온몸에 사무쳤다. 고국을 그리워하여 목 놓아 통곡하고 애달피 우는 것이 새벽부터 시작해 한낮까지도 그치지 않으니, 그러는 사이에 세 번 토하고 두 번 기절하여 금세라도 쓰러질 듯하나 비통함은 억누르지 못했다. 금왕과 신하들이 위로하고 구호하자 잠시 진정은 되었다. 그러나 몸이 이곳에 있어 할아버지의 제사를 함께 지내지 못하는 것이 너무나 슬프고 두 아버지와 할머니의 기력이 매우 약해졌을 것이 걱정되어 하루하루 견디기가 힘들 지경이었다.

기러기와 고니가 무리를 지어 만 리를 아스라히 날아가는 것을 보면 그 날개를 빌리지 못함을 한스러워했다. 마음속으로 '내 아우(정인광)는 남달리 사리에 밝고 재주가 뛰어나 내 신세와 같지 않을 것이니, 비록 만 리 밖 아주 먼 곳에 떨어져 정처 없이 떠돌더라도 천금 같은 귀한 몸을 잘 보전하여 고국에 돌아가 부모님이 자식이 돌아오기를 기다리다 눈이 빠질 만큼 애간장 태우는 것을 위로할 것이다.' 라고 생각하며 자신을 위로하고 슬픔을 억눌렀다. 그러나 걱정스럽고 슬픈 마음이 완전히 사라지지는 않았다.

사신 행차에 합류했다가 표류하게 된 정인성

이때 금왕과 신하들은 명나라 황제가 마선의 땅에 볼모로 잡혀 있으나 동생 경왕이 왕위를 이어받아 인심이 잠시 진정되었다는 소식을 듣고 목도달을 보내 공물을 바치려 했다. 인성이 어찌 이 기회를 놓치고 계속 머무르겠는가? 이에 금국 군신들과 작별하고 목도달과 함께 배에 오르니, 금왕이 모든 관료들을 거느리고 강가에 나와 눈물을 흘리며 송별하면서 훗날 만날 기약이 아득함을 슬퍼했다. 또한 관료부터 상하 모든 남녀노소까지 갑작스러운 이별에 놀라고 실망하며 계속 머무르지 못하는 것을 한스러워했다. 이는 정인성이 비록 열 살 남짓의 어린아이지만 재주와 덕이 누구도 따를 수 없을 만큼 뛰어났기 때문이다. 그렇지 않았다면 이런 오랑캐 무리의 모질고 사나운 마음으로 이 같을 수 있겠는가?

인성은 돌아갈 마음이 급해 조금도 지체하고 싶지 않았다. 금왕과 신하들이 아쉬워하고 슬퍼하는 것을 보면서도 행차를 늦추지 않고 그 두터운 인정에 감사하고 작별의 인사를 한 후 배에 올랐다. 무사히 돌아가기를 바라는 마음은 큰 가뭄에 단비를 바라는 것에 비할 수 없을 정도로 간절했다. 목도달이 또한 정인성을 공경하며 매사에 정성을 다하는 것이 이전에 척발기 등과 동행할 때보다 못하지 않으니, 뱃길에 풍랑을 만날까 걱정할지언정 다른 염려는 없이 차차 나아갔다. 그러던 중 하루아침에 거친 풍랑에 휩쓸려 다시 바다를 표류하게 되었다. 배가 휘돌아 다람간·등나 두 오랑캐 지방에 연이어 이르게 되었는데, 가는 곳마다 정인성의 신선 같은 풍모와 높은 덕을 보고 우러러 발을 구르고 손뼉을 치며 번거로울 정도로 환영하는 것은 말할 것도 없고, 저마다 받들어 섬기지 못하는 것을 애달파했다. 그러나 인성은 도리어 괴로워하며 자기의 풍모가 너무 뛰어난 것을 염려했다.

이렇게 풍랑으로 인해 두 나라에 잠깐이라도 머물게 되자 자연히 시간을 지체하게 되었다. 봄이 다 가고 여름을 맞으니 지난해 몽골국에서 떠난 때가 되었다. 집을 떠난 지 3년이 되었을 뿐 아니라 고향에 돌아가고자 분주히 길을 떠났으나 시간이 갈수록 점점 북쪽 오랑캐 땅으로 들어가게 되고 조금도 고국 가까이는 가지 못하니, 밤낮으로 초조해하면서 목도달에게 배를 수리하도록 재촉하여 다시 명나라로 떠나려 했다. 그러던 중 어느 날 밤하늘을 살피다가 너무나 놀라고 당황하여 등나 땅에서 목도달과 이별하고 바로 노영으로 들어갔다. 이 과연 어찌 된 일일까?

죽을 위기에 처한 정인광과 정월염

이에 앞서, 정인광이 조주 계행산 요도에 의해 태청관 석굴을 벗어나지 못하고 정월염 또한 청선관 여도들의 음침한 감옥을 벗어나지 못하고 있었다. 그러다 해가 바뀌어 할아버지 정한의 삼년상이 끝나게 되니, 팔천 리 멀고 먼 땅에서 느끼는 애통함과 끝없는 한이 하늘과 땅에 사무쳤다. 그러나 어쩔 도리가 없어 제삿날이 되자 고향 집의 제사 향불을 아스라하게 바라보며 피눈물을 쏟고 자손의 도리를 다하지 못한 것에 통곡하며 너무나 가슴 아파했다. 또한 할머니와 부모님의 안부를 알지 못하니 심장이 더욱 끊어지는 듯했다.

그런 중에도 장손활은 날마다 인광을 핍박하며 자신의 제자가 되어 인간 세상의 더러운 때를 씻고 스승의 큰 도를 따라 구름을 타고 하늘에 올라 천상 백옥경에 조회하고 아침에는 북해에서 노닐고 저녁에는 창오산에서 노닐며 도가의 수련을 하는 것이 인간 세상의 번화한 부귀나 말세의 얕은 공명과는 비교할 수도 없는 것이라 하면서, 만약 고집스럽게 뜻을 돌리지 않는다면 혹독한 형벌로 도가의 위엄을 보여주겠다고 했다. 운화선 역시 월염을 계속해서 위협하고 달래면서 자신들의 으뜸 제자가 되라고 보채는 말이 끝이 없었다. 인광과 월염은 들을 때마다 괴롭고 화가 치미는 것이 날이 갈수록 심해져 순전히 그 말을 전하러 온 도동까지도 꾸짖으며 쫓아냈다. 두 사람이 한결같이 정도를 지키며 뜻을 돌리지 않았는데, 그 확고함과 진중함은 우왕 때 만든 구정(九鼎) 같았다. 이름난 장사 오확과 박몽의 힘과 이름난 용사 맹분과 하육의 용맹으로도 능히 그 마음을 돌이킬 수 없으며, 오직 공자와 맹자의 예로 대한 후에야 그 마음을 돌이킬 수 있을 것이었다.

흉악한 장손활과 극악한 진소아(운화선)는 귀곡자나 장자의 허탄한 술법을 익혀 천만번 변화하는 둔갑술이나 축지법 같은 신기한 술법이 범상치 않았다. 그러나 이들은 한낱 기이한 요물일 뿐으로 자칭 선도(仙道)를 배운다고 하나 분명 신선도 아니요 부처도 아니며 온몸에 간특함과 흉괴가 얽혀 있었다. 그 지나친 욕심을 없애지 못한다면 천만번 후회한다 한들 어찌 보통 사람이 될 수 있겠는가? 또한 이미 보통 사람이 되지 못했으니 어찌 천지의 도가 서며 만고의 법을 전하여 충렬하고 효성스러운 군자와 어질고 자혜로운 숙녀의 항복을 받아 한 무리로 삼겠는가? 속절없이 오랜 시간 마음과 힘을 허비할 뿐 인광과 월염을 도가의 제자로 삼을 길이 없으니, 운화선이 더욱 분노하여 장손활에게 말했다.

"우리가 정씨 남매를 잡아 석굴에 가두고 제자가 될 것인지 묻지 않은 날이 없습니다. 그러나 이 별종들이 하나같이 괴상망측하여 음실에 갇힌 것이 좋은 일인 것처럼 여기고 우리의 도를 너무나 심하게 배척하니 어찌 통한하지 않겠습니까? 명나라 태조는 나라를 창업한 군주임에도 황각사에 의탁했기에 맹자를 사당에서 배향하지 못하도록 하고 도사에게 벼슬을 맡겼는데, 저 어린아이들이 무엇을 안다고 유가의 가르침과 성문(聖門)의 제자를 일컬으며 우리를 조금도 기탄없이 욕보인단 말입니까? 이런 것들을 그냥 두었다가 만약 놓치고 이들이 도리어 우리를 공격하면 우리 소굴을 모두 소탕하여 작은 원한까지도 모두 갚으려 할 것입니다. 그때를 당해 죽이지 못한 것을 후회해 봐야 아무 소용없을 것이니, 원컨대 그대는 일찍 처치하여 화를 부르지 마십시오."

장손활이 한참을 묵묵히 있다가 말했다.

"그대의 생각이 마땅하나 내가 실로 아끼는 것은 정인광의 타고난 기질입니다. 천지의 정수가 오롯이 정인광에게만 모여 비록 석굴의 비루한 옥에 갇혀 있어도 지난해 이후 계행산 지방의 천기가 한번 밝게 드날리니 풍속이 맑아져 모든 사악한 기운과 음풍이 사라졌습니다. 도관의 얕은 재주로 눈속임을 하던 도동들도 정인광이 여기에 온 후로 기운을 잃고 어찌할 바를 모를 뿐 아니라 이 장손활의 뛰어난 도술과 그대의 무한한 법력으로도 정인광의 당당하고 빛나는 정기를 한번 쏘이면 정신이 현란하여 도술을 제대로 부리지 못할까 합니다. 그러니 그대가 먼저 정월염을 죽이면 제가 형편을 보아 정인광을 처치하겠습니다."

운화선이 탄식하며 말했다.

"정씨 남매의 됨됨이가 그렇기에 굳이 데려와 도가의 으뜸 제자를 삼고자 한 것인데, 그 뜻은 이루지도 못하고 도리어 화근이 되었군요. 염려되니 부디 태허자는 정인광을 아끼지 마십시오. 그 뿜어져 나오던 정기는 다시 생각해도 헤아리기 힘들어, 제 몸에는 아주 유리하나 우리 도가에는 심상치 않은 손해가 될 것입니다. 정인광만이 아니라 정월염 역시 성스러운 정기를 타고나 요사한 기운을 없애고 사악한 기를 제어하는 것에서는 정인광의 정기에 못지않을 것입니다."

장손활이 조용히 처치할 것을 의논하고 흩어졌는데, 두보현과 묘혜선이 이 말을 듣고 인광과 월염에게 각각 전했다. 이에 월염은 분노를 참지 못하고 인광에게 다음과 같이 편지를 써 보냈다.

요도가 우리를 해치려 하는 뜻이 갈수록 커지니 우리가 음실에 잡혀 있는 것을 달게 여기며 머리를 굽히고 조용히 있어도 결국은 요도의 해를 벗어나기 힘들 것이다. 한번 기운을 다해 요도의 무리를 무찔러 보다가 힘이 다해 죽는 것과 매한가지일 것이니, 어찌 음실에서 손발도 놀리지 못하고 있을 수 있겠느냐? 나는 여자라 못나고 소견이 좁은 데다가 달아날 방도를 알지 못하지만 동생은 비록 나이는 어려도 당당한 남자인데 저 요도의 무리를 두려워하여 이 비루한 옥에서 겪는 고초를 달게 받는 것이 어찌 부끄럽지 않겠느냐? 성공하든 실패하든 이곳을 벗어날 방도를 생각하여 천금같이 귀한 몸이 요도의 해를 입지 않도록 해라.

인광도 이미 이런 생각을 하지 않은 것은 아니지만 매번 근심되는 것은 자기 한 몸만이 아니라 월염까지 데리고 가는 것이 어렵기 때문에 혹시 일이 잘못되어 자기는 비루한 옥의 고초를 벗어나더라도 월염이 음실의 원귀가 될까 두려워 말하지 못한 것이었다. 그런데 편지를 통해 요도가 자기 남매를 빨리 없애고자 한다는 말을 들으니, 가만히 있다가는 오히려 죽음을 면치 못할 것이었다. 기운을 다해 한번 요도와 싸워보다가 힘이 다해 죽는 것과 매한가지라는 생각이 들자 즉시 답장을 써서 보냈는데 그 내용은 이러했다.

옛날 왜의 난이 있어 사람을 나란히 앉혀놓고 목을 베는데 그중 누군가 말하기를 '어찌 달아나 피하지 못하는가?' 하니, 앉아서 칼을 받는 사람이 말하기를 '하늘에 다리가 없고 땅에 구멍이 없으니 어디로 달아나리오?' 그 사람이 다시 말하기를 '피해도 죽고 앉아 있어도 죽으니 혹시 요행히 살게 될지 몰라 일단 피할 것이다.' 하고는 급히 피한 사람이 혹 살길을 얻었다 합니다. 그러니 앉아서 죽음을 기다린 사람은 저의 우매함 같고 피해 살길을 얻은 사람은 누님의 통달하심과 같습니다. 제가 비록 불민하고 어리나 누님의 부탁을 저버리지 않으려니와 다만 누님이 몸을 피해 달아나기 어려운 것이 걱정스러우니 다시 글로 가르치시기를 바랍니다.

월염이 인광의 글을 보고 한참을 묵묵히 있다가 말했다.

"사촌동생의 성품이 강렬하고 결단력이 있어 대장부의 당찬 위엄은 있으나 어린아이의 유약함은 없을 뿐 아니라 자잘한 것을 근심하거나 거리끼지 않지. 그런데 지금 옥에 갇히는 욕을 당해서는 여러 세월 분한 마음을 품고 고통을 참고 있으니 이는 제 몸을 위한 것이 아니라 오롯이 내가 도망가기 어려운 것을 염려해서 그런 것이다. 그러니 장차 어찌해야 내 몸이 음실을 벗어나 우리 동생의 근심을 덜 수 있겠는가?"

그러고는 너무나 슬퍼하니 춘파가 눈물을 흘리며 말했다.

"요도의 신통함이 천 리를 보는 눈과 귀가 있어 과거와 미래를 꿰뚫어 볼 뿐 아니라 장자의 사상을 겸하여 소저의 뜻을 항복받지 못하면 악착같이 해치려 할 뿐 아니라 음실을 벗어나게 놔두지도 않을 것이니 쓸 만한 계교가 없사옵니다."

경파가 목소리를 낮추고 말했다.

"운화선이 스스로 신선술을 배웠다고 하고 요술이 헤아릴 수 없기는 하지만 여러 제자들을 다 부모·형제도 모르게 낚아채 오거나 아니면 위협하여 데려와 약을 캐게 하고 도를 가르칩니다. 그러니 깊은 산 험한 골짜기에서 인간 세상을 떠나 구름을 타고 하늘에 오르기를 희망하며 도가의 경전인《황정경》을 읽어 마음은 불 꺼진 재와 같고 몸은 다 말라버린 나무와 같은 경지에 오른다면 부모와 형제를 생각하는 정은 자연히 잊게 될 것입니다. 또 그런 중에 신세를 헤아리고 사정을 다시 생각하여 스스로 신선술을 배우기도 하지만 오랜 시간이 지나도 난새와 학을 타고 천상백옥경에 오르는 것은 꿈도 꾸지 못할 일입니다. 더구나 날마다 약재를 캐는 괴로움과 환약을 만드는 고생을 하지 않으면 스승의 포악한 호령을 면하기 힘드니, 쓰고 마른 풀로 무슨 배를 채우며 풀뿌리와 베로 무슨 몸을 가리겠습니까? 관아의 심부름꾼이 엄한 주인을 모셔 밤낮으로 마음을 놓지 못한다 해도 엄연히 삼강오륜의 도리가 있지만 청선관 여도는 삼강과 오륜이 전혀 없습니다. 또한 석가의 도를 숭상하는 불도라 하기에는 삭발하고 세상을 버린 후 포단에 앉아 수도하여 영원한 삶을 구하는 일이 없으며, 법전에 모든 부처와 성인을 앉혔으되 모든 여도사가 삭발하지도 않았습니다. 도가라 하기에도 인간 세상의 평범한 사람들로 세상의 번화한 염려를 끊지 못해 먹고 입는 괴로움조차 걱정거리를 삼으니 어디서 신선의 음료를 맛보겠습니까? 죽어도 몸이 그대로여서 백골이 썩지 않고 살아도 인간 세상과 소식을 끊었으니 저세상 사람이나 마찬가지입니다. 살아 있는 부처나 신선이라기에는 당치도 않은 괴로움이 비할 데 없으니 어찌 슬프고 한스럽지 않겠습니까? 저마다 원한을 품어 살아서 고향에 돌아가기를 원하니, 요도의 심복 제자 서너 명은 달래기 어렵겠지만 그 외에는 묘혜선이 흩어지게 할 수 있을 것입니다. 제자들을 일시에 흩어지게 한 후에는 빈 도관을 혼자 지키는 것이 무의미하여 분명 이곳을 떠날 것이니, 그때면 소저께서 돌아가실 수 있을 듯합니다."

월염이 미처 대답하지 못하고 있는데 묘혜선이 탄식하며 말했다.

"그대는 하나만 알고 둘은 모르는 말씀을 하시는군요. 도관의 모든 도인들이 신선술을 배워 한번 써보지도 못했고, 옛일을 거슬러 올라가 보아도 진시황과 한무제의 위엄으로도 결국 신선이 되지 못했으며 불사약을 얻지 못해 장생하지 못했으니 우리 무리가 실로 무슨 도술로 평범한 인간이 학과 난새를 타고 천상 백옥경에 오르며 하늘에 날아올라 아침에 북해를 노닐고 저녁에 오동나무 숲에 이를 수 있겠습니까? 스승의 선도를 배웠다 하는 것이 허무하다는 것을 우리 무리도 잘 알고 있지만 그렇다고 말하지 못하고, 고향에 돌아가고자 하는 마음이 적지 않지만 그러면서도 흩어지지 못하는 것은 스승이 몸을 한번 움직여 천만리를 지척같이 왕래하는 것을 빠른 바람에 키로 까부른 등겨가 날리듯 가볍게 하니 뒤를 쫓아와 다시 잡아오면 백 가지 참혹한 형벌과 천 가지 독한 벌은 죽기도 마음대로 못 할 정도일 것이기 때문입니다. 그 괴로움과 원망을 하늘에 통하지 못하고 한갓 비통함을 품을 뿐이니 어찌 도망가기를 의논하겠습니까? 그러니 소저가 달아나실 방도는 우리 무리가 흩어지는 것에 달린 것이 아니라 운화선을 제어하는 데 달려 있습니다. 스승이 평생 괴로워하는 바는 정기를 온전히 가진 사람입니다. 소저와 공자의 당당한 정기를 모르지 않으면서도 제자를 삼아 도관에 두었으니, 봉황이 와서 춤추고 황룡이 나타나는 상서로움을 이루어 학과 난새가 끄는 신선의 수레를 타는 것이 어렵지 않을 것임은 말할 필요도 없습니다. 그러나 운화선의 더 깊은 뜻은 조상인 영웅 진우량이 천하를 얻지 못한 원통함이 평생 풀리지 않았기에 아주 불측하고 음흉한 생각으로 자칭 선도(仙道)라 하면서 남녀를 많이 모아 결국은 국가에 해를 끼치고자 하는 것입니다. 장손활이 아무리 사나워도 운화선의 그 깊고 흉악한 뜻에는 미칠 수 없습니다. 인광 공자의 귀하고 통달한 기상이 도가에서 약을 캐는 동자가 될 리 없다는 것을 잘 알지만 마음을 완전히 항복시킨 후에 도동을 삼았다가 훗날 반역을 도모하려 하는 것이니, 여러 가지 흉악한 속임수는 도저히 헤아릴 길이 없습니다. 제 생각에 소저와 공자께서 비루한 옷을 벗어나지 못했으나 천지간의 특출한 정기와 탁월한 재모는 실로 천상과 인간을 모두 살펴도 비슷한 사람이 없을 것입니다. 그 정대함은 범접할 수 없는 위엄을 이루었고 광명함은 가슴으로부터 일어나 넓고 크니, 천지가 빼어나고 깨끗하며 일월이 영원한 것과 같습니다. 지난해에는 아직 덜 자라 연약하여 운화선을 대할 때 두려워하는 면이 있었으나 이제는 시간이 흘러 비록 근심과 염려가 가득한 중에도 기질을 두루 갖추어 아주 성숙해지셨으니, 소저가 자라신 것으로 볼 때 공자 역시 골짜기의 어린 봉새가 변해 넓은 바다에 바람을 일으키는 용이 되었을 것입니다. 그러니 성공하든 실패하든 운화선을 먼저 없애고 다음에 장손활을 제어하는 것이 좋겠습니다. 힘으로 저 무리와 겨루려 하면 항우라도 혼자 몸으로 저 무리의 강악함을 당할 수 없겠지만 몸의 정기로 요정을 제어하면 힘을 쓸 필요가 없을 것입니다. 일이 교묘하고 간사하기는 하지만 도관에 백 가지 요약과 만 가지 음약이 갖추어져 있고 사람의 정신을 흐리는 단약과 괴이한 풀이 무수한데, 그 또한 비상하여 평범한 사람이 먹으면 신선이 마시는 신령한 음료가 아닌지 알지 못합니다. 운화선과 장손활이 매일 꾸준히 복용하는 선향주와 진청단은 맛이 현혼단과 감혼주와 매우 비슷하니, 그들이 모르게 술과 단약을 이것들로 바꿔두어 운화선과 장손활이 한번 먹게 하면 비록 스스로 만든 술과 약이라 하더라도 그 지독함을 이기지 못해 미처 요술도 행하지 못할 것입니다. 그때 바로 공자와 소저가 정기를 다해 부정한 요술과 요사한 기운을 제어한 후 석갑에 가두거나 궤에 넣거나 하여 쉽게 움직이지 못하게 하고 바삐 달아나시는 것이 옳을까 합니다. 이 말씀을 공자께 전하여 장손활에게 감혼주와 현혼주를 먹이는 것은 두보현에게 맡기고, 운화선에게 술과 단약을 바꿔 먹이는 것은 제가 죽을 각오로 해보겠습니다."

월염은 묘혜선의 자비롭고 넓은 은혜에 감사해하며 말했다.

"만일 음실을 벗어나게 되면 죽어서라도 은혜를 갚고 보답하겠네."

묘혜선이 탄식하며 말했다.

"천지의 궁박하고 슬픈 인생이 이번 세상에서나 지은 죄 없이 살아 다음 생에는 이처럼 살지 않기를 원할지언정 어찌 사람에게 은혜를 베풀어 보은이라는 두 글자를 들을 수 있겠습니까? 소저께서 매번 너무 과도하게 말씀하여 저를 부끄럽게 하시니 이는 제가 바라지 않는 바입니다."

그러고는 인광 공자에게 편지를 쓰도록 청했다. 월염이 묘혜선의 계획대로 바로 일을 도모하여 뒤늦게 후회할 일을 만들지 말 것을 인광에게 전하니, 인광이 월염의 글을 보고 속으로 웃으며 생각했다.

'요도의 간악함 때문에 우리 남매가 이 석굴의 비루한 옥에 갇히게 되었으니 그 분함과 치욕스러움은 사람으로서 참을 바가 아니다. 허나 어찌 요상한 환약으로 요도를 속여 요인의 간흉함과 똑같이 부정한 일을 할 수 있겠는가? 내 이미 죽기로 작정하고 요도와 겨루려 하니, 나의 운수가 실로 궁박하고 어그러짐이 많아 죽게 될 운명이라면 하늘이 정한 것을 피하지 못할 것이다. 그러나 만약 그렇지 않다면 요도의 음흉하고 사악한 것이 두렵지 않다. 요사스러운 것이 덕을 이기지 못하고 바르지 못한 것이 바른 것을 범할 수 없는 법이니, 바른 도로 시작하여 덕으로 마무리 지을 일이지 교묘하고 간사한 계교를 부릴 일은 아니다.'

이런 생각으로 두보현을 보고도 굳이 이 일을 말하지 않았다. 이때 묘혜선은 정월염이 탈출할 수 있는 길을 치밀하게 설계하여 운화선이 먹는 술과 단약을 감혼주와 현혼단으로 바꿔두었다. 어느 날 밤 운화선이 경서와 도법을 외우다가 한밤이 되자 밤이슬이 내리고 종소리가 울리는 가운데 겨울바람이 매섭게 불어 방문에 부딪히고 맑은 달은 옥창에 밝게 비쳐 밤기운이 냉랭해졌다. 이에 운화선이 선향주와 진청단을 먹으려고 단약을 손에 쥐고 술을 따르려 하다가 갑자기 크게 웃으며 말했다.

"내 도가 부족하고 덕이 없다 해도 어찌 이런 망측하고 가소로운 일이 있는가?"

말을 마치고 술병과 단약을 함께 던지며 주릿대를 갖추어 뜰로 나가니 묘혜선이 무리와 함께 있다가 운화선의 거동을 보고 몹시 놀라 넋을 잃고 얼굴빛이 창백해져서는 말을 하지 못했다. 운화선이 비록 고명[5]의 천 리 보는 눈에는 미치지 못해도 그 밖에는 거의 예지력이 있어 술과 단약을 바꿀 사람이 묘혜선밖에 없는 줄 알면서도 굳이 급히 물어 다스리려 하지 않고 계속해서 뜰 가운데를 왔다 갔다 하며 밤하늘을 올려다보다가 눈썹을 찡그리고 언짢아하며 말했다.

"소미성은 어찌 이다지도 일이 많으며【소미성은 태행산에 은거하고 있는 엄정의 주성이다.】 어찌 미친 짓을 하려 하는가? 아, 슬프다! 태허자가 내 말을 듣지 않고 나 또한 까닭 없이 아끼는 마음과 기이하게 여기는 뜻을 물리치지 못하고 요사한 것들을 오래 머무르게 했다가 거처가 안전하지 못하게 되었으니 누구를 한하고 누구를 원망하겠는가? 규성【정인광의 주성】의 광채가 아주 밝고 문월성【정월염의 주성】이 흑기를 벗어났으니, 석갑이 아니라 태산이 누르고 있어도 벗어날 수 있으리라."

그러고는 탄식하며 말했다.

"돌아가신 할아버지께서 재덕을 타고나 진실로 온 세상을 다니며 천하를 남에게 양보하지 않을 분인데, 천명을 얻지 못해 명 태조가 천하를 통일하니 이로 인해 우리 진씨 종족은 조선 작은 나라에 내쳐졌지. 그 이후로는 다시 기운을 떨쳐 할아버지의 구천에 맺힌 한을

---

5 고명(高明): 서진(西晉) 시대의 천리안으로 유명한 인물.

풀 길이 없으니, 이 원통함과 지극한 한을 살아서 풀지 못하면 천지는 다할 날이 있어도 이 아픔은 끝날 기약이 없으리라. 내가 일월수(日月數)를 으뜸으로 귀하게 여기는 것은 명 태조의 운수가 기울기를 기다려 원수의 씨를 뽑아버린 후 만 리에 이어진 산과 같은 눈물을 흘리며 우리 아버지를 조선에 내친 원한을 풀기 위해서였다. 인간을 창조한 여와의 뒤를 이어 생황을 만들어 천하를 다니며 큰 덕과 훌륭한 업적으로 온 세상을 어루만져 백성들이 격양가를 노래하며 요순의 시대를 즐기게 하고 나는 일생을 즐기며 천년만년 죽지 않고 도사가 되어 깊은 산의 신비한 풀을 캐고 깊은 골짜기의 보리와 조를 먹으며 자생하고자 한 것이 아니었다. 저 정씨 아이들의 운수가 형통하여 결국은 돌아가게 될 것이니, 그들을 해치는 것은 하늘의 뜻을 거스르는 것이므로 돌려보내는 것이 마땅하다. 하지만 처음 힘들게 이들을 데려와 긴요하게 쓰고자 한 것이 모두 허사가 된 것은 너무나 분한 일이다. 더욱이 저것들이 분명 순순히 가지 않고 엄정 등과 함께 우리를 혼란에 빠뜨릴 것이니, 내 먼저 정인광부터 부숴버리겠다."

이런 흉악한 마음을 드러내며 도술로 먼저 월염을 해치려 하는데, 갑자기 도관 문이 벼락 치듯 울리며 요괴의 우두머리를 잡아내라는 소리가 들리니 이 어찌 된 일인가?

인광과 월염을 구하러 나선 엄정

조주 태행산에 한 은사가 살고 있었는데 성은 엄이고 이름은 정이며 호는 광능자였다. 그 시조는 한(漢) 무제 때의 엄자릉으로, 엄정의 타고난 성품과 기질이 시조인 엄자릉을 그대로 닮아 서리 같은 기운이 늠름하고 소나무 같은 형상이 푸르렀다. 백이·숙제가 살던 시대는 아니지만 그 만고에 없는 절개를 다시 이었고, 요임금의 시절이 아니지만 그때의 지조 높은 선비였던 소부·허유의 기이한 절개가 있었다. 시조인 엄자릉 이후로 대대로 현달하여 동한 시절과 당나라·송나라 시절에도 대대로 문벌이 높고 나라와 운명을 함께하는 신하로 지내다가 오랑캐 원나라가 통일하자 세상을 버리고 은거하여 태행산에서 살게 되었다.

엄정은 그 5대손으로 태조 홍무황제가 북방의 오랑캐를 소탕하여 천하를 통일했으나 엄씨 가문에서는 구태여 세상에 이름이 나는 것을 구하지 않고 구름 낀 산에서 자지(紫芝)를 캐며 골짜기에서 《황정경》 읽는 것을 소임으로 삼았다. 달이 밝고 바람이 없는 밤과 맑은 바람이 불 때면 거문고에 맞춰 노래를 부르고, 한가한 때면 술동이를 기울여 술을 마셨다. 또 거친 베옷을 입고 뒤뜰에는 보리를 심고 밭에서 벼를 거두며 낚싯대를 드리우는 것으로 소일했다. 10년 동안 벼슬을 한 번도 하지 않은 것을 부끄러워하지 않고 나물밥과 자연에 즐거움을 두니, 청허한 기운으로 구름을 타고 학을 길들이면서 세월을 보내고 적강한 신선을 따라 장자를 벗으로 삼고 노자를 좇을 듯했다. 아침에 동해에서 놀고 저녁에는 서해를 밟으니 삼강과 오호에 배를 띄우고 고래 등에 술을 실었던 장건이요, 강가의 술집을 쫓아다니며 허랑한 풍채를 흉내 내니 모든 일에 능통하지 못한 것이 없어 사람들이 호를 광능자라고 했다. 앉아서 천 리를 꿰뚫고 미래를 눈앞인 듯 헤아려, 위로는 천문에 능통하고 아래로는 지리에 통달하며 인간 만물에 능하지 않은 바가 없고 신이하지 않음이 없었다. 또 귀신을 부르고 바람과 구름을 부리는 신기한 도술이 세간에서는 따를 자가 없었다. 엄정의 본성이 굳이 자신의 능력을 다른 사람에게 드러내고 알리려 하지 않으나 자연히 그 신이함이 비할 데 없으니, 스스로 벼슬 안 한 선비라 하면서 나무꾼과 목동의 벗이 되었다.

부인 풍씨는 개국공신 풍승의 후예로 외양이 단정하고 성품이 맑으며, 검소하게 생활하며 남편을 지극히 공경했던 맹광을 본받았다. 풍씨는 맹광이 절의 있는 남편 양홍의 가난함을 좋게 여긴 것과 같아 은사인 엄정과 금실지락이 넘쳐 다섯 아들과 두 딸을 낳았다. 그들도 하나같이 남달리 뛰어나고 고아한 풍모를 지녔고 봉황이나 학과 같은 외모를 갖추었다. 이미 다 시집·장가를 가 손자를 낳았으니, 옥 같은 손자와 꽃 같은 손녀들이 슬하를 오가며 노는 것은 더욱 복된 일이었고 며느리와 사위 역시 모두 유학자 집안 출신으로 행실이 빼어났다. 맏사위 진가숙은 천지간의 곤궁한 백성으로 유가의 학문을 버리고 자객인 형가·섭정의 의협과 용맹을 본받아 부친을 비명에 죽게 한 원수를 갚은 후 강호를 여기저기 떠돌며 온 천하를 정처 없이 다니다가 올해 어사 장두의 유배길에 따라와 잠시 방랑기를 접고 장어사와 함께 지내니 엄정의 사랑이 비할 데가 없었다.

어느 날 밤 엄정이 사위와 손자들을 데리고 천기를 살피고 있었는데 둘째 아들 엄식이 아뢰었다.

"지난해 가을부터 규성이 이쪽으로 옮겨온 후로 검은 기운이 가득하여 광채가 덜합니다. 또 저 별은 무슨 별이기에 규성과 함께 검은 기운에 싸여 있으니 어찌 된 일입니까?"

엄정이 웃으며 말했다.

"너는 아직 별자리 보는 데 통달하려면 멀었구나. 저 큰 별은 문월성이다. 하늘이 만물을 만들어내는 것이 기이하여 문월성 같은 별들이 드문드문 성기게 있으면서 규성 같은 별을 빛내도록 하니, 이는 반드시 여자의 주성일 것이다. 지난해 가을부터 규성과 문월성이 검은 기운을 띠고 광채를 잃은 것을 보니, 이는 주나라 문왕이 유리 땅의 옥에 갇혔던 것이나 성탕이 하나라의 감옥에 갇힌 것과 흡사하고 초나라 죄수가 되었던 종의의 모습과 거의 비슷하다. 내 생각에 뛰어난 사람이 큰 재앙을 만나 슬픔과 괴로움이 위로는 하늘까지 사무치고 아래로는 땅속까지 미친 것이 분명하다."

장두가 함께 있다가 문득 탄식하며 말했다.

"예전에 정한 사부님께서 문하생과 두 아들을 모아 천문을 논할 때 그 둘째 손자 정인광의 주성이 규성이라고 하는 것을 들었습니다. 만약 규성이 이곳에 옮겨왔다면 정인광이 조주에서 타향살이를 하게 된 것이 분명합니다. 선생께서는 천 리를 앉아서 내다보시고 미래를 손금 보듯 하시니, 검은 기운이 둘러싼 까닭을 알아내 그 사람을 구해내시겠지요? 제가 나라의 죄수로 거짓으로 죽은 체하고 이곳에 망명하게 되어 세상 소식을 듣지 못해 황제께서 북쪽 오랑캐 땅에 억류되는 참혹한 욕을 그대로 당하시게 하고 그 치욕을 씻기 위해 신하로서 목숨을 바치지도 못했습니다. 하루 종일 마음이 급하고 몹시 두려우며 조심스러워 벌벌 떨리는 것이 봄날의 얼음을 대하는 듯합니다. 그뿐 아니라 선조께서 충효와 의로운 절개로 경계하시던 가르침은 이미 그림의 떡이 되었고, 대장부가 되어 맑게 갠 하늘의 밝은 해처럼 결백한데도 쥐같이 머리를 움츠리고 자취를 감추어 구구하게 살고자 하니 신하로든 백성으로든 모두 죄를 면치 못하게 되었습니다. 그러니 훗날 저승에 가 무슨 면목으로 조상님과 사부님을 뵙겠습니까? 관용방이 왕의 면전에서 간언하다 기름솥에 삶겨 죽은 것을 부러워하고 비간이 간언하다가 심장을 뽑혀 일곱 구멍을 확인하는 형벌을 당한 것을 흠모하나, 이에는 미치지 못해 호랑이를 그리려다 도리어 개를 그리고 만 망신스러운 신세가 되었습니다. 살아 있는 것이 괴롭고 죽는 것이 기쁜 일임을 깨닫게 되었으니, 자연히 호탕한 대장부가 속 좁은 부인네 되는 꼴을 면치 못할 것입니다. 이곳에 머물면서 근심을 덜고자 간간이 미래를 점치는 책을 보니, 허무맹랑하여 군자가 취할 바는 아니지만 저 사람을 살리는 데는 유학보다 나은 면이 있습니다. 또한 아주 미미한 목숨이라도 살리는 것이 큰 공적보다 높다고 했습니다. 선생께서 유학을 숭상하여 장자의 사상을 배척하시나 신기한 수단으로 죽을 사람을 견디게 하고 외로운 사람을 붙들어주시는 뛰어난 의기를 잘 아시니, 남녀나 귀천을 불문하고 아까 말씀하신 초나라의 죄수와 비슷하다고 했던 한 사람을 구해주시겠지요?"

엄정이 한참을 묵묵히 있다가 다시 하늘을 살피더니 웃으며 말했다.

"규성과 문월성이 비록 검은 기운에 둘러싸여 있으나 이제 광채를 발하고 길한 기운이 끼쳐 있으니 위태로울까 염려할 일은 없겠습니다. 하지만 크고 작은 모든 일의 운수를 피할 수 없으니 사람의 힘으로 정할 바가 아니겠지요."

진가숙이 나아와 말했다.

"장인께서 구하지 못할 사람이면 제가 흰 칼날을 번득여 악한 자를 베고 선한 자를 구할 수 있게 해주십시오."

엄정이 고개를 저으며 말했다.

"나는 산속에 사는 어리석고 못난 사람이라 자네의 사리 모르는 용기를 더 듣고 싶지 않으니 다시는 말하지 말게나. 내 본래 두견새 우는 소리를 듣고 천하가 분주할 것임을 예견했던 소강절의 슬기와 앞일을 내다보던 곽박 같은 능력이 없으니 길흉과 흥망을 어찌 알겠는가? 허나 하늘의 뜻을 어기지는 못하니, 하늘을 업신여기던 무을이 천둥소리에 놀라 죽은 게 무엇 때문이겠는가? 작은 일이라도 내 맘대로 못 하는 것은 하늘이 그릇되다 여기실까 두려워서이지. 몇 달이 지나면 자네가 힘을 쓸 곳이 있을 것이니 그때 말해주겠네."

진가숙이 답답하면서도 어쩔 도리가 없어 몇 달이 지나기를 기다렸다. 장두 역시 아쉬워하면서도 문월성과 규성을 구하자는 말을 다시 하지 못했다.

이미 두어 달이 지나고 시월 초순이 되어 날씨가 냉랭하니, 찬 바람이 북쪽에서 불어오고 서리와 눈이 그늘진 곳에 내렸다. 장두는 나라를 걱정하는 마음이 더 깊어지고 고향을 그리워하는 마음이 간절해져 가슴이 답답하고 마음은 서글플 뿐이어서 오히려 만사에 무심하고 모든 일을 꿈처럼 여기며 넓은 눈썹을 모으고 붉은 입술은 꾹 다문 채 말이 없었다. 이때 갑자기 엄정이 맏아들 엄옥과 둘째 아들 엄식을 데리고 들어와 말했다.

"그대가 냉랭한 날씨 때문에 여러 감회에 젖어 속 좁은 부녀자 같은 모습을 하고 있으니 별로 보기 좋지 않습니다. 산이 온통 눈에 파묻혀 구경할 것이 없지만 태행산에서 계행산에 이르기까지 향기롭고 기이한 풀들이 가득하고 푸릇한 소나무 숲의 경치를 볼만하니, 찬 기운에 몸이 상할까 걱정하지 마시고 저와 함께 가시는 것이 어떠신지요?"

장두가 그러겠다고 하고 엄정의 아들·사위들과 함께 길을 떠나 나는 듯이 험한 산길을 지나 계행산에 이르렀다. 깊은 암벽에 난 굴에 자리를 잡고 술을 마시며 경치를 소재로 시를 짓고 시간을 보내나 기운이 차고 겨울 경치가 쓸쓸하여 산빛은 싸늘하고 찬 바람이 맵게 불어오며 마른 수풀에 밤새 내린 눈이 엉켜 고드름이 생기고 깊고 깊은 골짜기는 은으로 장식한 듯했다. 또 수풀 사이와 하늘가에서 온갖 새와 짐승들의 구슬픈 울음소리가 들려와 고향 떠난 사람의 마음을 요동치게 했다.

장두의 세 자녀는 장두의 환란에 연좌되어 혈육도 없이 사방에 흩어져 의지할 곳 없는 외로운 신세가 되었다. 일찍 어머니를 여의고 생전에 제대로 모시지 못한 것을 후회하는 울음소리가 밤낮으로 그치지 않고 어머니를 그리워하는 눈물이 마를 날이 없던 중에, 이번에는 아버지가 죽음을 면한 줄 모르고 객지에서 원통히 죽었다는 흉문만을 듣고 뼈에 사무치는 원통함이 하늘과 땅에 사무쳐 빨리 이 세상을 떠나 부모를 좇고자 할 것이라 생각하니 장두는 자기도 모르게 비통한 눈물을 흘렸다. 진가숙과 엄정 부자가 좋은 말로 위로하고 여러 번 술을 권하며 취기로 시름을 잊으라고 했다.

이윽고 해가 서산으로 기울자 새들이 수풀에 깃들어 잠이 들고 사나운 호랑이의 으르렁거리는 소리가 빈산에 울려 퍼졌다. 엄정이 아들·사위들과 함께 숲 사이를 배회하니, 장두는 엄정이 여기서 밤을 지내려 하는 것을 이상하게 생각하면서도 굳이 묻지 않고 따라갔다. 달이 중천에 떠오르고 이슬이 버선 끝을 적시자 찬 바람이 불어와 옷소매를 들척이고 피부에 스며드니 엄옥이 말했다.

"추위가 심해 밤이 되어 냉기가 더 심해졌는데도 아버님은 눈과 얼음을 피하지 않고 찬 기운에 몸이 상할 것을 생각하지 않으시니 자식된 마음에 너무나 걱정스럽습니다. 태청관 또한 사람이 사는 곳이니 방 한 칸을 얻어 밤을 지내면서 앞으로의 일을 생각하는 것이 어떠시겠습니까?"

엄정이 말했다.

"소란스럽게 굴지 마라. 너희가 찬 기운에 몸이 상해 병이 날까 걱정되면 됐지, 나는 이곳에서 머물러도 바람과 추위 때문에 병이 나지는 않을 것이다. 얼마 지나지 않아 태청관으로 갈 것이니 아무쪼록 서두르지 마라."

장두가 말했다.

"태청관은 어떤 사람이 머무는 곳입니까?"

엄정이 말했다.

"인간도 귀신도 아니며 부처도 신선도 아닙니다. 다만 그중에 특별한 요괴가 사람의 태를 갖추어 세상에 나온 지 50년에 신기한 술법이 많이 늘어 사람과 사물을 해치는 것이 극에 달했지요."

장두가 놀라며 말했다.

"그렇다면 왜 선생께서 없애지 못하는 것입니까?"

엄정이 말했다.

"어찌 없앨 마음이 없겠습니까마는 그 목숨이 저같이 하찮은 사람의 손에 달린 바가 아니라서 목숨이 다할 때를 기다린 것인데, 아마 오늘 밤 규성(정인광)이 요정을 없앨 수 있을 듯합니다."

이런 말을 하는 사이에 태청관이 매우 시끄러워 그 안의 도동 무리가 지껄이는 것을 그치지 않더니, 엄정이 아들·사위와 장두를 이끌고 태청관으로 돌입하며 말했다.

"아홉 살 어린아이가 천지간의 별난 요정을 쓸어버리는 것을 구경하게 될 것이다."

진가숙이 갑자기 뛸 듯이 기뻐하며 말했다.

"이 아이가 몇 달 전에 하늘의 별자리를 보시고 초나라 죄인으로 볼모가 된 것과 흡사하다고 했던 그 아이입니까? 제가 마땅히 칼날을 번득여 요괴가 아니라 사악한 정령이라도 쓸어버리겠습니다."

엄정이 웃으며 말했다.

"자네가 비록 항우의 용기와 형가·섭정의 날램이 있다고 해도 이곳 요정은 칼이나 창으로 위협할 수 있는 존재가 아니네. 진정 바른 기를 가진 사람만이 요사한 기를 이기고 잡을 수 있다네."

말을 마치자 걸음을 옮겨 도관으로 들어갔다.

장손활의 도술을 무력하게 만든 정인광

이때 정인광은 비루한 옥에서 온갖 고초를 겪어 머리카락이 하늘로 쭈뼛 설 정도로 매우 분노한 상태였다. 그러던 어느 날 밤 장손활이 두어 도동을 데리고 석갑에 이르러 입으로 괴이한 주문을 외우니,

한낮에도 칠흑같이 어둡고 냉기가 뼛속까지 파고들던 비루한 옥이 갑자기 환해지면서 붉은 기운이 돌고 푸른 하늘의 밝은 해가 밝게 비치었다. 겨울바람이 매섭고 서리와 눈이 부슬부슬 내리던 한겨울 추위가 갑자기 따뜻하고 훈훈한 기운을 띠며 부드러운 바람이 한가롭게 불고 저녁 구름은 은은히 흐르는 가운데 난데없이 용무늬가 그려진 화려한 자리와 방석이 휘황찬란하게 깔렸다. 그윽한 향기가 서서히 일어나 석굴 안을 가득 채우고 낮고 깊으며 더럽고 흉하던 것이 일시에 백 척이나 되는 높은 누각이 되고 천 칸도 넘는 고대광실이 되어 아주 장대하고 빛났다. 마치 천상의 신선 세계인 듯 영롱하고 끝없이 넓게 펼쳐져 아득하기가 봉래산의 궁궐 속 같았다.

요도들과 사악한 귀신들이 고운 빛깔의 부용과 모란을 석굴 가득 만들어내니, 사시사철의 경치를 옮겨놓은 듯했다. 하늘을 외로이 날던 학이 스스로 뜰에 내려와 춤추며 머리를 조아려 사람으로 하여금 백운을 타고 옥황상제가 계신 곳에 이르게 할 듯한 온갖 기이함과 비상함은 그림으로도 형용하지 못할 정도였다. 장손활이 평생 배운 신통함을 모두 부려 갑자기 바람과 비를 만들고 천둥과 번개를 내리쳐 위협하며 도가의 인연이 중하다고 하면서 만약 자신의 제자가 되지 않으면 오늘 밤 천둥·번개에 부숴진 뼈를 석굴에 바르고 내일은 저승의 음실에 가두어 귀신 무리에도 들지 못하게 하겠다고 했다. 이처럼 뜻을 돌이켜 자신의 제자가 되라며 발을 굴러 재촉할 즈음에 웅장한 우레 소리가 석굴에 요란하고 번개 친 하늘의 불빛이 인광이 누워 있는 바로 앞을 스치며 말이 끄는 수레가 요란하게 굴러가고 원숭이가 정신없이 뛰노니, 그 술렁술렁하고 어수선한 분위기는 가늠하기 어려울 정도였다.

인광이 오랫동안 소매로 얼굴을 가린 채 움직이지 않다가 선관이라고 하는 자가 핍박하는 말을 그치지 않는 데에 이르러는 급기야 박차고 일어났다. 고귀하고 아름다운 눈썹을 찌푸리고 별 같은 두 눈을 높이 뜨니, 용의 눈썹이 거꾸로 박힌 데다 태양과 같이 빛나는 눈에서 나온 두 줄기 빛은 천지를 밝힐 듯했다. 요도의 온갖 사악함과 기괴함을 꾸짖는 목소리는 위엄 있고 씩씩했으며 당당한 호령은 북풍이 불고 찬 서리가 내리며 날이 음침해져 비와 눈이 날리는 듯했다. 호랑이와 표범이 바람과 구름을 불어와 백 가지 짐승을 두려워 떨게 하는 듯하고, 세찬 파도에 용신이 바람 앞의 등불이 된 듯하며, 거센 바람과 천둥 치며 내리는 비처럼 거침없는 모습은 한나라 개국공신 주발이 여황후의 일족을 세류영에서 몰살한 것 같은 기세였다. 아홉 살 어린아이가 음침하고 비루한 옥에 갇혀 있어 하늘을 보지 못하고 치욕을 당한 분을 품은 지 달로는 열여섯 혹은 열일곱 달이요 해로는 수년이 되었으니, 만약 평범한 기질을 타고났다면 벌써 석갑의 비루한 귀신이 되어 숨이 끊어졌을 것이다. 그러나 정인광의 탁월하며 세상을 초월하는 타고난 기질은 만고에 대적할 자가 없어 걸러진 물과 단련된 쇠도 오히려 깨끗하고 순수하지 못함을 비웃고 곤산의 흰 옥도 차지 못함을 부끄러워할 정도이니, 깊은 골짜기 흰 눈이 뒤덮인 곳에 외로운 소나무가 홀로 푸른 것과 비슷했다. 좌우에 자신을 도와줄 사람이 하나도 없고 요정의 독하고 사악한 술법이 사나운 호랑이를 만난 것보다 더하지만, 정인광의 엄숙한 모습과 거침없는 호령은 만군을 지휘하는 원수의 번득이는 칼날 같았고 좌우에는 천자가 내린 기와 도끼가 촘촘히 늘어선 듯했다. 천자가 내린 도끼로 요도를 내리치고 그 죄에 따라 형벌을 내리는 듯한 위엄은 강태공이 주왕의 애첩인 달기를 호령했던 것과 흡사했다. 수고롭게 장손활과 승부를 겨루지 않아도 대귀인(大貴人)의 당당한 정기가 해와 달의 정수와 강산의 빼어난 기운을 온전히 갖추었으니, 장손활은 자연히 몹시 두려워 떨면서 조심스레 신기한 도술을 다했으나 다시 나타낼 길이 없었다. 군자가 있는 곳에 요사한 것이 침범하지 못하고 밝은 태양 아래 잡귀가 번잡하게 굴지 못하는 법이었다.

사람을 부숴버릴 듯한 천둥·번개가 내리치던 것이 눈 깜짝할 사이에 잦아들고 선관이라 하던 것이 변하여 교활하고 간흉한 장손활이 되었으며, 아까의 고대광실은 다시 돌로 된 비루한 옥으로 바뀌었다. 뜰 가운데서 춤추던 학과 하늘로 날아오르던 난새는 두 마리 작은 닭과 산꿩이었고, 복숭아꽃과 매화꽃이며 부용과 모란 등은 모두 종이로 만든 꽃일 뿐이니 무엇이 볼만하겠는가? 용무늬가 수놓인 화려한 자리와 비단으로 된 방석도 그림으로 그린 종이와 비단 조각으로 바뀌었다. 인광이 이를 보고 더욱 분해 바로 일어나 곁에 놓인 목침 같은 돌을 들어 있는 힘껏 장손활을 내리치려 할 때 도동들이 큰 소리로 위험하다고 외치자 도관에 있던 도인들이 일시에 불을 밝히고 정인광이 갇힌 석실로 향했다. 장손활은 정인광의 비상한 정기를 대하자 기운이 절인 파처럼 되어 다시 요술을 쓰지 못했다. 자신의 재주로는 만 리라도 날아 피할 수 있다고 생각하고 정인광의 행동을 마저 보려고 돌을 들고 일어설 때까지 뭔가에 홀린 듯 그냥 앉아 있다가 생각지도 못하게 정인광이 돌로 자기 양미간을 세게 내려치자 왼쪽 눈을 맞아 눈알이 빠지고 이마는 깨져 피가 흘렀다.

천지간의 별난 요물이나 어찌 놀라고 아프지 않겠는가? '저 어린 것이 천년만년을 다 통틀어도 상대할 사람 없는 정기와 용맹을 지녔다고 해도 어디 나를 집적거려 성나게 할 수 있겠는가?' 이렇게 생각하며 이 아이가 만약 돌을 들어 치면 자기의 한 손으로 막고 그 정기를 오래 쏘이려 하다가 이런 변고를 만나게 되었으니, 우레 같은 소리를 지르면서 다시 몸을 흔들어 머리 셋과 팔 여섯 개가 달린 것으로 변했다. 그 모양이 호랑이 같으면서도 뿔과 날개가 있어 뭐라 말하기 어려운 흉한 짐승이 되어 여러 개의 입을 벌리고 횃불 같은 눈을 부릅뜨며 정인광에게 달려들었다. 인광이 이를 보고는 더 이상 분노하지 않고 듬직한 모습으로 단정히 앉아 맑은 눈으로 뚫어지게 쳐다보니, 그 짐승이 인광을 삼키지 못하고 형세도 좋지 않자 석실 밖으로 뛰쳐 달아났다. 인광이 평생 이런 요괴를 본 적이 있었겠는가? 멀리 달아날 줄은 생각지 못했다가 이런 모습을 보니 매우 기뻐 급히 쫓아갔으나 장손활은 보이지 않고 무수한 도인들이 제각각 분노하여 일시에 인광에게 달려들어 스승을 해친 분함을 갚겠다고 하면서 전후좌우로 에워싸고 흉악하고 독하게 굴었다.

정인광이 비록 항우처럼 뛰어난 힘이 있다고 한들 혼자 몸으로 어찌 저 무리를 당해내겠는가? 오직 앞으로 막고 뒤로 박차며 왼쪽으로 꾸짖고 오른쪽으로 호령하여 아직은 독한 칼과 모진 창끝을 모면하고 있으나, 손에 작은 쇠붙이 하나 없으니 이 위급한 상황을 벗어나기 어려운 지경이었다.

절체절명의 정인광 앞에 나타난 엄정 일행

그때 갑자기 동쪽 문 좌측에서 성인 네다섯 명이 들이닥치며 큰 소리로 꾸짖어 말했다.

"너희가 장손활의 은혜를 자못 많이 입었으나 정공자는 평범한 사람이 아니다. 나이가 비록 열 살이 되지 않았으나 나라의 대들보가 되고 혼탁한 세상을 바르게 할 뛰어난 재목이자 나랏일을 돕고 백성을 구휼하여 그 은택이 온 나라에 미칠 재량을 지닌 인물이다. 그를 함부로 해쳐서는 안 될 것이니 물러가거라."

이처럼 말했으나 도인 무리는 들은 체도 않고 각각 성난 뱀과 사나운 이리같이 정인광을 향해 독을 품고 달려들었다. 그 가운데 두보현은 인광을 거짓으로 밀고 붙들고 하면서 인광을 해치려 하는 자가 있으면 남이 모르게 자기 몸으로 막아내고 있었다. 그런데 아까 들이닥친 사람 중 한 명이 달려들더니 바로 칼을 들어 도인 하나의 머리를 베어버리자 모든 도인들이 일시에 썩은 풀과 저녁 하루살이처럼 멀리 쫓겨가고 혹 변신술을 할 줄 아는 사람은 날아서 급히 도망갔다.

인광이 눈을 들어 도인의 머리를 베던 사람을 보니, 몸이 건장하고 제비의 턱에 범의 머리를 하고 누에의 눈썹에 봉의 눈이 완연하여 부귀하게 될 관상이었으며, 8척 장신에 긴 팔과 날렵한 허리가 분명 장군이 될 그릇이었다. 전에 만난 적이 없는데도 자신을 위급한 상황에서 구해준 뜻을 이상하게 여겨 물어보려 할 때, 다시 눈을 들어보니 나머지 사람 중 한 사람이 갈건과 베옷의 은사 차림으로 서 있었다. 이 사람이 할아버지의 제자인 장두임을 어찌 알아보지 못하겠는가?

이곳에 갇혀 무수한 치욕과 고통을 당하느라 그 분함과 한스러움이 하늘까지 닿을 뿐이요 세상 소식을 모르는 것은 죽어 지하에 있는 것이나 다름없으니, 어디를 통해 고향 소식을 듣고 어디에 가 오래 알고 지낸 사람을 만나 반기겠는가? 오로지 장손활을 죽이고 몸이 날아 부모님 앞에 가 절할 수 있기만을 바랐는데, 꿈속에서도 전혀 생각지 못했던 장두를 만나게 되자 흐뭇한 마음에 부모님을 모신 듯 급히 나아가 절하고 장두의 손을 받들어 슬퍼하며 말했다.

"아저씨께서 저 인광이를 알아보시겠습니까?"

장두가 수많은 고난을 겪고 임금을 생각하며 흘린 눈물로 두 눈에 정기가 많이 사라졌으나 수년 전 정씨 부중을 날마다 왕래하며 정한을 찾아뵐 때 조카처럼 아끼고 사랑하던 정인광을 어찌 몰라보겠는가? 그사이 품위와 위엄을 갖추고 키도 상당히 커졌으며 도도한 모습이 있어 완연히 장부가 되었다 할 만했다. 그러나 얼굴에 아름다운 빛을 드리운 것이 봄동산의 온갖 꽃들이 흐드러지게 피어 있는 듯해 아주 뛰어난 미인보다 더 곱고 깨끗했던 모습은 그대로였으니 한눈에 알아볼 수 있었다. 그뿐 아니라 아름다운 달 같은 두 눈썹은 하늘 같은 하얀 이마에 빗겨 있어 얼핏 할아버지 정한의 유풍이 있고 친아버지 정삼을 아주 닮았으니 장두가 한번 보고는 매우 놀라 급히 인광의 손을 잡고 어루만지며 대장부답지 못하게 들뜬 마음을 참지 못하고 두 눈에서 하염없는 눈물을 흘리면서 애통하게 말했다.

"이것이 꿈인지 생시인지 모르겠구나. 내가 부족하여 사부님께서 가르치신 충의와 대도를 받들지 못하고 황제께 간언하는 자리에서 나를 모함한 도적의 방자함과 극악함을 참지 못해 결국 한번 상소를 올린 것으로 팔천 리 떨어진 조주 땅에서 귀양살이를 하게 되었지. 남아가 벼슬길에 올라 임금을 위해 목숨을 버리는 것은 당연한 것이니, 어찌 먼 땅에 유배된 것을 슬퍼하겠느냐? 허나 구구히 살기를 탐하여, 충의로운 신하를 모두 내치는 상황에서도 머리를 숙이고 꼬리를 감추어 이처럼 죽은 듯 태행산에 숨어 사는 신세가 되었으니, 황제께서 북쪽 오랑캐 땅에 억류되신 치욕을 당하셨는데도 신하로서 그 치욕을 씻기 위해 죽는 것을 본받지 못했구나. 만백(정흠)이 간언하다 죽은 것은 간언하다가 참혹하게 죽은 용방과 비간의 자취를 이어 만고의 충절을 따르고자 한 것이다. 나로 하여금 만백의 죽음을 좇게 한들 얻지 못할 것이고, 만백으로 하여금 나처럼 괴로이 살아남아 태행산의 비루한 귀신이 되라 한들 바꾸지 않을 것이니, 실로 죽는 것이 영화롭고 사는 것이 괴로운 일임을 절절히 깨달았단다. 지하에 계신 조상님과 사부님을 뵐 면목이 없어 남은 목숨을 끊지 못하고 깊은 밤에 탄식할 뿐이었다. 이런 심회를 함께 나눌 사람이 없었는데, 뜻밖에 오늘 너를 만나게 되니 반가움과 슬픔이 교차하여 나도 모르게 가슴이 막히고 목이 다 메는구나."

(책임번역 탁원정)

완월회맹연 권15

계속되는 시련

요도에게서 벗어난 정인광과 정월염이
다시 도적의 화를 입다

처참하게 죽은 장손활과 도망가는 진소아

장두가 말했다.

"전에 청계(정잠) 형님이 서태부인을 모시고 자식들과 조카들을 거느려 태향으로 내려가실 때 모든 문하생과 친분 있는 관리들이 강가에 나와 송별하면서 이별을 매우 속상해하고 눈물을 흩뿌린 것은 떠나시는 행색이 즐겁지 못함을 슬퍼했기 때문이었단다. 도중에 그런 적당의 변고를 만날 줄은 꿈에도 생각하지 못했지. 그런데 흉한 적당의 변고로 인해 너희 세 남매와 상연의 어린 딸을 잃어버렸다는 소리를 들으니, 너무 놀라고 슬픈 것은 말할 것도 없고 서태부인의 애통함과 청계와 운계(정삼) 형님의 비통함을 생각하여 슬프고 염려스러웠다. 그러던 차에 네가 이렇게 몸을 보전한 것을 보니 운계 형님과 형수님 역시 목숨을 보전할 수 있게 되어 매우 기쁘고 다행한 일이 아닐 수 없구나. 분명 스승님의 선한 업보로 자손에까지 복이 미치고 존경하는 청계와 운계 형님의 오래 쌓은 덕이 마침내 대대손손 이어질 것이니, 어찌 선한 일에 복을 주는 감응이 없다고 할 수 있겠느냐?"

이어 조주에서 만난 여러 가지 변고에 대해 물었다. 정인광은 장두의 긴말이 채 끝나기 전에 종숙부 정흠의 부음에 심장이 마디마디 끊어지고 혼백이 널뛰어 말을 이루지 못하고 땅을 향해 부르짖고 통곡하며 하늘을 향해 절규하고 원통함을 호소하여 마치 세상을 버릴 듯했다. 이를 본 장두가 그런 놀라운 소식을 급히 전한 것을 뉘우치며 인광을 붙들고 너무 지나치다며 달래었고 엄정은 인광의 손을 잡고 말했다.

"내가 그대와 한번 만나본 적도 없고 그대에 대해 조금도 알지 못하니 어찌 그대가 숙부의 부음에 너무나 원통해하고 가슴 아파하는 것을 막겠는가? 허나 이곳의 요사스러운 도사가 평범하지 않고 청선관 여도사의 신통함이 짝이 없을 정도로 뛰어나니, 그대가 과도히 슬퍼하면서 다른 일을 생각지 않고 방심하다가 요도의 해를 만날까 두렵네. 그러니 잠시 진정하길 바라네."

인광은 그 말이 옳다고 여겨 슬픔을 억누르며 흐르는 눈물을 거두고 몸을 일으켜 엄정을 바라보았다. 엄정은 신선 같은 골격이 속세를 벗어난 듯하고, 하얗게 센 머리는 무성하여 상산에 들어가 은거한 백발의 노인들과 벗이 될 만했다. 얼굴빛은 고고했으며 선계의 봉화니옹이 인간세계에 내려온 듯하여, 요임금이 왕위를 물려주려 하자 귀를 씻고 기산에 은거한 허유의 높은 뜻과 자비롭고 어진 마음이 겉으로 드러났다. 인광이 공손히 인사를 마치고 석굴 감옥에서 위태로울 때 구해준 것을 사례한 후 장두에게 자신이 이곳에 버려진 사연을 일일이 고했다. 이에 엄정의 첫째 사위 진가숙이 청선관에 요도가 있다는 말을 듣고 갑자기 칼을 들고 청선관으로 향하려 하니, 엄정이 눈썹을 찡그리며 말했다.

"이 사람이 한갓 힘센 것만 믿고 일을 내겠군. 요도를 처치하려 해도 청선관 여도사는 장손활보다 몇 배는 뛰어나니 쉽게 잡지 못할 뿐 아니라 조심성 없이 굴었다가는 도리어 해를 입기 쉽네. 그러니 인광이 그대가 나서서 월염 소저가 곤궁에 처해 있는 음실을 호위하면 우리가 일시에 요도를 쫓아 청선관을 죄다 소탕하여 다시는 요도가 머무르지 못하게 하겠네."

인광이 장두에게 고향 소식과 서울의 요란한 소문 등 묻고 싶은 것이 한가득 있으나 정월염의 위급함을 생각하여 한마디를 못 하고 급히 청선관으로 향했다. 진가숙이 앞장서고 엄정이 중간에 가며 인광이 그 뒤를 따라가는데, 엄정이 갑자기 부적 한 장을 던지며 주문을 외우자 난데없이 신령한 군졸들이 무수히 나타나 일시에 청선관을 첩첩이 둘러쌌다. 진가숙이 벼락같은 소리를 지르며 요도의 우두머리 요녀를 잡아내라고 했다. 운화선은 하늘의 기운을 보고 인광과 월염이 음실을 벗어날 길운이 다다른 것에 아주 분통해하며 칼같이 모진 마음과 도마뱀같이 사나운 본성으로 신묘한 법술을 다해 인광 남매를 해치고 멀리 피하려 했다. 그러다가 이미 엄정의 수많은 신령한 군사가 둘러싸고 진가숙이 천둥 같은 호령으로 말을 달려 쫓아오는 것을 보고 다시 분함을 이기지 못해 급히 몸을 흔들어 나는 새로 변해 월염이 있는 석실에 이르렀다. 다른 사람은 다 알아보지 못하지만 엄정의 신령한 군사들은 알아채고 새를 쫓으며 석실로 몰아갔다. 엄정이 인광을 재촉하여 빨리 석실로 가라고 하자 인광이 나는 듯 잽싸게 정월염이 갇힌 곳으로 가보니, 참혹한 냉옥의 모습은 자기가 갇혔던 곳과 마찬가지였다. 미처 월염의 얼굴을 보지 못한 채 누님의 온갖 고생이 여기까지 이르렀음에 슬프고 분함을 이기지 못해 그 분노를 모두 요도의 무리를 향해 쏟아내며 온 힘을 다해 요도를 잡고자 했다. 이때 운화선이 새가 되어 급히 석실에 들어가 구름과 안개를 만들고 한바탕 괴이한 바람을 불게 하여 정월염을 잡아채 바로 공중으로 날아가려 했는데, 도리어 월염의 덕스러운 재질과 곧고 바른 기운이 성인의 바른 맥을 이었으니 요술을 자랑하지 못하고 요사스러운 기운이 범하지 못해 마치 대군자 앞에 있는 것과 같았다.

운화선의 변화무쌍하고 예측 불가한 신통력은 태허자 장손활보다 위이고 하늘의 이치를 사뭇 알고 사람의 정기를 밝게 아는 것 역시 장손활보다 나았다. 그러나 정월염의 당당하고 깨끗한 기운을 단번에 제어하여 후려낼 계교가 없자 자기 재주를 시험하는 것이 이로울 게 없음을 깨닫고 굳이 요란한 행동으로 석굴 감옥을 소란스럽게 하지 않겠다고 하면서 슬며시 3척 비수를 던졌다. 이 칼은 본래 운화선이 각별히 아끼는 보배로, 죽이고자 하는 사람에게 던지면 수고할 필요가 없이 비수가 날아가 사람의 목을 내려치고 돌아왔는데, 오늘 운화선을 따라 석실에 이르러서는 비수가 공중에 떠 있으면서 오랫동안 월염의 자리를 휘돌기만 하고 쉽게 내려치지 못했다. 월염이 눈앞에서 그 요악한 모습을 보자 분노를 참지 못해 가늘고 긴 눈썹을 찡그리고 맑은 눈을 내리뜨며 한번 몸을 움직여 요사스럽게 날아오는 칼을 잡아 가운데를 분질러 멀리 던질 즈음에 석굴 밖에서 인광이 춘파를 불러 말했다.

"요도가 석실에 돌입했으니 분명 위급한 상황일 것이다. 내가 들어가 쫓아낼 것이니 소저께 알리고 혹시 불을 붙일 심지가 있으면 불을 밝혀라."

춘파가 미처 대답하지 못한 상태에서 월염이 인광의 소리를 듣고 죽은 사람의 목소리를 듣는 듯 반가워 도리어 정신을 가다듬지 못하고 슬피 부르짖으며 말했다.

"오늘이 어떤 날이기에 동생이 여기에 이르렀는가? 목소리를 들으니 반가우면서도 심히 황망하구나. 여기에 불이 없는지 의심하지 말고 들어와 얼굴을 마주 대해 꿈인지 생시인지 알게 해라."

인광이 돌문을 박차고 가린 돌을 없앤 후 들어가려 하자 운화선이 변신한 새가 급히 날아왔으나 인광은 엄정을 믿었기에 굳이 따라가지 않고 석굴로 들어갔다. 남매가 석굴 감옥을 면하게 된 기쁨이 어찌 예사로울까마는, 이곳에서 연고 없이 수년을 옥에 갇혀 온갖 고난을 당했으니 쇠나 돌로 된 마음이라도 참기 어렵고 나무로 새기고 흙으로 만든 몸이라 해도 온전하지 못할 것이었다. 다행히 하늘이 돕고 보호하시어 남매가 산 얼굴로 대하게 되니 슬픔과 반가움이 가득하나, 고향이 아득하여 만 길 낭떠러지나 다름이 없으니 비록 여기에서 벗어나도 돌아가는 것은 마음대로 하지 못할 것이었다. 자신들이 살았는지 죽었는지 알지 못하는 슬픔에 할머니와 부모님의 몸이 날이 갈수록 상해 갈 것을 생각하니 불효는 이보다 더할 바가 없고, 정인성이 살았는지 죽었는지 알지 못하니 남매가 서로 대하여 오직 눈물만 줄줄 흘릴 뿐이었다. 춘파와 경파 역시 눈물을 흘리며 슬픔을 참지 못하는 중에 문득 괴이한 바람이 엄습하며 꺼질락 말락 하던 희미한 등불이 완전히 꺼졌다. 인광은 슬픔을 거두고 기운을 씩씩하게 차린 후 큰 소리로 활과 화살을 찾았다. 이때 엄정은 운화선이 변신한 요사스러운 새를 쏘아 도관에 다시는 자취를 붙이지 못하게 할 도법을 행했다. 그러나 운화선의 사악한 요술은 사람이 생각할 수 있는 그 이상이어서 몸이 눈 깜짝할 사이에 온갖 만물로 변해 엄정을 해치고자 달려들었다. 엄정이 순순히 물리쳐 그 독수에서 벗어났으나 엄옥 등은 오히려 두려워하며 민망해 마지않더니 석굴 안에서 인광이 활과 화살을 급히 찾는 것을 듣고 엄정이 웃으며 말했다.

"장손활의 명줄이 오늘 정공자의 손에서 끊어질 것이니 활과 화살을 빨리 보내라."

엄옥이 이미 활과 화살을 준비해 왔던 터라 즉시 석굴에 들여보냈다. 인광이 활에 화살을 끼우고 두루 살펴보는데, 괴이한 바람이 불자 한 무리의 어둡고 검은 기운이 석굴에 가득 찼다. 그러더니 인광이 활과 화살을 가진 것을 보자 갑자기 피하여 어두운 기운이 연기같이 부옇게 되었다. 인광이 그 괴이한 기운을 쫓아 나와 봉황 같은 눈을 치켜뜨고 사방을 살피자 어둡고 검은 기운 가운데 검은 나비만 한 것이 우뚝하니 높이 떠 있었다. 인광이 그 요악스러움에 분함을 참지 못하고 화살을 당기자 화살이 활시위를 떠나는 소리가 난 후 눈 깜짝할 사이에 그 어둡고 검은 기운 가운데를 꿰뚫어 검은 나비를 맞췄다. 땅에 떨어진 검은 나비는 화살을 빼고 날뛰다가 잠시 후 흉악하고 건장한 사람이 되어 거꾸러졌는데, 이는 아까 왼쪽 눈알이 빠지고 이마가 터져 피가 흐르던 장손활로, 다시 화살을 맞아 가슴과 등이 관통된 상태였다. 진가숙이 칼을 들고 달려들어 머리를 베려 하자 장손활이 도리어 입에서 무슨 기운을 토했는데 매우 역겨운 냄새가 났다. 진가숙이 그 냄새에 현기증이 난 듯 머리를 흔들며 정신을 차리지 못하자 인광이 그를 붙들고 말했다.

"이것이 비록 사람의 뼈를 빌려 몸의 형체를 갖추었으나 온몸에 마가 끼어 죽을 지경에 이르러도 오히려 모진 기운과 독한 냄새로 사람을 해치고자 하니 어찌 통한치 않겠는가? 이 요괴를 오늘 없애지 않으면 이후 헤아릴 수 없을 정도로 사람을 해치게 될 것이다."

그러고는 진가숙의 칼을 들고 해를 쏠 듯한 강렬한 눈빛으로 손을 가볍게 놀려 장손활의 머리를 내리치고 다시 배를 갈라 오장육부를 파헤쳤다. 인광의 눈빛이 닿는 곳마다 어떤 요사스러운 기운도 자취를 보이지 못한 채 속절없이 머리가 잘려나가니, 요사스러운 것은 덕을 이기지 못하고 바르지 못한 것이 바른 것을 범할 수 없는 법이었다. 장손활이 오늘 죽은 것은 오히려 그 명이 긴 것이라 할 수 있으니, 운화선의 말에 어디 하나 어긋남이 있겠는가?

이때 운화선은 엄정이 정인광을 도와 요도의 소굴을 소탕하는 것을 보며 애가 타던 중에 정인광이 진가숙의 칼로 장손활의 머리를 베고 오장육부를 파헤치는 것을 보고 장손활의 모진 기운으로도 피하지 못하고 부질없이 죽임을 당한 것에 마음이 떨리고 손발을 어찌할 줄 몰라 하며 도관에 자취를 드러내지 못했다. 그뿐 아니라 요술로 정인광의 양기와 엄정의 도술을 당하기 어렵고 도리어 해를 입을 것이라 생각하고, 멀리 피해 목숨을 보전하다가 훗날 장손활을 위해 복수하고 소굴을 지키지 못한 분을 풀겠다고 하면서 아끼던 여도사 몇 명을 데리고 한순간 날짐승으로 변해 공중으로 날아올라 순식간에 어디론가 사라져 버렸다. 진가숙이 한참 후에야 기운을 차리고 평생 자랑으로 삼았던 용맹함이 오늘 아홉 살의 어린아이보다 못한 것에 부끄럽고 분해 탄식하면서도 칭찬하기를 마지않았다. 엄정은 운화선이 멀리 도망간 것을 보고 탄식하며 말했다.

"비록 흉악한 계교를 지닌 지극히 교활한 요괴이지만 아직은 때가 아니구나."

엄정의 집에 머무르게 된 인광과 월염

엄정은 인광을 불러 운화선이 벌써 멀리 달아난 것을 알리고 날이 밝기를 기다려 태행산으로 가자고 했다. 인광은 엄정이 목숨을 구해준 것에 한참을 고마워한 후 계행산 음실에 오랜 시간 잡혀 있느라 부모님을 그리워하고 사모하는 정이 지나는 구름을 보고도 피눈물을 흘릴 지경이니, 비록 목숨을 구해준 은혜는 마음속에 깊이 새길지라도 태행산에 가 여러 날 머무르지 못하고 바로 고향으로 가겠다고 했다. 그러자 엄정이 웃으며 말했다.

"그대가 고향으로 가고자 하는 마음이 급하나 매사 뜻대로 되기 어렵고, 하물며 월염 소저의 행차는 남자와 다르니 반드시 가마와 노복이 있어야 팔천 리 여정에 낭패 볼 일이 없을 것이네. 내 비록 생활이 궁핍하고 고인의 의로움에 미치지는 못하지만 그대의 여행 채비는 챙길 만하니, 나를 따라 우리 집에 가 열흘 정도 머무르다가 길을 떠나는 것이 좋을까 하네."

인광이 미처 대답하지 못하고 있는데 장두가 사리에 맞다고 하면서 강력히 권했다. 인광 역시 형세가 그렇다고 생각하여 더 이상 토를 달지 않고 엄정의 덕과 의리에 감사했다. 또한 태청관 도인 중 청허자 두보현은 매우 빼어난 인물로, 잘못해서 요도의 제자가 되었으나 유교의 도가 없지 않으니 거두어 제자로 삼아달라고 했다. 이에 엄정이 웃으며 말했다.

"내 가벼운 학문으로 스승이 되는 것을 부끄러워할 일이지만 어찌 그대 말에 따르지 않겠는가?"

그러고는 장손활의 주검을 제자들에게 묻게 하면서 붉은 글씨로 쓴 부적을 그 등에 붙여 요괴로운 혼백이 다시 난리를 일으키지 못하도록 했다. 또한 태청관과 청선관을 모두 불태우고 태청관의 남성 무리와 청선관의 여성 무리를 다 불러 부모와 형제가 있어 고향에 가고자 하는 사람들은 남녀노소를 불문하고 도관에 쌓여 있는 금은보화를 나눠주며 고향에 돌아가도록 했다. 혹시 성품이 대범하여 속세의 번거로움을 피하고 싶어 하는 사람들은 다 거두어 태행산으로 데려가는데, 그 중에서도 두보현을 각별히 후대했다. 또한 묘혜선 이씨가 부귀하고 명망 있는 가문의 자손임을 공경할 뿐 아니라 인물됨이 빼어난 것을 기특히 여겨 정월염과 함께 태행산으로 가자고 하니, 묘혜선은 머리를 조아리며 감사해하기를 마지않았다. 날이 채 밝지 않았는데 엄정의 막내아들 엄익이 가마와 종들을 준비해 오자 엄정이 인광을 돌아보며 말했다.

"월염 소저에게 빨리 가마에 오를 것을 청해 그대가 호위해 가도록 하게. 사위 진량이 앞을 인도하고 우리는 뒤를 따라가겠네."

인광이 즉시 월염에게 엄정의 후의를 전하며 빨리 가마에 오르기를 청했다. 이때 월염은 청선관이 화염에 싸이자 음실에서 벗어나 춘파·경파와 더불어 산 위에 올라가 바위에 뚫린 굴속에 몸을 숨기고 있다가 인광이 가마에 오르라고 하는 소리를 듣고 길게 탄식하며 말했다.

"내 명이 곤궁하여 어린 나이에 당한 고난과 재앙이 일반 사람이 참지 못할 정도이니, 예법을 지키는 사람이라면 벌써 저세상 사람이 되었을 것이다. 군자와 열녀는 환란을 당해도 마음을 바꾸지 않고 죽어도 관을 벗지 않으며, 아무리 급해도 앞서지 않고 백희가 보모 없이 마루를 내려가지 않다가 불에 타 죽은 것 정도로 해야 예를 다했다 할 수 있을 것인데, 나는 밤중에 분주하다 하여 여자가 지켜야 할 몸가짐을 하지 못했으니 부모님의 이름난 가르침을 헛되게 만들었구나. 구차하게 살길을 도모하는 것은 쾌히 죽느니만 못하니 훗날 부모님을 무슨 얼굴로 뵐 것이며, 이처럼 동서로 정처 없이 떠돌아다닌 일을 어떻게 말씀드리겠느냐?"

인광이 도리어 웃으며 말했다.

"누님은 요도의 포악한 핍박을 면하여 다행히 음실을 벗어나게 된 것은 말하지 않고 어찌 도리어 실없이 예를 거론하면서 가마에 오르는 것을 미루고 계신지요? 스스로 기특하다고 말할 것은 없지만 실상 누님과 제가 아니면 요도의 일당을 벗어나기 어려웠을 것입니다. 그러니 훗날 부모님을 뵙게 되면, 비록 오래 슬하를 떠나 있던 것이 불효이기는 해도 몸을 보전하여 돌아왔으니, 누님이 푸른 서리를 낮게 여기고 백옥에 티끌이 있다고 할 정도의 떳떳하고 당당한 행실과 빈틈없이 곧은 절개로 골짜기의 음험한 요도들의 요술을 물리쳐 결국 정절을 변치 않은 것을 아뢸 즈음에 또한 제가 육국(六國)의 재상을 지낸 소진의 거침없는 달변 같은 말로 그간의 일을 아뢰면 할머니와 큰아버지·큰어머니께서는 갑자기 얼굴빛이 바뀌면서 기이해 마지않을 것이니, 어찌 뵐 면목과 아뢸 말씀이 없다고 하세요? 누님의 당당한 절개는 천만번 생각해도 부끄러울 일이 없으니, 만약 스스로 기운이 달려 음실에서 죽었다면 어쩔 수 없지만 그렇지 않은 후에는 동서로 정처 없이 떠돌아다닌 일이 누님의 덕에 전혀 누가 되지 않을 것입니다."

월염이 희미하게 웃으며 말했다.

"동생의 자화자찬이 참으로 가소롭구나. 나의 좁은 마음으로는 더 다투고 싶지 않다."

그러고는 가마 안으로 몸을 옮겼다. 그러자 인광이 호위하며 따라가고 춘파와 경파 또한 태행산으로 향했다.

처음에 납치되어 볼모가 된 지 1년이 지났을 때는 남관에 좌천된 한유가 읊었던 슬픈 곡조에도 창자가 끊어질 정도로 가슴이 아팠다. 이후 이곳에 갇힌 지 수년이 되도록 뜻밖의 재난을 당한 것을 아무도 알지 못하니, 부모님을 뵙고 절하지 못해 맑게 갠 밤과 비 내리는 밤의 꿈속에서나마 고향에 돌아가 절할 뿐이요 봄바람과 가을 달 아래에서 부모님의 사랑을 생각하며 눈물로 세월을 보낼 뿐이었다. 그러다 이제 인간 세계에 발을 디디고 극락의 길이 열리게 되니 아주 다행스러우면서도 월염은 가는 길이 뜻대로 되지 않을까 근심했다. 춘파와 경파는 비록 운화선을 없애지 못해 혹시 후환이 될까 두려워하면서도 요도를 무찌른 일을 형언할 수 없이 즐거워하여 뛸듯이 기뻐하며 흡족해했다.

바삐 길을 나서 태행산에 이르자 뒤에 오던 엄정이 푸른 나귀를 채찍질하여 나는 듯이 문에 다다라 동쪽 별당을 가리키며 소저의 가마를 내리라고 하니, 춘파·경파와 인광이 함께 별당에 들어가 가마를 내려 월염을 쉬게 했다. 엄정이 즉시 다과를 보내고 아침을 올렸는데 아주 정결하고 지극히 향기로웠으나 고기류는 하나도 없었다. 춘파 등이 이상하게 생각하고 월염 또한 의아하여 생각에 잠겨 있었으나 인광은 대충 음식을 먹은 후 상을 물리고 그제서야 정흠이 원통하게 죽은 것을 전했다. 월염이 너무나 놀라고 애통하여 목놓아 통곡하니 인광 역시 하염없이 눈물을 흘리며 목이 메어 말했다.

"숙부님의 절의와 성덕은 오래오래 복을 누리실 바인데 우리 가문의 불운함이 이에 미치고 하늘이 충신을 박대하는 것이 그 지경에 이르니, 조카 된 도리로 매우 가슴 아픈 일입니다. 또 큰아버지께서 오랑캐 땅으로 돌진하여 황제의 치욕을 씻기 위해 목숨 바치기를 피하지 않으실 것이니, 절박한 근심과 황망한 염려를 놓을 날이 없겠습니다."

월염이 더욱 놀라고 슬퍼하며 말했다.

"우리가 빨리 길을 떠나도 팔천 리를 한 달 내에 가지는 못할 것이니, 아버지께서 오랑캐 땅으로 떠나신 뒤라 뵙고 인사를 드리지 못하겠구나."

인광이 말했다.

"그 때문에 제가 더욱 슬픔을 진정하지 못하는 것입니다."

월염이 더욱 슬퍼하기를 마지않으니 인광 역시 울면서 춘파 등에게 누님을 잘 모시라고 당부한 후 천천히 외당으로 나왔다. 아주 넓고 큰 집에 빽빽하게 늘어선 방들이 매우 가지런하고 대나무 병풍과 상아로 된 평상에 깔아놓은 방석이 정결했다. 엄정이 가운데 자리에 앉아 있고 장두는 서쪽에 앉아 있으며 엄정의 다섯 아들이 기러기 행렬처럼 나란히 앉아 진가숙 등과 함께 엄정을 모시고 있었다. 예법이 높아 마치 공자가 강론하던 자리인 듯하니, 인광이 한번 보고는 마음속으로 기뻐하며 서로의 이름과 나이를 알려준 후 모든 엄씨 형제와 친구의 의를 맺었다. 엄석윤이 인광과 나이가 같고 몸가짐이 남다르니, 인광이 각별히 여겨 서로 아주 아끼며 성심껏 대했다. 엄정이 기뻐하며 말했다.

"그대가 훗날 나를 잊지 않을 것이라면 내 후손들의 영달과 화복을 생각하여 두터운 우정을 각별히 유지해 주길 바라네."

인광이 대답했다.

"후손들께서는 모두 명철하고 고결한 선비들이십니다. 제가 한번 보고도 인생이 헛되지 않음을 깨닫게 되었으니, 귀한 가문의 융성한 복을 축하드립니다. 특히 석윤은 천고에 상대할 사람이 없고 앞으로도 다시없을 그런 인물이니, 너무나 공경하고 흠모하는 바입니다."

엄석윤의 모친 주씨가 석윤을 임신했을 때 기이한 꿈을 꾸었고 해산할 때는 상서로운 일이 많았으며, 태어난 이후부터 남다르고 무리 중에 뛰어나 아주 준수하고 고상한 풍모는 이 세상에서 상대할 사람이 없으니 인광이 특별히 마음을 허락하고 친밀히 대했다. 인광은 경사의 소식을 일일이 물으며 조세창이 북방 오랑캐 땅에 귀양살이하게 된 것과 할아버지의 여러 문하생 중에 모진 사람이 드문데 오직 장헌만 왕진에게 아첨하여 부귀가 여전하다는 것을 듣고 마음속으로 안타깝다고 여겼으나 도리어 웃으며 말했다.

"옛말에 이르기를 '아름다운 명성을 만세에 남길 수 없으면 더러운 이름이라도 만년토록 남겨야 한다.'라고 했으니, 장공이 마침내 아름다운 명성 남기는 것을 얻지 못하고 스스로 악명을 후세에 전하게 되었군요. 명성이든 악명이든 마찬가지로 영원히 전해질 것이니 그 또한 잘 생각한 것입니다."

장두가 말했다.

"옛날 겉과 속이 다른 간악한 간신 이임보도 당나라 황실의 이로운 신하가 되었지. 장후백(장헌)이 왕진에게 아첨하여 부귀를 잃지 않았을지언정 국가의 중요한 기강을 어지럽힌 적이 없고 평생 위험한 일은 원수같이 피해 권세와 이익을 좇아 가라앉는 사람은 더 밀치고 뜨는 사람에게 붙어 부귀와 영화를 구하니, 장후백에게는 위태로운 일이 있을 수 없을 것이야. 황제께서 북쪽 오랑캐 땅에 억류되신 후 왕진의 삼족을 멸한다고 하는데, 장후백이 왕진과 함께 촉 땅에 있지 않고 그가 패망하자 이번에는 세력을 떨치는 무리에 붙어 왕진을 함께 밀쳤으니 어찌 해를 입겠느냐?"

인광은 장헌이 참으로 못난 인물이라고 생각하면서도 다시 대답하지는 않았다.

태주로 떠나는 인광과 월염

엄정이 돌아갈 마음이 급해 숙식을 편하게 하지 못하는 인광을 보고 떠날 채비를 해서 보내려 하자 장두가 엄정에게 말했다.

"선생께서는 천 리를 눈앞에 둔 것처럼 보시고 미래를 내다볼 수 있으니 정씨 남매가 선생의 두터운 은혜에 힘입어 고향에 제대로 돌아갈 수 있는지 말씀해 주십시오."

엄정이 한참을 말없이 있다가 대답했다.

"정소저는 보지 못해 모르겠지만 주성이 문월성이니 그 사람의 기특함을 웬만큼 알겠고, 정공자는 큰 복을 타고나 부귀와 영화가 끝이 없으리니 타고난 것이 그 같은 후에는 위기에 처한들 무슨 위태로움이 있겠습니까? 다만 고향에 갈 채비를 하지만 뜻대로 되기는 어려울 것입니다. 정공자는 내년 안에 부모를 만날 수 있을지 모르겠지만 정소저는 쉽게 고향에 가지 못하고 타향에서 머물게 될 것입니다."

장두가 놀라며 말했다.

"그렇다면 선생께서는 어째서 두 아이를 돌려보내려 하십니까? 아직 여기 머무르게 했다가 그 액운이 지난 후에 보내는 것이 진정 그들을 위하는 것이 아닐까 합니다."

엄정이 웃으며 말했다.

"제가 비록 보통 사람은 아니지만 그렇다고 액화를 밀칠 정도는 못됩니다. 정공자를 여기에 머무르게 해서 그 액운이 사라진다면 비록 제 말을 안 듣는다 해도 만류하여 머물게 할 것입니다. 하지만 일이 돌아가는 형세가 그렇지 못해 정공자가 길에서 잠깐 괴로움을 당하고 또 여자로 변해 기이한 일을 겪은 후에야 부모님을 뵙게 될 것입니다. 여기서 3년을 있어도 액운은 사라지지 않고 돌아가는 것만 점점 늦어질 것이기에 차라리 보내려 하는 것입니다."

장두가 엄정의 미래를 내다보는 것이 이처럼 신기한 것을 보자 다시 부탁하지 못하고 인광에 대한 근심만 가득해져, 어느 날 밤 인광과 함께 조용히 대화하다가 물었다.

"엄선생이 너를 곧 보내겠다 하니 며칠 안에 떠나게 될 것이다. 내 아쉬운 마음이야 말할 것이 없겠고, 네가 아직 열 살도 되지 않았는데 이런 한겨울 추위에 그 멀고 험한 길을 가게 되었으니 무사히 도착할 수 있을지 노심초사하는 마음을 놓을 길이 없구나. 거기다 엄선생이 너의 앞길에 대해 이러이러하다고 말하시니 너의 행로가 너무나 걱정스럽구나."

인광이 장두의 깊은 뜻에 감동하여 일어나 절하고 말했다.

"아저씨께서 저를 아끼시고 생각해 주시는 뜻은 감사하지만 모든 것은 다 하늘이 정한 일입니다. 저 요도의 죽음도 제 능력으로 된 것이 아니고 저희 남매가 계속되는 고난을 겪는 것도 요도 때문이 아니라 모두 하늘이 정한 것입니다. 아저씨께서는 너무 염려하지 마십시오."

말을 마치자 눈썹에 근심이 가득 서렸다. 그런 중에도 맑고 깨끗한 풍채와 높고도 우아한 기품은 마치 가을 하늘이 높고 큰 산이 높이 솟은 듯했다. 장두가 그 얼굴을 보면 볼수록 기이하다고 여기다가 그 말을 듣자 감탄해 마지않으며 인광을 어루만져 칭찬했다.

"참으로 현명하구나. 너의 넓은 뜻과 정대한 말은 운계의 자식이 아니었으면 이러지 못할 것이다. 너의 됨됨이는 용이 있는 못이나 호랑이 굴을 만나도 무슨 근심이 있겠느냐마는, 내 아이들은 겨우 평범한 정도를 면했으나 뛰어나지는 못하니 위급한 상황을 잘 견디지 못할까 아비 된 마음으로 너무나 애처롭구나."

인광이 깊이 감사하며 자기를 위해 근심하는 것을 좋은 말로 위로했다.

밤을 지낸 후 엄정이 길 떠날 채비를 해주자 음력 11월 초열흘에 길을 떠났다. 이때 엄정의 부인 풍씨가 다섯 며느리와 두 딸과 함께 별당에 나와 월염을 보고 누추한 곳에 여러 날 머물렀다고 하면서 멀고 긴 여정에 무사히 고향에 도착하여 부모님을 뵙게 되기를 바란다며 예를 표했다. 풍부인부터 딸과 며느리 한 사람 한 사람 모두가 깨끗하고 고운 모습이어서 검소한 옷차림이 더 빛을 발했다. 월염은 극진히 공경하여 목숨을 구해준 덕에 감사하면서 크고 깊은 은혜를 마음에 간직하고 뼈에 새겨 결초보은할 것이라 말했다. 그 기상이 순수하고 맑으며 찬란하여 마치 태양이 아침 하늘에 떠오르고 연꽃이 맑은 물에 떠 있는 듯했다. 이마에는 상서로운 기운이 빛나고 짙은 눈썹에도 상서로운 기운이 무르녹았으며 붉은 입술과 희고 깨끗한 이 사이로 나오는 목소리는 맑고 또랑또랑하며 상쾌하고 깨끗하여 언뜻 보아도 완연히 어린 용이요 엄연히 밝은 달임을 알 수 있었다. 풍부인 모녀와 고부가 비록 청아하고 온유하나 어찌 정월염 같은 크고 훌륭한 덕과 자태를 구경해 보았겠는가? 월염을 보고 모두들 문득 얼굴빛이 변하고 눈과 귀가 황홀하여 인간 세상 사람이라고 생각지 못한 채 홀린 듯이 월염의 얼굴을 우러러보며 볼거리로 삼았다.

이미 날이 늦고 인광이 들어오려 하니 엄정이 부인을 내당으로 들어가라고 재촉했다. 부인이 즉시 일어나 눈물을 머금고 작별한 후 들어갔다. 월염 또한 그 깊은 정에 감사하고 이별한 후 묘혜선과도 작별했다.

곽창석의 수행을 받게 된 묘혜선

엄정이 이날 묘혜선의 채비도 차려 곽창협의 아들인 둘째 사위 곽박에게 함께 가도록 했다. 원래 곽창협은 공창후 곽홍의 후손으로 각로 곽언의 손자이고 처사 곽수의 아들이었다. 그는 곽홍의 적자 종손으로 벼슬을 원하지 않아 자손 대대로 내려오던 공신 증명부를 나라에 바치고 산수간을 소요하며 지조 높은 선비로 이름난 소부와 허유의 높은 절개를 흠모하여 부귀를 헌신짝같이 여겼다. 그 둘째 아들 곽창석은 천성이 장군감으로 용모가 아주 당당하고 풍채도 늠름했다. 이때 15세로 용맹이 남다르고 충렬이 세상을 뒤덮을 듯했는데, 황제가 북쪽 오랑캐 땅에 억류된 것을 듣고 신하 된 도리로 목숨을 걸고 황제를 구하러 가고자 했으나 부모가 허락하지 않으니 먹지도 못하고 자지도 못해 병이 되었다. 이에 부모가 어쩔 수 없이 황제가 있는 노영으로 가는 것을 허락하니, 곽창석이 매우 기뻐하여 형 곽박을 보고 이별하려고 마침 태행산에 와 있었다.

원래 묘혜선 이씨의 모친 한씨는 곽창석의 모친과 자매간이었기 때문에 묘혜선과 곽창석은 이종지간이었다. 둘이 상봉하니 그 반가움은 비할 데 없었고 곽창석으로 하여금 가는 길에 이종사촌 누이를 데려가 본가에 두게 하자 묘혜선이 아주 다행스럽게 여기고 기뻐했다. 곽창석은 비록 사사로운 일을 할 여유가 없으나 이종사촌 누이의 안쓰러운 상황을 안타까워하여 동행하게 되었는데 마침 정인광과 같은 날 떠나게 되었다. 묘혜선이 정월염의 손을 잡고 옥 같은 눈물을 계속해서 흘리며 차마 이별하지 못하자, 월염은 요도의 석굴 감옥에서 굶어 죽지 않은 것이 모두 묘혜선의 큰 은혜 덕분이라고 하면서 그 두터운 은혜를 살아서 다 갚지 못하면 죽어서라도 결초보은하겠다고 여러 차례 다짐했다. 이에 묘혜선은 당치 않은 말이라면서 거듭 사양하고 다시 만날 날을 글로 기약하며 떨어지지 않는 발길을 겨우 옮겨 이별했다.

곽창석의 처 엄씨가 묘혜선의 여행 채비를 각별히 돕고 쉽게 이별하지 못하니, 묘혜선이 고마워하고 먼저 곽창석과 함께 길을 떠났다. 이때 인광은 월염을 가마에 오르게 한 후 밖으로 나와 엄정 부자와 장두에게 하직 인사를 했다. 엄정이 떠나보내는 회포를 말하며, 비록 가는 길이 뜻대로 되지 못해도 천금 같은 귀중한 몸을 잘 지키고 지나치게 걱정하지는 말라고 하고는 또 웃으며 말했다.

"그대의 넓고 밝으며 정직한 성품으로 당당히 대의를 지켜 조금도 천박하거나 잡스러운 것을 용납하지 않겠지만 공자께서도 대의를 위해 남루한 옷으로 갈아입은 바 있으니 성인의 도에도 권도(權道)가 없지 않았네. 고집스럽게 예만 따르는 것에 대해 공자께서 '일에는 정상적인 법도와 임기응변의 도리가 모두 있다'고 하셨으니, 위급한 상황을 당했을 때 권도를 쓰게 하신 것이지. 그대가 혹시 남자 옷을 여자 옷으로 바꿔 입는 것에 대해 기이하게 여기며 끝내 변복하지 않으려 고집한다면 재앙과 고난이 계속되어 고향에 돌아갈 날이 점점 더 멀어질 것이네. 그러니 모쪼록 내가 말하는 것을 이상하게 여기지 말고 여복(女服)을 하고 분함을 잠깐 견디면서 일이 되어가는 상황을 지켜보다가 안목 없는 부인의 투기가 나타날 즈음에 기이한 경험을 마치고 기분 좋게 고향으로 향하면 그 가운데 또한 두터운 인의가 있을 것이네."

인광은 엄정의 이와 같이 두서없는 말을 듣고 대략 자신의 운수를 알아차렸으나 허망하다고 생각하면서 받아들이지는 않았다. 다만 엄정의 의로움과 어진 마음에 감격하고 감사하며 밝은 가르침을 하나하나 빠짐없이 마음에 새길 것을 아뢰고 두 번 절한 후 작별했다. 장두는 손을 잡고 눈물을 흘리며 잘 가기를 당부하면서도 차마 손을 놓지 못했고, 엄정의 아들들도 다시 만날 날이 기약 없음을 너무나 아쉬워했다. 그 가운데서도 두보현의 심회는 더 말할 것이 없었는데, 인광 역시 두보현의 은혜로 살아나 고향에 갈 수 있게 된 것을 훗날 중히 갚겠다고 다짐했으나 당장의 이별이 슬프고 아쉬워 시 한 수를 지어 두보현의 마음을 위로했다. 이에 두보현과 엄석윤이 각각 이별의 시를 지어 바삐 전하니, 떠나는 사람과 보내는 사람의 문장이 모두 옛사람에 못지않았다. 인광이 모든 전별의 시를 거두어 행낭에 잘 보관하고 두터운 우정에 감사한 후 다시 엄정과 장두 그리고 다른 사람들과 마지막 인사를 한 후 길을 떠났다. 이때 장두는 마치 귀한 보물을 잃어버린 듯했다. 두보현 역시 같은 마음이었으나 그런 한편 엄정을 사부로 모시게 된 것이 매우 다행스럽고 딸 옥난을 풍부인이 손녀같이 키워 훗날 어진 배우자를 맞게 해 가문을 욕되게 하지 않으리라 생각하니 더욱 감사하게 되었다.

풍랑을 만나 기강에 이르게 된 인광과 월염

인광이 월염을 보호하며 태주로 가는데, 날이 매우 추워 북풍이 강하게 불어오고 겨울 하늘은 찬 기운을 품었으며 눈서리가 소소하게 날리고 검은 구름이 하늘을 뒤덮었다. 팔천 리 먼 길에 덜컹거리는 수레바퀴와 외로운 나귀로 그 많은 산과 시내를 건너는 것은 구름을 타고 하늘에 오르는 것보다 더 어려운 일이었다. 길을 떠난 지 수일 만에 바닷가에 다다라 배를 타려고 할 때 월염이 무사히 건너지 못할까 하여 너무나 초조해하고 근심하자 인광이 길게 탄식하고 말했다.

"작은 강을 건너려 할 때도 배 없이 건널 수 없는데 하물며 이처럼 길고 넓은 바다를 건너는데 배를 타지 않고 달리 방법이 있겠어요? 월청강에서 조주로 표류할 때를 생각하면 근심되지 않을 수 없으나 조주를 떠나려면 이 물을 안 건널 수 없습니다. 허탄한 도술로 바람을 다스려 순행하는 법을 행하려 해도 이는 군자의 바른 도와 숙녀의 순수한 법이 아니니, 오늘날 또다시 표류하게 되는 화를 만나도 그 역시 천명일 것입니다. 그러니 누님은 마음을 편히 가지고 고인이 말한 '오늘 아침 술 있으면 오늘 아침 취하고, 내일 아침 근심 오면 내일 아침 근심하리니'와 같이 내일 걱정을 사서 하지 마시고, 또 공자께서 '군자는 마음이 평탄해서 넓고 소인은 불만스러워 늘 근심한다'고 말씀하신 바를 생각하여 매사에 마음을 편히 가지고 너무 걱정하지 마세요."

월염이 탄식하며 말했다.

"우리 아우의 시원스러운 의견이 이 같으나 내 생각에는 외로운 남매의 팔천 리 험한 여행길이 분명 위험한 길이 될 것이니, 호랑이에게 놀란 가슴이 어찌 평안하고 한가로울 수 있겠느냐? 온갖 상념이 마음을 요란하게 하니 군자의 평탄하고 넓은 마음을 얻지 못하겠구나."

인광이 웃으며 월염의 마음을 위로했다. 그때 갑자기 바다 가운데서 한바탕 큰 바람이 일어나며 물결이 크게 넘실거리더니 순식간에 천지가 아득하고 검고 음습한 구름이 사방을 가득 메워 해를 가리니 지척을 분간할 수 없었다. 인광과 월염은 먼 데를 사뭇 보며 가까운 데를 밝게 살펴 정신을 잃지 않았으나 배 안의 모든 사람들은 놀라고 두려워 얼굴빛이 달라졌다. 인광이 그들을 위로하여 비록 바람이 급하고 검은 구름이 아득하나 굳이 사람에게 해가 되지는 않는다고 하면서 마음을 진정하라고 했다. 망망대해에서 나뭇잎같이 작은 배가 급한 바람을 따라 이리저리 들썩이고 있던 중 누런 용이 황금 같은 비늘을 번득이며 머리를 높이 들고 꼬리로 노를 끼고 흐르는 별같이 빠르게 배를 끌고 갔다. 귓가에 거센 바람 소리가 들리고 눈앞에 용이 기이하게 서 있으니 검은 구름 속에서 상서로운 기운이 감돌았다. 인광이 다시 선창 안으로 들어와 월염에게 말했다.

"제게 우왕 같은 큰 덕과 높은 기운이 없어 황룡에게 배가 붙들리는 일을 당하니 두려운 마음에 갈팡질팡 어쩔 줄 모르고, 소장부(小丈夫)가 하루를 아끼는 것을 본받아 살고 죽는 것이 모두 운명이고 화와 복이 하늘에 달린 것임을 생각하지 못하니 참으로 무르다 하겠습니다. 그러나 배가 화살같이 빨리 나아가 미처 눈을 옮길 새도 없이 천 만리나 가는 듯하니, 잠깐 가로막힌 바다를 건넌 후에 육로로 가려 했는데 오히려 뱃길로 가게 되었으니 이 어찌 괴이하지 않겠습니까? 누님은 안심하고 배 가는 것이나 편히 보면서 노심초사하지 마십시오."

이때 월염은 오히려 마음을 편히 하여 배가 부서진 것을 보고도 운명을 하늘에 맡긴 채 근심하지 않다가 인광의 말을 듣고 그 속이 깊고 남다른 것을 사랑하여 문득 희미하게 웃으며 말했다.

"아까 네가 시원스러운 말과 넓은 도량으로 내가 쓸데없이 걱정한다고 하더니, 황룡에게 배가 붙들리자 한편으로는 두려워 어쩔 줄 모르고 한편으로는 기뻐하면서 천릿길을 순식간에 가는 것이 육로로 가는 것보다 쉬울까 하여 마음이 흔들리고 결심한 바를 흐트러뜨리는구나. 백 가지 근심을 만나도 평안한 마음으로 걱정이 없다면 군자의 환하고 시원한 마음을 얻었다 할 수 있을 것인데, 지금 하는 말은 아까의 말처럼 곧고 밝지 않으니 나는 따르지 않겠다."

인광이 옥 같은 눈썹에 은은한 화기를 띠고 웃으며 말했다.

"누님과 저의 생각이 다르군요. 제가 근심을 만나 근심하고 즐거움을 만나 즐거워하는 것을 누님은 받아들이지 않고, 누님이 눈앞에 화를 당하고도 태연자약하는 것을 저는 받아들이지 않습니다. 다만 생각해 보니 절개 있는 부인과 군자의 큰 도와 학문으로도 이런 재앙에 떨어진 것이 한탄스럽군요."

월염이 애써 웃으며 말했다.

"나는 깊은 규방에 처하던 여자로 여러 차례 큰 화를 만났다. 본래도 둔하여 연지와 가루분의 붉은색과 흰색도 가릴 줄 모르던 사람이라 화란 중에 목숨을 보전할 수 있는 것은 모두가 네 덕택이구나. 네가 나로 인해 매사에 몸이 고단하니 고맙긴 하지만 아까 한 말은 분명 나를 희롱하는 것이었다."

인광이 또한 웃으며 대답했다.

"지금 같은 상황에서도 누님이 조금도 놀라지 않으시니, 제가 한 번은 불복하고 한 번은 승복한 것입니다."

남매가 이처럼 말이나 행동이 태연자약하여 용이 배를 끌고 가는 상황에서도 놀라지 않으니, 춘파 등이 오히려 이상하게 여기면서도 마음에 깊이 믿는 바가 있었다. 월염과 인광은 이처럼 불안해하지 않고 걱정도 하지 않으면서 덕이 내리고 재앙이 없기를 기도하며 고향에 도달하기를 바랐다.

이때 황룡이 배를 끌고 신묘한 바람과 큰 안개를 만들어 흐르는 별같이 흘러가기를 반나절이 되도록 그 빠르고 급한 것이 한결같아 조금도 그치지 않으니, 인광이 글을 지어 천천히 읊었다. 봉의 울음소리가 길게 늘어져 한없이 맑고 높으며 멀리까지 울리다 공중으로 올라 넓은 하늘에 섞여 돌고 남천문(南天門)을 통과하여 백옥경에 어린 듯하니, 떠가는 구름이 흩어지고 검은 구름은 사라졌으며 해와 달이 새롭게 빛을 발하는 듯했다. 문장이 맑고 막힌 데 없이 넓고 시원시원하여 푸른 용이 변화하고 호랑이와 표범이 떨면서 무서워할 만했다. 결국 용신이 문채에 항복하고 정대함을 두려워하여 배를 모래언덕에 대고 고개와 머리를 숙인 채 자취를 감추었다. 이에 풍랑이 가라앉고 파도가 고요하여 기름기를 씻어낸 듯하니, 그 신이함은 용신에게 항복을 받고 정직함은 천지만물을 조화롭게 하여 이로부터 배

안이 편안하고 아무 일이 없게 되었다.

뱃사공이 정신을 수습하여 숨을 길게 쉬고 눈을 들어 지세(地勢)를 살피더니 매우 놀라며 말했다.

"이곳은 태호 유역이니 경사와는 불과 천여 리이고 태주와는 삼천여 리 떨어져 있습니다. 조주와 이곳은 육천팔백여 리 떨어져 있는데, 오전 여덟 시부터 용이 배를 떠받치고 와 오후 다섯 시에 이 모래 언덕에 이르렀으니 한나절 만에 육천팔백여 리를 온 것은 실로 하늘이 시키신 것이고 귀신이 도운 것이지 사람이 할 바는 아닙니다. 신기하고 이상하며 놀랍고 기특한 것이 전무후무하여 힘써 구해도 이 같을 수 없을 일이지만 깊이 불안하고 두려운 바는 근처의 인심이 아주 사납고 흉흉한 것입니다. 기강 소흥산이 평지로 이동하고 또 움직여 백 개의 언덕이 생겨나고 협곡 두 곳이 무너지면서 인가(人家) 수십 호가 함몰한 이후로 한 점 비가 내린 일이 없고 강호의 도적이 무리 지어 다니며 사람을 해치고 가진 것을 약탈하니, 이렇게 적은 사람과 곤궁한 행색으로 강변에 내려 객점을 찾다가는 분명 도적들의 해를 당할 것입니다. 또한 배 위에서 밤을 지내려 해도 흉한 도적들이 뱃길 왕래를 평지보다 쉽게 여기니 좋은 계교가 없습니다. 어찌하면 좋겠습니까?"

누군가 말했다.

"망망대해에서 외로운 배를 의지하여 밤을 지내다가 불의에 강도를 만나 백골도 땅에 묻히지 못하고 일시에 바다에 버려져 물고기 밥이 되면 더욱 원통하고 비참할 것이오. 그러느니 차라리 배를 떠나 마을의 객점을 찾아 저녁이나 제대로 먹은 후 도적을 만나게 되면 약한 사람은 피하고 힘 있는 사람은 대항해 보는 것이 옳지 않겠소?"

모두가 그 말이 옳다고 하며 인광에게 알려 배에서 내리기를 청했다. 인광은 기강에 이른 것이 굳이 좋은 일이 아니라는 것을 깨달았을 뿐 아니라 또 도적의 변이 있을 낌새를 알고 매우 불편해하면서도 배에 머무르는 것이 그리 좋은 일이 아니라 생각하던 차에 일행이 모두 마을의 객점에 가 밥이라도 먹기를 바라자 마지못해 강변에 내렸다.

낭떠러지에 몸을 던진 월염

지는 해가 서쪽으로 넘어가 어둠이 짙게 내려앉은 가운데 음력 11월의 습한 날씨에 눈 위에 서리가 내리고 찬 바람이 매섭게 불어와 옷소매를 들추며 뼛속까지 사무쳤다. 검은 구름이 사방에서 일어나 하늘을 가리자 달빛이 없어지고 별빛은 희미하여 어디가 인가인지 분간할 수 없는데, 자러 오는 새는 수풀에 깊이 숨고 까마귀는 동산에서 슬피 울었다. 월염과 춘파 등이 근심하고 슬퍼하면서 차라리 황룡이 배를 끌고 갈 때만 못하다고 하며 앞으로 닥칠 화를 두려워했다. 다시 기운이 어질어질하고 정신이 산란한데 거기다 허기지기까지 하여 뱃사공부터 엄정의 종들까지 한 걸음에 두 번 엎어지는 것을 면치 못했다. 장량의 오묘한 계략과 제갈량의 신기함으로도 미처 계교를 펴지 못할 상황인데, 태호에서 인가가 가깝지 않아 높고 험준한 곳을 넘어 사오 리를 가야만 인가와 객점이 있었다. 뱃사람들은 전에 익히 이곳을 다녔기 때문에 강변에 배를 대고 앞장서 인가를 찾아갔다. 높고 가파른 고개는 태원령으로, 오른쪽에는 사해를 통하는 태호의 큰 물줄기가 있고 왼쪽에는 숭산으로 향한 기암절벽이 연이어 하늘로 치솟아 있었다.

인광이 타고 있던 나귀에서 내려 월염의 가마를 엄정의 종들과 함께 붙들고 가면서 경치를 감상하고 있는데 갑자기 골짜기에서 큰 함성과 함께 한 무리의 강도가 흉기를 들고 나타나 길을 막고는 그 우두머리가 졸개들을 돌아보며 말했다.

"저 행인들이 여덟아홉 명밖에 안 되고 여자는 사람 수에 넣을 것도 없으니, 파리를 보고 칼을 쓰는 것은 영웅이 할 만한 일은 아니나 너희는 잠시도 지체하지 말고 저 조무래기 같은 것들을 쳐 그 피를 바위에 뿌리고 짐보따리를 빼앗아라. 또한 가마 속 여자와 그 시비들은 모두 잡아 우리 소굴로 데려가라."

도적들이 그 명에 따라 일시에 달려드니 뱃사공이 선두에 있다가 혼비백산하여 손을 모아 살려달라고 빌고 엄정의 종들 또한 도적들이 서슬 시퍼런 칼날로 위협하는 것을 보고는 얼굴이 하얗게 질려 손발을 떨며 자기들의 옷과 짐보따리를 순순히 내주면서 목숨만 살려달라고 애걸했다. 그러자 도적떼 일부는 짐보따리와 은자를 거두고 다른 일부는 가마를 향해 달려들었다. 인광이 홀몸으로 저 흉한 50여 명의 도적떼를 당할 길이 없으니, 그 위태로운 것은 말할 것도 없고 월염이 어찌 될까 하여 너무나 놀라고 두려워하며 급히 춘파 등과 함께 가마를 어두운 곳으로 옮겨놓고 말했다.

"도적이 모를 리 없겠지만 일이 급하니 경파를 가마에 앉히고 누님은 바삐 소나무가 우거진 숲이나 바위에 난 굴을 찾아 숨으세요. 춘파와 함께 가 아무 곳에나 숨어 있으면 좋겠지만 도적들이 가마 밖에 시비가 있는 것을 보았으니 춘파까지 다 없어지면 안 될 겁니다."

월염은 급박한 상황이 맹렬한 불길보다 더한 것을 보고 자신의 천금같이 귀한 몸이 만일 도적에게 잡히면 그 더럽고 추함이 큰 바닷물을 모두 기울여 씻어도 다 씻어내지 못할 뿐 아니라 백 번 죽고 만 번 죽어도 분함과 원통함을 풀기 어려울 것이라 생각했다. 이에 차라리 저 넓고 넓은 바다에 몸을 던지지 못한다면 천 길 낭떠러지에 떨어져 백골이 바위 아래 부서지고 핏덩이가 된 살들은 호랑이나 표범의 밥이 될지언정 차마 저 더러운 도적에게 겁탈을 당할 수는 없다고 생각하여 날 듯이 몸을 일으켜 가마 밖으로 나와 인광에게 말했다.

"이 또한 내 죄악이 천지에 가득하기 때문에 생긴 일이다. 죽어도 벌써 죽었을 목숨이 구차히 살아 오늘 이 같은 화를 당하니, 요도의 음실에서 죽지 못한 것을 한스러워한들 어쩌겠느냐? 너는 분함을 참지 못해 일을 망치지 말고 차라리 뱃사공 등이 애걸복걸하여 살아남은 것처럼 해서 천금같이 귀한 몸이 도적의 손에 상하는 일이 없도록 해라. 한고조 유방은 항우의 의자 아래 절했으나 뛰어난 군주가 아니라는 소리를 듣지 않았고, 한신은 불량배들의 다리 밑을 기어갔으나 호걸이 아니라는 소리를 듣지 않았다. 그러니 너는 반드시 목숨을 보전하여 작은아버지와 작은어머니가 장성(長城)과 높은 산처럼 너를 의지하시는 것이 허사가 되지 않도록 하고 자식을 잃은 슬픔에 눈이 멀지 않으시도록 해라."

말을 마치자 소나무가 우거진 수풀 속 험한 바위 사이로 들어갔다. 인광은 너무나 다급하고 슬픈 것이 오늘보다 더한 적이 없어 죽을 결심으로 저 흉적과 겨뤄보고자 하나 도저히 당해낼 수 없었다. 도적들은 뱃사공이나 종들은 본 척도 안 하고 바로 가마를 에워쌌다. 인광과 경파가 그 가운데 있으니 과도하게 행동하지는 않고 있었는데, 이때 우두머리가 뱃사공에게 물었다.

"일행 중 남자 수는 묻지 않아도 보면 알 수 있는데, 시비나 소저 혹은 부인네는 몇이나 되느냐?"

뱃사공이 굳이 월염을 해치려 해서가 아니라 두려운 마음에 곧이곧대로 말하겠다고 생각하고는 떨면서 대답했다.

"시비는 두 사람밖에 없고 소저인지 부인인지 잘 알 수는 없지만 부인은 한 명이라고 합니다."

우두머리가 고개를 끄덕이고는 도적들에게 명령했다.

"일행 중에 여자는 상하 다 합해서 세 명밖에 없다고 하니 너희는 한 사람도 놓치지 말고 다치지 않게 잡아오라."

모든 도적들이 그러겠다고 대답하고 처음에는 무심히 가마에 들어가려 하다가 시비 하나가 없다고 하면서 횃불을 들고 가마 안을 들춰보고는 분통을 터뜨리며 갑자기 가마를 발로 차면서 경파를 끌어내고는 말했다.

"이 음흉하고 상스러운 년이 어디서 함부로 부인인 체하며 가마에 타고 있느냐? 시비 옷도 벗지 않고 가마 안에 들어앉아 있는 것은 우리를 눈이 없는 사람으로 여긴 것이다. 이 가마 속에 들어앉아 있던 부인이든 소저든 날개가 없이는 멀리 피하지 못하고 가봐야 이 산속에 있을 것이니 우리가 어찌 못 찾아내겠는가?"

우두머리가 말했다.

"계집이란 것이 간사하여 삵이나 여우같이 자취를 감추거니와 발이 작고 다리가 약하니 이 같은 험한 산길에 어디를 가겠는가? 분명 바위에 난 굴이나 소나무 숲에 숨어 있을 것이니 빨리 찾아보라."

도적들이 일시에 횃불을 들고 춘파와 경파의 등을 밀며 말했다.

"네년들이 가마를 어디다 감추었을 것이니, 형벌을 받지 말고 바로 아뢰어 찾는 데 시간이 지체되게 하지 말라."

춘파와 경파가 이때를 당해 천지가 아득하고 해와 달이 빛을 잃은 듯하니, 청선관 석굴 감옥은 오히려 극락세계였던 듯했다. 음실에서 죽지 못하고 이제 소저를 따라 죽을 뿐이라 생각하니 온 기운이 다 빠졌다. 나중이 어떻게 될지는 다음을 보라.

인광은 도적들의 기세가 유성 떨어지듯 급박한 것을 보고도 그 위태로움을 조금도 거리끼지 않았으나 월염의 앞날을 다시 의논할 수 없어 한시가 급하니 너무나 애통하고 답답하여 가슴이 찢어지는 듯했다. 이에 월염을 도적의 손에 들어가게 하여 자기 혼자 고향에 돌아가 할머니와 큰아버지가 애통해하고 슬퍼하시게 하지는 않으리라 결심하고는 온 힘을 다해 길가의 잣나무 가지를 꺾어 절굿공이 같은 꼬챙이를 만들어 들고 도적들에게 달려들었다. 도적들이 가마에 있던 월염을 찾는 데 정신이 없어 인광을 살펴보지 않다가 무방비 상태에서 절구공이 같은 나무에 맞아 머리가 깨지고 어떤 자는 어깨를 맞아 바로 부어올랐다. 우두머리가 멀리 서서 가마에 있던 여자만 찾아내라고 지휘하면서 굳이 가까이 오지 않고 있었다. 그러다가 인광이 자기 졸개들을 두들겨 네다섯 명이 반쯤 죽게 되어 산 위에 뒹굴고 나머지 사오십 명은 쉽게 달려들지 못하는 것을 보자 매우 화가 나

걸음이 빠른 사람을 시켜 자기 소굴에 가 힘센 사람 100여 명을 빨리 불러오라고 하고 나는 듯이 산 위에 올라 횃불 같은 눈을 부릅뜨고 도적들에게 호령했다.

"저 나뭇가지를 가지고 너희들에게 달려드는 아이의 키와 얼굴을 보니 14세나 15세 정도밖에 안 된 것 같고 티 없는 피부와 빛나는 골격이 강보에 싸인 아이도 이 같지 못할 정도이니, 저런 것이 무슨 용맹이 있다고 너희가 승냥이나 호랑이 보듯 두려워하느냐? 노란 입이 제 어미 품에서 젖 빨기를 면치 못한 듯하니, 가마 안에 있던 것은 반드시 그 어미일 것이다. 이런 자식을 둔 어미라면 그리 늙지 않았을 것이요 저 정도 자식을 낳았다면 분명 평범하지 않을 듯하니, 너희들은 힘을 다해 횃불을 높이 들고 찾아내라. 저 어린아이는 내가 움켜쥐고 태호 강물에 처넣든가 내 아들이 되어 살겠다고 하면 비록 성은 달라도 거두어 잘 길러 늙었을 때 봉양이나 받아야겠다."

그러고는 소매를 걷고 인광에게 달려들어 어린아이를 안듯이 안으려 했다. 인광은 흉적이 말하는 것을 듣고 너무나 분통하여 머리털이 곤두설 정도로 몹시 화가 나 3척 되는 나뭇가지를 들고 도적의 우두머리를 겨누다가 자기를 안으려 달려드는 것을 보고 있는 힘을 다해 크게 소리를 지르며 한번 냅다 올려 치니, 우두머리가 구리같이 단단한 이마빡을 맞아 혀를 빼물고 거꾸러져 흐르는 피가 땅을 흥건히 적셨다. 도적떼가 미처 달려들기도 전에 인광이 다시 두 번을 내리치자 우두머리가 소리 한번 못 지르고 거꾸러져 정신을 차리지 못하니 도적떼가 놀라고 두려워하며 말했다.

"장군이 비록 한순간 놀라 당했으나 끝내 일어나지 못하지는 않을 것이다. 우리 중 30여 명이 장군을 구호하고 10여 명은 바위굴이나 소나무 숲을 휘저어 가마 속 여자를 찾는 것이 옳겠다."

그러고는 호랑이와 표범 같은 무리들이 우두머리를 구하기 위해 달려들며 긴 창과 칼을 들어 인광을 해치려 했다. 인광은 이미 살기를 바라지 않는데 어찌 창과 칼이 두려워 도적떼를 피하려 하겠는가? 그러나 도적 10여 명이 횃불을 들고 바위굴이나 소나무 숲을 샅샅이 뒤지는 것을 보고 월염이 어디 숨었는지 알지 못해 경황이 없자 몸을 돌려 급히 바위에 난 굴로 향했다. 도적떼가 소리를 지르며 말했다.

"저 아이의 망령된 기운이 이제야 풀렸는가? 우리의 창과 칼을 피해 달아나는구나. 장군을 구호하는 것은 30여 명이요 저 어린아이를 잡고 가마에 탔던 여자를 찾을 사람은 불과 10여 명이니, 우리 소굴에 있는 나머지 무리를 빨리 부르자."

말을 마치기도 전에 앞서 소굴에 있던 도적들을 부르러 갔던 자가 먼저 달려오고 그 뒤에 100여 명 되는 도적들이 벌떼처럼 몰려왔다. 도적들이 기세가 등등해져 우두머리가 다친 것을 알리고, 어서 저 양반 옷차림을 한 아이를 잡고 소나무 숲과 바위굴을 샅샅이 살펴 가마에서 도망한 여자를 잡자고 했다. 소굴에서 온 도적들이 다 듣기 전에 우두머리가 다친 것을 보고 놀라 인광을 급히 잡아 해치려 했다. 그뿐 아니라 춘파와 경파의 흰 얼굴이 눈 속에서 빛나고 맑은 눈이 새벽별 같으며 초승달 모양의 푸른 눈썹이 산천의 정기를 머금은 듯하고 두 뺨이 발그라니 복숭앗빛을 띤 것을 보고는 음란한 욕심이 급해 저마다 눈길을 주며 점찍어 자신이 데리고 가겠다고 다투었다. 그러면서 가마 속 여자는 분명 신선 같으리라 하는 등 더러운 말을 그치치 않고 흉악한 눈으로 바위굴과 소나무 숲 사이를 샅샅이 뒤졌다. 인광이 죽기로 작정하고 곳곳을 가렸으나 그 역시 놀라고 다급한 중에 월염이 어디에 있는지 알지 못해 도적떼가 먼저 찾을까 봐 초조하고 두려웠다. 그때 한 바위 앞에서 도적들이 소리 높여 말했다.

"눈 쌓인 곳에 났던 발자국이 저 바위에 찍혀 있으니 이 동굴에 숨은 것이 분명하다."

그러고는 유심히 살피자 인광 역시 춘파·경파와 함께 창과 칼을 피하지 않고 나는 듯이 그 바위 앞으로 향했다. 그러나 분신술이 없어 몸이 하나밖에 없는데 도적들은 벌떼가 몰려들고 개미떼가 쑤시듯 일제히 인광을 해치려 달려들고 한편으로는 동굴을 뒤지려 했다. 인광이 전후좌우로 막았으나 수없이 많은 창과 칼을 벗어나기 어려웠다. 나뭇가지를 휘두르며 앞에 오는 놈을 치는 중에 옆에서 한 놈이 창으로 인광의 얼굴을 찌르려다가 닿지 않자 팔을 찌르니 붉은 피가 옷을 적셨다. 그러나 인광은 얼굴색 하나 변하지 않고 갈수록 더 기운이 세져 나뭇가지를 들고 자기 팔을 찌르던 도적의 머리를 쳤다. 이에 도적들이 일시에 인광을 에워싸고 창과 칼을 빗발치듯 겨누니, 인광의 3척 나뭇가지가 어찌 저 흉적의 그 수많은 창과 칼을 당해 가루가 되지 않을 수 있겠는가? 그러나 인광의 타고난 기질이 아주 특이하고 남다르며 위풍당당한 됨됨이가 뛰어나고 기이하여 전후좌우로 철빗장이나 돌문같이 에워싼 흉적을 물리치고 썩은 막대로 적들의 창과 칼을 대적했다. 그 장한 거동은 북해의 성난 용이 태산의 모진 호랑이를 물리치는 듯하고 크게 꾸짖는 소리는 한 번에 만인을 놀라게 하는 위풍이 있었다. 당당한 표정과 준엄한 모습은 용의 눈썹이 거꾸로 서고 봉의 눈이 두렷한 듯 태산을 무너뜨리고 북해를 뛰어넘을 기상이니, 어찌 한갓 홍문의 연회 자리에서 항우에게 당당히 맞섰던 유방의 장수 번쾌의 모습에 비하겠는가? 아홉 살 어린아이가 천지를 뒤집고 건곤을 바꿀 수단이 있으니, 상서로운 구름 같은 용모와 상서로운 해 같은 눈빛은 가을 하늘을 업신여기고 긴 무지개를 토해내는 듯했으며 북쪽과 남쪽의 큰 바다가 끝없이 너른 듯했다.

도적의 무리가 힘이 부족한 것은 아니지만 정인광 앞에 서자 자연히 심신이 놀라고 겁에 질려 팔이 무겁고 기운이 사그라들어 두려운 마음이 끝없이 일어나니, 어찌 함부로 창으로 쑤시고 칼로 찌를 수 있겠는가? 저희 스스로 괴이함을 이기지 못하고 뜻대로 해치지도 못하여 우두머리가 다친 것에 대한 분도 못 풀고 인광을 에워싸기만 한 상태에서 도적 몇 명이 굴 안으로 들어갔다. 이때 월염은 굴 안에서 자신이 죽으면 인광이 참통함을 이기지 못해 천금 같은 몸을 상하게 될까 하는 걱정을 계속하고 있었다. 그러다 잠깐 도적의 상황을 보고는, 경파가 잡혀가면 자신이 죽는 것이 늦춰질까 했는데 일이 이처럼 위급해져 인광은 흉적에게 겹겹이 둘러싸여 죽음을 눈앞에 두고 있고 두어 도적이 굴 안으로 쳐들어오려 하니, 그들과 마주치는 것은 시간문제였다. 이에 기구한 목숨이 음실의 비루한 귀신이 되지 못한 것을 애달파하고 슬퍼하나 지금도 자기 마음대로 죽지 못하는 진퇴양난의 상황이었다. 춘파·경파가 인광과 굴 앞을 가리고 있다가 인광은 도적떼에게 에워싸이고 춘파와 경파만 굴 앞에 서 있었는데, 월염이 두 사람을 불러 말했다.

"내가 여기 있는 것을 도적들이 벌써 알게 되었으니 너희들은 잠깐 도적을 물러가게 하고 가마를 가져오너라. 내가 일단 가마를 타고 살지 죽을지 결단하겠다."

도적들이 가마 가져오라는 말을 듣고 잠시 걸음을 돌이키며 크게 외쳤다.

"이 굴 안에 있는 소저인지 부인인지가 가마를 가져오라고 한다."

모든 도적들이 기뻐하면서도 그럴수록 인광을 더욱 단단히 에워쌌다. 인광이 힘을 다해 에워싼 것을 풀려고 하다가 잠시 해이해진 틈을 타 몸을 솟구쳐 칼을 잡고 있는 도적들의 큰 키를 넘을 즈음에 월염은 벌써 춘파와 경파 사이에 싸여 굴 밖으로 달려나와 바로 천 길 낭떠러지로 몸을 던졌다. 춘파와 경파는 육수부가 원나라 군사의 공격을 받자 위왕을 업고 바다로 투신하여 목숨을 버린 것을 본받아, 한번 슬피 부르짖고는 월염을 따라 낭떠러지로 몸을 던졌다. 주인과 시비들이 일시에 떨어졌으니 층암절벽에서 뼈가 부서져 가루가 되는 것은 안 봐도 알 만하고, 넓디넓은 동정호에 떨어진 낙엽 같으니 백골인들 어디에서 찾을 수 있겠는가? 순식간에 세 명이 어디로 떨어졌는지 알 수 없게 되었다. 인광은 지금까지 월염을 위해 마음 쓰고 안타까워하며 함께 고향에 돌아갈 수 있도록 하늘에 빌고, 온 힘을 다해 죽음을 무릅쓰고 서리 같은 칼날에 맞서며 자신이 위태로울지언정 누님은 적의 손에서 죽지 않도록 대항하다가 눈앞에서 월염이 천 길 낭떠러지로 떨어지는 것을 보게 되니, 자신과 거리가 불과 삼사 척밖에 안 되었는데도 미처 월염을 붙들지 못하고 또 두 시비가 육수부의 충렬을 본받아 함께 뛰어내린 것을 보며 마음이 갈가리 찢어지고 오장육부가 다 끊어진 듯했다. 강보의 아기 때부터 정신과 기운이 남달라 씩씩한 기운은 하늘을 삼킬 듯하고 태산을 무너뜨릴 듯하더니, 이때는 잠깐 사이에 기운이 다 빠질 듯 통곡하며 월염이 떨어진 곳을 살펴 시신이나 찾으려 했다. 도적들은 자신들이 데려가려 했던 춘파와 경파는 물론 동굴에 숨었던 소저 역시 죽게 되고, 인광의 매서운 손에 우두머리가 중상을 입어 아직도 정신이 혼미하며, 자기 무리 중에도 생사가 위태로운 자들이 10여 명이나 되자 분하고 미운 마음이 모두 인광에게 향해 일시에 달려들어 인광을 다시 해치려 했다. 인광이 하늘을 뚫을 듯한 분통함에 슬픔을 뒤로하고 기운을 가다듬어 도적떼를 대적하는데, 기상이 늠름하여 가을 하늘의 서리와 해 같았다.

인광은 하늘을 뚫을 듯한 분통을 이기지 못해 석 자 나뭇가지로 도적떼를 대적하니, 가을 하늘의 서리와 해 같은 기상에 얼굴빛이 당당하여 가을 하늘이 어둡고 찬 바람이 매서운 데 얼음까지 언 듯했다. 창과 칼은 날카로워 찬 바람이 몰아치는 듯하고 만 마리 말이 다투어 달리며 천 명 군사가 호위하는 듯하며 하늘과 귀신이 모두 도와 흉적을 격파하고 인광을 보호하는 것 같으니, 도적떼의 힘이 부족해서도 아니고 인광의 강한 용기가 저 100여 명의 흉적을 능히 제어할 수 있는 것도 아니되, 이른바 '어질지 못한 것은 용맹으로 어쩔 수 없고, 의로운 사람은 힘으로 어쩔 수 없다'는 상황이었다. 도적떼는 의롭지 못하고 흉악하며 사람답지 못하고 극악하여 평생 잔인하고 불의한 일을 주로 하면서 재물을 탐하고 사람 목숨을 풀 베듯 하며 힘을 자랑하니, 평소에는 두렵거나 거칠 것이 없었다. 그러나 깊은 산속에 사는 천민들이나 길가에 다니는 명 짧은 사람을 만났기에 죽이는 것이 쉬웠지, 진정 길하고 선한 관상에 귀하고 명을 다할 운수를 가진 사람을 만났다면 그렇지 못할 것이었다. 그러니 이제 정인광을 해치려 하나 마음이 놀라고 두려워 팔을 들 기운도 없었다. 이에 자기들이 그만하고 돌아가도 정인광 혼자서는 자기들을 따라오거나 잡을 수 없을 것이니, 죽을 때까지 싸우지 말고 우두머리나 구해 소굴로 돌아가자며 에워싼 것을 풀고 산 아래로 내려가려고 했다. 우두머리가 한참 만에 정신을 차리고 졸개들을 크게 꾸짖으며 말했다.

"한갓 열 살 남짓의 어린아이를 죽이지도 못하고 돌아갈 생각을 하느냐? 그런 생각 말고 빨리 아이를 죽여 망령되게 나를 해치고 방자히 굴던 죄를 다스려라."

그러고는 세 여자가 죽은 것을 매우 아까워했다. 도적떼가 우두머리의 명에 따라 물러나려던 생각을 바꿔 다시 인광을 급히 에워싸며 해치려 했다. 인광이 비록 석 자 나뭇가지를 휘둘러 도적들의 창과 칼을 막았으나 위태로움을 면하기는 어려웠는데, 그때 갑자기 산 밑에서 두 명의 날래고 힘센 사람이 큰 칼을 번뜩이며 아주 급한 걸음으로 올라와 바로 에워싼 것을 헤쳐놓았다. 도적떼가 처음에는 자기 무리인가 하여 순순히 에워싼 것을 풀었는데, 그들이 팔을 움직이며 힘을 쓸 때마다 도적들의 머리가 칼날의 번뜩임에 따라 땅에 굴렀다. 그 용맹과 힘은 세상에서 상대할 사람이 없을 듯했다. 9척의 키는 험한 산골짜기를 뛰어넘을 듯하고 고리눈에 우레 같은 소리는 삼국시대의 장비와 흡사했다. 인광이 태양 같은 두 눈을 들어 살펴보니 그들은 곧 자기 집 노복인 운학과 경용이었다. 그 반가운 마음을 어디에 비할까마는, 이야기를 나눌 새도 없이 운학·경용과 함께 도적들을 급히 쳤다. 도적들이 이미 매우 놀라 흔들리고 있던 차에 서리 맞은 뱀과 절인 파처럼 기운이 떨어져 감히 맞서지 못했다. 만 명이라도 당하지 못할 운학과 경용인데, 죽을 마음만 있고 살 마음은 없이 공자를 위태로운 곳에서 벗어나게 하려고 하니 어찌 돌아보고 생각할 것이 있겠는가? 긴 칼을 휘둘러 도적떼의 머리가 연이어 땅에 떨어지니, 피가 흘러 땅에 고이고 주검이 발에 밟혔다. 도적떼가 너무나 당황하여 흩어지려 할 때 산 밑에서 크게 외쳤다.

"소굴에 불이 나 금과 비단 등을 모두 잃을 지경이니 빨리 와 구하시오."

도적떼가 그 말을 듣고 매우 놀라 정인광을 버리고 급히 흩어졌다. 긴 겨울밤이 그사이 다 지나 먼 마을의 닭 울음소리 악악하여 새벽을 알리고 산사의 북소리가 바람결에 희미하여 멀리서 들려오는 것을 알 수 있었다. 운학과 경용이 죽기로 작정하고 인광을 구하려 했으나 저 도마뱀 같은 도적떼를 따라갔다가 오히려 위험한 일이 생길 듯하여 따라가지 않고 다만 인광 앞에 나아가 머리를 조아려 절하고 실성통곡했다. 인광 또한 두 노복의 손을 잡고 비 오듯 눈물을 흘리며 말했다.

"운학아, 경용아! 이것이 꿈이냐 생시냐? 오늘 이렇게 정신이 혼미한 상황에서 너희를 보니 진짜인지 가짜인지 분별하기 어렵더구나. 또 너희가 살아서 이곳에 이를 것을 전혀 생각지 못했기에 귀신의 회롱인지 의심하기도 했다. 너희는 빨리 여기 오게 된 사정을 말하고 만약 태주 본가를 떠난 지 오래되지 않았으면 할머니와 부모님 그리고 가족들 모두의 안부를 알려주거라."

운학과 경용이 울며 말했다.

"시운이 불행하여 적들의 변고에 두 분 공자와 두 분 소저를 잃어 버리는 화를 면치 못했습니다."

(책임번역 탁원정)

완월회맹연 권16

길 위의 정인광

도둑으로 몰린 정인광이
기강 안찰사로 부임한 장헌과 마주치다

정월염을 찾아다니는 인광 일행

이때 운학과 경용이 슬프게 울며 말했다.

"불행히도 난리 중에 두 분 공자와 두 분 소저와 헤어지게 되었으니, 고향으로 모시고 돌아가기만을 손꼽아 기다렸던 저희가 놀랍고 슬픈 것이야 말할 것도 없습니다. 어르신과 여러 부인께서 처절하게 슬퍼하실 것은 눈으로 시체를 본 것만 같지 못할 것이니, 모두가 참혹하고 애통한 것은 오래도록 생각해도 애가 마디마디 끊어지는 것 같아 목이 메어 말을 할 수 없습니다. 그때 이리저리 월청강을 두루 돌아다녀도 두 공자의 자취를 알 길이 없어 저희가 어르신께 이러저러하게 말씀드리고 그동안 나라를 반이나 돌았지만 작은 주인님의 거처는 몰랐습니다. 다만 섬에서 나와 깊은 산에 숨어 있는 도적을 만나 그들이 서로 하는 말을 들어보니, 왕술위라는 도적이 못된 여종인 녹빙의 부탁을 받고 도적을 모아서 도중에 이런 일을 벌였고 또

못된 여종 계월이 남편 맹추와 함께 일을 꾸며 흉하고 참담함이 이에 이르렀는가 싶습니다. 이 원수는 정말 같은 하늘 아래 살지 못할 정도입니다. 저희가 공자 찾기는 좀 천천히 하더라도 먼저 태주로 가서 두 어르신께 녹빙과 계월의 극악한 큰 죄를 고하여 맹추와 왕술위를 잡아 그들의 간악한 사정을 추궁하여 시원하게 처리하고 나서 다시 길에서 늙어 죽을 각오로 두 공자의 자취를 찾고자 했습니다. 때마침 길흉을 신통하게 알아맞히는 신기한 사람을 만나 두 공자의 사주를 물어보았는데, 크게 귀하고 복되다고 말하고는 '첫째 공자님은 멀리 타국에 표류하고 있으니 쉽게 소식을 듣지 못하겠지만 둘째 공자님은 이번 달 갑진일에 반드시 만나게 될 것이니 가만히 있지 말고 밤낮으로 달려 기강 태원령으로 가고, 한편으로는 기강의 소홍산이 끝나는 지점에 도적이 모여 있을 것이니 화약을 가져가 먼저 적의 소굴에 불을 지르고 곧장 태원령으로 가면 그곳에서 위태한 지경에 놓여 빠져나오지 못하는 자가 바로 둘째 공자일 것이니 구하라.' 하며 장검 두 자루를 주었습니다. 저희가 그 말을 믿지 못하고 '소옹선생은 돌아가신 지 이미 오래되었고 신선 곽박이 다시 세상에 나오지 않을 것인데, 당신의 이 말을 어떻게 믿을 수 있겠소?'라고 말하니, 그 사람이 발끈하여 보여주겠다 하고 시장에 나와 있는 사람에게 곧 닥칠 변고를 일러주고는 한나절 만에 그 변고가 어떠한지 보라고 하더군요. 저희가 유심히 살펴보니 과연 그의 말대로 되었습니다. 그래서 절강 정릉 땅에서 밤낮으로 달려 잠깐 사이에 기강 소홍산이 있는 곳에 도착해 보니 정말로 도적의 소굴이 있었습니다. 군대의 진영처럼 군량을 쌓아놓고 군사를 머물게 하는 곳 같더군요. 정말로 흉한 일이었지만 저희가 순찰병에게 잡히게 되었습니다. 도적들이 저희의 수상쩍은 행동을 심문할 때 저희는 거짓말로 '섬에서 바깥소식을 당신들에게 전하고자 했는데 장군이 안 계신다니 내가 말한들 소용이 없을 것 같다.'라고 하니, 도적이 대답하길 '섬 소식을 우리 장군께서 반가워하시겠다. 오늘 마침 바람이 불어 깃발을 세워보니 태원령 쪽으로 나부낄 뿐만 아니라 우리 중에 점을 치는 자가 있어 말하길, 산을 파헤쳐 옥을 얻고 바다를 헤쳐 진주를 얻으리라, 했으니 반은 길하고 반은 흉한 말이라 결정하지 못하겠다는 말을 듣고는 장군이 기뻐하며, 결정 못 할 일이 뭐가 있겠는가? 깃발이 벌써 태원령 쪽으로 나부끼고 산을 파헤쳐 옥을 얻으며 바다를 헤쳐 진주를 얻으리라는 말은 수고를 많이 하리라는 뜻이다. 내가 이곳에 머문 지 오래되었으니 아무 데나 가서 한번 미인을 얻는 즉시 싣고 돌아오리라, 하시며 태원령으로 가 계시니, 너희는 아무쪼록 장군이 돌아오기를 기다리되 혹시 급한 일이 있거든 태원령으로 가라.'라고 했습니다. 저희가 도적 소굴에 몰래 불을 지르고 서둘러 오는 길이라고 했지만 때가 늦어 공자님의 귀한 몸이 적에게 둘러싸여 위급한 지경에 처하셨습니다. 이는 저희가 불충한 죄입니다. 이 도적놈들이 바닷길에 관한 저희의 말을 반가워하며 듣는 것을 보건대 왕술위의 무리임이 분명합니다. 이 놈들을 잡으면 왕술위의 거처도 알 수 있겠습니다만 지금 형세가 고약하여 저 흉악한 적을 이길 길이 없고 그들의 소굴에 불이 난 바를 의심하여 저희 등을 잡아 원한을 풀고자 한다면 몸에 또 위급한 변이 닥칠 것이니, 날이 밝기 전에 우선 인가를 찾아서 피하십시오."

인광이 긴말을 들어보니 비록 맹추와 왕술위를 이전에 본 적은 없지만 녹빙과 계월은 큰어머니 소교완의 강직한 심복임을 짐작할 수 있었다. 녹빙은 총명하여 한 가지를 알면 온갖 일을 미루어 깨달을 수 있으니 어찌 놀랄 만한 의심이 없겠는가? 그러나 인광은 그 일보다는 월염이 골짜기에 떨어져 죽게 된 끔찍하고 참혹한 상황에 정신을 잃을 정도로 슬프고 원망이 컸다.

정신을 잃은 정인광

인광은 운학 등의 말에 대답하지 않고 월염이 떨어진 골짜기를 향해 소리를 지르며 슬피 통곡하다가 끝내 기절했다. 운학과 경용이 인광을 붙들다가 그의 팔이 크게 다친 것을 발견하고 놀라 속옷을 찢어 싸매었다. 이때 경용이 운학의 옷자락을 당기며 말했다.

"공자께서 헛되이 슬퍼하시는 것이 지나쳐서 귀중한 몸을 살피지 않으시니, 이곳에서 머뭇거리고 빨리 떠나지 않으신다면 도적이 자기들 소굴에 난 불을 끄고 그 분함을 우리에게 풀고자 할 것이다. 그렇게 되면 우리가 위태해지는 것은 말할 것도 없고, 공자께 화를 풀게 되면 그 망극함은 생각하기도 싫을 정도네. 비록 공자의 명령을 기다려야 하나, 공자께서 기절하여 정신없으실 때 업고 주막을 찾아가 구호하는 쪽이 낫지 않을까?"

운학이 말했다.

"네 말이 내 생각과 같다."

그러고는 바로 인광을 둘러업은 후 고개를 내려가니, 경용이 엄씨 집안 종들과 뱃사람들에게 함께 가자고 했다. 엄씨 집안 종들은 배고프고 추운 것을 견디지 못해 눈 위에 쓰러져 있고, 뱃사람들은 도적을 두려워하는 것이 심하여 정신을 잃을 정도라 배고프고 추운 것을 미처 생각할 겨를이 없으니, 도적들이 나타나 제 머리를 벤다고 해도 구부러져 박힌 말뚝같이 몸을 펴지 못할 듯했다. 경용이 웃으며 말했다.

"정말 남자라고 하기 어렵다."

그러고는 그들을 끌어 일으켜 고개 아래로 내려갔다. 뱃사람들은 놀란 것을 진정하지 못했고 엄씨 집안 종들은 반죽음이 되어 걸음도 잘 떼지 못했다. 운학 등이 자신들이 여러 벌 겹쳐 입었던 옷을 벗어 그들에게 입히고 바로 술집을 찾아 엄씨 집안 종들과 뱃사람들에게 술 한 동이를 먹였다. 이어 조용한 인가를 찾아 문을 두드리고 객실을 빌려달라고 부탁하니, 집주인이 운학의 당당한 위엄을 두려워했기에, 방을 빌려주고 싶지는 않으나 마지못해 방을 빌려주었다. 경용이 허리 아래 주머니에서 은돈을 꺼내어 주인이 방 빌려주는 것을 사례하고 아침밥을 차려달라고 부탁하니, 주인이 은돈을 보고는 기쁜 표정으로 아침밥을 올려 요기할 수 있게 하겠다고 했다. 운학 등이 날이 새도록 공자를 돌보았는데도 정신을 차리지 못하니, 급하고 초조해져 주인에게 돈을 주고 간신히 환약을 얻어 맑은 차에 풀어서 먹였다. 인광은 오랜 시간이 지난 후에야 정신을 차리고 눈을 떠 좌우를 둘러보다가 갑자기 가슴을 치고 슬퍼하며 말했다.

"여기는 분명 태원령이겠구나. 내가 누님과 함께 변란을 겪고 온갖 근심을 함께했지만 끝내 재앙과 난리에 목숨이 끊어지지는 않을 거라고 서로 믿고 위로하며 부모님께 절하자고 기약했다. 그래서 추위와 눈바람을 무릅쓰고 팔천 리 가는 길에 위태함이 많으며 길한 것이 적음을 모르지는 않았지만 머뭇거려 좋을 것이 없어 부득불 길에 나서게 되었다. 그런데 이제 월염 누님이 깊은 골짜기에 떨어지는 것을 보고도 내가 구하지 못했으니, 내가 비록 누님을 죽음으로 내몬 것은 아니나 내가 애초에 미치고 망령되지 않았더라면 누님이 저렇게 봉변을 당하고 죽게 되지는 않았을 것이다. 나의 극한 곤액과 재앙을 누님에게 고스란히 안겨주어 누님의 높은 행실과 덕으로도 고작 11년 짧은 생으로 마감하게 되었구나. 나는 누님의 덕성에 힘입어 흉적의 칼날 아래에서 목숨을 보전하게 되었으니 이 슬픔과 한을 참을 수가 없구나. 내 이 자리에서 기운이 떨어져 누님의 뒤를 따른다면 고향에 돌아갈 방법이 없겠지만 그렇지 않고 숨이 붙어 있으면서 누님의 목숨을 구하지 못한다면 무슨 면목으로 할머니와 큰아버지를 뵐 수 있겠으며 또 두 분께서 누님을 그리워하며 슬퍼하시는 참담한 모습을 보면서 차마 무슨 말씀으로 위로를 드리겠는가? 하물며 나는 누님과 더불어 형제이며 남녀의 행실이 비록 다를지언정 뜻이 서로 맞았기에 걸음을 배우며 말을 시작할 때부터 재주를 사랑하고 덕을 사모했다. 내가 생각을 말하면 누님의 마음에 들지 않은 적이 없었고 누님이 의견을 내면 나도 또한 존경하며 복종했다. 남몰래 슬퍼하는 점은 누님이 이러한 재주와 덕을 가졌는데 규중에 묻혀 성스러운 덕과 문장 재주를 쓸 곳이 없는 것과 누님이 나의 형이 되지 못한 것이었다. 이제 뜻밖에 누님을 변란에 잃고 내가 어떻게 슬픔과 안타까움을 견딜 수 있겠는가?”

말을 끝내고 통곡하여 애절함이 한층 심하니, 운학 등이 공자를 붙들고 위로하여 말했다.

"소저와 두 여종이 높은 골짜기에서 몸을 던져 까마득한 낭떠러지에 떨어졌으니 진실로 생각건대 살아날 길이 없겠지만 비범한 귀인과 지극한 성덕을 지닌 이는 하늘과 귀신이 한가지로 말없이 도우셨습니다. 이전에 공자와 월염 소저께서 저 적들에게 화를 당할 즈음에 어떻게 오늘날 다시 목숨 보전하는 것을 기약할 수 있었겠습니까? 하지만 지극히 현명하고 지극히 덕스러우시니, 하늘과 귀신이 말없이 도와 고향에 돌아갈 길은 자연스럽게 생길 것입니다. 비록 사람이 알지 못하며 보지 못하지만 어떻게 신명의 도움이 없다고 할 수 있겠습니까? 저희가 헤아려 보건데 월염 소저의 높은 절개와 선행을 하늘이 저버리시지 않을 것입니다. 그러니 은연중에 신기하고 기이한 일이 일어나 위태할 때 소저를 구할 자가 있지 않을까 합니다. 마음을 추스르고 기운을 수습하신 후 낭떠러지 아래로 가보면 소저의 생사를 알 수 있을 것입니다."

인광은 비록 나이 어린 소년이나 아는 것이 많았고 도량도 넓었다. 그러니 월염이 소소한 아녀자의 범상함과 달라 천수를 다하고 영예와 복을 누릴 귀한 관상임을 어찌 알지 못하겠는가? 더욱이 어려움을 당하여 요절하게 될 박복하고 궁한 상도 아니었다. 그러나 눈앞에서 깊은 골짜기로 떨어졌으니, 죽은 것은 확실하고 살아 있을 리가 만무한데 한갓 관상만 믿고서 살았다고 여기는 것은 허망했다. 인광이 다만 슬프게 울며 말했다.

"너희가 이렇게 말하지 않아도 우리 큰아버지의 어짊과 덕으로 보면 부모가 자식을 잃어버리는 서러움은 겪지 않으실 것이다. 게다가 월염 누님의 성덕도 큰 복과 장수를 누릴 만하다. 그러나 하늘의 이치가 어그러져 선한 자에게 복이 오는 이치가 까마득하다. 공자께서는 큰 성인이시되 아들 백어를 잃고 우셨으며, 안연은 지극한 현자이지만 곤궁하여 거친 밥을 먹고 서른 살에 죽었으니, 하늘의 이치를 따르는 인간사라는 것은 믿을 수가 없다. 하물며 깊은 골짜기에 몸을 던져 낭떠러지로 떨어졌으니 몸이 으스러짐을 면치 못했을 것이다. 그러니 어찌 살아남을 수 있겠느냐?"

운학 등이 울며 말했다.

"불행히 소저가 죽게 되었다 해도 공자까지 소저를 따라 목숨을 버리고자 하는 것은 천부당만부당하니, 어쩌자고 생각을 달리하지 않으십니까?"

인광이 눈물을 흘리며 긴 한숨을 쉬고 말했다.

"지금 세상이 악하고 도(道)가 없음은 더 말할 것도 없거니와 예전에도 누이의 죽음이 슬퍼 뒤를 따라 죽는 자는 없었다. 그러니 내가 어찌 누님의 뒤를 따라 세상을 버리고자 하겠는가? 그러나 남다른 정이 있으니, 사람이 나무나 돌이 아닌 다음에야 어떻게 견딜 수 있겠느냐? 내 미친 짓거리만 아니었던들 누님이 그 높고 넓은 지혜로 자기의 목숨 보전을 소홀히 하지 않았을 것인데, 내가 너무 어리석어 일이 돌아가는 상황을 헤아리지 못하고 누님을 죽을 자리로 내몰았으니 이것이 어찌 내 손으로 누님을 해친 것과 다르겠느냐? 온갖 고생을 겪어도 남매가 같이 있다면 서로 보호하여 집에 돌아가 부모님을 모셔 효도하고 형제들과 나란히 즐기지 않을까 했더니, 지금 와서 누님을 깊은 골짜기에 떨어뜨리고 간신히 집에 돌아가서 부모님을 뵌들 무슨 낯과 말씀으로 이 참혹한 죽음을 아뢸 것이며 또 할머니와 큰아버지의 슬픔을 어떻게 위로하겠느냐? 옛날 사람 중에서는 자기를 알아주는 친구를 위하여 죽는 자도 있었다. 나와 월염 누님은 성별이 다르나 서로를 알아주는 벗과 같이 특별한 사이이니, 공연히 누님의 덕으로 나 홀로 편하기를 원할 수 있겠느냐?"

인광이 말을 마치고 꺼이꺼이 통곡하니 기운이 다할 듯했다. 운학 등이 크게 슬퍼하여 위로하고 따뜻한 미음을 가져와 공손히 권했다. 인광은 음식을 입에 댈 생각이 전혀 없었지만 본래 의리를 중하게 여기는 사람이라 하늘이 무너지고 땅이 꺼지는 지극한 슬픔을 만난 자라도 밤에 잠을 자고 때가 되면 먹는 것을 알고 있으니, 비록 지극한 슬픔으로 뼈가 아릴 지경이나 어떻게 음식을 끊고 눈물을 흘리며 슬픔에만 빠져 있겠는가? 이에 따뜻한 미음을 마셨지만 마치 입에 모래를 넣고 가슴 가운데 돌을 얹은 듯했다. 인광이 뒤이어 집주인을 불러 물었다.

"태원령 왼편으로 층층절벽이 높고 소나무가 우거진 쪽의 동편으로 병풍 같은 바위가 있는데 그 아래는 천 길 낭떠러지였다. 그곳 지명을 무엇이라 하며 여기에서 얼마나 먼가?"

주인장이 인광의 가을 하늘 같은 위엄 있는 풍모에 상서로운 구름이 어려 있는 듯 헌걸찬 모습을 우러러보고는 하늘에서 내려온 신선인가 의심했다. 인광의 용모와 몸가짐을 보고는 두렵고 신기한 마음이 가득 차올라 공경하며 말했다.

"태원령 병풍바위 아래는 기강 낙성촌 봉원곡이 있으니, 여기에서

130리 길입니다. 이전에는 운양리라 했는데, 10년 전에 한 도사가 태원령 병풍암을 올려다보고 말하기를 '이 땅에 반드시 별이 떨어질 것이니 지명을 고쳐 낙성촌이라 할 것이며, 마을 사람 가운데 그 별을 받을 사람이 있으니 봉월곡이라 하는 것이 좋겠구나.'라고 했습니다. 마을 사람들이 그 말을 우습게 여겼지만 원래 사람이란 매사에 새것을 좋게 여기고 오래된 것을 싫어하기에 소년 목동들이 '낙성촌 봉월곡'이라 불렀습니다. 그렇게 부르다 보니 땅 이름이 바뀐 것이 벌써 10년쯤 되었습지요."

인광이 놀라며 말했다.

"태원령에서 여기까지 겨우 3, 4리밖에 안 되는데 병풍석 아래까지는 왜 그리 멀어 100리하고도 30리를 더 가야 하는가? 병풍바위에서 내려다보니 천 길이나 깎아지른 것처럼 아득하지만 아래로 가자면 원래 있던 길과 별다른 것이 없을 텐데 왜 그렇게나 멀다고 하는가?"

집주인이 대답했다.

"공자께서도 지도를 보면 아시겠지만 큰 호수에서부터 태원령으로 넘어가기는 그다지 어렵지 않고 촌락이 멀지 않아 4, 5리 정도이지요. 하지만 병풍석 아래는 여러 산골짜기를 거쳐 휘돌아 가니 130리나 떨어져 있습니다. 태원령에 사는 한 사람이 자기 딸이 낙성촌에 있었는데 급한 병 소식을 전할 때 편지를 큰 돌에 묶어서 병풍바위 위에서 굴려보니 정말 돌이 낙성촌으로 굴러갔습니다. 만약 병풍바위를 내려가는 길이 있다면 험하기는 하겠지만 거리야 가깝겠지요. 하지만 산의 형세를 바꿀 방법이 없으니 할 수 없이 험준한 골짜기를 타고 빙빙 둘러 가야 하기에 가깝지 않다고 말씀드리는 것입니다."

인광은 더 물어볼 것도 없이 분명하다고 느껴 한참 동안 심각하게 말이 없다가 운학을 불러서 말했다.

"누님이 돌아가셨든 아니든 간에 엄씨 집안 종들을 여기 계속 머물게 하지는 못할 것이네. 돌려보내려고 한다만 수천 리 길 가는 노자를 마련해 주기가 어려울 것 같네."

운학이 대답했다.

"저희가 가지고 있는 약간의 은으로 보낼 수 있습니다."

인광이 드디어 노자를 마련하고 엄정과 장두에게 보내는 글을 써주며 종들에게 돌아가라 했다. 엄씨 집안 종들이 운학 등이 남아 있음을 보고, 자신들이 지난 밤 난리를 당했을 때 힘이 없어 위태한 인광 공자를 돕지 못했으니 머물러 있을 면목이 없어 하직 인사를 하고 돌아가고자 했다. 인광은 뱃사공에게 당부하여 엄씨 집안의 종들과 함께 물길을 따라가라고 이르니, 뱃사공이 비로소 두려움을 진정하고 정신을 차려 종들과 함께 돌아갔다. 인광은 이들을 돌려보낸 뒤 바로 낙성촌으로 가려고 했다. 말과 행장을 도적들에게 빼앗겼으므로 행장을 별달리 챙길 것이 없어, 운학·경용과 함께 재빨리 낙성촌으로 걸어갔다.

하늘의 도움으로 살아난 인광

산길이 험하고 구불구불한 계곡과 험준한 돌 때문에 걷기가 어려웠다. 운학 등은 인광에게 자신들이 인광을 업고 가겠다고 청했으나 인광은 '내 힘으로 걸을 만하다'고 말하고 걸었다. 오륙십 리도 가지 못해서 칼바람이 불고 갑자기 퍼붓는 것 같은 눈비가 오니, 눈은 쌓이고 빗발은 떨어지는 족족 얼음판이 되었다. 가뜩이나 좁고 험한 산길인데 걷기 어려움이 어떠했겠는가? 운학의 건장함과 경용의 단단한 체구로도 이쯤에 이르러서는 발도 옮기지 못할 정도가 되어, 뒤로 물러나지도 못하고 앞으로 나아가지도 못하는 낭패한 지경을 말로 표현할 수 없었다. 인광은 자기가 죽더라도 월염의 시체나마 찾으려고 마음먹었으므로 용이나 호랑이 같은 기세로 산바람과 눈비를 무릅쓰고 두 노복의 손을 잡고 삼사십 리를 더 갔다. 눈비를 무릅쓰고 삼사십 리를 더 나아갔지만 인가조차 보이지 않았다. 운학과 경용이 전날 밤 도적을 만났을 때 온 힘을 다하여 피곤한 데다가 옷까지 벗어 엄씨 집안 종들에게 주고 자신들은 얇은 옷으로 살만 가리고는 드센 바람에 강추위를 무릅쓰고 있으니, 이토록 험한 산기슭 얼음판에서 어떻게 발을 딛고 서 있을 수 있겠는가?

하지만 지극한 충성심에 하늘이 특별히 감동하고 신령이 힘써 정인광을 도왔다. 낙성촌을 30리쯤 앞두고서 비바람은 그쳤으나 눈이 쌓이는 것은 여전히 빨랐다. 날이 저물어 푸르스름한 어둠이 깔리니 산골짜기에서 어디로 발을 디뎌야 할지 알지 못하고, 온종일 눈비에 옷이 젖어 얼어붙었으니 몸을 구부리고 펴는 것이 마음대로 되지 않았다. 게다가 추위에 몸 전체가 통짜 얼음판이 되었으니, 딴딴하여 구부러지는 곳이 없을 정도로 굳었으며 마디 없는 것처럼 단단한 것이 나무로 깎아놓거나 옥으로 만든 사람 조각 같았다. 전신에 온기가 사라지고 한 줄기 맥만 끊어지지 않은 상태이니, 어떻게 살 희망이 있겠는가? 이럴 때 하늘과 땅이 아득하고 해와 달이 빛을 잃으니 운학의 무리가 풍이와 같은 충성이 있다 한들 어디를 딛고 발을 움직이며 누구를 믿고 광무제가 받았던 보리밥과 콩죽 같은 것을 얻겠는가? 또 어떻게 사람 사는 집을 찾아 젖은 옷을 말리고 언 몸을 녹일 수 있겠는가? 노주(奴主) 세 명이 모두 기운이 다 빠지고 얼어버린 입이 뻣뻣해져 말을 잘 못 할 정도가 되었다. 인광은 두 노복의 손을 잡고 간신히 입을 뗐다.

"눈이 쌓여 내 어깨를 넘을 지경이고 너희의 가슴께까지 차오르고 있으니 더는 움직일 방법이 없겠다. 나는 적벽에서 동남풍을 불러오던 와룡선생의 재주를 가지지 못했으니 어떻게 이 눈을 멈추게 할 수 있겠느냐? 하지만 우리의 운명이 이 쌓인 눈 속에서 끝나지는 않을 터이니, 너희는 기운을 모아 인가를 찾는 데 신경을 써라."

운학과 경용이 입을 빼끔빼끔하면서 답을 하지 못할 뿐 아니라 당장이라도 죽을 듯 턱이 제멋대로 떨리고 위태로웠다. 인광이 탄식하며 말했다.

"하늘이 나의 어질지 못함을 벌하고자 이들도 빼앗으려고 하시는구나."

말을 끊고 슬픔에 겨워 하늘에 대고 폭설이 잠시나마 멈추고 땅 위에 쌓인 눈을 녹여주십사 하고 빌었다. 그 비는 소리가 비록 크지 않았으나 신명에게는 또렷이 전해졌다. 이에 신명은 허공을 향해 부르짖고 땅을 두드려 정인광의 위태함을 아뢰었다. 귀신과 혼령이 급히 하늘문을 두드려 구름궁궐에 있는 북을 울리고는 태평귀를 불러 사정을 고했다. 옥황상제가 이에 교지를 전했다.

"규성(정인광)은 세상의 모든 복록을 갖추어 태어났다. 수명이 짧지 않은데 어찌 제명에 살지 못하고 죽겠느냐?"

그러고는 음산북을 울려 폭설을 그치게 하고, 북극 풍도신에게 명령하여 매서운 바람을 그치게 하며, 동남 순위신에게는 따뜻한 바람을 불어서 정인광을 위험에서 구해내라고 명령하셨다. 하늘의 조화는 무궁무진하니 어찌 산같이 쌓인 눈이라도 화로 위의 한 점 눈송이같이 녹이지 못하며 추운 날도 따뜻한 날로 바꾸지 못하겠는가? 밤이 반도 지나기 전에 인광이 있는 곳으로부터 낙성촌까지 높이가 한 길 가까이 쌓였던 눈이 순식간에 녹아 물이 되어버렸다. 또한 날이 따뜻해지고 고요하고 잔잔한 바람이 부니, 눈 녹은 물도 얼지 않았다. 날씨는 완연히 봄기운을 띤 듯 찬방에서 얇은 옷을 입고 있어도 추운 줄 모를 정도이며, 입은 옷의 고름을 느슨히 풀어놓고 맨발로 찬 곳을 찾아다닐 정도였다.

이때 운학과 경용이 정신을 잃고 쌓인 눈 속으로 고꾸라지자 업혀 있던 인광도 자연히 같이 엎어졌다. 세 사람이 눈 위에서 죽을 지경이지만 대체 누가 있어 그들의 꺼져가는 목숨을 슬퍼하며 도와주겠는가? 정신을 거의 놓았다가 다시 깨어나 보니, 젖은 옷이 아직 마르지는 않았으나 얼음은 모조리 녹아 간 곳이 없고, 따뜻한 기운이라고는 없었던 몸에 온기가 돌게 되었다. 걸어온 길 뒤에 쌓였던 눈은 그다지 많이 녹지 않았으나 길의 좌우와 앞에 쌓였던 눈은 이미 봄눈처럼 모두 녹아 눈이라고는 작은 무더기 하나도 없고 단지 물이 흥건하여 강물이 넘친 것 같았다. 또 날씨가 따뜻한 것이 추운 줄 모를 정도였다. 인광이 운학과 경용의 손을 잡아보니 또한 체온이 돌아와 비로소 살길이 보이는 것 같았다. 인광이 두 노복을 부르니 그들도 기운을 차려 대답할 수 있었고, 눈을 떠보니 이전에 산같이 쌓였던 눈이 녹아 물이 되어 있었다. 이를 보고 이상하게 여기며 말했다.

"저희가 지금 정신없고 눈이 잘못되어 그러는가, 왜 한 길이나 쌓였던 눈이 다 물이 된 것처럼 보입니까요?"

인광이 말했다.

"무슨 일로 눈이 잘못됐겠느냐? 눈바람 속에 나와 너희 모두 거꾸러져 죽은 것도 아니고 자는 것도 아니며 정신을 잃어버리고 무엇이 어떻게 되었는지 몰랐다. 그런데 깨보니 눈은 녹아서 물이 되고 날씨는 따뜻해져 얼음이 풀린 것이다. 지금 젖은 느낌은 더 심해졌지만 몸에는 온기가 있구나. 기운을 떨어뜨리는 추위가 없으니 내 마음 같아서는 지금이라도 수백 리 정도는 더 갈 수 있을 것 같다. 너희만 움직일 만하거든 낙성촌의 인가를 찾아가는 것이 어떠하겠느냐?"

인가에서 봉변을 당하는 인광 일행

운학과 경용은 쌓였던 눈이 녹아버린 것을 신기하게 여길 뿐 아니라 인광의 기운이 이렇게 씩씩하니, 소나무와 잣나무처럼 어려움을 잘 버티고 뜻이 한결같은 것을 신기해했다. 주인에게 복종하는 마음이 더하여 하늘을 우러러 종과 주인이 살 땅을 디디게 된 것을 거듭 기뻐하며 다행하게 여겼다. 그러니 어떻게 인광이 하자고 하는 것을 싫어하면서 못 하겠다고 하겠는가? 순순히 따르며 인광의 손을 붙들고 기운을 모아서 걸음을 옮겼다. 비록 현기증이 있는 것처럼 잠깐 어릿어릿했으나 마음을 단단히 먹으니 배고프고 추운 것을 알지 못했다.

그날 새벽에 낙성촌에 다다라 인가를 찾아 경용이 문을 두드려 사람을 불렀다. 아직 날이 밝지 않아 사람들이 다 저마다 단잠을 자고 있으므로 대답하지 않더니, 마침내 한 사람이 겨우 잠을 깨어 느릿느릿 눈을 비비며 문을 열고 나와 늘어지는 목소리로 말했다.

"그대들은 어떤 사람이기에 남의 집 문에 와서 그렇게 요란스럽게 두드리면서 사람의 단잠을 깨우느냐?"

운학은 그가 하는 무례한 말을 듣고 화가 났으나 지금 상황에 다른 사람과 다툴 기운이 없어서 단지 웃으면서 말했다.

"저희는 먼 읍에서 오는 사람입니다. 길에서 눈비를 만나 일이 몹시 낭패하게 되어서 좀 더 일찍 잠잘 곳을 정하지 못하고 이제야 비로소 인가를 찾아 이르렀습니다. 주인께서 따뜻한 방 한 칸과 화로를 빌려주시어 저희의 젖은 옷을 말리고 언 것을 녹게 해주시면 저희가 크게 갚겠습니다."

그 사람은 듣자마자 콧방귀를 뀌고 입을 비죽거리며 말했다.

"그대들은 정말 세상 물정 모르는 사람들이군. 이곳에서는 은 한 냥에 한 말 곡식 주기도 꺼릴 정도로 기근이 심하다. 사람이 기운이 있다면 나무라도 해서 방을 덥히겠으나 나는 그럴 힘이 없으니, 네가 내 상전이라도 그 심부름은 못 하겠다."

그러고는 저벅저벅 도로 들어가면서 본 체도 아니 했다. 운학 등이 분함을 이기지 못해 서로 마주 보며 말했다.

"우리가 기운이 실같이 약하여 말싸움할 기운도 없지만 이놈 말하는 것이 정말 분하니 한번쯤 속 시원하게 짓밟아 이 서러움을 풀고 다른 데로 가는 것이 어떨까?"

인광은 이들을 말리면서 말했다.

"시골구석에 사는 어리석은 인간에게 무슨 인심을 바라겠느냐? 우리가 이다지도 해괴한 모습으로 방을 빌려달라고만 하고 그 사람 마음에 흡족할 무엇인가를 주지 못했으니 당연히 우리를 귀찮게만 여기고 딱 잘라 거절하는 것이다. 다른 데를 찾아보는 것이 좋겠으니, 구태여 저 개돼지 같은 놈과 실랑이를 하겠느냐?"

운학 등이 인광의 말을 따라 다른 사람을 찾고자 발걸음을 돌려 나왔다. 그런데 사람들 중에 인심이 약간 있는 자가 있어, 물에 빠졌던 것 같은 모습으로 따뜻한 방을 빌려 옷을 말리고 싶다고 하다가 주인이 허락하지 않아서 다른 곳으로 가려는 것을 보고는 참지 못하고 서둘러 나와 말했다.

"인가를 찾아왔다가 허락을 얻지 못하고 그냥 나가게 되다니 불쌍하구려. 내 방이 비록 누추하나 방 중에서는 따뜻하니, 당신들이 따뜻한 곳을 원하거든 내 방에 들어와서 젖은 옷을 말리고 언 몸을 녹이시오."

운학 등이 감사하여 사람 살리는 부처님이라 칭송하며 공자를 부축하여 방 안에 들어갔다. 따뜻한 곳에서 언 몸을 녹이며 불을 가져와 젖은 옷을 말렸다. 그러나 한 됫박의 쌀도 없고 동전 한 푼도 없으니, 주인이 방을 빌려준 것을 사례할 방법이 없고 당장 굶주림을 면할 방도도 없었다. 경용은 정인광의 몸이 많이 상할까 염려하여 자신의 머리를 더듬어 백옥으로 만든 은비녀를 뽑아 주인에게 주며 말했다.

"나는 남의 집 천한 노비이니 머리에 무슨 장식을 얹고 다닐 수 있겠는가? 하지만 이 은비녀는 내 할아버지가 주군 나리를 모시며 운남에 갔다가 마침 그 나라 사람이 내 할아버지와 정이 깊어 이 물건에 두 알의 진주를 달아 주며 멀리 있어도 서로 잊지 말자고 한 것일세. 할아버지가 거절하지 못하고 가지고 돌아와 자손에게 전하여 삼대를 거쳐 나한테까지 온 거지. 내가 주머니에 있는 것이 없어 이전에 진주를 먼저 떼어내어 시장에서 썼고, 이제 은비녀만 남았으니 비록 별것 아니지만 서너 냥 정도는 받을 만하다네. 자네가 이 비녀를 가지고 공자님과 우리에게 요기할 것을 주면 어떻겠는가?"

촌무지렁이가 은비녀를 보니 정신이 황홀하여 천하에 보물이 이것밖에 없는 것처럼 기이하게 여겼다. 하지만 정말로 한 되 곡식도 여유가 없으므로 나가서 자신의 아내와 이러쿵저러쿵 의논했다. 잠시 후 간신히 좁쌀 한 홉을 구해 끓이고 쓴 소금 한 움큼을 깨진 질그릇 조각에 놓아 낡아빠진 상에 올렸다. 운학 등이 태어나서 이제까지 보지 못했던 수준의 음식이지만 주인에게 수고했다는 감사의 말을 전하고 자신들 몫의 죽 그릇은 상 밑에 내려놓고 인광에게 말했다.

"뭐라 말로 할 수 없을 만큼 누추하고 또한 맛도 없음은 먹어보지 않아도 알 것 같습니다. 하지만 이 죽을 드시지 않으시면 굶주리게 될 것이니 옛 보리죽과 콩죽을 생각하시고 물리치지 마십시오."

인광이 탄식하며 말했다.

"내 평생에 음식을 가린 적이 없었다. 병 때문에 입맛이 없는 것만 아니라면 이것보다 더한 음식인들 못 먹을 리가 있겠느냐?"

말을 마치고 인광은 좁쌀죽을 진귀한 요리처럼 맛있게 먹고 가끔 쓴 소금을 집어 먹으면서 더러워하는 빛이라고는 전혀 없이 다 먹었다. 운학과 경용은 인광이 죽을 달게 먹는 것을 보면서 차마 자신들도 안 먹을 수는 없어서 싫은 것을 억지로 참고 간신히 반은 넘겼으나 비위에 거슬려 더는 먹지 못하고 죽 그릇을 물렸다. 주인이 들어와 그릇을 보고 좁쌀죽이 남은 것을 천만다행으로 생각하고 경용이 먹던 죽을 자기 아내에게 넘기고 운학이 먹던 죽을 제가 들어 마시면서 가끔 혀로 그릇 언저리를 핥았다. 움푹한 그릇이어서 혀가 닿지 못하는 부분은 개의 발 같은 거친 손으로 훔쳐 조 낱알을 모아 먹는 것이 선단과 영약보다 더 귀하게 여기는 것 같았다. 인광은 그런 주인을 직접 쳐다보지는 않았으나 운학과 경용이 그 모습을 추하게 여기는 것을 느끼고 물어보았다.

"이곳이 언제부터 굶주림이 이토록 심한가? 원래부터 이웃에 부유한 사람이 별로 없어서 빌려 먹지도 못하는 것인가?"

주인이 대답했다.

"굶주림이야 어찌 말로 다 할 수 있겠소? 수년 동안 기근이 들어 이전에 곡식 만 곡을 쌓아놓던 사람이라도 지금은 수십 곡도 가지지 못할 정도이니, 이 마을은 말할 것도 없고 이 기강 땅에 부자가 웬 말이오?"

운학 등이 이러한 말을 들으니 당장 내일도 부족한 것을 채울 길이 없음을 깨닫고 절박할 뿐 아니라 인광에 대한 걱정에 마음을 태우며 초조해했다. 이미 모두의 옷이 다 마르고 날이 밝으니 인광이 두 노복을 돌아보면서 말했다.

"태원령 병풍암 밑에 가서 월염 누님의 시신이나마 찾으려 하니, 여기서 더 지체할 수는 없겠다."

운학 등이 대답하고 일어나려고 하는데 안에서 두 추한 몰골의 놈들이 시끄럽게 떠들며 싸우다 서로를 끌어내며 인광이 있는 곳으로 나왔다. 이 두 추한 놈들은 처음에 방을 빌려주지 않겠다던 놈과 제 방을 빌려준 놈 그 둘이었다. 둘의 생김새와 행동거지가 비슷비슷하여 형제임을 짐작할 수 있었다. 둘이 싸우는 내용은 이러했다.

형이 말했다.

"내가 빌려주지 않으려던 방을 네 멋대로 빌려준 데다가 보통 사람이 아닌 도둑 무리를 집에 들여놓고는 화를 자초하느냐?"

아우가 말했다.

"저들은 절대로 도둑이 아니라 순박하고 평범한 사람들입니다."

형이 꾸짖었다.

"순박하고 평범한 인간들이 네 방을 빌려 추위를 피하고 내 아침거리인 좁쌀을 훔쳐서 끓여 먹어? 게다가 저 추레한 꼴에서 대체 은비녀가 어디서 나왔을까 보냐? 보나 마나 어디 가서 도둑질한 것이겠지. 새로 부임하는 안찰사 어르신께 고발하여 저놈들을 잡아가 벌을 줘야겠다."

동생은 실제 사정이 그렇지 않기에 서로 다투었으나 결판이 나지 않자 결국 둘 다 정인광이 있는 곳에 온 것이다. 동생은 좁쌀을 제가 훔쳤다고 말하다가도 저 사람이 죽을 끓여달라고 했다는 등 말이 궁색하고 앞뒤가 안 맞았다. 이것은 동생의 처가 좁쌀을 훔친 누명을 벗기려고 하는 말이었다. 형이란 놈은 좁쌀을 잃은 분함뿐만이 아니라 제가 잘못하여 공자 일행을 자신의 방으로 들이지 못해 좋은 은비녀를 자신이 얻지 못하고 제 동생이 대신 얻었으며 그것을 시장에 팔면 여러 날 먹을 곡식을 살 수 있다는 생각에 더욱 화가 뻗쳤다. 형의 흉악한 욕심에 자기 동생이 잘 먹고 잘 지낼 것이 분통이 터져 날뛰면서 도적을 집에 들여 좁쌀을 잃게 만든다는 둥 민망한 욕설을 마구잡이로 해대니 차마 들을 수 없을 정도였다. 인광은 이러한 광경이 기괴하고 망측할 뿐만 아니라 인심이 이렇게까지 참혹하여 형제간에도 서로 죽일 듯이 싸우는 것이 한심하고도 놀라웠다. 운학과 경용은 이 꼬락서니를 보고 분함을 참지 못했기에 둘이 한꺼번에 형이란 놈을 반죽음이 되도록 때려서 화를 풀려고 했다. 그때 갑자기 한 사람이 들어오며 물었다.

본심을 속이는 인광

"당신네는 대체 무엇 때문에 이토록 싸우면서 안찰사 나리의 빛난 행차를 구경하지 않는 게요? 지금 나리께서 막 관청으로 들어가시는 큰길을 지나가시되 굶주린 백성이 고생할까 살피셔서 험한 길과 쌓인 눈을 치우게 하지 아니하시고 조용히 지나가시니, 과연 우리 부모나 다름없는 나리 아니시겠소?"

형은 도적을 잡았으므로 일러바칠 마음이 급하고 아우는 안찰사의 거동을 구경하고 싶어 바삐 밖으로 나가니 운학 등이 물었다.

"안찰사 나리의 성명은 어떻게 되십니까?"

그 사람이 답했다.

"자네는 정말 반귀머거리나 봉사와 다름없네그려. 예부상서 태학사 집금오 장씨 나리가 아니신가? 기강 지역이 어지러워져서 도적을 벌하고 백성을 위로하고자 스스로 이곳에 내려오셨으니, 일반 소소한 안찰사가 아니라 진유사[6]이시네. 아직 이곳까지 오시지는 못했으나 그분의 천지같이 너른 덕과 일월같이 드높은 이름과 은혜는 죽은 사람에게까지 미치고 의리가 미물에까지 미치니, 존귀한 그 이름을 누군들 모르겠는가? 이름은 장헌이라네."

운학 등이 이 말을 듣고 크게 반가워하며 인광에게 말했다.

"진유사께서 여기로 지나가신다고 합니다. 잠깐 보시지요."

인광은 이전에 태행산에서 장헌을 별 볼 일 없는 자로 여겼고, 이러한 시절에 벼슬이나 탐내어 다니는 것을 흉하게 여겼기에 아무렇지도 않게 말했다.

"저 진유사가 지금 동서남북으로 떠돌아다니며 가는 곳마다 곤욕을 치르고 어려움에 빠진 내 처지에 무슨 도움이 된다고 나더러 나가서 구경하라고 하느냐?"

운학 등이 웃고 '저 장씨 어르신은 돌아가신 정한 나리의 아들과 다름이 없을 뿐 아니라 완월대에서 한 맹세가 금석보다 굳으니 우리 공자는 장씨 어르신께서 아끼시는 사위라. 비록 결혼하는 예는 이루

---

6 진유사(鎭諭使): 일반적인 안찰사의 임무에 더해 도적을 진압하고 민심을 수습하기 위해 파견된 관리.

지 못했으나 말끝마다 사위로 칭하셨으니 오늘 여기서 서로 만나게 된 것이 하늘의 도움이라. 장씨 어르신 힘을 빌려 공자를 모시고 무사히 돌아가야겠다.'라고 생각했다. 마음이 기뻐지니 운학 등은 진유사가 오는 모습을 구경하러 나갔다. 인광은 꿈에서라도 그가 오는 것을 보고 싶지 않았으나 다 낡아빠진 방에 사방 벽이 떨어져 벽지를 붙인 것이 없으니 길갓집에서 눈을 감고 앉아 있지 않은 다음에야 어쩔 수 없이 보이는 형편이었다. 번거롭게 보지 않으려고 눈을 감는 것쯤은 별일 아니기에 아무렇지 않게 앉아 있었으나, 잠깐 보니 멀리서부터 흰 깃털을 매단 깃발과 황금도끼 무늬 장식의 깃발이 가지런히 늘어져 있었다. 또 길게 소리를 질러 사람을 금하고 하급 관리와 무리가 고개를 낮추고 손을 가지런히 모으며 따르는데, 높은 수레에 장헌이 단정히 앉아 있었다. 그 화려한 모습은 봄기운에 온갖 꽃이 피어나는 것 같았고, 늠름한 모습은 만 개의 버들가지가 동쪽 바람에 휘어지는 듯하며, 우뚝 솟은 모습은 덕망 있는 어르신의 모습이요 기상이 매서운 것은 재상의 위엄이었다. 화기가 얼굴에 가득하고 복스러운 기운이 전신에 가득하니, 두둑한 두 뺨은 넉넉하고 이목구비는 가히 부귀를 누리며 봉록이 자손에게까지 이를 모습이었다. 인광이 장헌을 유심히 보려고 한 것이 아니었으나 한번 보니 예전에 보았던 그 모습 그대로였다. 이에 마음속으로 탄식하며 생각했다.

'하늘의 조화가 원래 공평하지 않아 고르지 않음이 이렇구나. 우리 숙부(정흠)는 성현의 풍채를 가지고 선비의 학문이 가득하여 안연과 종자기의 어짊과 자유와 자하의 학문을 갖추고 관용방의 마음이 있으셨다. 또 급암의 강직함과 위징의 충성이 있으셔서 비간이 형벌을 받은 것과 안고경이 형벌 받은 것을 따르실 정도의 충성과 의로움이 있으셨지. 그런데 저놈만 같지 못해서 노년에 이르시지 못하시고 죄에 얽혀 고통스럽게 돌아가셨는데, 이 짐승 같은 인간은 부귀와 복록이 뭇사람들이 부러워할 정도이니 어찌 괴이하고 한스럽지 않을까?'

그러다가 다시 생각하고 침을 뱉으며 분함을 이기지 못해 말했다.

"모름지기 선비란 자신의 이름을 드러내어 조상을 빛나게 하고 조정에 나아가 나라를 잇게 하여 사직을 빛내야 하겠지. 그러나 만일 때를 만나지 못해 은나라 폭군이던 주왕을 섬긴 비간이나 하나라 폭군 걸왕을 섬기던 용방과 같은 상황이라면 두 사람의 충절을 본받아 목숨을 버리는 것이 만고에 길이 빛날 충성스러운 행실일 것이다. 한갓 목숨을 부지하여 부귀를 탐하고 구차하게 작록을 취하여 재상들 사이에서 황금이나 자랑하고 여우 갖옷을 입고 가벼운 장신구 차림으로 살진 말을 타고 고기 자루와 술 주머니 되어 꽃이나 달같이 아름다운 여인 사이에서 일생 명예와 작록을 누리는 저 인간 같지 않은 것을 두고 복록을 갖춘 사람이랍시고 떠받드는 자는 그 더러움이 똥오줌을 감내하는 것과 무엇이 다르랴? 우리 숙부라면 저러한 무리의 구차한 명예나 봉록 따위는 침 뱉고 받지 않으실 것이다. 스스로 바른 일과 곧은 길을 택하여 기름솥에 삶기는 형벌이나 도끼로 치는 형벌조차 달게 여기실 것이다. 저 짐승 같은 자의 위세와 부귀를 보고 숙부님이 억울하게 죄를 받으신 것과 비교하면서 그와 같지 못함을 슬퍼하는 것이 오히려 구차하구나. 숙부님의 혼이 아신다면 슬프고 의아하게 여기실 것이니, 내 말 따위는 구질구질하게 숙부님을 욕하는 것이나 마찬가지 아닌가?"

인광의 뜻이 높고도 청청하며 기운이 당당하고 열렬하니, 장헌이 오는 모습이 비록 대단하나 일부러 눈여겨보지 않았다. 하지만 그 무리의 하는 말은 귀머거리가 아닌 다음에야 자세히 들을 수밖에 없었다. 장헌은 가마 위에서 관속에게 분부하여 그 형제와 공자라 불리는 자를 잡아 관청으로 대령하라 명령하니, 관속이 즉각 분부를 받들고 아까까지 싸우던 형제와 운학 등을 잡아 묶은 후 그 공자란 자는 어디에 있는지 물으며 찾아다니느라 시끌벅적했다. 이러한 모양은 필시 자기를 잡아가려고 하는 것이니 괴이하기 이를 데 없었다. 그러나 인광은 장헌과 얼굴을 대하고 싶지 않았을 뿐 그를 딱히 혐오하거나 원망하지는 않았다. 장헌이 비록 구차하게 영화와 이익에 싸여 있으나 본심이 그토록 이상하게 되었음은 다 알지 못했으므로 자기를 잡아다가 설마 해를 입도록 만들겠는가 여겼다. 운학 등이 이미 잡혔고 자신은 월염의 시신을 찾느라 여기서 어차피 떠나지 못하니, 자신을 잡아오라는 말을 듣고 놀라 급히 도망치다가는 잡혔을 때 모양이 더욱 해괴하리라 생각하여 몸을 일으켜 피할 생각을 하지 않고 꼿꼿이 앉은 모양새를 흐트러트리지 않았다. 관속들이 자신을 잡으러 달려드는 것을 보고서도 다른 사람의 일인 것처럼 태연했다.

진유사의 관속들이 운학·경용과 형제를 묶어놓고 정인광이 있는 곳으로 달려들어 너그러이 대하지 않고 무조건 잡아끌어 결박하려고 했다. 그러다가 한번 유심히 보니 정인광의 모습이 부드러운 바람이나 신비한 구름에 싸인 용 아니면 호랑이와 같았으며, 우뚝하고 뚜렷한 이목구비는 조순의 여름 해 같은 위엄을 대수롭지 않게 여길 정도였다. 천한 역졸이 미련하고 무지하고 못나고 어리석어도 태양의 빛

남은 모두 아는 것이라 그들 중에 예리 최언선이 정인광의 앉은 모습을 한번 보고 다시 유심히 살피다가 갑자기 앞에 와서 예를 올리며 머리를 숙이고 눈물을 흘렸다. 인광이 어찌 큰아버지(정잠)께서 가까이 두고 부리시던 최언선을 모르겠는가? 그렇지만 최언선은 이미 장헌의 무리에게 돌아갔으니 굳이 이력을 말하지 않으려 했다. 그리고 최언선은 장헌이 혹 인광 공자를 알아볼 수 있어도 자기가 나서서 이 사람이 인광 공자임을 알리지 않으려고 했다. 인광은 장헌이 완월대 맹약을 자세히 알고 있으므로 만일 아주 조금이나마 딸과의 결혼을 참작하여 자신을 두둔하게 되면 그토록 더러운 욕은 없을 것이니, 어떻게 해서든지 자기 이력을 속이고 교묘하게 촌뜨기들의 모함을 벗어나고자 하는 것이었다. 최언선이 슬퍼하는 것을 보고 있자니 가슴 속에 뜨거운 것이 치밀어 올랐지만 짐짓 슬퍼하는 기색 없이 천천히 말했다.

"내가 네 얼굴을 이전에 본 적도 없고 서로 알지도 못하는데 무슨 까닭으로 내 앞에서 예를 갖추면서 슬퍼하는가?"

최언선이 깊이 슬퍼하며 말했다.

"공자께서 어떻게 저를 알지 못하시겠습니까? 공자를 모시고 태운산에서 꽃을 보며 버들을 희롱하고 와룡탄에서 낚시하며 완월대에 올라 달을 구경하던 것을 공자께서 진실로 생각하지 못하시는 것은 아닐 것인데, 짐짓 이렇게 하시는 이유를 소인이 짐작하겠나이다."

인광이 이에 이르러서는 더욱 비감해졌으나 안색을 바꾸지 않고 말했다.

"나는 조주 태행산 출신이며 이 땅에 온 이유가 많고 많지만 태운산이니 완월대란 말은 오늘 처음 듣는 말이다. 하물며 그대와 함께 꽃과 달을 구경하다니, 꿈에서도 그런 일은 없었다. 네가 정신이 나간 것은 아니냐? 다시 물어보겠는데, 너희는 무엇 하자고 여기에 왔느냐?"

최언선은 눈물이 마구 쏟아지고 목이 메어 말을 계속하지 못하니, 다른 관속이 인광에게 매섭게 말했다.

"우리가 무엇 하러 여기 왔겠느냐? 진유사 나리 명령을 받들고 두 놈과 같이 남의 곡식과 은비녀 도적질한 도둑놈 새끼를 잡으러 왔다. 자잘한 이야기는 묻지 말고 어서 빨리 가서 사실을 조사하게 해라. 우리 나리께서 총명하신 것이 신명 같으니, 털끝만 한 일이라도 숨기는 날에는 죽기 쉬울 것이다."

인광이 이 말에 대답하기도 전에 최언선이 정색을 하고 그 관속을 꾸짖으며 말했다.

"너는 정말 짐승이나 오랑캐같이 무지하구나. 겉모습만 봐서도 저러한 공자가 쥐나 개같이 좀도둑질할 것같이 보이느냐? 나리의 명령에 따라 우리는 공자를 모시고 관청에 나아가 판결하게 하는 것이 전부일 뿐이니, 네가 감히 윗전의 귀한 공자에게 욕을 보이고 능멸하느냐?"

최언선은 이렇게 말하며 눈물을 줄줄 흘리고 길게 탄식했다.

"하늘 아래 생명이 누리는 복은 모두 우리 돌아가신 태부께서 내리신 은혜 덕분인데 그분의 아끼시는 자손이 이런 곤욕을 당할지 누가 알았겠는가?"

관속들이 이 말을 듣고 화들짝 놀라 물었다.

"최군아, 네가 말하는 태부라는 분이 정각로 나리 아니시냐?"

최언선이 아는 것이 좀 있는 사람이라, 화가 난 끝에 참지 못해 말해버린 것을 뉘우치고 즉시 대답했다.

"정각로 나리든 아무개 나리든 이제 그런 말은 다 쓸데없으니 공자나 모셔 가자."

그러고는 인광을 향해 말했다.

"촌무지렁이 백무설이라는 놈이 조금 전에 진유사 나리께 고발한 내용인즉, 자기 집에 떨거지 사족 같은 공자가 두 종과 함께 밤을 지냈는데 자기 집 곡식을 도둑질했을 뿐 아니라 귀한 은비녀를 하룻밤 방 빌려준 값으로 주었는데, 남의 것을 빼앗아 온 것으로 생각하고 잡아 벌을 주기를 청했습니다. 백무설의 아우 백탁설이란 놈은 공자님과 두 종에 대해 기특하다 아뢰고 참말로 도둑이 아니고 제 형이 저 은비녀를 욕심 내어 얼토당토않은 말을 한다고 하고 분주히 아뢰었습니다. 진유사 나리께서 이를 들으시고 먼저 백가 형제를 가두고 공자까지 잡아오라 하셨습니다. 이는 나리께서 백무설의 말을 곧이곧대로 듣는 것이 아니라 일단 어지러운 상황을 진정시키고자 작은 일이라도 흘려버리시지 않는 것입니다. 공자님의 두 종은 진유사 나리의 위엄을 보았으므로 잡히는 것을 피하지 못했지만 공자께서는 가도 크게 욕될 일이 없을 것이니, 바라옵건대 가시지요."

최언선이 처음 운학과 경용을 보고 크게 반기며 슬퍼하다가 다시 정인광을 보니, 그사이에 당당한 위엄이 엄숙하여 해 같은 용모와 기린이나 봉 같은 자질이 뚜렷이 정씨 가문 자손임을 깨달아 반가움과 슬픔을 이길 수 없었다. 인광은 이다지도 무자비한 곳에서 도둑이라는 누명을 쓰게 되어 분하고 원통했다. 그러나 이 역시 자기의 궁벽한 운명과 참혹한 화로 인해 일어난 것으로 생각하고 굳이 가지 않겠다고 버티지 않고 최언선과 함께 관아로 갔다. 백가 형제와 운학 등이 다 포박되어 있었고 장헌은 화급한 공무가 많아 아직 인광을 찾지는 않았다. 최언선이 방을 얻어 인광을 잠깐 쉬게 하며 식사를 내어 허기를 면하게 하고 운학 등에게도 나누어 주니, 운학과 경용도 최언선을 보고 반갑기는 하나 인광의 뜻이 어떤지 알지 못해 나서서 아는 척하지 않았다.

원래 정인광이 나이는 어리나 지혜가 깊고 넓어서 돌아가는 형편을 잘 알고 있었다. 조부와 백부가 경태제에게 크게 미움을 받았고, 그의 부친이 비록 국사에 간섭하지는 않았지만 경태제가 즉위하기 전에 방자함을 꾸짖었으니 그 원한이 오래도록 깊었기에, 자기가 정씨 집안 아이라고 하면 흉한 무리에게 해를 당할 수도 있다고 여겼다. 그래서 비록 간사하게 성명을 바꾼 것은 아니지만 조주를 떠날 때 사람을 대하여 자신의 내력을 분명히 알리지 아니하리라고 결심한 터였다. 운학과 경용은 인광의 이런 마음을 모르나 기색을 알아챘기에 최언선을 보아도 아는 체를 하지 못했다.

인광은 이때 장헌이 판결을 내려 옥사를 정하는 것을 들어보니, 정말로 밝고 세밀하여 각박하거나 까다롭지 않고 너그럽고 덕스러웠다. 높게 말하자면 위엄과 덕을 나란히 갖춘 맑은 명망이 가득하여 누구라도 넉넉히 굴복시킬 정도였다. 낮게 말하더라도 군읍 현관이 되어 백성을 사랑하고 참된 정치를 행한 황패를 따를 정도이니, 다스림인즉 밝은 군자와 착한 장부라도 이보다 더 나을 것이 없을 정도였다. 반나절 안에 산같이 쌓인 공무를 다 처리하니 사람들이 한마음으로 우러러보아 형벌을 받으려 하며, 이보다 못한 자들이라도 한스럽게 여기거나 원망할 사람이 없었다.

시급한 일을 끝내고 백무설 형제와 정인광 등을 다 잡아들이라 하니, 백무설 등을 끌어내어 관청 뜰 아래 무릎을 꿇리고 인광도 나오게 되었다. 한 관리가 인광에게 띠를 끄르라 하니, 인광은 쨍한 햇살 같은 두 눈을 천천히 들어 말했다.

"진유사께서 도리를 아실 것인데 선비의 띠를 끄르라 하지는 않으실 것입니다. 내가 죄를 저지르지도 않았는데 어떻게 옷과 띠를 끄를 수 있겠습니까?"

말이 끝나자 늠름히 소매를 떨치고 단정히 섰다. 장헌은 바야흐로 백가 형제를 화해시키고 형제간은 뼈와 살과 혈맥과 같이 상응하는 관계임을 일러주었으며 재물 때문에 서로 고소하는 것을 크게 한심하게 생각하고 꾸짖었다. 앞으로는 백가 형제가 개과천선하여 형은 아우를 사랑하고 아우는 형을 공경할 것을 당부했으며, 내일부터는 관의 구호를 받아 굶주림과 추위를 면하라 하고 각각 몇 말의 쌀을 주어 먼저 보냈다. 흐르는 듯한 말로 어진 다스림을 베푸니 목석이라도 감동할 것 같았다. 백무설 형제는 부끄럽기가 이를 데 없어 감사하고 감격하며 머리를 조아려 진유사를 축수하고는 물러갔다.

장헌이 다시 눈을 돌려 운학을 보니, 정한의 책방 심부름꾼 아이였던 정잠의 종임을 묻지 않아도 알 수 있었다. 뜰 아래 서 있는 정인광은 키가 6척이 넘지 못하고 머리를 땋은 아이에 불과했으며, 구질구질한 옷은 살을 겨우 가릴 정도로 구겨지고 찢어졌으며 불타고 더러워져서 거지의 옷과 다름없었다. 눈썹에는 평온하지 않은 기운과 분노가 차 있었다. 보통 아이처럼 평범했다면 두 번 보지도 않았겠지만 인광의 얼굴은 심기가 불편한 중에도 빛이 나니, 비록 우러르는 티를 나타내지 않으려 하나 자연히 보고 또 보게 되는 것은 어쩔 수가 없었다. 수려하고 빼어난 모습이 정씨 집안 인광이 아니라면 누가 그렇겠는가? 토목 같은 심장과 강철 같은 마음을 지닌 모진 자라도 정태부께서 베푸신 덕과 은택의 깊이를 따지자면 하늘이 낮고 바다가 얕을 정도이니, 그 귀중한 손자가 참혹한 모습으로 괴상한 누명을 써 어린 나이에 이곳에 온 것을 보니 슬픔이 일어나며 애달프고 참혹함을 이길 수 없었다. 다른 사람의 눈만 아니었더라면 의원을 보내고 좋은 음식을 갖추어 말을 태우고 좋은 비단옷을 입혀 태주까지 무사히 보낼 뜻이 있었다. 하지만 지금 눈앞의 형편이 그렇지 못해 경태제는 이를 갈면서 정씨 집안을 미워하며 정씨 집안의 삼족을 뿌리 뽑고자 하니, 그 임금의 신하가 되어 부귀영화가 빛나는 지금에 굳이 무엇 때문에 자신의 진심을 드러내 정씨 집안의 아이를 아는 체하여 화를 불러들이겠는가? 다만 저 아이가 똑똑하고 이치에 통달하여 갓난아기였을 때부터 평범한 아이들과 다르니, 자기의 속을 눈치채고 배은망덕함을 못나게 여길까 싶어 불행히 만나게 된 것을 한탄했다. 그리고 운학과 경용은 천한 사람의 속되고 무지함이 없는 자들이니, 자신이 한 일을 꾸짖으며 욕할 것이요 나중에라도 저들이 죽지 않고 살아남아 정삼 등에게 이 일을 말하면 자신의 처지가 아주 곤란해지지 않겠는가 하는 생각이 들어 꺼림칙했다. 우러러 하늘을 보고 아래로는 땅을 보면서 마음이 산란해지고 안타깝고 초조함을 걷잡지 못했다. 그러면서 장래와 현재를 생각하여 여러 가지 계교를 생각해 보았다. 이에 운학과 경용은 옥에 가두고 최언선으로 하여금 정인광을 바깥에 머무르게 하라 명령하고 한마디도 묻지 않았다. 운학 등은 이미 갇혔으나 믿는 구석이 있어 마음을 놓았고 인광은 저 인간 같지도 않은 자와 마주하고 있는 이 상황을 괴롭게 여기면서도 자신을 바깥에 두라 하는 명령에 놀라 얼굴을 굳히고 말했다.

"밝은 진유사께서 일을 처리하심이 어떻게 이다지도 분명치 않으십니까? 저의 두 종을 도둑이라고 생각하신다면 백무설 등을 불러놓고 대질신문하고 증거 조사를 하시어 은비녀의 출처와 좁쌀 도둑질한 증거를 잡을 것이요, 도적이 아니라고 판단되시면 즉시 방면하여 바쁜 사람을 여러 날 붙들지 않는 것이 옳습니다. 그런데 무슨 이유로 백무설은 놓아주시면서 저의 두 종은 옥에 가두셨으며 또 저를 머무르게 하십니까? 소생이 사족으로서 쥐나 개처럼 도둑의 누명을 쓰고 몸소 진유사 앞에 이르게 된 것이 욕되다 하겠습니다. 그러나 저는 진유사의 서동이나 노비가 아닙니다. 진유사 눈앞에서 죄를 짓지도 않았는데 촌무지렁이의 근거 없는 맹랑한 말을 믿으시고 사족 출신인 저를 천한 하인배와 함께 잡으셨고, 또 돌려보내는 것도 저들과 같이 돌려보내지 않고 공연히 잡아두시니 이는 선비를 대접하는 도리가 아니십니다."

말이 끝나자 인광의 기상이 엄숙하고 모습이 씩씩했다. 아홉 살 어린아이지만 진중함과 광활함이 있으니 장헌이 나이 마흔에 가까운 어른으로서 관직이 높고 지위가 당당하나 인광을 대해서는 자신의 관작이 썩은 풀같이 느껴지고 많은 나이가 헛되이 느껴졌다. 오만한 뜻이 봄눈처럼 녹아 사라지고 자부심을 가지던 덕망이 안개같이 흩어지니, 즉시 내려가 붙들고 통곡한 후 행장을 차려 보내고 싶었으나 경태제가 알 것이 두려워 감히 그렇게는 못 하고 정색하며 말했다.

"40년 동안 다른 이에게 분명치 못하다 꾸짖는 소리를 들어본 적이 없거늘 어린아이가 어떻게 장유유서를 돌아보지 않고 책망을 이렇게 하는가? 머물라는 나의 명령이 너에게 좋은 것이니 나가 있거라."

인광이 이 말을 들으니 더욱 분하여 말했다.

"제가 이제까지 제 몸에 유익한 것을 바라지 않았고 바르지 못한 일은 죽어도 하지 않았습니다. 상공이 저를 정말 도적이라 여기신다면 시원스레 벌을 주고 아니라면 돌려보낼 따름입니다. 무슨 이유로 저를 구속하십니까? 제가 나이가 어리지만 두 다리를 묶어놓지 않은 다음에야 구태여 밖에서 공의 명령을 기다리지는 않을 것이니, 제가 도적질을 했다는 증거와 증인을 두고 다시 저를 잡으십시오. 오라는 명령을 내리시면 즉시 나오겠습니다."

말을 끝내고 소매를 떨치고 걸음을 빨리 옮겨 나가니, 장헌은 인광의 기운이 괄괄하고 말이 매서운 것을 보고 도끼로 내려치는 벌이나 솥에 삶기는 벌로도 굴복하지 않을 줄 알았다. 인광을 잡아놓지 못하고 부하들에게는 가는 대로 내버려두라 했으나 틈을 보아 길 떠날 때 필요한 양식을 보내려고 했다.

인광은 운학과 경용을 옥에 두고 혼자 태원령 병풍암 아래로 찾아갔다. 이곳의 지명이 낙성촌인 것을 반가워하며 생각했다.

'봉월 두 글자는 기쁘지만 낙성촌 세 글자는 몹시 위태롭구나. 방통이 낙봉파에 이르러 그곳에서 죽은 것과 같으면 누님이 어떻게 무사하겠는가? 하지만 돌아가신 백모님이 누님을 임신하셨을 때 문월성을 품은 태몽을 꾸셨다고 들었지. 성스러운 별이 떨어졌으나 다시 받들어 문월성을 안전하게 할 터이니 방통의 낙봉파와는 다를 것이다.'

이렇게 생각하고 빨리 나아가 깊고 얕은 곳과 멀고 가까운 곳을 차근차근 살폈다. 한곳에 이르니 울창한 숲에 늙은 소나무가 빼곡한데 그 뿌리가 땅 밑으로 용처럼 뻗었고 그 가지는 허공에 걸려 구름을 길게 가로지르고 있었다. 저녁 구름이 바위 봉우리에서 일어나며 골짜기마다 자욱하게 아지랑이가 일어나 푸른 산을 덮고 시름에 잠긴 해가 서쪽 산에 서둘러 떨어지려 하니, 근심하는 듯한 하늘이 무겁게 가라앉아 정기를 내지 않았다. 쓸쓸한 바람이 숲을 흔드니 그 소리가 을씨년스럽고, 온갖 새들이 지저귀니 붉은 날짐승과 푸른 길짐승들이며 검은 원숭이와 하얀 사슴 등 온갖 동물들이 피를 토하며 우는 소리는 세상 사람들의 간장을 태우고 원한과 근심에 슬픔을 더할 정도였다. 괴이한 돌과 층층절벽에 폭포 소리는 웅웅거리며 흘렀다. 눈을 들어 보는 곳마다 창자가 문드러지고 간이 찢어지는 듯하나 월염의 시신은 간 곳이 없으니, 높은 절벽에서 떨어져 뼈조차 깨지고 몸은 어디 한 군데 성한 곳 없이 호랑이 밥이 된 것 같았다. 속으로는 월염의 관상을 믿어 그렇게까지는 험하지 않겠지 바랐지만 살았다고 해도 어디 있는지 알지를 못하고 죽었다고 하면 시신도 없으니 지극한 슬픔을 비할 데가 있겠는가?

날이 어두워질 즈음까지 구석구석 살피며 시신을 찾으려고 힘썼지만 결국 찾을 수 없었다. 슬픔을 이기지 못해 속절없이 병풍석을 어루만지며 월염을 부르고 통곡하니, 외로운 기러기가 무리를 잃어버린 것 같고 대나무 숲의 어린 봉이 어미를 떠난 듯했다. 기운이 막힌 듯 소리를 잇지 못하고, 밤이 깊었지만 붙들고 위로해 줄 사람도 없으니 맺힌 마음에 애절한 울음을 그치지 못했다. 그때 어디선가 최언선이 다가와 인광의 허리를 안고 한바탕 통곡하다가 인광을 붙들고 위로하여 말했다.

"공자께서 이러하심을 보니 소인의 간담이 떨어질 듯 놀라 어쩔 줄 모르겠습니다. 공자는 소인을 모르는 척하시지만 소인의 두 눈이 병들지 않은 다음에야 어떻게 공자의 고귀한 풍채를 몰라보겠습니까? 슬픔을 가라앉히시면 제가 빨리 소식을 알려 어서 몸을 피하시게 하겠습니다."

인광은 최언선이 이렇게 행동하는 것을 보고는 계속 '나는 너를 모르겠다' 하는 것이 불가능해서 천천히 눈물을 거두고 일어나 앉았다. 최언선이 가슴을 어루만져 슬픔을 가라앉히고는 길게 탄식하며 말했다.

인광을 없앨 계교를 꾸미는 장헌과 맹추

"진유사께서는 공자와 운학 등을 보시며 크게 슬퍼하시고 운학과 경용을 옥에 가두고 공자는 머무르게 하다가 조용한 틈을 보아 노자를 준비하여 태주로 보내고자 하셨습니다. 그래서 좌우를 물리치고 저를 불러 이르시기를 '네가 인광이를 알아보았으리니 네 마음이 슬프지 않았더냐?' 하시기에, 저는 '어찌 슬플 뿐이겠습니까? 행색을 보니 그간 길에서의 고생을 묻지 않아도 알겠습니다.'라고 대답했습니다. 그러자 어르신께서 두어 줄 눈물을 흘리면서 말씀하시기를 '나는 인광이를 여기 머무르게 하여 속마음을 나누고자 했지만 단박에 가버리고 말았으니 내 체면이 상했다. 여러 사람이 보는 가운데 내 위엄이 떨어지는 모양새가 참혹하여 가는 대로 내버려두었다. 그러니 너도 필시 나를 괴이하게 여겼을 것이다. 노자와 의원을 갖추어 차려줄 것이니 새벽에 인광이가 있는 곳을 찾아 전하고, 내 또 글을 써 보낼 것이니 인광이가 보게 하라.'라고 저에게 말씀하셨습니다. 그래서 저는 '억만금을 준다고 해도 운학과 경용을 가두어놓고 공자께서 혼자 길을 가지는 않으실 것입니다.'라고 말했습니다. 그러자 상공께서는 '내일이면 놓아줄 것이다. 어떻게 오래 가두겠는가?' 하시며 의논했습니다. 그때 문양 추관인 맹추가 와서 나리를 보고는 얼굴에 슬픈 빛을 띠고 눈물 흔적이 뚜렷함을 의심하여 '상공이 어떤 일로 애처로운 빛이 있으십니까?'라고 물었습니다. 나리께서 처음에는 마침 어떤 슬픈 일이 있었다고 대답하시더니 맹추가 계속 이유를 캐물으며 한편으로는 끔찍한 말을 전하기를 '소관(小官)이 이번에 부임지로 내려올 때 폐하께 하직 인사를 드렸는데, 저를 직접 불러 비밀 편지를 써 주시며 명심하라고 말씀하셨습니다. 편지의 내용은, '문청공 정한이 나를 배척할 때 겪은 망신을 생각하면 분함이 깊을 뿐 아니라 정잠이 공연히 짐을 비판하면서 업신여기기를 노예같이 하고 정삼은 숲에 숨어 사는 한가한 선비인데 나를 이유도 없이 비난하니 심히 통한스럽다. 경이 문양에 머물러 군량이 넉넉하거든 수천 군사를 이끌고 정잠을 해치우고 돌아오라. 그러면 크게 상을 주리라.

범수는 진나라 정승이었지만 눈 흘김 받은 정도의 조그만 원한도 반드시 갚았으며 밥 한 그릇 준 은혜도 반드시 상을 주었다. 짐은 만승의 높음과 천하에 으뜸가는 재력이 있는데, 이토록 심한 미움과 분노를 풀지 못하는 것이 어찌 별일이 아니겠는가? 또한 임금이 되어 명백히 드러난 죄가 없는 신하에게 끔찍한 벌을 주지는 못하니, 이런 연고로 경에게 명하여 다른 사람이 모르게 정가를 없애고자 하노라.' 라는 것이었습니다. 저는 몇 년 안에 잡겠다고 하며 명령을 받들겠노라 대답하고 왔습니다. 상공이 이전에 정씨 집안의 은혜를 받았다고 하나 이제 정한이 계시지 않고 폐하께서 이를 갈며 미워하시니 정씨 집안을 다시 볼 것이 없습니다. 저를 도와 일을 되도록 만드시고 정가를 배척하시면 부귀영화가 길이길이 이어지겠습니다.'라고 했습니다. 나리께서는 맹추가 교지를 전할 때 속마음을 보여줘서 서로 정을 붙여보자는 의도임을 모르고 매우 놀라 얼굴색이 변하여 대답하길 '너는 그 아이가 정씨 집안의 아이인 줄 정말 틀림없이 알아보았느냐? 나는 알아보지 못해 얼굴이 거의 비슷하게 생긴 것만 이상하게 여겼도다. 폐하의 뜻이 이러신데 그 어린아이부터 죽여 쉬파리 같은 머리를 폐하께 바치는 것이 옳지 않겠는가?'라고 하시면서 놀란 표정을 숨기지 못하셨습니다. 이에 맹추도 놀라서 '이해가 되지 않습니다. 어느 아이가 정씨 집안의 아이란 말입니까? 얼굴이 비슷한 것을 아셨으면서도 그 정도만 하시고 그냥 보내셨습니까? 왜 일을 그렇게 소홀히 하십니까?'라고 했습니다. 나리께서는 더욱 놀라시며 말하는 의미를 한층 더 잘못 알아들으시고 분명 맹추관이 정인광을 어디 잡아 가두고 자기를 떠보는가 싶어 황망하게 답하시기를 '만일 그 아이가 정씨 집안의 아이임을 똑똑히 알았다면 어떻게 그냥 보냈을까마는, 그 아이가 여기 올 방법이 없을 뿐 아니라 오늘 백무설 등이 이러이러한 이유로 싸워 동기의 귀한 정을 깨닫지 못하기에 백무설 등을 책망하고 경계하여 돌려보낸 후 백무설이 도적이라 고발하던 두 놈은 옥에서 풀어주고 그 주인은 나이가 어린 아이요 말단 사족이라 도적으로 고발하는 것이 불가하여 내어보냈다. 다시 생각해 보니 그 얼굴이 정삼과 매우 비슷하나 이 사람은 점잖은 총각이요 정인광은 강보를 벗어났어도 아직 그렇게까지는 자라지 않았을 것이므로 정씨 집안 아이임을 깨닫지 못했는데, 그대의 밝은 눈이 그 아이를 알아보았도다.' 하시니 맹추가 모두 듣고 기쁜 얼굴로 이렇게 답했습니다. '저는 진실로 정씨 아이를 본 적이 없거니와 그 두 종을 옥에 두고 나간 지 얼마 되지 않았다면 어디로 멀리 나갔겠습니까? 제가 힘을 써서 찾아내어 시원하게 죽여 그 어린 쉬파리 대가리 같은 머리를 폐하께 바치면 그것이야말로 상쾌하지 않겠습니까?' 장헌 상공이 맹추가 공자를 해하고자 하는 것을 말리지 못해 다만 기쁘게 고개를 끄덕이셨으니, 공자께서 이렇게 계시다가는 저 흉악한 놈에게 발각되어 도저히 살지 못할 것입니다. 바라건대 공자께서는 빨리 몸을 감추어 흉악한 손에 당하는 화를 면하십시오."

인광이 다 들어보니 맹추가 자기를 해치고자 함은 놀랍지 않았지만 장헌의 됨됨이에 새삼스럽게 분통이 터졌다.

(책임번역 김유미)

완월회맹연 권17

가까스로 살아난 남매

장헌은 아름다운 첩을 구하고
정인광과 정월염은 도움의 손길을 받다

정인광의 살길을 찾아주는 최언선

정인광이 최언선의 이야기를 다 듣고 보니 맹추가 자기를 해치려 하는 것은 별로 놀랍지 않았지만 장헌의 망측한 됨됨이에 다시금 분통이 터져 어쩔 줄 몰라 하다가 깊이 탄식하며 말했다.

"나의 험난함이 대체 왜 이 정도인가? 짐승 같은 장씨 놈이 지금 뜻을 이루어 기세등등하게 높은 벼슬을 가지고 부귀를 탐하는 욕심이 표정과 언사에는 전혀 드러나지 않으니 정말로 인간 탈을 쓴 짐승이구나. 그러니 제 아비라도 경태제에게 미움을 받는다면 그 머리를 바치고 자기는 관직의 길을 구하리라. 지금은 그놈 아버지인 장합이 살아 있지 않지만 만약 살아 있었더라면 부자가 끝끝내 화목하지 못하여 괴상한 변고가 있었을 것이다. 이러한 물건을 어떻게 사람 대하듯 꾸짖으며 나를 해치고자 하는 것에 화를 내겠는가? 저 가축과 다름없는 장헌을 꾸짖는 것은 짐승을 꾸짖는 것만 못한 일이지."

생각이 이쯤 미치자 장헌에게 다시 화가 나지는 않았다. 인광은 안색을 조금도 흐트러뜨리지 않고 길게 탄식하며 말했다.

"인심과 세상 돌아가는 모양새가 흉악하고 모질기 짝이 없으니 구덩이에 빠진 사람은 밀쳐버리고 엎어진 사람은 밟아버리는, 불 위에 기름 붓는 것 같은 일이 없진 않겠지. 하지만 지금 황제도 내 머리를 가져가서 딱히 쓸 곳이 없을 테니, 맹추와 장공이 나를 죽인다고 해도 으뜸가는 공적은 되지 않을 것이다. 내가 잠깐 잘못 생각했구나."

최언선이 애가 달아 말했다.

"공자께서는 나이가 어려서 세상 돌아가는 꼴이 무섭게 변한 것을 모르십니다. 진유사 나리의 본마음이야 어찌 공자를 안타깝게 여기지 않겠습니까마는 맹추 그 괴이한 것과 말씀을 나누실 적에는 이미 말씀을 다르게 하셨습니다. 맹추가 공자를 해칠 뜻을 말했을 뿐 아니라 장헌 나리가 슬픈 빛을 얼굴에 띠시다가 맹추가 나리의 표정을 보고 따지고 캐물을 때는 허둥지둥 잘못 대답하셨습니다. 또한 나리는 '혹시 맹추가 정씨 집안을 생각하는 나의 마음이 깊다고 의심하고 이를 황제께 고하면 내가 죄를 뒤집어쓰지는 않을까' 생각하여 공자의 머리를 황제께 바치자고 앞장서 말씀하셨습니다. 그러니 공자를 도와줄 사람이 없다면 어찌 위험이 적겠습니까? 운학과 경용은 제가 어떻게든 힘써 풀려나게 할 것이니, 공자는 이 자리에서 어서 몸을 피해 화를 면하십시오."

인광은 한참 생각하다가 말했다.

"네가 이토록 진심으로 이르는 말을 내가 어찌 귀 기울여 듣지 않겠는가? 허나 이 한 몸 외로이 갈 곳이 없으니 대체 어딜 가서 몸을 감추고 화를 피하겠는가? 이제까지도 가지가지 고생을 다 했는데, 도적을 만나 누님을 이곳에서 잃고 시신도 찾지 못했다. 내 슬픈 마음이 찢어지는 듯하고 나는 또 괴이한 일을 당해 살지 죽을지 모르는 위험에 처해 있구나. 남자가 생사의 갈림길에서 마음이 흔들리는 건 아니지만 하필 짐승 같은 장씨와 맹추의 손에 죽게 되는 것이 허탈할 뿐이다. 내가 화를 벗어나고자 하나 그럴 방법이 조금도 없으니 당황스럽고도 분하구나."

최언선이 초조하고 다급한 마음에 정공자를 데리고 한적한 시골집을 찾아가 주인을 불러 주머니에서 은돈을 꺼내 주며 저녁밥을 달라고 했다. 주인이 몹시 기뻐하며 곧 저녁을 차려 왔다. 최언선이 정공자에게 저녁을 드시라 권하니, 인광은 누님의 시신도 찾지 못해 아득하고 먹먹하여 큰 뜻을 생각지 않고 한시바삐 죽어버려 슬픔과 변고를 잊고자 했다. 그러나 이것이 될 법한 일이 아닌 것을 알고 있으니, 차마 죽을 결심을 하지는 못하고 하늘의 별자리를 보아 월염의 생사를 알고자 했다. 눈을 들어 별자리를 살펴보니 문월성이 비록 찬란히 뻗치는 기운은 줄었으나 자리를 떠나지는 않았고 상서로운 기운도 아직 다하지 않아서 온갖 어려움을 당해도 죽지 않았을 것임을 알려주었다. 인광은 별자리를 유심히 살펴본 후 막혔던 가슴이 잠깐이나마 트였고 꺾어지는 듯한 마음이 진정되었다. 비록 월염의 거처를 모르는 초조함이 덜어지지는 않았지만 몸이 옥에 갇혀 갈 바를 모르는 고통은 없다고 스스로 위로하고는 저녁밥을 먹고 주인의 베개를 빌려서 잠깐 쉬려고 했다. 그동안 인광은 태원령에서 도적 무리를 만나 놀라고 분했던 일과 마음과 몸을 다해 도적과 맞서 싸운 일은 차치하고서라도 빽빽한 눈 속에서 산을 넘고 날카로운 바람이 뼈에 사무치는 중에 낙성촌을 찾아다니다가 막판에는 기운이 떨어져 걸음을 떼지 못하고 내리는 눈 속에 묻힌 시체가 될 뻔했다. 하늘과 귀신이 함께 보호하여 살았으나 귀한 몸이 상하고 병들게 된 것은 말할 나위도 없었다. 다행히 타고난 체질이 단단한 것이 일반 사람들과는 달라 죽지 않고 몸져눕지도 않았다. 그러나 큰 병이 생길 듯이 온몸이 추위로 덜덜 떨리고 숨을 쉬기 어렵고 두통이 일어나 이마를 뚫는 듯하니, 스스로 민망하여 몸을 편히 하고 잠들어 아픈 것을 잊고자 했다. 그러나 팔다리며 온몸의 뼈가 산산이 부숴지는 것처럼 아파 견디지 못했다.

최언선이 곁에 있다가 인광의 머리를 짚어보고 손발을 주무르는 등 자상한 정성이 운학 등이 하는 것보다 못하지 않았다. 이에 인광은 마음속 깊이 감동하고 '언선이 도리를 아는구나' 하고 가상히 여겼다. 최언선 같은 아랫것들도 인간의 마음이 있거늘 장헌 같은 자는 인간 된 마음이 없어 이욕에 골몰한 것이 짐승과 오랑캐보다 한층 더 망측하고 해괴하니, 지난날 입은 은덕을 조금도 돌이켜보지 않음을 슬퍼할 뿐이었다. 갑자기 멀리서 불길이 일어나 낮같이 훤해지고 마을이 온통 북적거렸다. 사람들은 저마다 수군거리고 무리 지어 구석구석 살피며 놓치지 말라 하는 소리가 요란했다. 시골뜨기 주인이 나가 횃불을 잡고 어떤 무리의 말에 대답했다.

"여기에 열네댓 살쯤 되는 공자가 방을 빌려 자는 것은 맞지만 그런 것을 가졌는지 아닌지 어떻게 알겠는가?"

이렇게 말하니 무리에서 건장한 놈이 소리를 지르고 인광이 자는 방으로 들이닥쳤다. 최언선이 제 목숨을 버려서라도 인광 공자를 구하기로 했으므로 서둘러 인광을 붙들고 무리를 돌아보며 말했다.

"너희들은 무슨 일로 한밤중에 소란을 일으켜 마을을 시끄럽게 하느냐? 나리의 법이 평화로운 것을 으뜸으로 삼으시는 것을 생각하지 않느냐?"

한 관리가 발을 구르며 말했다.

"최군은 온종일 나리를 모시고 있는 줄 알았는데, 어느 틈에 여기에 와서 그동안 놀랄 일이 벌어진 것도 모르는가?"

최언선이 놀라 물었다.

"놀랄 일이라니 대체 무슨 일인가?"

관리가 눈을 부라리며 답했다.

"문양 추관 맹상공이 상 받은 은자 칠천 냥을 가지고 여강에 가서 곡식을 풀어 굶주린 백성을 구호하려 했더니, 두어 장관과 여러 관리가 여강에 아직 도착하지 못했을 즈음 100여 명이나 되는 도적을 만나 은을 헛되이 빼앗기게 되었다. 진휼하는 곡식을 도적질하는 자는 사사로운 도적이 아니라 나라의 도적이니, 여러 마을을 뒤져 곳곳에 감시를 두고 도적을 잡으려고 했고 진유사 나리께도 살펴보는 일을 소홀히 하지 마시라 청했다네. 그런데 우연히 백무설 형제가 서로 싸웠던 일을 말할 때 맹추관의 장관 설포가 백탁설이 은비녀 얻은 것을 듣고 이렇게 말했지. '저의 육촌 누이인 설위가 여강으로 갈 때 제 은비녀를 빌려 꽂고 갔다가 도적이 은을 빼앗고 모든 관리들의 의복을 벗길 때 설위의 은비녀를 빼앗아 가니, 은비녀 빼앗은 자는 은을 뺏은 도적입니다. 그 은비녀를 보아 제 것이면 도적을 잡을 것입니다.'

그러자 백탁설을 다시 불렀지. 설포가 그 은비녀를 한번 보고 자기 것이 틀림없다 하니, 원래 맹추관이 설포에게 준 것이라 한번 보고 알아보고는 백탁설에게 다른 은비녀를 주면서 '이 비녀로 말미암아 큰 도적을 잡게 되었으니 모두 네 공이다.'라고 했네. 그리고 설포를 돌려보낸 후에 나중에 가두었던 두 놈의 목과 발에 족쇄를 채워 특별히 엄하게 가두고 정공자도 빨리 잡아다가 그 두 놈과 함께 칼을 씌워 엄중히 가두라고 했지. 보통 도적이 아니어서 날이 밝기를 기다리지 못하고 한 마을을 헤집어놓다가 여기에 이르게 된 것이라네."

그러고 나서 관리는 수갑을 가져다가 인광을 결박하려고 했다. 최언선이 다 듣기도 전에 담이 떨어지고 마음이 뛰놀아 얼굴이 잿빛이 되었다. 인광이 혹여나 참담한 누명을 쓰고 생을 끝마칠까 싶어 슬프고도 놀라워 분노가 하늘 끝까지 치밀었다. 최언선은 있는 힘을 다해 여러 무리를 밀치고 소리를 강개하게 내어 말했다.

"하늘을 이고 땅을 밟아 어깨 위에 머리를 보전하고 싶다면 정공자께 감히 방자하게 굴지 못할 것이다. 쇠줄로 묶지 않아도 공자께서 손발을 움직이지 못하니, 어디로 간다고 칭칭 동여매는가? 내가 앞장서 공자를 업고 나갈 것이니 너희는 소란을 그쳐라."

말이 끝나고 최언선이 인광을 업고 나서니, 다른 사람들이 다시 말을 하지 않고 전후좌우로 에워싸 관아에 도착했다. 진유사에게 도적을 잡아왔다고 고하니 진유사가 명령했다.

"지금은 옥사쟁이가 특별히 엄하게 단속할 것이며 이후 문양에 보내서 윗전에 이야기하고 처치할 것이니 가두는 것을 소홀히 말라."

이렇게 말하니 관리들과 옥사쟁이는 제 아비를 가두는 지경이라도 감히 사정을 보아주지 못할 정도였다. 인광에게 큰 칼을 씌워 엄중하게 가두었는데, 중죄인을 가두는 것과 똑같이 했다. 최언선이 가슴을 치며 이를 갈고 맹추를 삼켜버리고 싶은 마음과 인광을 아끼는 탄식이 하늘에 미칠 듯 지극했다. 그러나 저의 힘이 약하니 밖에서 구할 길이 없어, 다만 인광이 목숨을 버려 죽지 않기만을 바랐다. 한편, 맹추는 훌륭한 선비 집안 출신은 아니지만 천한 상놈도 아니었기 때문에 경태제가 총애하여 문양 추관을 시키고 정씨 집안을 망하게 할 방법을 같이 의논했는데, 이것이 최언선이 인광에게 말한 내용이었다.

이때 맹추는 교묘한 계획을 세워 진휼하는 길에 은자 도적맞은 일을 다 정인광의 죄로 돌리고 다시 정삼에게 죄를 얽고자 했다. 이에 정인광의 종들 두 놈의 요패를 베껴 올리라 하니, 운학·경용은 자신들의 요패를 달라 하는 것을 한층 든든히 여겨서 진유사가 정말로 자신들을 놓아보내고자 하는구나 생각하고 요패를 즉시 올렸다. 요패의 성명과 나이, 거주 지역을 쓰고 주인은 청계 정상서라 각각 썼으니, 정씨 집안의 종임은 묻지 않아도 알 일이었다. 맹추가 소매를 걷어 올리고 크게 기뻐하며 말했다.

"정말 묘하고 기특한 일이다."

자리를 나와 장헌의 머리를 맞대고 귀에 속삭여 말했다.

"백탁설을 다시 불러 은비녀를 보고 이렇게 저렇게 하는 것이 어떻겠습니까?"

앞으로 일이 어떻게 될까?

그때 장헌의 본심은 맹추가 계획한 바와 달랐다. 장헌은 인광을 참혹하게 죽이고 남은 죄를 정삼에게 연루시키는 것이 슬프고 착잡했다. 그러나 맹추는 경태제가 아끼는 군관으로 형세가 산처럼 단단하여 한번 황제를 뵙고 말을 하면 살 사람을 죽일 수도 있고 죽을 사람을 살릴 수도 있었다. 그 수단이 비록 조정의 해를 만들지는 않아도 보잘것없는 몸이 권위가 당당함은 왕진과 흡사했다. 만일 맹추의 계획을 거스르게 된다면 경태제에게 고하여 장헌이란 존재가 없어질까 두렵고 무서운 마음이 잔인한 형벌을 꺼리는 마음과 더해졌다. 형제는 없지만 제 형제를 해치고 자식을 해쳐서라도 경태제에게 드려 제 한 몸 오래오래 편한 것 외에 다른 일은 신경 쓰지 않았다. 맹추의 간악한 계획을 들으며 구절마다 고개를 끄덕이고 무릎을 쳐가며 '묘하다 묘하다' 칭찬이 끊이지 않았다.

정인광과 종들까지 세 명을 없애고 정삼에게 화를 끼치는 것에 조금도 거리끼지 않으니, 슬프구나 장헌의 인간성이여! 어떻게 이렇게 더러운 권력과 이욕에 빠져 인간의 근본을 잃게 되었는가? 태부 정한의 산 같은 은덕과 바다 같은 은혜를 잊고 저버리는 것은 그의 죽은 아비 어미와 살아 있는 자기 몸을 한꺼번에 버리는 것과 같았다. 그러나 이런 점은 꿈에서조차 생각하지 못하고, 당장 눈앞의 일만 보고 욕심을 채웠다. 그의 부모는 선비 나부랭이였는데 먹고살기도 어려워서 동쪽에서 쌀을 빌고 서쪽에서 밥을 빌면서 간신히 목숨을 이어나갔다. 그러다 태부 정한의 구빈관에 살면서 태부의 하늘 같은 은덕을 입어 높은 누각과 화려한 당에서 살게 되고 좋은 옷과 맛있는 음식을 물릴 정도로 즐기게 되었다. 장헌을 낳고 부부가 연달아 죽으니 정씨 집안에서 훌륭한 장례를 치러주어 부부를 명산 길지에 안장한 뒤에 아침저녁의 문안과 가을·겨울 제사를 그치지 않았다. 또한 서태부인이 장헌을 거두어 친자식같이 돌보아 당시 후사를 끊게 하지 않은 것은 장헌에게 있어서는 뼈를 갈고 몸을 바쳐도 다 갚지 못할 만큼 큰 은덕이니 죽어도 보답하기를 기약하는 것이 마땅했다. 목숨을 버리지는 못해도 명예와 부귀를 탐하는 마음을 거두어 정잠과 정삼을 따라 물러가고 나아간다면 맑은 군자와 어진 장부가 될 것이며 나중에도 궁핍할 정도까지는 이르지 않을 것이다. 그러나 영화와 부귀를 구하는 뜻이 간절하여 잠시만 벼슬을 잃어도 제 머리를 베어 가는 듯이 슬퍼하며 하루만 관직에 없어도 제 가슴을 찢는 듯 애달파 하니, 긴긴밤에 깊이 생각하는 일은 다 부귀를 구하는 것이었다. 마침 복록이 다른 사람과 비교해서 수백 수천 배나 나아서 행동을 이같이 하지만 끝내 한 번도 어려움을 겪지 않고 좋은 벼슬로 일생의 즐거움을 누리니 진실로 세상에 드문 복이었다.

장헌과 맹추는 정인광과 그의 종들까지 세 사람을 엄중히 가두고 내일이라도 운학 등을 압송하여 죄를 만들어서라도 심문하고 목을 베어 죽일 것이로되, 마침 국가 재계[7]가 내일부터 시작되므로 재계가 끝난 후 일을 일으키려고 아직 묻지 않았다. 운학 등의 정신을 가물가물하게 만들려고 먹을 것을 절대 주지 말라고 엄하게 분부하니, 누구의 명이라고 거역하겠는가? 옥중에 굶는 자를 구할 사람이 없으니, 정인광에게도 물 한 모금을 주지 않았다. 최언선이 극도로 마음이 타서 자신도 역시 먹고 마시기를 그만두고 가슴을 두드리고 애를

7 재계(齋戒): 제사를 거행하기 위해 부정한 일을 삼가고 몸과 마음을 정결히 하는 일.

태우며 발을 굴러 본성을 잃고 미친 사람같이 잠시도 가만히 앉아 있지를 못했다.

첩을 구하는 장헌과 매파 가월랑

한편, 장헌이 미녀를 찾는 마음이야 일생 간절했지만 앞서 사부 정한의 엄숙한 경계를 거스르지 못해 희첩을 두지 못했다. 최근에는 그의 아내인 박씨가 심하게 몰아대어 방 밖에 여색을 두지 못하게 하니 감히 마음을 내보이지 못했다. 그러다 이제 홀로 빈 관사에 머무르게 되니 교태 넘치는 미녀 생각이 간절했다. 본래 기강 지역에 종을 두었는데, 종들 중 가월랑이란 자는 유명한 매파로 기강 땅에서 위아래 사람을 막론하고 미남미녀가 있는 곳이란 곳은 낱낱이 다 자세히 알았다. 젊은 시절부터 늙은 지금까지 매파 일이 생업이라 집이 풍족하고 말도 물 흐르듯 유창하며 사람됨이 총명하여 한번 들으면 잊는 법이 없었다. 고을 사람들이 가월랑을 존경하여 여자 중 호걸이라 말했다. 장헌이 조용한 틈을 타 가월랑을 불러 좌우 사람을 물리치고 말했다.

"나의 벼슬이 높으며 부귀가 융성하니 진작부터 아름다운 첩을 두는 일쯤이야 허물이 아니다. 하지만 노류장화는 군자가 가까이할 바가 아니니 비록 서시나 양귀비 같은 미모와 훌륭한 집 규방에서 성장한 하늘이 내리신 아름다운 기질이 있어도 행실이 천박하면 집안을 엎어버리고 몸이 망하는 데 이를 것이다. 그러니 장강과 반비의 맑음

뿐 아니라 아름다움과 덕을 갖추고 초나라 번희의 절개와 정숙함 그리고 주나라 문왕의 월희 같은 아름다운 바탕과 선함을 모두 갖춘 여자를 가리고자 했으나 정말 쉽지 않아 만나지 못했구나. 너는 모름지기 나를 위해 마음과 힘을 다하여 외모와 행실이 빼어난 자 가운데 신분의 높고 낮음은 따지지 말고 사람됨이 특출나거든 추천해서 나의 첩이 되게 한다면 큰 상을 주리라."

가월랑이 머리를 숙여 오래 생각하다가 갑자기 기뻐하며 대답했다.

"제가 매파로서 기강 지역이라면 멀고 가까운 곳 가리지 않고 30여 년 동안 두루 다녔지만 나리께서 말씀하신 것 같은 여자는 보지 못했습지요. 그런데 어제 성남 봉월곡 활성교의 위정을 보러 갔다가 한 여자를 보니 나이는 열서넛 정도로 보이는데 옷차림으로 보아 혼인하지 않은 것은 굳이 물어보지 않아도 알겠더이다. 용모가 보통 사람을 부끄럽게 할 정도이고 지금까지 다 따져봐도 비슷한 여자라곤 없습니다. 조비연의 가벼운 몸과 양귀비의 둔함은 천박하여 비교할 바가 아니며 위나라 장강의 용모와 덕이라도 머리를 숙이고 들어갈 정도이니, 사람됨이 하늘 같고 마음가짐이 신령하며 해와 구름 같은 자태였습니다. 정숙한 몸에 몸가짐도 가볍지 않고 얌전하여 기운이 온화한데 일백 꽃송이가 다투어 웃는 것 같을 뿐 아니라 봄기운이 만물을 자라나게 하는 것과 같은 것을 보니, 은혜를 받은 것도 없는데 얼굴을 우러러 잠시라도 떠나고 싶지 않았습니다. 그 여자는 다른 사람을 만나는 것을 병보다 더 꺼렸습니다. 그때 위정이 후문으로 들어와 발을 구르며 저에게 어서 나가라 급하게 재촉하는 바람에 저는 화가 나서 돌아왔었는데, 나리의 첩 구하심을 들으니 그 여자라면 충분히 뜻에 합당할 것입니다. 지금 당장이라도 위정을 불러 그 여자를 데려오라 하시면 감히 거스르지 못할 것입니다. 하물며 위정이 살고 죽는 것이 나리에게 달려 있으니, 그자가 비록 주군을 위해 멀고 가까운 곳을 다니면서 절세 미녀를 추천하지는 못한다 해도 제집에 있는 여자를 대령하는 데야 지체하겠습니까?"

원래 위정은 장공의 하녀로 딸 둘을 낳아 일하게 하고 자신은 물러나 고향인 기강에 돌아와 살고 있으며, 지아비 상재충은 추밀사 양공댁 노비로 양창명(양선)을 따라 노영으로 간 자였다.

장헌이 가월랑의 말을 듣고 눈썹이 춤추며 입술이 벌어짐을 깨닫지 못하고 잘 자란 수염을 어루만지며 기쁘게 웃고는 말했다.

"너는 정말로 충성스러운 매파로구나. 이제야말로 자나 깨나 원했던 어진 여자를 얻을 수 있겠다."

장헌은 가월랑을 머무르게 하고 종자를 명하여 위정을 부르라 했다. 곧 위정이 이르러 절하니, 장헌은 기쁜 얼굴로 올라오라 명했다. 위정이 비록 천한 신분이나 사람됨이 속되지는 않고 예의를 중히 생각했다. 불의하고 법에 어긋난 것은 차마 듣지 못하고 보지 못하는 것이 병이 될 정도라 불의에 아부하지 않으며 의를 변치 않아 뚜렷이 백이의 높은 절개가 있었다. 주군이 부르니 피하지 못해 오게 되었지만 어찌 무례하게 당에 올라 장공의 곁에 가까이 나아가겠는가? 위정은 계단 아래서 머리를 숙이며 말했다.

"천한 몸이 어찌 감히 당에 올라 가까이하겠습니까? 외람되니 따르지 못하겠습니다."

장헌이 기쁘게 웃으면서 말했다.

"네가 고루한 예절을 숭상하여 당에 오르는 것을 기뻐하지 않으니 억지로 권하지는 않겠다. 하지만 지금 내가 말하는 것을 흘려듣지 마라. 내 이전부터 첩을 두고자 하는 것을 너도 모르지는 않을 것이다. 마침 이곳의 미녀를 구하다가 네 집에 경국지색이 있다고 들었으니, 그 출신이 높고 낮은 것은 따지지 말라. 궁벽한 시골의 계집아이가 나의 총애를 받아 첩이 되는 것은 뱀이 변하여 용이 되는 것 같은 영화가 될 것이다. 너는 쓸데없이 사양하지 말고 천금을 가지고 돌아가 그 여자의 몸치장을 빛나게 차려 내 측실로 들여라."

장헌의 뜻에 반대하다 궁지에 몰리는 위정

위정이 그 말을 듣고 놀라는 것이 마른하늘에 날벼락이 쳐 온몸을 부숴버리는 듯하여 얼굴빛이 변했다. 그러나 일단 정신이 뚜렷하니 도끼로 죽이는 형벌과 솥에 삶아지는 형벌을 당하더라도 주군의 음란한 마음에 부합할 생각은 없었다. 위정은 머리를 조아리고 눈물을 흘리며 말했다.

"주군께서 큰 재주와 넓은 덕으로 기강 여러 읍을 구휼하고자 하시니, 이는 갓난아기가 자애로운 어머니를 만나는 것보다 더 기쁘고도 기뻐서 하늘같이 우러르고 태산같이 믿고 있습니다. 그런데 어찌 기강 땅에 막 들어오시자마자 여자와 연회를 생각하여 미녀를 구하는 데 이르셨습니까? 저의 집에 있는 여자는 천인이 아니라 선비 집안의 규수로서 그 댁에 재난이 있어 피난하려고 제집에 머무르는 것이니, 천금이 아니라 만금을 주셔도 선비 집안의 낭자를 데려다 나리의 첩으로 삼지는 못할 것입니다. 이는 논의할 말이 아닙니다. 더군다나 기강 땅의 여자가 한둘이 아니지만 다 시골뜨기의 몽매한 기질입니다. 첩이 될 재목이 아님은 말할 것도 없고 나리께서 행하시는 정사에 크게 해로우니, 첩을 구한다는 것을 지방 백성들과 벼슬아치들이 알게 되면 높이 우러르던 마음이 사라지고 비웃는 마음이 커질 것입니다."

장헌이 대답하기도 전에 가월랑이 나서서 손을 흔들고 말했다.

"그 여자가 선비 집안 규수라고 하지만 대체 어느 댁 소중한 아가씨가 그렇게 누추한 곳에 몸을 숨기겠는가? 내 기강 땅을 두루 돌아다니며 안 간 곳이 없었는데도 그 여자가 어느 집 여자인지 알지 못하겠더라. 당당한 높은 가문이라면야 나리의 첩 감으로 의논하지 못하겠지만 시골 마을의 한미한 가문 출신이라면 자기가 원한다고 해도 나리의 애첩이 되기를 바라지 못할 것이니, 뭐가 맞지 않는다는 것이냐?"

위정이 화를 내며 얼굴빛을 바꾸고 말했다.

"너는 눈과 속이 없는 인간이구나. 그 소저의 어딜 봐서 남의 첩 감으로 논할 수 있을 것 같더냐? 네가 여기저기 다니며 견문이 넓다고 자랑하고 있다만 그 소저는 재상의 자손이다. 어떻게 남의 첩이 되겠는가? 입을 가볍게 놀리지 마라. 옛날부터 말 잘하는 사람은 솥에 삶기는 형벌을 면치 못하는 법이니, 너의 말솜씨가 뭐 그다지 뛰어나다고 본래 없는 인연을 만들어 이으려 하는가? 곱지 못한 얼굴을 붉은 꽃이나 옥으로 만든 가지로 비유하여 인심을 현혹하고 부귀와 빈천을 마음대로 뒤집어엎어 어지럽게 만드는 것은 내가 원래 따르지 않는 것이다. 또 나리께서 첩을 구하시는 뜻을 받아 높은 가문의 소저를 추천하고자 한들, 저 소저 아버지가 아신다면 네가 살고자 하나 가당키나 하랴?"

가월랑이 화를 내며 말했다.

"네가 아주 세게 나오는구나. 네가 하는 말이 단순히 나를 꾸짖는 것이 아니라 위로 나리를 욕하는 것이야. 나야 나리께서 하라는 대로 할 뿐인데, 내가 대체 뭐라고 나리께 고해 바치겠느냐? 그 소저가 어느 집 고귀한 아가씨인지는 내 모르겠으나 다 낡은 옷으로 네 집에 홀로 있으니 용모를 높이 사서 나리에게 천거한 것이 뭐 그리 큰 죄라고 그 소저 아버지가 나를 죽이겠는가? 하지만 재상이라도 틀려먹었다. 딸을 남의 여종 방구석을 빌려서 피난시키고 밖에는 머슴아이 하나도 두지 않아 문 앞에 잡다한 무리를 막지 못하니, 어느 쟁쟁한 집 귀한 몸이 그렇더냐? 재상이라도 때를 만나지 못해 서인이 되었든지 그렇지 않다면 시골 가문의 가난한 집 아이겠지. 나리께서 첩으로 두는 것이 무엇이 외람되겠는가?"

위정이 슬퍼함을 이기지 못하는데 장헌은 머리끝까지 화가 나서 눈을 크게 부라리고 소리를 질렀다.

"천한 것이 어디서 감히 조심성 없이 말하는가? 이건 분명 네가 기생 어멈 노릇을 해보겠다고 어디서 미인을 얻어다가 온 마을의 방탕한 인간들을 모아 금은을 얻어내고자 하는 생각 같은데, 내가 부족하긴 하지만 돈과 비단 정도는 네가 원하는 만큼 줄 것이다. 두 번 다시 핑계 대지 말고 데려오라 할 때 빨리 데려오라. 네 건방진 죄를 어떻게 용서할까 싶긴 하지만 지금 나라에서 재계 중이니 너를 엄벌에 다스리지 못할 뿐이다. 하지만 나중에 다시 내 말을 거역했다가는 한방에 너를 죽여버리고 미녀를 잡아오리라."

말을 끝내고 위정을 끌어내라 명했다.

인광 남매를 살릴 방법을 의논하는 위정과 최언선

위정이 하늘 끝까지 화가 치솟아 밖에 나왔는데, 최언선이 앉았다 일어났다 당황하여 큰일을 당한 듯이 위정을 보고도 반가운 표정이 없고 멍한 얼굴이었다. 위정이 이상해서 그의 손을 잡고 주막을 찾아가 술 한 병을 사서 권하면서 말했다.

"오라버니께서 원래 정이 많은 사람인데 오늘 저를 보면서 반기지도 않고 정신이 나간 듯 예전과는 다르니 무슨 일이 있소?"

최언선이 손으로 술잔을 받지만 꺽꺽대느라 술을 마시지 못하고 하늘을 우러러 원망하며 말했다.

"하늘이 무심하여 덕을 쌓은 가문에 큰 경사가 없고 참악한 재앙이 있으니 어찌 끔찍하지 않겠는가? 내 몸에 형벌은 받지 않았지만 뼈마디가 녹아 이 목숨 죽어 끝내버리고자 하니, 누이를 봐도 반가움을 미처 보이지 못했구려."

위정이 말했다.

"저 역시 큰 어려움을 만나 사생을 걸게 되었소. 남편은 멀디먼 타국에 갔고 두 딸이 천 리 밖에 있어 내가 죽는 경위도 모르게 되었으니, 이 억울함과 서러움은 하늘땅을 우러러 말할 데가 없구려. 그런데 오라버니는 무슨 연고로 이런 말을 하시오?"

최언선은 눈물을 흘리며 길게 탄식하고 말했다.

"나의 망망하고 참담한 심사는 여기서 이야기할 일이 아니다. 내가 죽으면 누이도 알게 될 것이야. 그런데 누이는 또 무슨 어려움이 있어서 죽느니 사느니 말하는가?"

위정은 최언선이 근면하고 믿음직한 사람임을 알기에 주위를 둘러보고 사람이 없는 것을 확인한 뒤 소리를 낮추어 말했다.

"제가 며칠 전에 이상한 꿈을 꾸고는 태원령 병풍석 아래로 가서 한 소저와 두 명의 여자를 구하여 돌아왔소. 숨이 끊어지지는 않았지만 분명히 시체 같았는데, 두 여자 중에 한 사람은 낯이 익었소. 반가워서 밤새워 간호하니 숨이 돌아왔소. 목소리가 정씨 집안의 여종인 춘파였소. 옛날 얼굴이 분명하고 옛날 목소리가 반가워 한편으로 감동하고 한편으로 슬퍼져 서로 속마음을 말했소. 그 소저는 정잠 나리의 귀한 딸로서 도적에게 해를 입어 병풍바위 아래 떨어졌으나 하늘과 신이 도우셔서 몸이 부서지지 않고 살게 되었소. 내 다행히 여겨 정성껏 보살피고 구호했지요. 남편이 정소저의 외가인 양씨 집안 시종으로 양창명 나리를 모셔 북쪽으로 가니, 소저의 외가는 곧 남편의 상전이라 왜 마음이 각별하지 않겠소? 양씨 부중의 셋째 상공 부인이신 송씨께서 돌아와 기강 땅 운암산에 와 계시니, 춘파와 함께 운암산 송씨 부중에 나아가 송부인에게 정소저가 변을 당한 곡절을 아뢰어 경사로 돌아가실 때 데려가 달라고 부탁하고자 했소. 그런데 뜻밖에 가월랑이 충성스러운 척 나리께 월염 소저를 천거하여 첩으로 취하시라 하니, 나리가 저를 불러 여차여차 분부하셨다오. 내가 어떻게 정소저의 집안 내력을 올바로 이야기하지 않을 수 있겠소? 그러나 옛날 장씨 집안의 아이가 송부인을 모시고 왔다가 나를 찾아와 우연히 말하기를, 장헌 나리께서 정씨 집안의 지극한 덕을 조금도 생각하지 않고 저버림이 심하다며 저의 나리가 탄식하고 꾸짖기를 자주 하신다고 했소. 주군의 잘잘못을 따지는 걸 들으니 얼굴이 뜨거웠지요. 게다가 우리 나리 인품이 항상 이해(利害)를 헤아려 힘있는 쪽을 따르지 않소? 정소저의 근본을 곧이곧대로 말했다가 동기 같은 벗의 딸임을 생각지 않고 엎어진 사람을 아예 밀어버리게 되면 무슨 도움이 되겠소? 그래서 정소저에게 자기가 누구인지 이야기하지 말고 서둘러 운암산으로 가시게 한 것이라오. 나중에 내가 나리께 벌을 받고 맞아 죽더라도 나리께서 바라는 일을 그만두게 만들고야 말겠소. 그나저나 오라버니가 당한 일은 또 무슨 사연이오?"

최언선이 말을 듣고 일어나 절하며 말했다.

"착하고 착하구나. 누이의 인물됨이 어떻게 이렇게까지 착할까? 누이의 이런 마음에 어찌 장수와 복을 누리지 못하겠는가? 누이가 옛날 일을 알지 못하고 장헌 나리만 섬기니 내 밝게 말하겠다. 우리 조모는 위국공 서참정 댁의 종이었지. 그리고 누이의 모친인 셋째 숙모는 서태부인께 갔다네. 태부 나리는 장헌 나리를 길러 장가보내실 즈음에 누이의 모친을 장헌 나리의 부인 연씨에게 주셨다네. 자네 모친은 연부인의 현숙함을 존경하지만 옛날 주인을 떠나 새 주인을 섬기게 된 것을 슬퍼했어. 그래서 누이의 원래 이름은 위앵이었지만 외람되게 옛 주인의 성씨를 따라 위정이라 했다네. 이것은 정씨 가문을 잊지 말자고 한 일이었네. 지금 와서 누이가 옛 주인 위하는 충성이 이렇게 지극하니, 숙모의 영혼이 아신다면 지하에서도 기뻐하지 않으시겠는가? 내가 만난 우환이 역시 누이와 마찬가지라네. 그러나 누이는 월염 소저를 운암산으로 가게 한 후에 목숨을 버려도 다른 걱정이 없겠지만 이 어리석은 나는 목숨 바쳐 정공자를 구하고자 해도 뜻대로 할 길이 없으니, 타는 듯한 마음을 어쩌지 못하는 것이야."

이렇게 말하고는 정인광이 전후 봉변당한 어려움을 설명하며 눈물을 그치지 않고 오열하며 더는 말을 하지 못했다. 위정이 전후 사정과 눈앞에서 정인광이 화를 당한 일을 들으니, 마음이 가닥가닥 찢어지는 듯 가슴이 막히고 아파하며 말했다.

"오라버니, 대체 어떻게 해야 정공자가 화를 피하게 할 수 있겠소? 공자 남매를 편한 곳에 모신다면 오라버니와 나는 백 번 죽어도 즐거운 넋이 되겠지요. 장헌 나리가 장가가실 때 내 나이는 열둘이었소. 모친의 근본이 서씨 집안의 종으로 서태부인을 모셔 정씨 집안에 왔다가 다시 장씨 집안으로 갔다는 것을 말해주었다면 내가 알아챘으련만. 하지만 그런 일은 내색하지 않고 단지 이름만 고치게 되어 이상하다고 생각했는데, 알고 보니 모친이 옛 주인을 위해서 그렇게 한 것이었구려. 내가 연부인을 섬겨 덕스러운 말씀에 젖어 있다가 박씨 나리 때문에 집안이 떠들썩하기에 두 딸을 드리고 고향으로 돌아와 연부인 신세가 위험에 처한 것을 슬퍼했소. 정공자께서 급한 화를 입은 것을 듣고 또 귀한 정소저를 요사스러운 가월랑이 나리의 첩으로 천거하다니 분이 치밀어 가슴이 터질 듯하오."

최언선이 탄식하고 말했다.

"내가 정말 뉘우치고 애달파하는 것은 경사에서 떠날 때 집사람이 운수를 무녀에게 묻고 나에게 말하기를, 이번 가는 길에 미혼단을 얻어 가면 귀인을 구하여 반드시 좋은 일이 있을 테니 몰래 가져가라 했는데, 내 그 말을 듣지 않고 온 것이라네. 지금 생각하건데 미혼단을 얻어 왔더라면 그것을 술에 타서 옥사쟁이부터 모든 관리들에게 먹여 정신을 흐리게 하고 공자와 두 종을 빼내 감춘 후에 나리에게 정공자와 두 종을 먼저 보내버렸다고 말하고 죄를 자처하여 기쁘게 죽어 좋은 넋이 될 수 있었을 텐데. 집사람 말을 듣지 않은 것이 슬프구나. 국가의 재계가 끝나면 맹추 이 흉적이 정공자에게 참혹한 화를 끼칠 것이 분명하니, 천지간에 이런 비통한 한이 어디 있겠는가?"

위정이 눈물을 흘리며 말했다.

"오라버니가 정공자를 끝내 구하지 못한다면 어떻게 하려고 하시오?"

최언선이 탄식하며 말했다.

"마음과 힘을 다해도 불가능하다면 예양이 원수 갚은 일을 본받아 맹적을 죽여 분이나 풀려고 하네. 진유사 나리의 부귀를 좇아 맛있는 음식으로 내장을 기름지게 하지는 않겠네."

위정이 말했다.

"오라버니가 정공자를 위해 죽고자 하니 내가 미혼단을 얻어가지고 오는 것이 어떻소?"

최언선이 기뻐하며 말했다.

"내 몸은 정공자가 살든 죽든 한번 죽기를 각오하겠거니와 만일 공자를 구하여 살길로 이끌 수 있다면 즐겁고 기쁜 영혼이 되리니, 바라건대 어서 일을 서두르게."

위정은 최언선이 재촉하자 나는 듯이 집에 돌아가 약상자를 뒤져 미혼단 한 봉을 가지고 와서 최언선에게 주며 말했다.

"남편은 원래 충성스럽고 우직하여 공교로운 일을 꺼리지만 작년에 어떤 이상한 사람을 만나 미혼단 20알과 회생단 2개를 얻어 온 적이 있었소. 그때 미혼단은 필요없다고 말했는데도 그 사람이 굳이 남편에게 약을 주며 말하기를 '너는 필요없어도 네 처자는 요긴히 쓸데가 있을 것이니 가져가서 깊이 보관해 두라'고 했다기에 상자에 보관했었소. 과연 회생단은 정소저에게 썼고 미혼단은 아직도 있으니 오라버니에게 주겠소."

이렇게 말하고 갑자기 삿대질하며 꾸짖어 말했다.

"오라버니는 정잠 나리의 하급 관리로서 잠깐 문하에 드나들기만 했는데도 제 목숨 버리는 것을 즐거운 일인 것처럼 하는데, 장헌이란 자는 정씨 집안에서 은혜를 받은 것이 산처럼 높고 바다처럼 깊은데도 갚기는 고사하고 그들을 해치려고 흉악한 계교를 꾸며 여덟 살 공자를 괴수로 몰아 해치려고 하는구려. 그의 불의함은 세상에 다시 없을 것이라 내가 어찌 괴상하게 여기지 않겠소?"

최언선도 분이 솟아올라 강경하게 말했다.

"누이의 말이 옳다. 내가 정잠 나리를 수년 동안 모셨으나 사실 은혜를 받은 것은 장헌 나리에게 미치지 못한다. 정잠 나리는 청백하여 관복이 일 년 내내 같은 것이었고 따르는 시종은 20명을 넘지 않았지. 댁에서 모시느라 밥때를 놓칠 적이면 여름에는 보리밥을 주시고 봄이면 조밥을 주시며 가을이면 다행히 좋은 밥을 주시고 나리의 상을 물려주시되 반찬이 고기반찬 몇 가지뿐이었네. 주시는 음식은 가난한 집 같았고 나리께서 따로 주시는 것은 겨울이면 모자 하나요 여름에는 부채 한 자루였지. 그런 모습을 보면서 하급 관리가 어디 가서 재물을 얻어 쓰고 많은 음식이며 술을 얻을 것인가? 하물며 나리 얼굴을 대하면 죄지은 것이 없고 호령을 하시거나 질책하지 않으셔도 한겨울이라도 땀이 옷을 적실 정도이니 실로 괴로운 일이었다네. 그러나 목석도 감동하며 강철을 녹일 듯한 성덕이 뛰어나시니 펼치시는 덕은 뼈에 미치고 몸에 스몄었지. 일생 문하에서 모시지 못한 것이 참으로 아쉽고 주셨던 초라한 식사도 다른 사람의 풍성한 음식보다 나아서 보리 조밥이나 주시면 인생 극락이고 좋지 못한 부채와 구멍이 난 모자라도 하늘에서 선사하는 듯 감사드렸다네. 내가 가지고 있는 살 떨어진 부채와 땀 밴 누더기도 정잠 나리께서 내려주신 귀한 것이네. 내가 모자와 부채가 없어서 이러는 게 아니라 나리의 덕 있는 말씀을 저버리지 못해서일세. 정잠 나리께서 삼년상을 마치신 후 옛 벼슬에 올라 다시 찾아주시지 않을까 바랐는데, 세상 돌아가는 모양이 망극하니 다시 벼슬하시는 것을 바라지는 못하겠지. 장헌 나리를 섬긴 지 오래되지 않았지만 내리시는 물건이 잦고 때때로 주시는 음식이 넘쳤지. 하지만 내 마음에 감복함이 정잠 나리만 못하니, 어찌 정잠 나리의 조카를 대신하여 죽지 않겠는가? 내 죽음으로써 장헌 나리의 어두움을 밝혀드리는 것도 시급하겠지만, 나리께서 살리지 않으실 것이니 어디 가서 이런 말로써 살기를 비추리오?"

위정이 이 말을 듣고 정잠의 검소함이 이 같은 것에 새삼스럽게 감탄하여 주군이 배은망덕한 것을 뼈에 사무치게 분개하나 이러한 마음을 드러내어 아뢸 길이 없었다. 이에 위정은 슬퍼서 길게 탄식하며 말했다.

"오라버니의 선하고 인자한 마음과 믿음직하고 의로운 행동이 족히 세상의 복을 받으리니, 자연히 신령스러운 기운이 도와주어 오라버니의 신상에 염려가 크지 않을 것이오. 우리 나리의 처지가 어찌 한심하고 불행하지 않겠소?"

최언선도 탄식하며 말했다.

"아무리 그래도 어디 가서 그런 말을 꺼내기나 하겠는가? 다만 내가 쓸데없는 몸으로 인광 공자의 만금같이 귀중한 몸을 대신하여 죽는 것이 어찌 기쁘지 않겠는가?"

이렇게들 말하며 밤이 깊었다. 최언선이 좋은 술 대여섯 병을 사서 미혼단을 타서 관아로 들어가니, 진유사의 노복 몇 명과 군관 네댓 명이 진유사에게 인사하고 나머지 수많은 무리가 관리와 한가지로 날이 춥다고 말하며 따뜻한 방을 구했다. 이때 최언선이 취한 척하며 혀 꼬이는 소리로 말했다.

"이렇게 추운 눈바람을 맞아 술이 추위를 녹일지니, 인생의 괴로운 것이 굶주리고 추운 것보다 더한 것이 없네. 내 저녁밥을 제대로 못 먹고 추위를 타서 노자로 가져온 것을 잡히고 술을 많이 마셨더니 술기운이 오르락내리락하여 몸뚱이가 훈훈해져 따뜻한 방 구할 마음이 없구나. 고개를 들어 주위를 바라보며 고향을 생각하니, 장부의 당당한 마음이 녹아나도록 아프던 차에 술 한 병으로 온갖 슬픔과 근심을 잊었으니 이 어찌 호기롭고 즐겁지 않은가?"

이렇게 술주정을 계속하니 사람들이 웃으면서 말했다.

"오래 살다 보니 시어미 죽는 날을 본다는 옛말이 있던데, 사람이 오래 사니 희한한 일을 다 보네. 최군이 젊었을 때도 이런 일이 없더니 갑자기 취한 소리를 하는가? 저리 취하는 술을 가끔 나누어 마시는 것도 좋지 않겠는가?"

최언선이 기뻐 웃으며 말했다.

"내가 원래 타고난 성격이 아무 음식이라도 혼자 먹는 법이 없으니, 여러분의 추위를 가시게 할 물건을 아끼겠는가? 관아의 동쪽 정원 아래 술병을 놓고 왔으니 마시겠다면 내가 가져오지."

말을 마치고 일어나 가더니 술 다섯 병을 들여와 여러 관리 앞에 놓았다. 거동이 대취하여 무슨 일이 일어나도 모르는 듯 행동했다. 관리들은 추운 중에 술을 보고 단숨에 돌아앉아 들이켜고 최언선은 취했다고 하며 마시지 않았다. 관리들이 네다섯 잔씩 술을 마시니 정신이 어릿어릿하고 사지에 맥이 없어 띠와 웃옷을 미처 벗지도 못하고 간신히 방문을 넘다가는 굴러 엎어지거나 혹은 앉은 자리에서 엎어져 코를 고는 소리가 우레 같았다. 최언선이 사람들을 옮겨 옷과 띠를 벗겨 편하게 눕히고 다시 나와 취한 걸음으로 비틀거리며 술병을 들고 순라군을 보는 대로 소매를 붙들고 술을 권했다. 사람들은 영문을 모르고 다만 감사하며 받아 마시고는 정신이 혼미해져 여기저기 쓰러져 버렸다. 최언선이 정인광 갇힌 곳에 가서 먼저 옥사쟁이를 꾀어내 술을 마시라 권하며 엄히 가둔 죄인을 잠깐 보고 싶다 하니 옥사쟁이가 술을 받아 마시며 말했다.

"술을 주시는 것은 감사하지만 맹추 나리께서 하루에도 서너 번이나 문제가 될 것이 없는지 살펴보시고 분부가 매우 엄하시니, 비록 제 형제나 친척이라도 그 명령을 어기지 못하겠습니다. 제가 생각건대 가난한 백성을 구할 은자 일만 칠천 냥을 도둑질한 죄는 역적과 별로 다르지 않습니다. 그런 중죄인을 어떻게 보시겠습니까? 다만 공자는 벌써 죽었는지 숨소리도 없고 종들은 겨우 목숨줄은 붙어 있으나 여러 날 굶주려 명이 끊기게 되었으니, 이것 말고는 더 아실 수 있는 것이 없으실 것입니다."

옥사쟁이가 말을 미처 끝내지도 못하고 고꾸라지니, 최언선이 즉시 옥문을 열고 들어가 인광이 쓰고 있는 칼을 벗기고는 몸을 안아 어루만졌다. 손발이 얼음 같고 숨소리가 전혀 없어 그 위급함을 가늠할 수 없을 지경이었다. 이때 아래 칸에 갇혀 있던 운학과 경용이 최언선이 온 것을 듣고 겨우 정신을 수습하여 칼과 족쇄를 벗고 간신히 인광이 있는 곳에 이르러 그를 붙들어 정신 나간 듯 눈물을 흘리며 말했다.

"이 일을 어떻게 하면 좋을까? 우리가 공자를 이 위험한 데 두고 있는 것은 우리의 명이 지독하기 때문이리라. 만일 공자가 살아나지 못하고 우리만 덜렁 살아남는다면 정말 불충한 노릇이 아닌가?"

말을 마치고 땅과 하늘에 대고 부르짖으며 빨리 죽어버리고자 하니, 최언선이 손을 흔들며 말했다.

"내가 공자를 위하는 뜻이 어찌 너희만 못하겠는가? 일이 조금이라도 들어맞지 않는다면 너희와 나의 목숨이 파리 목숨인 것은 물론이거니와 공자에게 참담한 화를 입히게 될 것이다. 그러니 슬퍼하는 것일랑 관두고 공자를 빨리 모셔라. 내 사촌 여동생인 위정의 집으로 가서 구호할 것이니, 천지신명의 도움으로 이 자리에서 돌아가시지는 않을 것이다."

말을 마치고 운학 등이 미처 대답하기도 전에 인광을 팔로 안아서 들어 올려 몸을 일으켜 일어나니, 운학 등이 역시 허둥지둥 뒤따랐다. 위정은 빨리 앞서서 자기 집으로 인도했다.

이전에, 정월염이 상황이 급박하여 목숨을 끊지 못함을 애달파하며 인광에게 한마디도 더 하지 못하고 몸을 날려 까마득한 벼랑으로 떨어지니 춘파 등이 따라 몸을 던졌다. 노주 세 사람이 몸을 더럽히지 않겠다는 절의를 따르니, 위나라 태자 공백의 아내인 공강이나 송나라 공공의 아내인 백희의 높은 기상이 있었다. 그러나 깎아지른 절벽으로 몸을 던져버렸으니, 어떻게 몸이 산산이 부서지는 것을 면할 수 있었겠는가? 가을바람에 흩날리는 낙엽같이 낙성촌에 떨어져 아무것도 모르는 지경이 되니, 비록 신체가 박살이 나지는 않았으나 돌 위에 널린 세 주검처럼 되었다. 그러나 그 가운데에서도 명이 끊어진 자는 없으니, 이 어찌 천지신명이 보호함이 아니겠는가?

월염을 구한 위정

기강 소흥산 낙성촌 봉월곡에 한 여자가 있으니 이름은 위정이었다. 원래 장씨 집안의 여종으로 두 딸을 두어 노비 일을 하게 하고 고향에 돌아와 남은 일생을 마치고자 했다. 하루는 기이한 꿈을 꾸고 태원령 병풍암으로 자신이 부리는 두 아이와 함께 걸음걸음 재촉하며 나아가 보니, 세 주검이 버려져 있는데 아직 목숨이 끊어지지 않았다. 그래서 월염을 거둬 업으며 두 시종 아이에게 나머지 두 명의 시신을 업어 오라 하니, 두 시종 아이가 하나씩 업고 돌아왔다.

위정이 월염을 업은 채로 방에 들어가 새 자리를 깔아 소저를 눕히고 두 여자도 따뜻한 데에 눕혔다. 그런 후 월염을 보니, 갑자기 광채가 밝고 깨끗한 것이 푸른 하늘의 환한 해요 넓은 바다의 빛나는 구슬과 같았다. 빼어나게 아름다운 자태는 정기와 천지의 조화를 갖추었다. 성스러운 덕과 바탕이 보이나 슬픈 기색이 옥 같은 용모에 드리웠으니, 어려움에 처하여 몸을 버렸다는 것을 충분히 짐작할 수 있었다. 위정이 나머지 두 사람을 보니 한 명은 얼굴을 모르나 한 명은 긴가민가하게 전에 보던 사람이었는데, 정씨 부중에서 양부인을 모시던 춘파였다. 위정이 창망한 심정으로 지난날 같이 지내던 사람의 얼굴을 보니, 놀라운 한편 기쁘기도 했다. 서둘러 회생단을 따끈한 찻물에 풀어 먹이고 두 시종 아이에게 두 낭자를 돌보라 명하고 자신은 월염을 구호하니, 그 정성이 신령을 감동하게 할 만했다. 회생단의 약효는 신기하여 끊어진 구곡간장이 이어지니, 시든 풀에 비와 이슬이 내리는 것 같았다. 마른 나무에 새순이 나듯 여섯 맥이 통하여 살아났다. 얼음 같던 손발에 온기가 흐리고 입술에 핏기가 도니, 그 외양과 자태는 말로 표현하지 못할 정도였다. 정신이 가물가물하여 말은 없으나 양기가 통하여 살아나는 조화가 있었다. 위정이 엎드려 월염을 공손히 살폈다. 새벽녘에 춘파와 경파가 먼저 정신을 차리고 눈을 떠 방을 둘러보다가 위정을 보았다. 아직 그의 선악을 모르고 소스라쳐 놀라며 일어나 앉아 말했다.

"이건 또 무슨 무례한 짓이냐? 우리가 소저를 따라 목숨 버리기를 깃털같이 가벼이 한 것은 적에게 당할 욕을 피하고자 함이다. 소저의 당당한 절개는 하늘과 땅을 대하여도 부끄럽지 않으니, 죽음에 임하거나 화를 당해도 의를 저버리지 않는 군자와 열부의 큰 절개가 있다. 어느 수상한 도적놈이 우리가 떨어진 곳을 따라온 것이냐? 너는 어떤 사람이기에 우리 소저 곁에서 구호하는가?"

위정이 춘파의 손을 잡고 눈물을 흘리며 말했다.

"옛날 예양이 몸을 지독히 해쳐 몸에 옻칠하고 숯을 삼켜 목소리를 바꾸었을 때 그의 아내도 그가 누구인지 몰라봤지만 그의 친구는 그를 알아보았다. 하물며 그대는 예전 모습과 목소리가 뚜렷한데 어찌 옛 소중한 벗인 춘파임을 몰라보겠는가? 어린아이가 우물에 빠지려는 것을 보면 손을 잡아 구하는 것은 인간의 본성이다. 옛 친구인 줄은 몰랐으나 까마득한 벼랑에서 떨어졌으니 차마 무시하지 못하고 붙들어 돌아왔는데 어찌 이렇게 의심하는가? 이 소저가 네가 어렸을 때 모시던 둘째 소저이시냐?"

춘파는 뜻밖에 옛 벗을 만나게 되었고, 월염 소저를 구해준 높고 큰 은혜에 말로 표현하지 못할 만큼 고마워했다. 얼른 눈을 돌려 월염 소저를 보니, 완연히 살아날 듯하여 기뻐하며 위정에게 말했다.

"도적에게 변을 당하여 넋을 잃고 이리저리 고생한 것이 범에게 물린 것 같아 두 눈이 장님 같았구나. 은인의 옛 목소리와 덕스러운 얼굴을 어떻게 모르겠는가? 네가 비록 장씨 부중의 종이 되었지만 지난날 너와 함께 집에서 주인을 섬길 때 아침저녁으로 왕래한 것이 자매 사이의 정 같았지. 오늘날 우리의 목숨줄을 이어준 생불이 된 것은 생각 밖이었다. 네 의기와 현명한 마음으로 덕을 쌓고 인을 행하니 복이 끝이 없을 것이라. 내 살아서 이 은혜를 갚지 못한다면 죽어서라도 조금이나마 갚겠다."

위정이 측은해하며 탄식하고 말했다.

"네가 은혜라고 말하는 것이 정말 내 마음을 모르고 하는 말이니, 부탁하건대 두 번 다시 이런 말 말고 같은 마음으로 노력하여 소저가 살아나는 것을 보자."

이렇게 묻고 대답하는 사이에 월염은 어느덧 기운이 돌아 눈을 떠 주위를 살펴보았다. 춘파와 경파가 다행스럽게 여기고 기뻐하며 손짓 발짓으로 위정이 구해준 바를 말했다. 위정이 소저 앞에 나와 인사를 드리니, 월염은 거의 죽다 살아났기에 참악한 소식이 아닌 것을 다행스럽게 생각했지만 인광의 생사를 모르는 마음이 미어지고 꺾어지는 것 같았다. 세 명의 슬퍼하는 소리와 흐르는 눈물이 이어지는데, 소저의 파리한 안색이 더욱 빼어나 찬란하니 위정이 정신이 어질어질하여 넋이 나간 듯이 다시 쳐다볼 뿐이었다. 춘파와 경파는 소저가 정신을 차린 것을 기뻐하며 좋은 말로 위로하고 위정의 어진 마음을 자세히 말했다.

월염은 탄식하며 말했다.

"우리에게 닥친 급한 화를 구하여 살려내었으니 어떻게 은혜에 감동하지 않겠으며 그 은혜가 크지 않겠는가? 내가 그 은혜를 크게 갚을 것을 생각하거니와 다만 내 마음이 마디마디 깎이는 것은 동생의 생사를 모르는 탓이라. 우리는 죽기로 마음먹었다가 은인의 도움을 입어 살아나고 내 동생은 원래 살고자 하다가 흉적의 손에 목숨을 건지지 못했으니, 내가 누구와 함께 고향에 돌아가며 설혹 무사히 돌아간들 무슨 낯으로 조부모님과 부모님을 뵙고 차마 어떻게 참악한 소식을 말씀드리겠는가? 걱정이 이에 미치니 정말 살 마음이 없다. 어미(춘파)가 나를 위해 태원령에 가서 소식을 알아 오는 것이 어떻겠는가?"

춘파는 눈물을 흘리며 말했다.

"소저가 이르시지 않아도 제가 어떻게 그냥 넘기겠습니까마는, 조금도 움직일 수 없으니 어떻게 하겠습니까?"

월염은 다시 탄식하며 말했다.

"어찌 그렇지 않겠는가? 은인이 도와준 덕은 크지만 높은 절벽에서 떨어지고도 목숨이 끊어지지 않은 것은 정말 내 명줄이 고약한 것이다. 동생이 죽었는지 살았는지 어떻게 알 수 있겠는가?"

춘파와 경파는 인광의 비범한 용모와 뛰어난 힘으로 적의 손아귀에서 벗어나는 것은 염려가 없다고 위로하니, 월염은 계속 흐느끼며 말했다.

"성인은 관상을 따지지 않는다. 항우가 오강에서 목숨을 버린 일을 보아라. 내 동생이 비록 뛰어난 성품이 있고 힘이 있으나 아홉 살 어린 나이에 흉악한 적에게 대항하여 어떻게 살아남을 수 있겠는가? 하늘의 이치가 엎어짐은 예사요 신령의 도우심이 없지만, 우리 숙부 내외께서 쌓은 덕으로 따지자면 자하가 아들을 잃고 겪은 고통을 겪지 않으실 듯하다. 그렇지만 서백이 백읍고의 살을 드시고 공자께서 아들 백어를 잃으신 일도 있으니 하늘의 도를 어떻게 믿겠는가?"

말을 마치고 심하게 흐느끼는데, 춘파 등이 갖은 방법으로 위로하고 위정은 따뜻한 미음을 내왔다. 월염은 인광이 목숨을 지키지 못한 것으로 알았기에 혼자만 살아 고향에 돌아갈 뜻이 없었다. 그러나 인광의 관상이 비범함을 믿어 춘파와 경파의 몸이 나은 후 인광의 소식을 알아보고자 했으므로 미음을 마시며 춘파 등에게 권하여 어서 병이 낫기를 바랐다.

춘파 등이 사지를 움직이지 못하니 월염은 인광의 소식을 알 길이 없어 더욱 초조한 중에 다음 날 큰 눈이 내려 고갯길이 막혔다. 춘파의 병세가 마음을 좀 놓을 정도이긴 했지만 산속 험한 길을 가지 못하니 안타까움이 더욱 컸다. 월염은 하늘을 우러러 자기 명으로써 동생의 명을 이어주길 빌었다.

이렇게 애를 태우며 며칠이 지났다. 위정이 모시는 정성이 지극하고 집이 고요하여 타인이 출입하지 않으니, 월염은 이윽고 마음을 놓으나 오히려 두려워하여 춘파와 경파 두 사람을 잠시도 떠나지 못하게 했다. 춘파·경파 또한 월염 옆에서 밤낮을 가리지 않고 돌보았다. 그런데 마침 위정이 뒤뜰에 가서 방아를 찧고 춘파와 경파가 변소에 간 틈에 한 여자가 기척 없이 문을 열며 "위 누이야!"라고 부르다가 월염을 보고 어릿어릿한 듯이 바라보는데 그 눈매가 심상치 않았다. 월염이 마침 일어나 앉았다가 그 여자의 거동을 보고 크게 기분이 나빠 얼굴빛을 엄숙히 했다. 위정이 뒤창으로 들어오다가 큰 소리로 물었다.

"너는 무슨 일로 왔는가? 내 집이 전과 달라서 소저가 계신데 어떻게 기척도 없이 들어왔는가? 어서 나가라."

그 여자는 얼굴을 붉히고 말했다.

"너는 참 이상한 인간이다. 그 소저가 뉘 댁 귀한 소저인지는 모르겠지만 나도 여자이니 보는 것은 상관없는데 뭘 그렇게 호들갑을 떠느냐?"

위정이 정색하고 말했다.

"비록 여자이나 규방의 소저를 어떻게 쳐다보겠는가? 너는 이 고을 사람들을 두루 알겠지만 이 소저는 유모나 여종 아니면 가까운 친척 말고는 보는 일이 없다. 하물며 너는 초면이니 어떻게 대수롭잖게 여기겠는가? 그만 여러 말 말고 어서 돌아가라."

그 여자는 화가 머리끝까지 치밀어 씩씩거리며 문을 닫고 횅하니 돌아갔다. 월염이 놀라 안색이 변하니, 위정이 월염을 보고 위로하여 말했다.

"소저는 놀라지 마십시오. 아까 그 계집은 저의 동료인 가월랑이라고 합니다. 기강에서 유명한 매파라서 아무 데서나 규수를 엿보는 것이 버릇이지요. 소저의 근본을 모르고 제가 몰아친 것에 화가 나서 갔으니, 일부러 해치는 일은 없을 것입니다."

월염은 여기 머문 지 사오일이 되어 위정의 인물됨을 잘 모르고 대강 어진 줄만 알았는데, 오늘에서야 자세히 보니 외모가 소박하고 우아하며 천박함이 없었다. 기질이 뛰어나며 성격이 강개하고 바르고 곧은 것이 사족 부녀자를 압도할 정도였다. 월염이 위정에게 말했다.

"나와 두 여종까지 은인의 도움을 입어 살게 되었지만 대갓집 자손이며 사족의 자녀로서 오래 여기서 머물지는 못할 것이다. 그러나 돌아갈 곳이 없어 자네의 은혜에 의지하여 여기에 머무르다가 내가 그 여인을 마주치게 되었네. 비록 자네의 동료이기는 하나 그 뚫어지게 보는 듯한 눈꼴이 반드시 무슨 일을 내고야 말 것 같다. 은인이 이미 나를 구해준 은혜를 베풀었으니 다시 화가 될 일을 막아 뜻밖의 변이 없기를 바라네."

목소리가 맑고 부드러워 봉황을 부르는 듯하고 신선의 풍모와 독특한 바탕이 눈을 어지럽히니, 위정이 이상하고도 황홀하여 생각했다.

'우리 나리의 귀한 소저(장성완)는 아름다운 빛이 어려서부터 남달라 비교할 데가 없더니, 이 소저는 거기에다도 한층 더하구나. 요즘 세상에는 빼어난 아름다움이 널렸구나.'

그러고는 공경하면서 대답했다.

"가월랑은 소저의 옥 같은 용모를 우러러본 것입니다. 무슨 다른 뜻이 있겠습니까? 혹시라도 뜻밖의 일이 있으면 제가 죽기를 각오하고 소저에게 화를 미치지 않게 하겠습니다. 저의 남편인 상재충은 추밀사 양공(양교) 댁 노비인데 양선 나리를 모시고 노영에 갔으며, 남편 친척이 자주 왕래하기에 양씨 부중 소식을 자주 듣습니다. 지금 양씨 부중의 셋째 상공 부인인 송부인이 운암산 본부에 돌아와 계시는데, 곧 경사로 올라가신다고 합니다. 소저께서 누추한 집에 오래 머무는 것이 어려우실 것이니, 운암산 송씨 부중으로 옮겨 계시다가 송부인께서 경사로 돌아갈 때 동행하는 것이 좋을까 합니다."

월염은 침묵하며 말을 듣다가 기뻐하는 낯빛으로 말했다.

"왜 이런 말을 더 일찍 하지 않았는가?"

위정이 대답했다.

"송부인의 손자가 천연두를 앓고 있어 아직 바깥사람을 들이지 않으니, 소식을 보내고 다음 날쯤 춘파를 시키시면 제가 동행하여 부인을 뵙고 연고를 말씀드리겠습니다."

월염은 외숙모인 송부인이 가까이 계신다는 말을 들으니 기쁘고 반가운 중에 인광의 소식을 모르니 초조했다. 춘파 역시 기쁨을 이기지 못해 월염 소저를 위로하고 축하하며 말했다.

"이번 난리에서 소저와 저희가 살아난 것을 보아도 인광 공자께서 적의 손에 죽지 않았음을 짐작하겠습니다. 쌓인 눈이 녹으면 공자께서는 소저의 시신이라도 찾고자 낙성촌에 오실 것입니다."

월염이 말했다.

"지난날 쌓인 눈이 반나절 사이에 다 녹았으니 내 동생 신상이 무탈하다면 산골짜기 길을 거쳐 벌써 낙성촌에 왔을 것이다. 그런데 어미가 문 밖을 나가지 못하고 위정이 내 동생의 얼굴을 모르니, 비록 이 문 밖을 지나간들 어떻게 알겠느냐?"

위정이 대답했다.

"태원령을 따라 낙성촌 오는 길은 제가 잘 알고 있습니다. 곧은 길로도 130리요 산길은 극히 험해 발붙이기도 어려우니, 공자께서 눈 쌓이는 중에 찾아오시기는 어려우실 겁니다."

월염은 더욱 걱정이 되었다.

다음 날 아침 진유사 장헌이 위정을 부르니, 위정은 읍으로 들어갔다 온 지 얼마 안 되어 다시 나갔다. 춘파 등이 주인 없는 집에서 월염을 보호하는데, 의지할 곳을 잃은 듯 새삼스럽게 두려워하던 중 위정의 시녀 아이가 들어와서 말했다.

"주모(主母)가 무슨 급한 일이 있는지, 바깥방에 가서 약상자를 열고 약을 가져간 후에 지금까지 기척이 없습니다. 저녁밥이 좀 늦어질 것 같습니다."

월염은 지난날 가월랑의 행적을 본 후 무슨 일이 있을까 싶어 걱정하다가 이 말을 들으니 마음이 한층 심란해졌다. 뒤창을 열고 하늘을 살펴보다가 안색이 변하니 춘파가 나서서 말했다.

"소저께서는 화부인께 배우셔서 만물의 이치를 꿰뚫어 보시겠지요. 지금 별자리를 살피시고 많이 놀라시니 무슨 까닭입니까?"

월염은 묵묵히 있다가 말했다.

"내가 화부인께 가르침이야 받았지만 본시 아둔하니 무엇을 알겠는가? 하지만 바라는 것이 깊고 생각이 간절하여 별자리를 살핀즉 반나절 내로 동생을 만날 듯하니, 내 표정에 이 마음이 드러났구나."

이렇게 말하며 간절히 기다리더니, 밤이 이슥한 후 사립문에서 인기척이 나며 흰 개와 검은 개가 왔다 갔다 짖어댔다. 월염은 마음이 산란하여 춘파에게 물었다.

"네가 움직이기는 어렵겠지만 잠깐 나가 보는 것이 어떠하겠는가?"

춘파도 역시 놀라 몸을 일으켜 나아가니, 바깥방에 불빛이 밝은데 위정과 두어 명 남자의 목소리가 났다. 그 목소리가 귀에 몹시 익어 한층 더 의아하여 문틈으로 보니, 위정과 예부의 관리 최언선이 인광을 눕혀놓고 손발을 주무르며 약을 내어 입에 넣고 있었다. 이때 운학과 경용이 인광의 발치에 누워 있다가 말했다.

"살기 어려울 것 같다."

위정이 약을 하나 주며 말했다.

"이것은 회생단이니 어떻든 먹여보라."

운학과 경용이 겨우 몸을 일으켜 마시게 하고 도로 누이니, 춘파는 기쁨을 가누지 못해 지게문을 열어젖히고 말했다.

"위 누이야! 우리 공자는 어디서 모셔 왔으며 운학 등은 또 어디서 왔는가? 황홀하여 꿈인지 생시인지 분간을 못 하겠다."

운학과 경용이 춘파의 그 소리를 듣고 놀라고 반가워서 울부짖으니, 최언선이 그 입을 막으며 말했다.

"너희들은 지금이라도 숨이 넘어갈 듯 위험한데 왜 또 큰 소리를 내서 화를 당하려고 하느냐?"

그러고는 몸을 돌려 춘파에게 말했다.

"이러한 화를 글로 다 기록하지 못할 것이니, 너무 놀라서 심신이 상할 수도 있겠다. 그러니 어서 들어가 소저를 돌보시오."

춘파가 소리 죽여 울며 말했다.

"지난날 위 누이의 큰 은혜로 죽을 뻔하다가 살아나 눈을 떠보니 옛날에 본 얼굴이더니, 지금 운학 등을 만난 것은 정말 뜻밖의 일입니다. 지금 상황이 다급하지만 제발 말씀해 주십시오. 공자께서 숨 돌아오시는 것을 보면 즉시 들어가겠습니다."

최언선이 말했다.

"위 누이가 들어가 앞뒤 일을 소저께 말할 때 춘파도 같이 들을 테니, 소저께서 기다리시는 것을 생각하시오."

운학이 태원령에서 공자를 만난 일과 낙성촌을 찾아오다가 중도에서 이러저러한 화를 당하여 진유사 관아에 잡혀 있다가 최언선이 도와주어 여기에 오게 된 것을 자세히 말했다. 춘파는 눈으로 공자의 위태함을 보며 귀로는 운학의 말을 듣고는 소저가 기다릴 것을 생각하고 도로 들어가니 그동안 시간이 제법 흘렀다. 월염은 몹시 기다리다가 춘파가 전한 말을 들으니, 놀란 중에 최언선의 도움으로 옥에서 벗어난 것을 다행히 여겨 춘파에게 말했다.

"내 동생이 까마득히 정신을 잃었고 운학 등도 그러하니, 비록 경황없으나 뒷일을 미리 생각해야 한다. 최언선이 인광이와 운학·경용을 탈옥하게 한 뜻은 기필코 동생을 위해서 죽기를 각오한 것이니, 사람이 남의 은혜를 입고 살을 떼어 갚지는 못할지언정 어떻게 은인을 죽을 땅에 밀어넣겠는가? 자네는 다시 나가 최언선의 뜻과 위정의 계책을 물어 오게."

춘파는 승낙하고 다시 나가 최언선의 뜻을 물어보니, 최언선은 오직 죽기를 결심했기에 조금도 슬프거나 겁을 먹는 기색도 없이 대답했다.

"공자와 두 종을 빼낸 죄는 제가 스스로 당하겠습니다. 죽고 사는 것은 크게 걱정할 것이 아니겠지만 위정 누이의 목숨까지 위태로운 것은 정말 슬픈 일입니다. 공자와 종들을 숨기는 것이 가장 급하니, 다른 일은 미처 생각하지 못하겠습니다."

이어 정소저가 알고자 하는 바를 생각하고는 인광과 두 종이 원통한 누명을 써 괴이한 죄에 걸리게 된 것이 다 맹추의 악한 계책 때문이라고 분명히 밝히며 맹추를 죽일 듯이 비난했다. 그러나 끝내 장헌의 흠을 말하지는 않았다. 장헌의 뜻인즉, 공자와 종들을 보고 슬퍼하시긴 했으나 때를 돌아보고 차후를 생각하니 힘써 구할 길이 없고 말로는 누명을 벗길 도리가 없어 부득이 감옥에 가두게 되었고 이를 안타깝게 여기시더라며 조금도 장헌의 배은망덕함을 내보이는 일이 없었다. 그러나 운학 등과 춘파는 곧이듣지 않고 장헌의 배은망덕함과 권세를 탐하고 세상에 영합하며 신의를 저버리는 심술을 크게 분하게 여겼다. 위정은 최언선이 장헌을 감싸는 속내를 짐작했기에 장헌에 대해서는 말하지 않았지만 자기가 죽을지언정 월염 소저를 장헌의 첩으로 만들지 않으려고 했다. 하지만 최언선은 친지 간의 정 때문에 위정을 딱하게 여겼다. 그래서 장헌이 첩을 구한다는 이야기를 했지만 위정은 최언선이 이런 말을 하는 것을 그리 달가워하지 않았다. 춘파는 이 말을 듣고 기뻐하며 말했다.

"장헌 나리께서 사정을 모르고 이러시지만 근본이 벼슬아치 집안인 줄 아뢰면 억지로 하지는 않으실 것이다. 그런데 너는 왜 말하지 않고 죽으려고만 드느냐?"

위정이 탄식하고 말했다.

"어찌 벼슬아치 집의 소저임을 이야기하지 않았겠는가? 하지만 악독한 가월랑이 소저를 보고 돌아가 나리에게 고했으니 분함이 이를 데 없다. 소저를 운암산으로 가시게 하고 나는 죽는 도리 외에는 다른 방법이 없으리라. 가월랑의 눈을 보니 소저에게 분명 해를 끼칠 것이라."

그 선견지명이 마음을 꿰뚫어보는 것 같았다. 이러한 말 중에 인광이 기운이 돌아 눈을 번뜩 뜨고 정신을 수습하여 운학과 경용과 최언선이 있고 또 춘파와 위정이 있음을 보고 매우 놀라 눈물과 콧물을 줄줄 흘리며 말했다.

"춘파가 살아 있는 걸 보니 누님도 혹시 살아 계신가 싶다. 확실하게 알려다오."

또 위정을 보며 말했다.

"저 여자는 장헌의 종이었는데 어떻게 여기 있는가?"

인광은 서너 살 때 위정을 본 적이 있는데, 워낙 총명하여 정신이 혼미함에도 분명히 위정인 것을 알아보았다. 그러나 원래는 자기 집 종인 것을 모르고 장씨 집안 종이 여기 있음을 기뻐하지 않았다. 춘파는 즉시 인광에게 머리를 조아렸는데, 기쁘기도 하고 슬프기도 했다. 기쁜 것은 인광의 남매가 다 살게 되었기 때문이고, 슬픈 것은 최언선과 위정이 죽기를 각오했기 때문이었다. 일이 이에 이르러 인광은 혼백이 놀라 쉽게 말을 하지 못하다가 다시금 월염의 생사를 물었다. 춘파가 드디어 월염 소저가 회생한 것이 위정의 덕인 것을 말했다. 또 월염 소저가 인광의 소식을 몰라 걱정하고 슬퍼하다가 그가 여기에 이르렀다는 것을 알고 기뻐하고 반가워하나 뒷일을 생각하고 근심이 깊음을 말하고, 다시 최언선의 큰 공과 은혜를 말로 다 할 수 없음을 이야기했다. 인광은 누님이 살아 계시다는 소식을 들으니 너무 기뻤다. 위정의 은혜가 최언선이 자기를 구한 은혜보다 덜하지 않아 죽을 때까지 잊지 못할 것이라 하며, 마음 가득히 기쁨이 넘쳐 모든 병이 안개 사라지듯 가라앉고 아프던 사지가 가뿐해졌다. 그러나 최언선이 스스로 화를 당하여 죽고자 하는 것은 달갑지 않았다. 인광은 춘파에게 어서 들어가 누님에게 자기가 살아났음을 알리라 말하고 최언선을 가까이 오라 하여 물어보았다.

"너는 세 명의 목숨을 건져내었으나 나중에 어떻게 하려고 하는가?"

최언선이 대답했다.

"처음에 진유사 나리는 공자의 행색이 구차함을 근심하며 슬퍼하셨습니다. 흉적인 맹추의 간계를 모르시고 공자와 운학 등을 엄중히 가두라 하셨으나 본심인즉 불쌍히 여기실 것입니다. 그러니 구태여 죽을죄로 다스리지 않으실 것 같습니다."

인광은 최언선이 장헌의 속내를 알면서도 이렇게 대답한 이유를 눈치챘다.

(책임번역 김유미)

완월회맹연 권 18

여장을 한 정인광

정인광은 장헌의 첩이 되고
정월염은 무사히 친척들을 만나다

최언선을 살릴 방법을 생각하는 인광 남매

장헌의 사람 됨됨이를 잘 아는 최언선이 이렇게 대답한 이유를 인광이 어떻게 알아채지 못하겠는가? 태어난 천성이 다른 사람보다 뛰어나고 기운이 의로우니, 사람이 위급함에 처한 것을 보고 자기 몸에 화가 미친 것처럼 돕고자 한 것이다. 어떻게 자기만 살려고 깊이 숨어버리는 사람과 같겠는가? 인광은 수려한 눈썹을 한참이나 찡그리고 있다가 타일러 말했다.

"내가 비록 인덕은 별로 없지만 차마 어떻게 나 살자고 죄 없는 사람을 죽을 곳으로 밀치겠는가? 나를 위한 성의는 고맙지만 차마 내 어려움을 너에게 넘기지는 못하겠다. 그러니 병세가 나아지기를 기다려 어떻게 해서든 관청에 나아가 진유사와 맹추에게 곡절을 숨김없이 말할 것이다. 그들이 나를 끝내 해치려고 하더라도 머리를 움츠리고 꼬리를 말면서 숨지는 않겠다. 너는 이미 나와 운학·경용을 옥 밖으로 빼낼 때 어지러운 술법과 계책을 썼을 테니, 진유사에게 곧이곧대로 이야기하지 말고 내가 있는 곳을 모른다고 말해서 죄를 벗어나도록 해라. 나는 마음을 진정시키고 몸을 좀 추스른 후에 진유사 관청에 스스로 나아갈 것이니, 너는 죽을 생각을 하지 말아라."

최언선이 말을 다 듣고 오히려 마음이 절박해져서 운학과 경용을 돌아보면서 말했다.

"너희는 며칠간 몸조리하다가 좀 걸을 수 있겠다 싶거든 공자를 업고 즉시 피해라. 나는 공자의 눈앞에서 죽어 공자가 더는 걱정하시지 않게 하겠다."

그러고는 다시 위정에게 말했다.

"공자를 숨기는 일은 누이만 믿겠네."

말을 마치고 다시 공자에게 두 번 절하며 말했다.

"이 몸이 죽어 지극한 소원을 이루는 것이니, 진유사 나리 눈앞에서 죽지 못한 것이 한입니다."

말을 마치고 칼을 뽑아 자살하려고 하니 인광이 매우 놀라고 급하나 움직일 수가 없어 춘파와 위정에게 빨리 붙들라 했다. 두 사람이 재빨리 움직여 칼을 빼앗았으나 벌써 칼날이 목을 스쳐 붉은 피가 솟아났다. 운학 등이 다급히 붙들어 구호하여 목숨이 아주 끊어지지는 않았으나 매우 위태했다. 인광은 매우 놀라서 위정에게 약을 가져다 최언선을 살리라고 했다. 약을 먹이자 잠시 후에 최언선이 깨어났다. 상처가 깊었지만 칼이 빗겨나가 끝내 죽지는 않았던 것이다. 최언선이 눈물을 흘리며 머리를 숙여 자신이 진정 죽고자 했던 마음을 자세히 이야기하는데, 죄를 남에게 얽지 않고 자기 혼자 뒤집어써 장헌

앞에서 죽고자 하는 마음이었다. 인광은 말로는 최언선을 설득하지 못할 줄 알고 오히려 '장하다, 고맙다' 칭찬하며 그의 뜻을 따르는 것처럼 말했다.

"네가 이렇게까지 정성이 지극하니 어떻게 감동하지 않을 수 있겠는가? 너의 곡진한 정성을 내가 어떻게 갚을지 모르겠구나. 그 피맺힌 소원처럼 나는 나의 행적을 숨겨 너의 처신을 쉽게 하리라."

최언선이 인광의 뜻을 모두 알아차리지는 못했으나 그 말을 다행으로 여겨 비로소 눈물을 흘리며 위정을 향하여 인광 공자에게 좁쌀죽을 대령하라고 했다. 위정과 춘파가 급히 안으로 들어가 위정은 미음 상을 차리고 춘파는 월염에게 인광 공자가 이제까지 겪은 고생을 이야기했다. 또 은돈 일만 칠천 냥을 훔친 도둑으로 몰아 죽이려고 했던 것을 최언선이 이렇게 저렇게 구하게 된 경위와 장헌이 위정을 통해 이렇게 저렇게 첩을 구하려고 할 때 죽음을 결심하고 고민했던 것과 최언선이 스스로 죽고자 한 일 등을 자세하게 말했다. 월염은 인광이 살아난 것에 대한 기쁨이 다 가시기도 전에 위정과 최언선이 자기 남매를 위해 죽기를 아까워하지 않은 것을 들으니, 놀랍고도 분하고 원망스러운 마음을 어떻게 참을 수 있겠는가? 이에 슬퍼하고 탄식하며 말했다.

"태어난 지 11년 동안 초목이나 곤충도 해친 적이 없는데, 하늘에 죄를 얻어 그 화가 동생뿐 아니라 당치도 않게 위정에게까지 미쳤구나. 만일 내가 병풍암 아래로 떨어지지만 않았다면 동생이 낙성촌에 올 일이 없어 흉악한 인간을 만나지 않았을 것이고 참혹한 죄에 얽히지도 않았을 것이다. 이건 전부 나 때문이구나. 위정이 또한 나를 구한 것 때문에 죽기를 각오하게 되었으니, 나의 약하고 보잘것없는 몸에 재앙이란 재앙은 두루두루 가져 동생과 위정에게까지 해를 입혔다. 최언선이 죽고자 하는 것이 동생을 위한 것이긴 하지만 동생의 재앙은 바로 나 때문이다. 약한 한 여자 몸에 닥친 위험이 이 지경이 되었으니 쌓인 재앙이 어찌 두렵지 않을까? 또 이러한 지경에 목숨 버린 것을 하늘이 싫어하고 신령도 노했으니, 내 차라리 이러한 고생을 모르고 월청강에 빠져 죽지 못한 것이 한이다. 누추한 곳에 처한 욕을 벗어나고자 하다가 또 이런 일이 거듭 일어나니, 참지 못할 더러움과 견디지 못할 정황이 끝이 없다. 차라리 위정의 죽음과 동생의 위기를 보지 않게 내가 먼저 끝을 보겠다."

춘파도 슬프고 분하여 장헌의 배은망덕함을 끝없이 꾸짖으니 월염이 얼굴을 굳히고 말했다.

"장공은 큰어르신 문하의 사람이면서 두 대인의 친한 친구이니, 제가 비록 우리 집안을 저버렸으나 우리 집안은 그를 책망하지 않을 것이다. 그런데 자네가 어떻게 나의 어려움을 생각하지 않고 욕을 이리 심하게 하며 윗사람과 아랫사람 사이의 도리를 생각하지 않는가? 하물며 그를 모시는 위정과 최언선이 모두 우리 남매를 위해 죽고자 할지언정 주인의 불인함을 언급하지 않았는데, 은인의 뜻을 모르고 말을 나오는 대로 하니 한심하지 않겠는가?"

춘파가 다시 탄식하고 말했다.

"인심과 세도가 흉하고 험해 장공이 맹추의 무리와 함께 큰나리(정한)의 하늘 같은 은혜를 꿈에도 생각하지 않고 엎어진 상황에서 더욱 밀쳐버리니 어찌 한심하지 않겠습니까?"

월염은 탄식하고 말했다.

"말세에 인심을 운운해 보았자 무엇 하겠는가? 단지 내 운명이 기구한 것을 슬퍼할 뿐이지."

말이 끝나고 한참이나 생각에 잠겨 있다가 춘파에게 말했다.

"공자가 일어날 기운이 있겠거든 잠깐 들어와 얼굴을 보이라 해라."

춘파가 명을 받고 밖으로 나오니 위정이 그새 미음을 쑤어 운학 등의 배고픔을 달랬다. 닭이 울어 새벽을 알리니 최언선이 관아로 들어가려고 하직을 고하며 인광에게 어서 몸을 숨길 것을 간절하게 청했다. 인광은 자기의 병이 회복되기를 기다려 최언선의 죄를 벗겨주려고 했지만 지금으로서는 최언선의 말대로 할 것처럼 고개를 끄덕이며 함부로 죽지 말도록 당부하니 최언선이 웃으며 대답했다.

"공자께서 보잘것없는 이 몸을 과도하게 걱정하시기에 차라리 눈앞에서 죽어 걱정을 덜게 하려 했던 것일 뿐 제 본심이 죽으려 하는 것은 아닙니다. 진유사 나리께서 살려주신다면 인생의 큰 즐거움이 될 것이고 만일 죽으라 명하셔도 웃으면서 칼 아래 엎드릴 것이니 부디 공자께서는 걱정하지 마십시오."

말을 끝내고 두 번 절하고 물러나니 위정이 슬픈 눈물을 드리우고 운학과 경용 또한 그 은덕을 뼈에 새길 듯 감동하여 울음을 참지 못했다. 이때 춘파는 최언선이 죽고 사는 것뿐 아니라 위정의 죽고 사는 문제가 걱정되어 눈썹에 근심이 가득하고 슬픔이 첩첩이 쌓여 넋을 잃은 듯 서 있다가 인광에게 월염 소저 뵙기를 청했다. 인광은 간신히 일어나서 옷을 갖추어 입고 운학 등에게 부축을 받아 들어갔다. 월염이 급히 일어나 맞아 서로 바라보았다. 인광은 이전에 월염이 죽었나 싶어 슬퍼하면서도 별자리를 살펴보고 어쩌면 다행히도 살아 있을지 모른다고 생각했지만 오늘 얼굴을 보니 그 반가운 정이 슬퍼질 정도였다. 그러나 그 모습이 바싹 마르고 약해져 얼굴엔 혈색이 없고 숨이 곧 끊어질 것같이 위태위태했다. 월염은 인광을 걱정하느라 속이 타는 것 같았다가 오늘 보니, 신령하고 기이한 품격이 이렇게까지나 변했을 거라고는 생각하지 못했다가 천지의 신령한 변화를 잃고 하늘의 정기가 바뀌어 피골이 상접할 정도라 놀라움을 참지 못했다. 그러니 서로가 슬프고 아파함을 어디다 비하겠는가? 월염의 아름다운 눈에 맑은 기운이 흔들려 흐느끼면서 말했다.

"동생이 여기까지 이르게 한 것은 모두 어리석은 나 때문이다. 어두운 곳에서 귀신이 되지 못한 애달픔이 끝이 없으나 어쩌겠는가? 하물며 끓는 듯한 근심과 솟아오르는 듯한 놀라움이 여러 가지로 속을 뒤집으니, 죽을 화를 벗어난 즐거움을 알지 못하겠고 여러 생각 끝에 동생과 함께 세상을 살고자 하여 다급하게 부탁한다."

인광이 간신히 예를 갖추고 맑은 눈물이 연이어 떨어지니, 빛나는 눈에 한과 슬픔이 가득 들어찼다. 이윽고 길게 탄식하며 말했다.

"지난 일은 생각하면 참혹하니 누님께서 절벽에 떨어져 몸을 굴리고 제가 적에게 겹겹이 싸였을 때 오늘날 남매가 옛 얼굴로 만날 줄 어떻게 기약했겠습니까? 그러나 다행히도 곳곳에 의로운 자들이 있었고 저는 운학 등을 만나 도적을 물리친 이후 간신히 목숨을 보전했으니, 이것도 역시 우리 부모와 숙부들이 선을 쌓은 덕입니다. 이제 살았으니 구차하고 욕된 것은 잊지 못하겠지만 최언선이 이리저리 저를 위해 죽고자 하니 제가 어떻게 화를 아랫사람에게 밀고 혼자서

편하기를 생각하겠습니까? 병세가 나아지는 것을 보아 관아에 나아가 짐승 같은 장씨와 흉악한 맹추를 대하여 제가 쓴 도적 누명을 벗고 최언선도 죽을 위기에서 구할 것입니다. 그러자면 이곳을 떠나는 날이 늦어질까 초조합니다. 그런데 누님은 무슨 일 때문에 속을 끓이고 근심하시며 무슨 일을 하고자 하십니까?"

월염이 물었다.

"위정은 나를 살렸다네. 동생이 위정과 최언선을 비교해 본다면 어떠한가?"

인광이 대답했다.

"제가 비록 사람의 어짊을 잘 알아보지 못하지만 위정에게는 보통 감격한 것이 아닙니다. 그러나 위정이 누님을 구한 것은 우물에 빠지려던 어린아이를 도와주는 정도의 보통 인심과 은혜라 할 수 있습니다. 최언선은 저를 구한 것은 위험에 처한 가운데 제 목숨 버리기를 티끌같이 했으니 정도가 다릅니다. 하지만 뼛속 깊이 감동하여 은혜를 갚아줄 마음이 있으니 어떻게 두 명을 차별하겠습니까?"

월염이 다시 말했다.

"위정이 나를 구하여 죽기를 결심한 것이 어찌 최언선의 뜻만 못하겠는가? 모르겠구나, 동생이 자기 살고자 하는 마음이 있을 터인데 위정까지 살릴 수 있겠는가?"

말이 이쯤 되자 인광이 의아하여 말했다.

"저는 누님과 같이 고향에 돌아가지 않고서는 살 뜻이 없었습니다. 위정이 누님을 살리고 최언선은 저를 살렸으니 그 은혜는 다르지 않겠지요. 위정이 누님을 위해 죽기를 마다하지 않으니 제가 어떻게 최언선만 구하고 위정은 구하지 않겠습니까?"

월염이 말했다.

"그렇다면 동생은 성인도 급할 때 임시방편을 썼던 일을 염두에 두어 요사스러운 방법이라도 그것으로 일이 쉽게 풀린다면 직접 할 수 있겠는가?"

인광이 대답했다.

"제 성격상 부정한 것과 요사한 것을 절대로 그냥 넘기지 못하지만 일이 어쩔 수가 없다면 굳이 한길로만 행하겠습니까? 누님께서 저를 옳지 못한 곳에 빠뜨리시지는 않으실 테니, 어떤 것이든 말씀해 주시면 일단 들어보고 할지 안 할지 정하겠습니다."

월염은 고개를 숙여 길게 탄식하고 한참 동안 주저하다가 이윽고 말했다.

"옛날 양화가 꾀를 부리니 공자께서도 꾀로 갚으셨고, 위나라 혜왕이 바른 계책을 쓰지 않으니 맹자께서는 병을 핑계하셨지. 공자와 맹자의 큰 도(道)로서도 부정한 곳에 이르러서는 정직하지 않으셨네. 이 어리석은 누나가 이런 말로 훌륭한 자네를 끌어들이게 되니 부끄럽고 괴이하지만 이미 동생이 나를 사랑하는 것이 한 몸 같을 것이니 어떻게 이러한 변고에 묻혀 속만 썩이겠는가? 비록 천부당만부당한 일이지만 동생이 잠깐 옷과 띠를 저고리와 치마로 갈아입어 준다면 최언선과 위정을 살리고 자네는 자취를 감추는 괴로움이 없어도 급한 화를 면할 수 있을 뿐 아니라 나 또한 외숙모를 따라 경사로 가기 편할 것 같구나."

인광이 월염의 말을 듣고 급히 말했다.

"송부인께서 어디에 계시는데 누님이 따라서 경사로 간다고 말씀하십니까?"

월염이 위정이 말한 바를 전해주니 인광은 월염이 돌아갈 곳이 든든한 것을 매우 기뻐했다. 그러나 자기에게 여장하라고 하는 말은 달갑지 않아서 대답했다.

"옛날 공자께서 변장하고 송나라를 지나셨으니 임시방편이란 것은 그 정도일 뿐인데, 저는 열한 살도 안 된 어린아이지만 당당한 남자인데 요사스럽게 붉은 치마와 푸른 저고리를 입고 거울을 보고 눈썹을 그리며 붉은 연지를 찍어 얼굴을 빛나게 하는 것은 괴상하고 사특한 짓입니다. 이전에 조주에서 떠날 적에 엄처사께서 저에게 여장하라고 당부하셨을 때 저는 말도 안 된다고 생각했었는데, 지금 누님이 이렇게 말씀하시니 정말 영문을 모르겠습니다. 저에게 여장을 시켜서 무엇을 하시려고 하십니까? 곡절을 말해주신다면 비록 제가 사특하고 부정한 짓을 꺼리긴 하지만 형편상 반드시 해야 한다면 일그러진 일이라도 행할 것입니다. 비록 죽어도 곧은 길을 가지 않음이 부끄럽긴 하지만 구차하게라도 목숨줄을 이어 부모님께 자식을 잃는 슬픔을 끼치지 말고자 하니 무슨 일을 사양하겠습니까?"

월염이 여러 궁리 끝에 이러한 계책을 생각하고 동생에게 여장하기를 청했으나 예법에 맞지 않고 법규에도 부당한 것을 어떻게 모르겠는가? 게다가 인광이 질색하며 안 하려고 하는 데다가 곡절을 잘 알지도 못하는데 장헌의 첩 구하는 것을 말하자니 말이 더럽고 입이 욕될 뿐 아니라 규수의 염치를 가지고 음란한 일을 추진하는 것이 정말로 부끄러워졌다. 월염은 기운이 착 가라앉아 머리를 숙여 앞을 바라볼 뿐 말이 없었다. 인광이 춘파를 돌아보면서 말했다.

"누님이 나에게 여장하라 말하고 그 사연은 일러주지 않으시니 무슨 일인가? 너희는 아는 대로 고해라."

춘파가 무릎을 꿇고 말했다.

"천한 제가 소저의 높으신 뜻을 어떻게 짐작하겠습니까? 그러나 가만히 생각해 보니 진유사 장공께서 가월랑의 말을 듣고 위정을 불러 이렇게 저렇게 말씀하셨습니다. 위정은 소저의 근본을 말하는 것이 좋을 게 없다고 여겨 마침내 속이고 운암산에 계신 송부인의 두 역 치레가 끝나기를 기다려 소저를 송부인에게 가시게 한 뒤 자신은 진유사에게 중벌을 받아 죽기를 각오했었습니다. 소저께서는 은인이 자신을 구한 은혜를 갚아주기는 고사하고 오히려 죽을 곳으로 밀치게 된 것을 견디지 못하셔서 비록 바른길은 아니지만 공자가 잠깐 여자 옷을 입고 진유사의 눈을 속여 최언선과 위정의 위급한 목숨을 함께 구하고자 청하시는 것입니다. 그렇게 하시면 공자께서 다른 데로 숨지 않으셔도 위태하지 않으실 것이며, 진유사께서 여장한 공자의 풍모를 보시면 크게 기뻐하실 것이니 어찌 최언선을 살리지 못하겠습니까? 또 공자께서 치마저고리로 여장하시면 위정이 진유사께 미인을 바치는 것으로 아뢸 것이니, 죽을 목숨이 후한 상을 받게 되지 않겠습니까? 이런 이유로 소저께서 뜻을 비추시지만 이처럼 비루한 일을 추진하시는 것이 망측해서 망설이시는가 합니다."

인광은 장헌이 첩을 구한다는 말을 처음 들었다. 분하고 속상한 것으로 치자면 바로 죽일 수도 있을 것 같았지만 이렇게 난처한 때에 저 불인한 무리를 거스른다면 화를 당할 뿐 한을 갚을 길이 없었다.

자기가 가진 평생의 뜻이 떳떳하고 바르고 정직했으며 호방한 마음으로 사특한 것을 원수같이 피했으나 월염을 살린 은인의 덕을 조금도 갚지 못하고 오히려 죽게 만드는 것은 불의하고 악한 일이었다. 게다가 저 흉한 장헌이 위정을 죽인 다음에는 미인의 행방을 찾아 끝없는 화를 일으킬 것이므로 월염이 송부인을 따라 경사에 올라가는 것도 뜻대로 되지 못할까 근심했다. 이에 자기 일생에 지킬 덕을 잠시 누르고 마땅히 남녀를 바꾸어 옷을 입고자 했다. 그리고 월염이 수치스러워함을 위로하면서 웃으며 말했다.

"장씨 그놈과 저는 이번 생에서 원한을 쌓은 일이 없는데, 아마도 전생에 각별한 원수가 아니었을까요? 어째서 저는 장씨를 삼켜버리고 싶은 마음이 이렇게까지 넘칠까요? 저 인간 같지 않은 것이 더러운 잇속과 권세를 좇아 으리으리한 부귀를 도모하고자 하는 욕심이 있으니 저의 머리를 경태제에게 바쳐 큰 공을 쌓고 상을 받으리라 생각하며 저를 죽이고자 하는 것은 이상하지 않습니다. 그 인간 됨됨이가 배은망덕한 것은 무식한 것이라 책망할 것이 없지만 저로서는 그를 미워한다기보다는 단지 더럽고 추한 것에 비위가 상해 진정하지 못하겠군요. 또 음란하고 비루한 생각으로 그 처의 질투가 무서워 경사에서는 첩 구할 엄두도 못 내다가 이 땅의 진유사가 되어 백성을 안정시키고 적을 무찌르는 것은 생각하지 않고 매파를 두어 미인을 구하는군요. 제가 여자로 변장하여 그의 첩이 되어도 뜻을 낮추고 소리를 부드럽게 하여 그를 기쁘게 하지는 못할 것 같지만 사람이 살고 죽는 일이 너무도 중요하니 은인을 죽게 하는 것은 차마 못 할 일입니다. 여러 가지 일을 다 편하게 만드는 방법이 제 모습을 바꾸는 것에 달렸으니, 부정하다 하여 임시방편을 쓰지 않고 화를 택하는 것은 오히려 지나친 고집에 가까운 것이겠지요. 내일이라도 여자의 옷으로 갈아입겠으니 누님은 춘파 등을 데리고 어서 송부인께 가십시오. 저는 위정을 관아에 보내서 미인이 소식을 듣고 사양하지 않았다고 알려서 일이 되도록 하겠으니, 누님은 염려 마시고 여자 옷 입고 변하는 모습을 보십시오."

월염은 동생의 이러한 말을 들으니 마음속으로는 기쁘지 않아 슬퍼하고 탄식하며 말했다.

"이 어리석은 누나가 재난을 근심하니 동생이 뜻을 굽혀 여장을 허락했구나. 이로써 위정이 죽음을 면하는 것은 다행이지만 내가 규수로서 지켜야 할 정숙함을 잃고 괴상한 계책을 행하게 했구나."

인광에게 여장이란 정말 평생의 부끄러운 노릇이지만 월염의 뜻을 받들어 화를 막고자 일부러 괴로워하는 모습은 비추지 않고 조용히 웃으며 말했다.

"어려움과 고생이 기구한 일생에 생기고 또 생기니 누님께서 규방의 법을 꼿꼿이 지키는 것이 어렵고 저도 역시 한길로 바름을 실천하기 어려우니, 일이 이렇게 괴상한 지경에까지 이르렀습니다. 제가 당당한 남자로서 아녀자의 복식을 갖추는 것이 괴상하기는 하지만 아홉 살 어린 나이이니 남녀를 바꾸어 장씨 놈을 잠깐 속인다고 해서 앞길에 무슨 해가 되겠습니까? 하물며 누님이 여러 변란 중에서도 몸을 보전하셨고 구차하며 더러운 곳에 머물지 않으셨으니, 높은 절벽에서 떨어져 이곳에 거처하시게 된 것은 여자의 행실에 비추어 부끄러운 일이 아닙니다. 송부인 가시는 길에 같이 경사로 올라가시면 저도 장씨 놈을 따라 경사로 올라가는 날 기회를 보아 몸을 빼내어 집으로 가겠습니다. 바라건대 누님은 모든 근심을 물리치시고 힘껏 자신을 보호하여 큰아버지께 자식을 잃는 슬픔을 끼치지 마십시오."

인광은 말을 끝내고 위정을 불러 얼굴을 마주 보며 슬프게 말했다.

"내 몸을 갑자기 깊은 곳에 숨기기는 어렵고 진유사가 첩 구하는 것이 간절하다 하니, 내가 비록 거친 용모와 자질밖에 없으나 진유사가 첩 구한다는 일을 대충 넘기지는 않겠다. 나에게 닥쳐온 화를 피하도록 너는 즉시 진유사의 명을 따르라."

위정은 전혀 생각하지도 않았던 이러한 말을 들으니 매우 놀랍고도 우스워 머리를 숙여 속으로 생각했다.

'저 공자가 누나를 위해 여장하여 화를 막고 누나의 생명을 구하려고 권도를 행하는구나. 사람마다 인정이 이러하여 죽기를 즐길 사람은 없다. 하지만 저 공자가 진유사의 첩으로 들어가 그의 해괴하고 망측한 행실을 낱낱이 알게 된다면 더없이 부끄러울 것이니 자신이 살아 있는 것이 즐거운 일이라고 생각하겠는가?'

한편으로는 참담하고 한편으로는 우습기도 하여 분명하지 않게 답했다.

"주군께서 구하시는 첩은 뛰어난 미녀인데 공자께서는 당당한 남자이십니다. 제가 어리석어 깨닫지 못하겠지만 남자의 차림새가 어떻게 여자의 차림새와 비슷하겠습니까? 단지 천한 몸이 주군을 속이는 죽을죄를 더할 뿐 아니라 공자께서도 욕됨을 참지 못하실 것이니, 길게 보시어 위태함을 당하지 마시기를 엎드려 바랄 뿐입니다."

인광은 미소를 지으며 말했다.

"네가 비록 주군을 바른 도로써 타일러 그릇된 길로 가지 않게 하고자 하나 너의 주군이 벌써 더러운 세상에서 병들어 본래의 성정과 중용의 도를 잃어버린 것이 말도 못 할 지경이다. 이에 남녀를 불문하고 피 토하며 간절히 고하여도 결국 벌을 받고 목이 베여 죽게 될 뿐이니 조금도 도움이 되지 못할 것이다. 주제넘게 비유하자면 관용방이 죄인을 삶는 솥에 삶겨 죽은 것과 비간이 조언을 하다가 죽은 것과 같으니 쓸데없이 곧음을 권하지 말고 공손히 그를 따라 나를 첩으로 천거하라. 내 비록 철저하지는 않지만 진유사에게 내가 여자로 변장했다는 것을 들키지 않게 할 것이다. 그러니 너는 내가 여자 차림새와 다르지 않을까 걱정하지 말고 어서 관아에 가서 미인 보실 날이 내일이라 말하고 또 미인이 병이 있다는 것을 진유사가 알게 하거라."

위정은 인광이 웃으면서 말하지만 생각 없이 하는 말이 아니고 또 이렇게나 분명한 명령을 들으니 거역하지 못해 명령을 받들겠다고 대답했다. 이에 인광이 웃으며 말했다.

"운학과 경용은 여자 옷으로는 변장이 어려울 테니 너희 집에 감추어두는 것이 어떻겠느냐?"

위정이 대답했다.

"운학 등을 감추는 일이야 걱정되지 않지만 제가 미인을 주군에게 바치면 반드시 충성스럽다 하며 칭찬하시고 상을 주실 것이니 이것은 복에 넘치는 일입니다. 옥에서 탈출한 죄인이 이곳에 머무는 것은 꿈에서도 생각지 못하실 것이니, 마을을 샅샅이 뒤지더라도 저의 집은 자연스럽게 벗어날 것입니다. 전에 쓰던 큰 장롱이 하나 있으니 후당에 들여서 운학과 경용에게 낮에는 장 속에 있게 하고 밤에는 후

당에서 자게 하겠습니다.”

인광이 위정에게 두 노비를 철저히 감추라고 명하니 위정이 순순히 명에 따랐다. 월염은 위정에게 갈아입을 여자 옷을 구해야 한다고 말하려다가 괴로워 묵묵히 있었는데 위정이 나아와 말했다.

“공자께서 변장하고자 하셔도 여자 옷이 없으니 서둘러야 하겠습니다.”

이에 상자에서 명주 옷감을 꺼내 옷을 만드니, 춘파 등이 다 바느질에 익숙하여 세 사람이 순식간에 여자의 옷을 만들어 상자에 담았다. 그리고 위정이 나아가 운학 등을 안으로 불러들여 아침밥을 먹게 하고 그들을 장롱 속에 감췄다. 아침 식사를 끝내자 월염에게 가 송부인에게 뵙고자 한다는 편지를 보내십사 청했다.

외숙모에게 편지를 보내는 월염

월염은 즉시 편지를 써 춘파에게 들려 보내려고 하다가 춘파가 고생이 많아 위정만 먼저 보냈다. 위정이 송씨 부중에 나아가 송부인에게 뵙기를 청하니 송씨 부중에서는 이미 역신(疫神)을 보낸 후였다. 송부인이 위정을 전에 본 적이 있어서 즉시 들어오라 하여 자기 침소에서 만났는데, 위정이 뜰 아래에서 머리를 조아려 절하고 월염의 편지를 바쳤다. 부인이 겉봉의 글씨를 보고는 무척 반기고 놀라워하며 급히 열어보니 시누이였던 양부인(정잠의 부인)의 차녀 월염의 필체가 분명했다. 궁박한 어려움에 여기저기로 떠돌아다니어 규방 처녀의 행적으로서 번거로움을 부끄러워하고 고향에 돌아갈 길이 없음을 슬퍼하며 외숙모 가시는 길에 함께 경사로 가고자 했다. 말이 완곡하고 뜻이 잘 표현되어 간절하고도 처연했지만 조금도 구차한 점이 없고, 대강을 썼지만 옛글과 비교해 봐도 부족하지 않으며 광채가 현란했다. 문장의 근원이 흘러가는 강 같아서 강태공이 운몽택을 두루 돌아보며 익힌 학문이며 한창려가 공부한 글보다 더 뛰어나니, 눈앞에 광채가 현란하고 위부인의 서체를 우습게 볼 정도였다. 종이 위에 구름이 모이듯 글자에 생기가 있고 일만 줄 진주를 늘어뜨린 듯 아름다운 글자가 엮어져 있으니, 송부인이 글을 읽고 목소리를 높여가며 칭찬했다. 마치 시누이를 마주한 듯 반갑고 또한 슬픔을 참지 못하니, 아름다운 눈과 뺨에 슬픈 기색이 가득했다.

위정을 가까이 불러 월염을 구한 연유를 자세히 듣고는 더욱 슬픔이 몰아쳐 눈물을 흘리며 월염을 살린 은덕을 크게 칭찬하고 심복 여종인 난섬을 불러 당장 월염을 데려오라고 명했다. 난섬도 역시 정월염이 살아 있다는 것을 듣고 크게 반기며 기뻐하여 즉각 일꾼에게 채색한 가마를 가져가 소저를 데려오는 것이 마땅하다고 대답했다. 이에 송부인이 즉시 답장을 쓰고 가마와 난섬을 보내어 월염 소저를 모셔 오라 했다. 또 위정의 높은 공과 어진 마음을 조금이나마 갚으려고 비단을 상으로 주어 감사를 표했다. 위정이 황공함을 이기지 못했으나 부인이 이같이 말하고 상을 주는 것을 차마 사양하지 못하여 받았다.

난섬이 위정과 함께 가마를 가져와 낙성촌에 이르렀다. 위정이 남의 이목을 두려워하여 가마꾼을 뒷문에 세워두고 난섬과 함께 앞문으로 들어가 월염 소저를 뵙고 송부인의 답장을 올렸다. 월염은 외숙모의 친필을 받아보니 반가운 정이 무궁했다. 편지에는 '자기가 있는 곳으로 오는 것이 위정의 집에 있는 것과 비교할 수 없다'고 하고, '자신이 있는 곳은 깊은 곳이니 조금도 번거롭거나 불편한 점이 없을 것'이라 하며 빨리 오기를 바라는 내용이 담겨 있었다. 그 사랑하는 뜻과 가엾게 여겨 아끼는 마음이 자애로운 어머니가 어린아이 대하는 것과 같으니, 월염이 의지할 곳을 두고 여기 있는 것은 안 될 말이었다. 월염은 인광을 돌아보며 송부인의 말을 전하고는 오늘 운암산으로 가겠다고 의논하니 인광이 말했다.

"무슨 다른 말이 있겠습니까? 제가 지금은 장씨 놈에게 매여 있으나 상경하면 편할 것이고 또 자연스럽게 몸을 빼내어 무사할 것입니다. 누님은 가는 길에 몸을 소중히 하시어 양씨 부중에 가 계십시오. 그러면 제가 장씨 놈을 따라 일이 되어가는 형편을 보고 몸을 빼내어 고향으로 돌아갈 방법을 찾겠습니다."

그러고는 월염에게 가기를 재촉했다. 월염은 이별의 정이 끓어올라 울면서 슬퍼하는데, 인광 또한 눈물을 비같이 흘리고 슬퍼했다. 월염이 더욱 비통해하며 말했다.

"내가 하늘에 죄를 입어 부모를 섬기지 못해 부모의 사랑을 늘 그리워했고 할머니와 새어머니께서 사랑해 주심에 의존했지. 새어머니께서 친자식 못지않게 은혜를 베푸셨으니 오랫동안 부모님을 받들고 형제 간의 즐거움을 누릴까 했었다. 그런데 집안의 화가 커서 할아버님은 세상을 떠나시고 집안이 시골에 내려올 때 화를 당하여 남매가 서로 흩어지는 변고를 만나 동서로 떠돌며 살아 있다는 것을 부모님께 알리지 못했다. 우리 남매가 환난을 같이 겪고 슬퍼하던 중 서로 위로했는데, 내가 오늘 송씨 부중으로 가게 되었으니 외숙모 덕으로 내 몸은 위태하지 않겠지만 동생이 나 대신 위태로움과 괴로움을 겪게 되었으니 걱정을 안 할 수 없구나. 자네는 그 뛰어난 기상으로 어려움이 있어도 자연스럽게 벗어나겠지만 만약에라도 욱함을 참지 못하면 장헌이 아버지와 숙부의 친한 벗임을 돌아보지 않고 사이를 해칠까 걱정이 되는구나. 바라건대 덕을 따르고 몸 빠져나올 방법만 생각해라."

인광이 슬퍼하며 말했다.

"누님의 시체도 찾지 못하고 장씨 놈의 곤욕을 받아 하늘을 보지 못하던 때와 비교하면 지금은 오히려 살길을 찾은 것입니다. 하지만 이별하는 슬픔은 참지 못하겠습니다. 장씨 놈이 비록 할아버지의 문하생이며 아버지와 숙부의 벗이라 하지만 이미 본연의 마음을 잃고 저를 잡아 한을 풀기를 원하니, 범숙이 수가를 놓아주고 위제를 베어 옛날 한을 푼 것과는 다릅니다."

춘파는 남매의 문답을 옆에서 들으면서 '지난날 완월대 맹약을 했는데 나중에 장헌 나리가 저 사위를 무슨 면목으로 대하겠는가?'라고 생각하며 걱정했다. 인광이 어쩌다가 장헌의 사위 된 것에 혀를 찼는데 어떻게 귀중한 월염이 장헌의 며느리 될 줄 알았겠는가? 다만 위정이 신비한 꿈을 꾸었기 때문에 월염이 장창린의 배필이 될 것을 명백히 알았으나 입 밖에 내지 않았다. 인광과 월염이 이별의 슬픔을 간신히 참고 헤어질 때 춘파와 경파 또한 가마를 따르니 위정이 춘파와 경파에게 말했다.

"정소저가 상경하시니 나는 수일 내로 왕래하여 뵐 것이다. 다음 만남을 기약하리라."

그러고는 난섬에게 당부하여 춘파 등과 함께 가마를 따르라 하니, 난섬이 응낙하고 월염 소저를 모셔 운암산에 다다라 송부인 계신 곳에 도착했다. 부인이 월염을 맞아 반기고 슬퍼함이 끝이 없었다. 월염이 당에 올라 인사를 드리니, 광채는 은은하고 상서로운 기운이 가득했다. 지난날 어릴 때는 규방의 예쁜 아이였는데, 지금 보니 체형이 성숙하고 기이하여 어디 하나 부족한 점이 없었다. 모든 태도나 행동이 빼어나고 아름다웠는데, 눈썹에는 수심이 가득하고 별 같은 눈과 슬퍼하는 듯한 두 뺨의 모습은 더욱 뛰어났다. 송부인이 황홀하고 기이하여 손을 잡고 눈물을 흘리며 말했다.

"네가 어렸을 때 잠시 보면서도 애달파하는 마음이 가득했었지. 하지만 그때 내 아버지께서 돌아가셨단 소식을 듣고 천지가 아득한 중에 시누이 또한 몸을 상해 세상을 버리니, 너희의 부모 잃은 슬픔까지는 생각이 미치지 못했구나. 시누이의 정숙한 자질과 현명한 덕으로도 장수를 누리지 못하고 자녀가 부모를 그리워하는 아픔을 가졌으니, 하늘의 이치가 거꾸러져 착한 사람이 복을 받는 이치가 어그러졌음을 한탄했단다. 세월이 지나 돌아가신 아버지의 상을 마치고 시누이의 삼년상도 지냈구나. 선태부가 세상을 떠나시고 서태부인께서 너희와 함께 고향으로 내려가시니 더욱 슬픔이 극한 중에 또 적변이 있을 줄 어떻게 알았겠느냐? 인성 등 조카들을 잃어버렸단 소식을 들으니, 온 집안이 몹시 슬퍼함이 시누이가 세상을 버리던 때와 다름이 없었다. 여러 시숙과 시누이 등은 조카들의 타고난 기질을 알았기에 결단코 어릴 때 죽지는 않을 것이라고 믿었지만 그동안 겪은 어려움과 재앙은 듣지 않아도 알 것 같구나. 힘든 중에도 약한 몸이 명을 지켜 장성하고 아름다움은 이전보다 더하니, 시누이께서 가르치신 바가 없었다면 이렇지는 못할 것이다. 한편으로 한스럽고 한편으로 기쁘니, 조카 또한 외삼촌의 사랑과 우리의 형편을 알 것이다. 이제 함께 경사에 올라가면 골육의 정을 펼 것이니 태주로 가는 것이 무엇이 급하랴? 수광이가 며칠 안에 올 것이니 마음을 편히 가져라."

월염이 눈물을 흘리며 그간 겪은 어려움을 간략히 고하니, 청아한 말은 예법에 들어맞고 슬픈 대목에서는 구슬 같은 눈물이 흘러 옥 같은 뺨을 적셨다. 송부인이 친딸의 일인 듯 슬퍼하니 월염은 감격을 이기지 못했다. 두 사람은 위기를 벗어나 사람 사는 세상으로 들어간 듯 황감하고 기뻐했다. 그러나 월염은 인광에 대한 걱정으로 먹고 자는 것이 편하지 않으니, 송부인은 인광이 위정의 집에 머무는 이유를 물었다. 월염은 부득이한 사정으로 머물게 되었다고 대충 말했으나 춘파는 장헌의 처사에 격분하여 앞뒤 연유를 자세히 고했다. 송부인이 분하고 안타까워하며 말했다.

"짐승같이 흉악한 놈들! 부귀함이 어찌 오래가리오? 저놈이 이리 배은망덕하니 훗날 무슨 면목으로 정씨 집안 사람들을 볼까? 그 온갖 흉함과 악행은 정말 마디마디 베어 죽여도 모자라지 않을 것이다. 훗날 그 죄를 면하지 못하리라."

송부인은 분함을 이기지 못했지만 월염은 딱히 별다른 말을 하지 않았다.

여장한 정인광을 만난 장헌

이때 인광은 월염을 보낸 뒤 위정에게 관아에 가 장헌에게 이렇게 저렇게 말하라 이르고 붉은 치마와 푸른 저고리를 입어 여자로 변장했다. 인광이 만약 열 살이 넘었더라면 체구가 커서 모습이 여자 같지 않겠지만 이제 갓 아홉 살이라 6척 신장에 가는 허리는 비단을 묶어놓은 봉의 날개와 같았다. 푸른 적삼을 입고 가는 허리에 붉은 비단치마를 두르고 있었는데, 그 자태가 오묘하고 기이했다. 옥 같은 얼굴에 화사한 눈썹이 아름다워 갓 뜨는 붉은 해가 온 땅을 밝히는 듯 기이한 아름다움이 월염과 매우 비슷하나 온순함이 부족하고 위엄이 높아 두려움을 주니 부드러움은 적었다. 월염이 모든 일에 진실되고 선하며 정숙하고 온화하니 그와 비교하지는 못하겠지만 굳은 절개는 인광이 오히려 더한 점이 있으니, 이는 남자와 여자가 다르기 때문이었다. 인광이 변장한 모습이 오묘하여 여자와 비슷하기에 위정은 이를 보고 가월랑을 속이기는 걱정 없겠다고 생각하고 바로 관아로 가려 했다. 그런데 갑자기 가월랑이 와서 안하무인으로 거리낄 것 없는 듯이 지게문을 열고 말했다.

"나도 사람인데 너에게 욕을 당하고 어떻게 다시 이 집에 올까 싶었지만 나리 분부가 지엄하여 이곳에 있는 미인을 다시 보고자 한다. 쓸데없이 너랑 말 섞지 말고 미인의 부모가 지금 어디 있는지만 알아오라 하셔서 마지못해 왔다."

위정이 정색하고 말했다.

"너는 나리 명령을 내세워 사람을 몰아치지 말아라. 쓸데없이 주인을 거들어 첩을 구하는 일을 남이 알게 하지 말아야지."

가월랑이 대답하지 않고 인광을 바라보니, 인광의 마음은 고통스러우나 이미 위정을 살리고 최언선을 구하며 월염의 화를 막으려 했기에 달 같은 이마를 숙이고 말을 하지 않았다. 그러나 엄중한 위엄이 하늘 끝 북풍 같으니, 올려다보면 두려움이 솟아나 진땀이 옷을 적셨지만 마음을 다스리고 속으로 생각했다.

'내 그저께 저 미인을 잠깐 보았을 때, 그 용모와 자태는 다시 말할 필요도 없고 두 눈이 아름답고 눈썹이 초승달처럼 섬세하고도 짙다고 생각했는데, 오늘 다시 보니 두 눈썹이 솟았고 이목구비가 빼어난 기운을 거두어 하늘과 땅의 정맥을 본받았으니, 봉 같은 두 눈의 빛은 해와 달의 기운을 압도하고 육행과 팔덕이 갖추어져 있구나. 도리를 아는 자질과 품성이 천지간에 우뚝 선듯 솟아나 뻗쳐 있으니, 온순함이 적고 부드러움이 부족하여 교교함은 우리 아가씨만 못하겠구나. 세상에 다시없을 것으로 생각한 마음이 좀 서운하기는 하나 그래도 오늘날 장소저(장성완)가 아니라면 이런 기질은 다시없으리라.'

가월랑이 정신을 차려 나이와 성씨를 묻고 부모의 생존 여부와 자매에 관해 물었으나 인광이 대답을 하지 않았다. 위정이 인광의 뜻을 눈치채고 말했다.

"네가 소저의 근황을 알고자 하는 건 무슨 까닭이냐?"

가월랑이 위정의 말소리가 온순함을 듣고 말했다.

"나리께서 자세히 알아 고하라 명하셨다. 관아에서 큰일이 있었던 것을 아느냐? 문양 진휼사가 도적들을 가두어놓았는데 탈옥하여 어디로 갔는지 모를뿐더러 관리와 옥사쟁이가 전부 비몽사몽 잠을 깨지 못해 흔들어 겨우 깨웠는데도 어릿어릿하여 얼이 나간 듯 정신을 차리지 못했다. 최언선이라는 경사에서 온 하급 관리만 정신이 좀 있었는데, 그는 자살하려던 기색이 뚜렷하여 목을 싸매고 칼을 쓰고 도적을 가둬두었던 옥 속에 누워 있는 것을 끌어냈지. 최언선은 죄인의 칼을 제가 벗기고 놓아주었다고 말하고 옥졸과 관리들이 하나같이 하는 말이 어제 최언선이 주는 술을 먹고 잠이 들어버려 정신이 없었다고 했다. 맹추 나리께서는 화가 뻗쳐 최언선을 즉시 참형하고 죄인을 도로 잡아들이라고 했지. 그 와중에 일이 또 교묘하게 되어 안양령 성흔 나리는 도적 괴수를 잡아 자백을 받고 잃은 은돈 일만 삼천 냥을 찾았는데 사천 냥은 아직 찾지 못했음을 애달파하고 적이 무리를 이뤄 만만치 않다고 말씀하시니, 최언선을 하옥하고 여러 읍의 군병들을 모아 적들을 잡으라고 명령하셨다. 장헌 나리께서 어서 빨리 첩을 두고자 하여 판관과 군사들을 물리치시고 나를 재촉하여 보내셨으니 뭐라고 다시 말하겠는가?"

인광과 위정이 가월랑의 말을 듣고 도적을 잡아 최언선이 살아남은 것을 몹시 다행스럽게 여겼으나 얼굴에 드러내지 않았다. 위정이 탄식하며 말했다.

"이 소저의 가까운 친척은 대수롭지 않은 가문이 아니라 높은 가문 출신인데 시운이 불행하여 네 살에 일가가 모두 흩어지는 화를 당했으니, 나의 시누이가 얻어서 기른 아이일세. 성씨와 부모는 모르겠지만 조부는 각로이시고 부친은 상서라 했다. 이름은 모르나 아마도 대단한 벼슬아치 집안이겠지만 그 친척 되는 이를 찾아 돌려보낼 길이 없어 애달프더니, 주군께서 의지가지없는 소저를 첩으로 삼고자 하시는구나. 내가 차라리 죽음을 무릅쓰고 옳은 말씀을 드리고자 했는데, 그대가 나리의 엄명을 전하니 나로서는 어찌할 바를 모르겠네."

이어 소저의 나이가 열세 살이라고 말했다. 가월랑이 그 말을 믿고 좋은 말로 위로했다.

"그 부모를 찾아보고 가문이 만일 높은 집안이라면 첩실로 두실 것이니 공연히 나리 명을 거스르지 마라."

위정이 말했다.

"아직 길일을 정하지 못했으나 잠깐만 기다려라. 내가 이참에 날짜를 받아 오겠다."

그러고는 나갔다가 곧 돌아와 말했다.

"점쟁이가 내일이 대길일이라고 하지만 너무 촉박한데 어찌할까?"

가월랑이 답했다.

"길일이 빠른 것은 다행이니 주군의 명령을 따르는 것이 옳겠다."

그러자 위정이 말했다.

"나리가 내일 미인을 들이라 하시면, 비록 육례를 갖추지는 못하나 소저에게는 인생의 큰일이다. 그러니 꾸밈새와 물건을 좀 차려 보내고자 한다."

가월랑이 이에 박자를 맞추어 자신도 원하는 바라고 대답하고 돌아갔다.

이때 장헌은 맹추의 계교를 따라 정인광의 종들을 가두고 음식을 주지 않았다. 맹추는 흡족하긴 했지만 혹시라도 장헌이 그들을 감싸주지 않나 의심하여 저의 병졸들을 시켜 자주 옥을 감시하게 하고 나라의 재계가 끝나면 죽이려고 생각했다. 그러다 뜻밖에 최언선이 나서 정인광과 종들을 구하여 내보내고 제가 스스로 옥 안에 들어갔다고 맹추의 병졸인 설포가 보고하니, 맹추는 몹시 놀라 장헌에게 죄인을 놓쳐버린 사실을 전했다. 장헌 역시 놀라서 옥사쟁이를 잡아내 연유를 묻고자 했는데, 하급 관리와 옥사쟁이들이 다 몽롱하여 정신을 차리지 못했다. 장헌은 매우 의아했으나 사람들이 깨어나기를 기다렸다. 그러는 중에 최언선 혼자 바른대로 이야기하기를, 세 명의 죄인을 자신이 구하여 멀리 보냈으며 자기 목숨을 바쳐 대신하겠다 했다. 장헌의 생각에는 '내가 인광이를 보고 슬퍼하여 눈물을 떨구는 것을 최언선이 보고 짐작하여 인광이를 구하려다가 이렇게 되었나' 싶었다. 그러나 맹추가 이를 알아차릴까 두려워 두 눈을 부라리고 말없이 앉아 있으니 맹추가 말했다.

"최언선의 죄는 만 번 죽어도 아깝지 않을 것이니 엄하게 문초하십시오."

장헌이 고개를 숙이고 말했다.

"최언선이 실성하여 저렇게 말하는 것이겠지. 사람이 어떻게 스스로 죽겠다고 나서겠는가?"

최언선이 맹추를 보고 고래고래 소리를 지르며 꾸짖었다.

"추관은 정공자에게 무슨 원수가 졌기에 길에서 죽이지 못한 한을 여기에서 풀고자 하는가? 나는 백 가지 형벌을 받아 뼈가 갈려도 정공자를 위하는 뜻을 바꾸지 않을 것이다. 추관의 위엄이 다 무엇이랴? 황극전에 가더라도 옳지 않은 일에는 내 뜻을 꺾지 않을 것이다."

맹추가 이 말을 듣고 크게 화를 내어 한시바삐 무거운 형벌로 때려 죽이려고 했다. 그러나 장헌이 최언선을 미친 사람이라 이르며 벌을 줄 뜻이 없으니 제 맘대로 몰아세우지 못해 일이 지지부진했다. 안양령 성흔이 문양 진휼사가 잃어버린 은돈 일만 삼천 냥을 먼저 찾고 도적 무리를 잡아 자백을 받고 적의 이름을 일일이 적어 보내며 적의 기세가 강해서 빨리 물리치지는 못하니 이웃 읍의 군사를 모아 힘을 합쳐 적을 물리치자고 일렀다. 맹추는 정인광을 해칠 계획이 틀어진 것에 실망했으나 은돈을 찾게 된 것은 다행으로 여겨 안양령에게 감사하고 도적을 물리칠 바를 의논하니 장헌이 말했다.

"안양에서 적도를 아직 소탕하지 못했다. 안양령 성흔의 사람됨이 강직하고 밝으니 정인광과 두 명의 종을 도적으로 몰아놓으면 그가 그 진실 여부를 따질 것이다. 그러니 지금은 최언선을 가두어놓고 안양 도적 무리를 마저 소탕한 후에 다스리는 것이 옳겠네."

맹추는 최언선을 죽이지 못한 것이 분했지만 뭐라 하며 다투겠는가? 이에 말없이 돌아가니 장헌이 비로소 가월랑을 재촉하여 위정에게 보내어 답변을 기다렸다. 이윽고 가월랑이 돌아와 위정이 한 말을 전했다. 장헌은 기뻐서 가월랑에게 큰 상을 주고 위정에게 비단과 은자를 보내 미인의 차림새를 빛내라 명했다. 가월랑이 비단을 가지고 와 위정과 함께 옷을 만들려고 하니 인광이 말했다.

"내가 지금 입고 있는 옷이 아름다우니 새 옷을 만들지 말아라."

가월랑이 민망하게 여기고 위정은 그 뜻을 짐작하여 새 옷을 짓지 않았다. 그리고 위정이 가월랑의 욕심을 채워주려고 송씨 부중에서 준 은자 반을 가월랑에게 주고 장헌이 준 것은 인광에게 주었다. 인광은 거절하지 않고 다만 상자를 찾아 은자를 넣고 자물쇠를 채워 저 멀리 놓아두며 위정에게 말했다.

"내 그대에게 은혜 입은 것이 깊지만 갚지를 못했네. 나무뿌리든 좁쌀죽이든 보리죽이든 네가 준 것이라면 달게 먹겠지만 정당하지 않은 재물로 기름지고 맛난 음식을 준비한다면 비위가 상해 먹지 못하겠구나."

위정이 이 말을 듣고 인광 공자가 장헌을 불인한 인간으로 생각하여 나중에 '절대로 장씨 가문의 사위가 되지 않겠다'고 하지는 않을까 걱정이 되었지만 어쩌겠는가? 오직 저의 집안이 공자를 받들 만하다 하며 인광이 염려하는 것을 사례하였다.

다음 날 인광이 위정에게 말했다.

"장공이 반드시 밤을 타 여기에 올 것인데, 내가 절개를 굽혀 첩이 되는 예를 행하는 것이 괴롭고 분하구나. 너는 이렇게 저렇게 해서 내가 곤란하지 않도록 해라."

위정이 명을 따르겠다고 했다. 밤이 이슥할 때 정말로 짐승 같은 장헌이 옷을 갈아입고 이르러 바깥채에 앉아 위정을 불렀다. 위정이 나와 계단 아래 꿇어앉으니 가월랑이 또 장헌의 비단옷과 옥띠를 가져왔다. 장헌이 위정에게 말했다.

"네 집에 있는 여인의 출신이 천한 무리와 다르나 그 부모를 찾기 전에는 그 근본을 모르니 지금은 첩으로 삼겠다. 이후 부모를 찾게 된다면 당당하게 부실로 높여 대례를 갖출 것이니, 내 뜻을 전하여 분함이 없도록 하라."

위정이 사례하고 말했다.

"길일이 오늘이라 하여 그대로 말했습니다. 그런데 저 낭자가 원래부터 작은 병으로 고생하던 중 저녁을 먹고 갑자기 체기가 있어 괴로워하고 있습니다. 나리께서 오신 예를 행할 방법이 없으니, 일단 체면을 좀 접으시고 소저의 용모나 보시는 것이 어떨까 아룁니다."

장헌이 이 말을 믿고 말했다.

"향을 피워라."

이윽고 향 연기가 그윽하니 장헌이 나아가 자리에 앉고 가월랑과 위정이 병풍과 장막을 치고 물러났다. 장헌은 미인이 벽을 향해 누워 있음을 보고 그 용모와 기질을 보고자 하여 다가와 앉아 그 고운 손을 잡았다. 마음이 황홀하여 붙들어 일으키고자 했는데, 뜻밖에 미인이 장헌의 손을 밀치고 갑자기 일어나 앉았다. 장헌이 살펴보니 미인의 용모는 현숙한 아름다움이 뛰어나고 몸놀림이 단정하여 신기롭고도 찬란했다. 아침 하늘에 떠오르는 태양 같은 붉은 뺨은 무릉도원의 복숭아꽃을 우습게 여길 정도이고, 달 같은 이마와 매미 날개 같은 귀밑머리는 아미산 반달이 푸른 하늘에 떠 있는 듯했다. 봉 같은 눈이 몽롱한 것이 자연스러운 정기가 멀리 쨍쨍한 듯하고, 준수한 골격이 아름다우며 깨끗한 바탕이 뛰어나니 이른바 한번 소리를 내면 사람을 놀라게 하고 한번 날아오르면 하늘에 가득 찬다는 말과 같았다.

장헌이 미인을 한번 보니 마음이 달아올라 먼저 말을 꺼내어 뜻을 밝히기 어려웠으며 가월랑이 칭찬하던 말보다도 나았다. 볼수록 신기로우니 평생 아름다운 여자를 탐내는 마음이야 한결같지만 박씨 부인의 질투 때문에 뜻을 펴지 못하다가 오늘 이렇게 절색을 만나 장부의 마음이 즐거우니 그 기쁨을 헤아릴 수 없었다. 머리를 기울이고 눈동자를 굴리며 거동이 이상하니, 이때 인광은 짐승 같은 장헌의 괴상하고 가소로운 거동을 보고는 슬프고 분한 심정은 내버려두고 오히려 웃음을 참을 수 없었다. 또한 자신이 갓 아홉 살에 온갖 어려움을 당하고 고생을 신물이 나도록 겪었으나 부모님 앞에서 절하고 효도하는 즐거움만 알았지 부부의 사사로운 깊은 정을 알지 못하니, 남녀의 정이 합하여 즐거움이 되는 것을 추하게 여겼다. 장헌이 황홀한 정욕에 몸과 마음을 건잡지 못해 더욱 해괴한 것을 보고 인광이 마음속으로 생각했다.

'내가 당당한 남자로서 여자 옷을 입고 여자 행세를 하며 이토록이나 참고 있다. 저 짐승 같은 장씨의 음란하고 비루한 거동을 보지 않으려면 말을 험하게 하여 머물지 못하게 해야겠지. 그것이 비위를 덜 상하는 방법일 것이야.'

그러나 눈썹에 시름이 담겨 눈이 감겼다. 머리를 숙이고 눈매를 은은히 하니 이런 속내를 모르는 장헌은 '미인이 지나치게 수줍어하고 또 병세가 가볍지 않으니 아픔을 참지 못해 그러는구나' 짐작하고 급히 무릎을 맞대고 그 손을 잡아 정이 피어오르니, 조금 전에 보여준 엄숙한 거동은 대체 어디로 달아났는지? 장헌은 '하늘이 인연을 허락하나 육례의 예법을 갖추지 못했다. 나중에 근본을 알아내어 선비 집 자손이라면 부인으로 대접하겠다'고 말하며 자신의 부귀가 대단함을 자랑했다. 또 지금 누추한 위정의 집에 머물 수밖에 없으나 이는 임시 거처일 뿐이며, 경사로 돌아가는 날로 크고 높은 누각에 원앙을 수놓은 장막을 내리고 비취 병풍을 둘러 동침의 즐거움을 누릴 공간을 열어 상아로 만든 상을 갖추어놓고 합환 이불에 꽃과 봉황을 수놓은 침상에서 몸이 화하여 땅에서는 연리지가 되고 하늘에서는 비익조가 되기로 맹세했다. 이는 〈장생전〉에서 당나라 현종이 칠월

칠석 밤에 양귀비에게 속삭이는 것과 같았지만 인광의 귀에는 남아 있는 것이 없으니, 나무로 만든 사람을 대하며 돌부처를 희롱하는 것 같았다. 장헌이 무안하나 그 얼굴에 넋이 나가 밤이 이미 늦었다며 음양을 합치기를 재촉하니 그 음란한 정이 급했다. 인광은 이것을 망측하고 한심하게 여겨 단호하게 장헌의 손을 뿌리치고 자리를 피하며 말했다.

꾀를 내어 장헌과의 잠자리를 피하는 인광

"저는 평화로운 세상에서 홀로 어려움을 만나 어려서 부모를 잃고 몸이 천한 종에게 양육되었습니다. 남을 원망할 것은 없지만 마음속에 정한 뜻은 도끼로 내려치는 형벌을 당하더라도 꺾이지 않을 것입니다. 상공께서 만일 저의 슬픈 마음을 탓하거나 핍박하지 않으신다면 제가 오히려 인연을 끊지 않겠지만 그렇지 않고 창기를 다루듯 희롱하며 정욕을 참지 못하고 제 뜻을 빼앗고자 하신다면 단검으로 이 천한 목숨을 끝내는 것이 무엇이 어렵겠습니까? 천륜을 상한 죄인이 어찌 음란한 뜻을 품겠습니까?"

장헌이 듣고 매우 놀라서 말했다.

"네가 정한 뜻이라는 것이 한평생을 빈방에서 보내는 것이냐?"

인광이 얼굴빛을 엄정히 하여 말했다.

"저의 운명이 기구하여 어차피 벗어나지 못하게 되었기에 상공께서 저를 첩으로 삼으시겠다는 명령을 끝까지 사양하지는 않은 것입니다. 무슨 일로 일생을 빈방에서 지내겠습니까? 하지만 마음속 얽힌 통한이 돌 같아서 부모를 찾기 전까지는 제가 어떠한 부귀도 탐하지 않을 것이고 슬픔만 더할 뿐입니다. 상공의 부귀함이 미치지 않은 곳이 없어도 제게는 꿈 같은 것에 지나지 않습니다. 진실로 마음속 심정을 말씀드리는 것이니, 부모를 만나 근본을 알고 천륜의 남은 한이 없어지면, 제가 번희와 월희 같은 덕은 없어도 나름의 정성을 다해 애첩같이 상공을 받들어 모시겠습니다. 위정이 하는 말을 들으니 나리께서 곧 경사로 가신다고 하더군요. 저는 나리를 따라 황성으로 가 두루두루 물어보고 다니면서 혹시라도 부모를 찾아볼 방법이 있기를 바랄 뿐 음양이 어울려 즐기는 것을 조급히 여기지 않습니다. 멀리 내다보아도 4, 5년 정도이고 가까우면 요 몇 년간이니, 저의 소원을 따라 제 어버이 찾는 것을 싫다 아니 하시면 제가 어떻게 나리를 끝내 멀리하겠습니까?"

이렇게 말하는 학의 울음소리 같은 맑은 음성은 씩씩하면서도 탁 트여 마치 산호로 만든 채로 형산의 백옥을 두드리는 듯, 단소 소리에 봉황이 부르짖는 듯 온유하고 화평하여 학 무리를 춤추게 하고 겁 많은 사내라면 울게 만들 정도이지만 빼어난 눈 맵시는 볼수록 아름다우니 만고에 없는 미인이었다. 장헌이 넋을 잃고 어질어질 정신을 차리지 못해 조금 더 다가앉아 손을 만지며 입에서는 저절로 칭찬하는 말이 나왔다.

"기이하고도 신기하구나. 너의 사람됨이 어떻게 이렇게나 곱고 빛나며 맑고 빼어난가? 참말로 양갓집 규수의 빼어난 재질이라도 너에게는 한 수 접고 들어가겠구나. 내게 어린 딸이 하나 있는데 나이는 아직 어리지만 타고난 기질이 공맹(孔孟)의 바른 법도를 잇고 그 모습은 비길 데가 없을 정도이다. 내가 진실로 손에 쥔 기이한 물건으로 여기고 있지. 단지 그 아이가 남자로 태어나지 못해 어지러운 세상을 밝게 비추지 못하고 황실을 지탱하는 사람이 되지 못함을 한탄했는데, 오늘 너를 보니 신기로운 바탕이 내 딸아이보다 못하지 않고 빛나는 모습은 거의 우러러볼 만하니 너의 출신이 미천하지 않음은 내 다시 듣지 않아도 알 만하다. 네 성씨와 나이만 알고 부친의 이름을 모른다고 하니 마땅히 물어볼 곳이 없지만, 모습이 복을 가득 타고났으니 어찌 천륜을 해치고 근본 모르는 사람이 되겠는가? 부디 슬퍼하지 말아라. 내 비록 너그럽지는 않지만 너의 앞길을 그르치지는 않겠다."

자기 딸을 내세워 애첩과 비교하고 미모를 따지는 것이 해괴한 것인지도 모르는 가소로운 장헌의 말에 인광은 더욱 화가 치솟았다. 하지만 내색하지 않고 잠시 후에 몇 마디 하여 높은 덕에 감사하고 병이 가볍지 않음을 말하며 괴롭게 앉아 밤을 새우지 않기를 청했다. 그러고는 장헌이 눕기를 기다리지 않고 옷을 입은 채로 다시 벽에 기대어 누우니, 장헌도 주인을 밤새 지키는 종같이 굴며 곁에서 조심히 잤다. 인광은 장헌이 자기를 가까이하여 음란한 행동을 하려고 하면 거절하기를 뱀이나 전갈 대하듯 했다. 장헌은 미인의 병이 더 심해질까 걱정되어 감히 범하지 않을 뿐 아니라 이미 그 부모를 찾은 뒤에 남녀가 교합하기를 허락했으니 다시 난잡한 꼴을 보이지 못했다. 마음을 다잡아 다만 손으로 인광의 이마를 자주 짚어 뜨거우니 차가우니 하며 맥을 정성스럽게 보고 기운을 살피며 줄곧 좋은 말과 즐거운 일로 그 마음을 기쁘게 위로하니, 마치 효자가 부모를 받들며 정숙한 아내가 남편을 공경하는 것보다 더했다. 우습구나, 이 미인이 어찌 자기가 죽이고자 했던 정인광인 줄 꿈에서나 알 수 있었을까? 온 마음과 힘을 다해 그 부모를 찾아주어 의기 있는 장부로서 큰 은혜를 베풀면 이 여인이 비록 금같이 단단한 절개가 있으나 뼛속까지 감동하여 죽을 때까지 자신을 섬기며 공손히 자신을 즐겁게 할 것이라 멀리 내다보고 깊이 헤아려 자부심에 차서 말했다.

"나는 장충정공【송도의 유명한 현자】의 후예로서 선조가 쌓은 덕이 높고 넓다. 비록 아버지 대에 이르러 가난함과 궁색함을 면치 못했으나 나의 대에서는 부귀가 융성하여 황제를 받들고 넓은 하늘에서 나는 봉의 날개를 취한 듯 명예가 드높다. 나의 이름이 진동하여 작위가 높고도 중하니, 높은 누각과 대에 흘러드는 부귀영화가 흙같이 쌓이고 물같이 넘친다. 그러니 내가 일백 명 아들과 일천 명 손자를 두어도 모두 부를 누릴 것이다. 인생에 부족한 것이 없지만 연씨 부인은 모자라서 내 마음에 들지 않고 박씨 부인의 질투가 내 기운을 누르니, 장부가 항상 아내에게 제약을 받아 괴로운 데다가 경사스러운 의식과 연회의 즐거움도 마음대로 못 하니 한탄을 금치 못할 바였다. 다행히 너를 만났으니, 그 근본이 만일 이름난 벼슬아치 가문이라면 부인으로 높여 박씨도 제멋대로 하지 못하게 만들 것이다. 그러면 나의 즐거움이 흡족하리니, 평생의 즐거움에 무슨 모자람이 있겠느냐? 내가 과연 복이 두터워 세상의 사소한 복을 가진 인간들과는 다르다. 왕진 같은 간사하고 교활한 인물과 우겸같이 험악한 인물도 나를 지극히 대접하고 정을 나누지 않았는가? 왕진의 패거리가 망한 일에는 내가 관여하지 않았으니 훗날 우겸이 패하여도 내가 벼슬을 잃을 리는 없을 것이다. 처세를 잘 살펴 행동함이 이와 같으니, 따지고 보면 내 팔자가 아주 좋기 때문이겠지."

이렇게 말하며 흡족해하고 즐거워하더니 사경에 닭 울음소리가 들리고 오경에 북 치는 소리가 들렸다. 장헌은 옷을 수습하고 일어나며 말했다.

"며칠 후에 이곳을 떠날 것이니 그 전에 다시 오겠다."

그러고는 다시 한번 병을 잘 조리하라 당부하고 애달파하다가 관아로 돌아갔다. 인광은 밤새도록 깊은 구렁텅이에 빠졌던 몸같이 더러움을 참지 못하다가 장헌이 나가자 마음이 시원하게 뚫렸다. 일어나 차를 마시며 장헌의 합환촉을 꺼뜨리고 향을 피운 곳에 물을 부어버리고 다시 누워 그제야 잠을 청했다. 위정은 정인광이 자신의 주군일 뿐 아니라 감히 창 너머로 엿볼 뜻이 없어 아랫방에서 밤을 보냈다. 가월랑은 장헌이 일어날 때까지 감시하면서 낱낱이 들었기에 위정에게 지난밤 일을 전했다. 위정은 훗날을 생각하며 근심이 깊어 조금도 기쁜 마음이 없으니 묵묵히 말을 하지 않았다.

장헌은 관아에 돌아와 여러 읍에 명령하여 안양으로 군사와 관속을 대령하라 명하고 판관과 군사 등에게 분부하여 가난한 백성들을 힘써 도우라 했다. 그 후로 기강 지역에 굶어 죽는 백성이 생기지 않고 옥사를 정하는 일이 분명해졌다. 백성들이 그를 우러르는 것이 어린아이가 자애로운 어머니 대하듯 하여 저마다 진유사의 은혜를 감사하니, 덕 있는 정사가 원근에 자자했다.

장헌이 아름다운 자태와 난초 같은 자질을 지닌 정미인과 잠시도 떨어져 있고 싶지 않으나, 사사로운 정으로 말미암아 나랏일을 그릇되게 하는 것이 불가하여 부득이 안양으로 향하고자 했다. 밤에 위정의 집에서 머물다가 떠나고 싶어서 거짓으로 몸이 불편하다고 말하고 여러 현관[8]과 군사들을 다 물러가게 했다. 심복 노자를 자기 자리에 눕게 하고 자기는 몸을 빼내 허름한 옷을 입고 위정의 집에 이르러 방을 청소하라 분부했다. 위정이 억지로 초를 밝히고 향을 피우며 자리를 반듯이 깔고 앉을 자리를 깨끗이 하여 장헌을 들이니, 인광은 병이 다 낫지 못했다고 하며 한결같이 움직이지 않았다. 위정이 민망하여 살며시 말했다.

"비록 움직이시기 어려우시겠으나 잠깐 일어나 앉아 있는 것이 맞을까 합니다."

이날 인광은 장헌과 말을 나누며 최언선을 살리고자 했기 때문에 일어나 앉았다. 장헌이 들어오며 방을 보니 촛불의 빛이 휘황한데 미인이 병을 이기고 일어나 앉긴 했으나 일어나 맞을 뜻이 없었다. 거만하다 할 수 있으나 그 모습이 기이하여 다시 보니, 연꽃 한 가지가 푸른 물에서 어지러운 바람에 시름하는 듯한 애절한 태도가 뛰어나고 기이했다. 그리고 봉 같은 눈에 서린 맹렬한 정기와 엄중한 몸가짐과 두려워할 만한 거동이 조준과 당나라 태종보다 더했다. 장헌이 이같이 엄숙한 거동을 대하니 자연히 공경하는 마음이 생겨, 그동안 병세가 어떠했는지 물었다. 인광이 아직 낫지 않았다고 온화하게 대답하

---

8 현관(縣官): 현의 우두머리인 현령과 현감.

니, 장헌은 근심스러워 하며 맥을 살피고 머리를 짚어보며 말했다.

"무슨 병이기에 그렇게 질질 끌어 약한 몸을 괴롭히는가? 한탄스럽구나."

다시 길게 한숨 쉬고 인광의 얼굴을 보며 말했다.

"한갓 아녀자이지만 덕스럽고 현명하고 뛰어난 성품이 넓고도 넓어 천지의 도를 얻었으며, 규방의 미인이지만 몸가짐이 의젓하여 만물의 영화를 얻었구나. 남인데도 나의 딸아이와 비슷한 구석이 있으니, 반갑고 기이함을 이기지 못하겠다. 내 딸아이는 너처럼 사납지 않아서 온유하고 화순하다. 너를 데려가 딸아이에게 보이고 그 어질고 화평함을 배우게 하는 것이 좋지 않을까? 너를 만난 지 오래되었는데 내 정이 미혹하여 잠시도 떠나고 싶은 마음이 없지만 몸이 국사에 매여 거취를 마음대로 못 하는구나. 내일은 부득이 안양으로 가 도적을 평정하고 다시 여러 읍을 돌아다녀야 하니, 다시 돌아오자면 몇 달이나 지나야 할 것 같구나. 이 서운함을 어떻게 말로 다 할까? 몸은 비록 잠시 떠나지만 넋은 너를 떠나지 않을 것이니, 내 마음은 넓은 바다에 뜬 달이 되고자 한다. 마차로 너를 데려간다 한들 누가 이러쿵저러쿵 따지겠는가? 하지만 네 앞에서 올바르게 행동하지 못하고서 아랫사람을 호령하자면 법이 서지 못할 것이어서 사사로운 정을 참는 것이다. 그러니 그동안 병을 잘 다스려 병세가 회복된다면 내 돌아와서 얼마나 즐거울 것인가?"

인광이 물었다.

"나리께서 이곳으로 빨리 돌아오실 수 있으시겠습니까? 요즘 안양에 도적이 심하니 무슨 이유입니까?"

장헌이 웃으며 말했다.

"내가 원래 여자와 나랏일을 말하지 않지만 너의 현숙함은 반드시 일하는 데 도움이 되겠구나. 어찌 송사를 다스린 일과 옥사를 말해주지 않겠는가?"

그러고는 경사에서 겨울 무렵인 시월 초순에 떠나 기강의 여러 읍을 순시하며 송사를 다스리고 옥사를 정한 일을 말했는데, 인광으로서는 다 듣고 싶지 않았다. 그러나 입을 막지 못하기에 말하는 대로 내버려두어 하는 말을 다 들으니, 대개 밝고 꼼꼼하고 너그럽게 송사를 해결하는 점은 나무랄 데가 없었다. 백무설의 상소에 대해 말할 때 처사 정삼의 아들과 두 종을 잡아 가두었다가 최언선이라는 하급 관리가 스스로 죽기를 자처했다 하니, 인광이 그 말끝에 서둘러 물어보았다.

"요사이 정씨 아이와 그 두 종이 진휼사의 은을 도둑질했다고 하던데 그것이 정말입니까?"

장헌은 탄식하고 말했다.

"어떻게 사실인지 아닌지 알겠는가?"

인광이 다시 물었다.

"분명하지 않다면 왜 잘잘못을 가리지 않으셨습니까?"

장헌이 말했다.

"그렇게 할 수도 있었지만 설포가 은비녀를 제 것이라 하여 맹추가 죄를 얽었으니 바로 누명을 벗겨주지 못한 것이다."

인광이 말했다.

"원래 나리께서 정씨 집안에 원망이 있으셨습니까?"

장헌이 말했다.

"무슨 원망이 있겠는가? 내 집이 원래 정씨 집안과 보통 사이가 아니지만 오늘날 정씨 집안과 친한 사람은 무사하지 못하니 어쩔 수 없구나. 정씨 집안이 의로운 집안이라고 말해도 도움이 안 되고 또한 정씨 아이는 죄가 없으나, 맹추관이 바라는 것은 그 아이의 머리를 베어 폐하께 바치는 것이니 내 능력으로는 막지 못해 내버려두었다. 그런데 최언선이 정씨 아이와 두 종들까지 세 명을 도망치게 했지. 맹추가 지금 그 아이를 찾지 못해 화가 이만저만 난 것이 아니다."

인광이 말했다.

"정씨 집안 아이까지 세 명을 만일 잡는다고 하더라고 안양으로 옮겨 적들과 대면하여 밝히는 것이 어렵다고 하시는데, 그러면 앞으로 어쩌려고 하시며 최언선은 또 어떻게 처리하려고 하십니까?"

장헌이 한참을 생각하다가 말했다.

"정씨 아이와 그 종들을 잡는다고 하더라도 맹추가 죽이려고 할 것이니 어찌 안양까지 가서 대면할 수 있겠느냐? 맹추는 나라의 재계가 끝나는 날에 정씨 아이를 먼저 죽이고 두 종을 죽여 없애려 했다. 그런데 최언선이 일을 망치고 제가 죽는 것을 마다하지 않으니 그런 해괴한 일이 어디 있겠느냐? 또한 사람의 명이 하늘에 달려 있는데 죽기를 하찮은 것처럼 여기니, 그는 앞뒤 계산이 없는 사람이라 뾰족한 수가 없구나. 그 처자식이 끝내 우리를 원망할 것이니 참으로 괴롭구나. 네 생각에는 어떻게 하면 좋겠느냐?"

장헌이 여차여차하며 주절주절 떠들더니 갑자기 깨달아 말했다.

"정잠 형님께서 이전에 예부상서를 지낼 때 최언선이 그 집의 은혜를 받았으니, 최언선이 제 목숨을 바쳐 정씨 아이를 대신하고자 함이구나."

인광이 웃으면서 말했다.

"최언선은 정도가 지나치군요. 은혜야 조금 있겠지만 목숨을 버려가면서까지 갚을 일은 또 무엇이랍니까?"

장헌이 말했다.

"은혜를 갚는 바에야 아주 크게 갚고 일이 곤란할 때는 형세를 보아 이익과 해로움을 기다리는 것이다."

(책임번역 김유미)

완월회맹연 권19

정잠과 상봉하는 정월염

정잠은 황제가 있는 노영으로 향하고
정월염은 취령산에서 부친을 만나다

여장한 정인광에게 고민을 털어놓는 장헌

이때 장헌이 말했다.

"일이 되어가는 형세가 어지러워 마음먹은 대로 되지 않으니 상황을 살펴서 이로울 때까지 기다려야겠다. 중요한 것은 내 마음속에 정씨 집안을 잊지 않는 것이지. 정씨 집안 사람들이 내 뜻을 모르지 않을 터이니 구태여 나를 그르다고 여기지 않을 것이다."

인광이 말했다.

"내 얼핏 들으니 정씨 집안의 운수가 극히 쇠하여 문청공(정한)이 돌아가신 후 문계공(정흠)이 나라에 죄를 지어 죽고 지금 황제께서 정씨 집안 사람들을 분하게 여겨 이를 간다고 하십니다. 그렇기에 상공께서 아무리 심하게 정씨 집안을 배척한다 해도 정씨 집안이 세력을 회복할 기회가 없으니, 상공에 대한 원망이 있다고 한들 풀 길이 없을 것입니다. 비록 상공의 마음을 알지 못하고 배은망덕한 사람이라고 꾸짖는다고 해도 무슨 큰일이 있겠습니까?"

장현이 말했다.

"너는 어디서 이런 소문을 들었느냐? 진실로 네가 하는 말과 같아서 정씨 집안이 세력을 회복할 기회가 없을까도 싶지만 정씨 집안 사람들이 보통이 아니라서 이대로 끝나지는 않을 것이다. 저번 도적의 누명을 쓰고 옥중에 갇혀 있던 아이도 다른 명문가 집안의 뛰어난 아이들보다 나았으니, 마침내 정씨 집안이 씨도 없이 망할 리는 없거니와 훗날 정잠 등이 때를 만나도 나와 맺었던 지난날 좋았던 친분을 상하게 할 리는 없을 것이다."

인광이 가만히 웃으면서 말했다.

"상공께서는 본디 하나만 알지 둘은 모르십니다. 마음속에 정씨 집안의 은혜를 잊지 않았다 하시며 모든 일에 이익이 되는 때를 기다린다고 하시나 정잠 등이 이대로 끝나지 않을 사람입니다. 훗날 때를 만나 이런 일을 생각할 텐데, 아무리 도량이 크다고 해도 자손을 죽이려 하던 원수를 가만두지 않을 것입니다. 그러니 상공과 지난날 맺은 좋은 친분이 어찌 상하지 않겠습니까? 하물며 정씨 집안 아들이 죽었으면 오히려 후환이 없겠지만 그 종과 주인 세 사람이 감옥을 탈출하여 도망갔으니, 범숙이 위제로 인해 뒷간의 귀신이 되었던 한을 갚고자 할 때 범숙이 수가에게 밥을 먹이고 위제의 머리를 베라고 성화같이 재촉했던 것처럼 해야 합니다. 그런데 상공은 정씨 아이의 비상함만 알고 처음에 품은 뜻을 위해 마음만 요동칠 뿐 자세히 말도 못 하고 있습니다. 한갓 맹추 등의 말에 천둥과 번개가 친다고 생각하여 놀라기가 꺾일 것이며 배은망덕하고 신의와 의리가 없다는 비난도 여러 세대에 미칠 것입니다. 이제는 돌아가는 형세가 예전과 같지 않아서 정씨 집안 사람들을 모조리 해치고 어린아이까지 다 없애면 모르지만 그러하지 않고서 정씨 집안이 때를 얻는 날이면 상공께서 목숨을 보전하지 못하실 것입니다. 뿐만 아니라 설사 정씨 집안이 너그럽고 도량이 커 털끝만큼도 유념하지 않는다고 해도 상공의 신의 없고 배은망덕한 큰 허물이 온 나라에 가득하여 어린아이와 종들까지 손가락질하고 욕하는 지경이면 이때 무한히 얻은 부귀가 재와 같이 사라지고 연기같이 흩어져 하늘과 땅 사이에 몸 둘 곳이 없을 것입니다. 사람이 금수와 다른 것은 예의와 염치와 신의와 절개가 있기 때문입니다. 상공은 두계량이 호협하고 의리를 좋아하며 남의 근심에 슬퍼하고 남의 즐거움에 즐거워하며 맑고 탁함에 실수하는 바가 없는 모습을 배우고자 하십니다. 그러다가 이른바 호랑이를 그리려다가 개를 그린 것으로, 섣불리 훌륭한 사람의 언행을 모방하려다가 도리어 경박한 사람이 된 격입니다. 정씨 집안이 때를 못 얻으면 다행이지만 혹 뜻을 이루게 되면 상공은 앉아서 화를 입을 것입니다."

장헌은 인광의 빛나고 온화한 얼굴과 흘겨 뜨는 가늘고 긴 눈과 고운 눈빛에 넋을 잃고 말았다. 그 연꽃 같은 두 뺨이 살며시 움직이는데, 붉은 입술이 밖으로 열리고 흰 이는 안으로 깨끗함을 자랑했다. 선연하게 빛나는 아름다운 얼굴은 무르익은 봄날에 온갖 꽃이 만발한 듯, 해가 멀리 장강에 찬란한 빛을 비추는 듯, 해오라기가 가을 하늘에 아득한 듯했다. 내면은 탁월하고 뛰어나서 거룩하며 지혜롭고 사리에 밝은 심지가 맑은 거울처럼 비추어 모습을 이루었다. 양귀비가 얼굴을 한번 돌려 웃으면 백 가지 아름다움이 일어나 육궁의 화장한 미녀들의 낯빛을 잃게 만들었다고 하는 것과 비교해도 부족한 것이 없었다. 장현이 소중하게 여기는 뜻과 황홀한 사랑이 순식간에 무르녹아 그 말이 진실로 이치에 맞는 것을 알게 되니, 자기가 차후에 위태함을 면치 못할까 몹시 놀라 두 눈을 허황하게 뜨고 혀를 내둘러 넋과 혼이 나간 것같이 뭐라 말을 못 했는데 그 거동이 또한 우스웠다. 인광이 다시 보일 듯 말 듯 웃음을 머금으며 말했다.

"제 말이 진실로 상공의 의견에 맞지 않는 것이 있습니까? 어찌 대답이 없으십니까? 제가 다시 생각하니 고인이 말씀하시길 '오늘 술이 있으면 취하고 내일 일이 있으면 당하라.' 하셨으니 정말로 바른 말씀입니다. 군자는 마음이 넓고 느긋하나 소인은 마음이 좁아 늘 조마조마하다고 합니다. 지금 영화로운 복록과 부귀로 인생의 즐거움이 무궁하니, 훗날에 한결같지 않아 즐거움을 다하지 못하고 화를 입어 무너진다 한들 설마 어찌하겠습니까? 옛날의 착한 군자와 이름난 장부라도 몸과 목숨을 보전한 자는 적습니다. 본래 이사가 죽은 것은 족히 아깝다고 말할 것도 없지만 그 작위가 정승에 이르렀는데도 참형을 당했고, 또 회음후 한신은 왕이었지만 진나라에서 속박을 받았으며, 팽월과 장오는 임금으로 칭하다가 옥에 매여 죄가 드러나고, 강후는 여씨들을 죽이고 권세가 춘추오패를 기울이되 감옥에 갇히게 되었고, 위기는 대장이었지만 붉은 죄수복을 입어 형구에 매였으며, 계포는 주가의 종이 되었고, 관부는 거실에서 욕을 받았습니다. 이 사람들이 다 몸이 왕후장상에 이르러 영광스러운 명예가 천하에 드높았지만 능히 제명을 다 살고 편안히 자리에 누워서 죽지 못했습니다. 상공께서는 과거시험과 높은 벼슬로 일찍 이름이 조정과 민간에 드높았을 뿐 아니라 공업을 세워 역사에 전해질 것이어서 만세에 그 흔적이 없어지지 않을 것입니다. 자연스럽게 부귀를 누리다가 말년에 원하던 바와 달리 일생을 마치는 한이 있다고 한들 그 무슨 걱정이 있겠습니까? 다만 즐거움도 극에 달하면 슬픈 일이 닥치니, 상공의 즐거움이 오늘과 같지 못할까 걱정됩니다. 좋지 않은 일들이 지나고 나면 좋은 일이 오는데, 정씨 집안도 이처럼 좋은 날이 올까 봐 걱정입니다. 정씨 집안이 때를 얻으면 상공이 때를 잃고 상공이 즐거우면 정씨 집안이 슬프고, 정씨 집안이 근심이 없으면 상공이 근심과 걱정을 얻으리니, 이제는 기회를 타 정씨 집안을 크게 해하여 원수를 두텁게 만든다면 비 온 뒤에 탄식함이 없을까 생각합니다. 정씨 집안 사람들의 목숨이 하늘에 있고 실로 상공의 수단에 있지 않다면 상공이 무엇을 할 수 있겠습니까? 속절없이 위제의 죽음을 따를 뿐입니다. 제가 상공을 위해 그윽이 걱정됨을 이기지 못하겠습니다."

장헌이 또한 인광에게 이와 같은 말을 들으니 마음속에 용이 뛰놀고 혼백이 날아가는 듯하여 능히 마음과 몸을 진정하지 못했다. 장헌이 본디 오직 바른길에만 최선을 다하는 사람이 아니기에 그 마음이 요동쳐 얼굴색이 자주 변하는 것을 어쩔 수 없었다. 고개를 숙여 실망하며 탄식하다가 네 벽을 돌아보며 무수히 걱정하고 헛되이 선웃음을 짓더니 문득 일어나 발을 구르며 말했다.

"이를 장차 어찌할꼬? 훗날 너의 말과 같이 되면 어떻게 하느냐? 하늘이 내 혼을 빼앗고 귀신이 내 몸을 탈취할 것이 아니냐? 내 평생에 몸가짐과 행동을 나에게만 편하도록 너그럽게 하고 옳고 그름에 대해서도 의견을 강하게 피력하지 않았다. 내 깊이 생각하여 전후를 살피고 매사를 위태하게 하지 않았는데, 오늘날 어떠한 연고로 정씨 집안과 원한을 맺어 이렇게 위험한 상황에 부닥치게 되었는가? 이제 너의 바다같이 넓은 도량과 별같이 밝은 생각이 아니었다면 오히려 내 아득히 안개 중에 있어 우리 집안의 길흉과 재앙을 의연히 알지 못했을 것이다. 내가 가만히 생각하니 저 정씨 가문이 위아래 늙고 어리고 젊고 장성한 사람을 모두 죽여서 강보에 싸인 갓난아이까지 남기지 않는다고 해도 정씨 집안에 은혜 입은 자가 하나둘이 아닐 것이다. 천하에 많은 백성들이 정한에게 은택을 받아 저마다 죽어 은혜를 갚으려는 마음이, 예양이 지백을 위해 조양자에게 복수하려고 한 것과 같다. 지금 황제도 위엄으로 정씨 집안 사람들을 잡아 죽이고자 하시나 천하 인심이 소요할까 두려워 차라리 고요히 해할 바를 생각하여 맹추에게 여차여차 밀교하셨다 하니, 내 무슨 대단한 기세와 세력으로 정씨 집안을 모조리 없앨 수가 있겠느냐? 가만히 생각해 보니 최언선을 옥에서 내보내어 그에게 은과 보배를 넣은 편지를 써서 정잠 등에게 보내게 하여 정씨의 아들을 해치고자 한 것이 나의 진심이 아니라는 것을 밝힌다면 훗날 저 사람들이 좋은 때를 만나도 나를 해치지 않을 것이다. 너의 통달하며 총명하고 과단성 있는 모습은 진평과 같고 선견지명이 있는 모습은 장량과 같다. 내가 지금 부귀를 잃지 않고 훗날 영화로운 복록이 한결같아 종신의 남은 한이 없이 즐기다가 사후에 복록이 자손에게 미쳐 후세까지 이어지게 할 계교가 있거든 한번 밝혀 나의 마음을 시원하게 하라."

인광이 불량한 장헌과 말을 나누는 것은 오로지 최언선을 살리기 위해서였다. 그런데 최언선을 살리는 말을 내지도 않았는데 장헌의 말이 또 이와 같아, 불의한 흉심으로 최언선을 살리고자 한다는 것을 들으니 몹시 다행이었다. 하지만 자신이 저 짐승 같은 장헌의 말에 움직여 정직하지 않은 일을 해야 한다는 생각에 마음속으로는 즐거워하지 않았다. 그래서 넓은 눈썹을 움직이며 가만히 말을 하지 않았다. 그러자 장헌이 몹시 급하여 인광의 손을 잡고 몸을 흔들며 말했다.

"내 말이 어떠하기에 답이 없느냐? 알지 못하겠구나, 해서는 안 되기라도 한 것이냐? 바라건대 금과 옥 같은 좋은 의견을 아끼지 마라."

이에 인광이 천천히 답했다.

"상공께서 최언선을 그렇게 석방하시면 후일에 정씨 집안을 대할 때 조금이라도 사죄할 건더기가 있을 것입니다. 정잠 형제는 맑은 심성과 덕이 있는 군자이고 절개와 정직함이 있는 장부입니다. 금과 은을 주어도 족히 그 마음을 더럽힐 수 없을 것입니다. 그러니 상공께서 예사로이 서찰을 부치지 않고 은을 보내신다면 심히 불쌍하게 여길 것입니다."

장헌은 그 말이 다 옳음을 기뻐하며 고개를 끄덕이고 또 가만히 이르러 말했다.

"이제 아홉 살이 된 내 딸은 모든 것이 숙성하고 특이하여 나와 같은 아비와 박씨 같은 어미로서는 열 번 살고 아홉 번 죽어도 그 성덕에 미치지 못할 것이다. 그 어짊이 요나라 천자와 방불하고 그 덕스러움이 순나라 황제와 비슷하니, 진실로 평범한 사람을 배우자로 삼지 못할 것이다. 매양 기특한 사람을 보면 딸에게 빗대어 말하게 되기 때문에 너에게도 전후에 여러 번 말한 적이 있을 것이다. 그러나 과연 너라도 내 딸에게는 미치지 못할 것이야. 딸이 비록 모습을 잘

드러내지 않았지만 꽃다운 이름이 널리 퍼져서 왕족이나 높은 집안 사람들 중 귀한 아들을 둔 자들이 저마다 내 딸에게 구혼하느라 집 앞에 줄지어 섰을 정도이다. 그러나 다 응답하기 어려워 아직 나이가 어려서 안 된다고 말하며 모두 물리쳤었다. 그러나 각로 우겸과 부마 범단이 구혼할 때는 인정 때문에 멀리하기 어려웠다. 거기다 더욱더 간절하게 구혼하니 차마 물리칠 수 있는 상황이 아니었다. 우겸의 아들은 광채가 빛나고 용모가 화려하나 복록이 있는 얼굴이 아니고, 범단의 아들은 품위가 있으나 군자의 온화한 덕이 있는 얼굴이 아니었다. 그래서 딸에게 얘기했지만 딸도 하늘만 간절하게 바라볼 뿐 거듭 사양하여 내 뜻과 같았다. 그래서 차마 혼인을 허락할 수가 없었던 것이다. 이때 황족 임치왕이 황제를 위해 뛰어난 여자를 천거하여 법대로 후궁으로 들여 자리를 높이고자 했는데, 외모와 덕이 주나라 강후 같은 사람을 구하는 중이었다. 내 부인의 남동생인 박상원이 임치왕의 왕비의 조카사위여서 임치왕과 두터운 사이라 임치왕이 숙녀를 구한다는 말을 듣고 우리 딸의 기특함을 전했단다. 이에 임치왕이 크게 기뻐하며 말하기를 '그 아이를 황제께 천거하여 한번 승은을 입는 날이면 장씨와 박씨 두 집안의 부귀가 엄청날 것이니, 당나라 때 양태진이 권세를 잃고 도주하다가 마외역에 이르러 패망함이 없이 형제자매가 복록을 얻을 것이다. 될 수 있는 대로 조카의 얼굴을 먼저 보게 그림을 그려 오거라.' 했다고 하고 박상원이 나더러 말하기를 '제가 조카를 사랑하여 그 그림을 가져가 두루 볼 것이다.'라고 하기에 마지못해 그려 보냈었다. 과연 임치왕이 신중하게 보려고 그림을 펼쳐놓았는데, 성격이 강한 왕비가 이를 보고는 그림을 태운 후 임치왕에게 '무슨 일로 군주의 덕을 잃고 음악과 여색에 빠져 잔치하고 술 마시며 천심을 동하게 합니까? 설사 후궁을 천거하더라도 하늘이 살피어 친히 정하시게 할 것이니, 남의 규수 그림을 가져다가 눈을 어지럽게 하는 것이 과연 옳은 일입니까?'라고 했다는구나. 임치왕이 왕비의 말을 옳게 여겨 다시는 여자의 그림을 청하지 않고 조용히 틈을 타 내 딸의 기특함을 황제에게 얘기했는데, 황제가 이를 듣고 후궁으로 맞이하고 싶다고 했다는구나. 참 일이 어떻게 돌아가는 것인지 모르겠다. 외람되게 성군께서 우리 딸을 부르시나 문왕과 무왕 같은 성군이 아니면 우리 딸의 인생을 헛되게 만드는 것이니, 내 훗날 황제의 장인이 된다 한들 무엇이 즐겁겠느냐? 마음이 어질어질하여 어찌할 줄 모르겠구나. 만일 딸을 후궁으로 들이게 되면 나는 기강에서 여러 달 머물지 못할 것 같다. 필연 다른 진유사를 보내고 나를 옛 벼슬로 바삐 부르실 듯하니, 일이 그렇게 되면 슬퍼도 마지못해 가게 될 것이다. 네가 앉아서도 하늘의 뜻을 꿰뚫어보는 능력이 있는 듯하니 어떻게 해야 할지 생각해 보아라. 내 딸을 후궁으로 들여 마침내 융성한 부귀를 누리는 것이 옳은 것이냐?"

인광은 장헌의 불량함을 처음 아는 것도 아니었지만 그 딸을 팔아 부귀를 도모하려고 열 살도 되지 않은 어린 딸을 후궁으로 들이고자 딸의 그림을 그려 보냈음을 듣고 마음속으로 흉악하고 괘씸하다고 생각했다. 이어서 원수처럼 생각하는 마음이 솟구치며 장헌을 뱀이나 전갈을 대하듯이 물리칠 생각이 점점 더 커졌다. 그래서 더는 머무를 마음이 없었다. 그러나 서너 살까지 장성완을 내외하지 않고 보아온 터라 얼굴을 기억하고 있었고, 그녀가 보통의 숙녀가 아니라는 것도 알고 있었다. 그리고 그 빼어난 기질을 짐작했을 때 장헌이 이처럼 무례하게 굴면 장성완이 높은 절개를 지키기 위해 반드시 살지 못하리라 생각했다. 그러나 인광은 장헌이 자신을 사위로 삼고 싶다 하더라도 장헌 같은 도적의 사위가 될 마음이 없었기 때문에 장헌이 없을 때를 타 장성완을 다른 곳으로 피신 보내는 것이 좋겠다고 생각했다. 그래서 웃으면서 말했다.

"원래 따님이 화려한 궁궐과 같은 부귀를 사모합니까?"

장헌이 말했다.

"딸의 성품이 과격하여 청렴한 군자보다 더하니 어이 부귀를 사모하겠는가?"

인광이 말했다.

"따님이 비록 청렴함을 소중하게 여긴다 해도 상공의 뜻이 부귀를 사모한다면 어찌할 수 있겠습니까? 혼례는 상공께서 임의로 하실 것이니, 어리석은 사위를 얻거나 평범한 사위를 맞이하거나 후궁으로 들이시거나 하는 것은 스스로 선택하실 일입니다. 제가 어찌 간섭하겠습니까? 동서의 사람들을 모아다가 사위로 삼아도 제가 따님의 앞길을 이리저리 간섭하지 못할 것입니다. 상공께서는 따님을 사랑하시지요? 따님의 나이가 어리나 조숙하고 맑으니 구태여 세월을 지체하는 것이 부질없습니다. 일을 빠르게 하는 것이 좋으니, 이제 기강을 떠나 돌아가시면 즉시 혼례를 이루십시오."

장헌이 말했다.

"내 심혈을 기울여 범사를 너와 의논하려고 하는데, 너는 모호하게 말하면서 내 마음을 혼란스럽게 하는구나. 낮은 부류의 천한 여자라도 절의를 지키는 행동을 하고자 하는 까닭은 한 몸으로 여러 지아비를 섬길 수 없기 때문이다. 내 딸이 재상의 귀한 여자도 아닌데 어떻게 동쪽과 북쪽의 사위들을 모아서 고를 수 있겠느냐? 혼례를 빨리 하는 것은 옳지만 그 밖의 말은 족히 들을 것이 없구나."

인광이 살며시 웃으며 말했다.

"상공께서 제 말의 마디를 깨닫지 못하십니다. 진평은 만고의 영웅호걸이었지만 장부의 손녀딸과 결혼했고, 유비는 왕으로서 상부를 정궁으로 책봉했으며 당 태종은 심씨를 왕비로 삼으니, 이는 영웅호걸들이 작은 절조를 거리끼지 않았기 때문입니다. 진황후는 본래 장수의 며느리였지만 위나라 문제의 아내가 되었으니, 그 대개 천하의 기특한 것은 작은 허물을 흠으로 삼지 아니하는 것입니다. 지금 매우 부귀한 사람으로는 우겸과 범단이 제일입니다. 다만 우겸의 아들을 사위로 맞이하면 복록이 두터울 테지만 상공의 성에는 차지 못할 것이고, 범단의 아들을 사위로 맞이하면 그 아들이 경박하여 다시 다른 호걸이나 군자를 구하시게 될 것입니다. 따님이 그와 같은 강한 기질이 있는데 어찌 평생을 적막하게 하겠습니까? 이제 작은 청혼들은 물리치시고 경사에 돌아가시면 옥과 같은 사위를 맞이하거나 딸을 후궁으로 들이십시오. 그러면 장씨와 박씨 양쪽 집안이 모두 부귀를 누리며 즐거울 것입니다."

장헌이 머리를 흔들며 말했다.

"이는 다 네가 나를 조롱하는 말이지 진정한 마음이 아니니, 내 어이 곧이곧대로 들어 사위를 정하겠느냐? 내 딸은 뛰어나고 특별한 사람이다. 부디 딸과 어울리는 쌍을 구하여 사위로 삼을 것이지만 그

사이 임치왕이 황제께 고하여 후궁으로 들이는 폐단이 있을까 방심치 못하겠노라."

인광이 웃고 다시 장성완의 혼인 문제에 참견하지 않았다. 다만 안양에 가서 도적을 다스리는 것과 최언선을 풀어줄 것을 의논했다. 그러고는 장헌이 최언선을 풀어주려고 하는 것을 알고 비로소 안심하여 베개를 베고 누웠다. 이에 장헌이 또한 곁에 누워서 자는데, 감히 손을 잡지도 못하고 괴롭게 미인이 부모를 찾기만을 기다리니 어찌 기괴하고 어이없는 일이 아니겠는가?

다음 날 장헌이 최언선을 풀어주려고 관아로 향했다. 이때 장헌은 인광의 손을 잡고 사랑하는 마음을 전했는데, 이처럼 산 같고 바다 같은 애정은 연부인이나 박부인과는 비교도 못 할 정도였다. 인광은 음양을 바꾸어 짐승과 같은 장헌의 눈을 속이는 것이 자신의 허물이라 생각하여 한시도 장헌의 애정을 받아주지 않았다.

장헌이 급급히 돌아와 심복 노자로 하여금 옥리에게 최언선을 잡아들이라 했다. 그리고 사람들을 물리치고 소리를 낮추어 최언선에게 말했다.

"맹추관이 굳이 정씨 아이와 그 종들을 해하고자 하니, 내 그를 말리지 못해 겉으로 따르는 척했다. 그러나 내 어찌 정씨 집안의 은혜를 저버려 정씨 아이를 해칠 수가 있겠느냐? 내 뜻을 알지 못하고 네가 정씨 아이를 급히 풀어주어 몸에 재앙을 취하고자 하니 어찌 망령되지 않겠는가? 맹추관은 내가 너를 즉시 죽이지 않는 것을 괴이히 여겼지만 내 어이 너를 죽이겠는가? 일이 비록 옳지 못하나 내가 맹추관을 보면 너를 죽이라 할 것이니, 너는 얼굴에 색을 칠하고 한 눈만 감으며 코를 편히 못 쓰는 체하여 못생긴 사내나 병든 사람처럼 만들어 너의 처자라도 모습을 못 알아보게 하라. 그리고 편지를 태주에 있는 정잠에게 보내고 바로 숨어 있어라."

최언선이 풀려나는 것은 생각지도 못했다가 장헌이 자신을 살리고자 하니, 사람 마음이 어찌 긴 목숨을 끊어 죽기를 달게 여기겠는가? 하물며 자신이 살지 못하면 어떻게 장헌의 추악한 행실을 알리며 또 어이 죽음을 재촉하여 정씨만 위하고 장씨를 밀치겠는가? 듣기를 다 못 하여 눈물을 흘리고 머리 숙여 절하며 다시 살게 해준 은혜를 사례하니, 장헌이 촛불 아래에서 정잠 형제에게 부치는 글을 써서 따로 봉하여 최언선에게 주며 말했다.

"네가 정씨 아이와 종들을 풀어주었을 때 필연 깊이 숨겨두었을 것이다. 보고 듣는 사람이 많아서 서로 보는 것을 허락지 못하니, 모름지기 너는 이 은자와 서간을 가지고 정씨 아이에게 전하며 잘 모셔 태주로 가거라. 그리고 일을 은밀하게 하여 맹추관의 독수(毒手)를 피하도록 해라."

그러고 나서 최언선에게 떠나는 여비를 차려 주니, 최언선이 순순히 감사해하고 하직을 고했다. 장헌이 슬퍼하며 말했다.

"지금 상황이 괴이하고 여의치 못해 나에게 닥칠 재앙을 피하고자 한다. 그래서 이런 때에 정씨 집안에 은혜도 갚지 못하니 어찌 슬프지 않겠느냐? 부디 너는 범사를 엄밀히 하여 네가 살았음을 남이 알게 하지 마라."

최언선이 순순히 명을 받들며 인사하고 급하게 출발했다. 장헌이 후문을 열어 내보내니 최언선이 인광 공자의 거처를 알고자 하여 빨리 위정의 집으로 갔다. 위정이 최언선을 맞이하여 반기는데 어찌 죽은 사람을 만나는 것과 다르겠는가? 급히 살아난 곡절을 물으니 최언선이 다만 장헌이 살려줬다고만 말하고 바삐 공자의 거처를 물었다. 이에 위정이 공자가 여장한 곡절을 자세히 말했다. 최언선이 해괴하고 믿기지 않아서 빨리 방으로 들어가 공자를 보았다. 운학과 경용은 최언선이 살아 돌아왔다는 말을 듣고 반갑고 기쁜 마음을 감추지 못했다. 최언선이 인광이 있는 곳에 이르니 아름다운 여자가 앉아 있는 것 같았다. 인광은 장헌의 말을 들었기 때문에 최언선이 죽지 않으리라는 것을 알고 있었지만 최언선을 보고는 탄식하며 말했다.

"네가 살아남은 것은 기쁘지만 공교롭게 내가 음양을 바꾸어 여장하고 너를 보는 것은 부끄러운 일이구나. 장헌이 너를 풀어주면서 몹시 두려워하는 마음이 컸을 것이다. 장헌이 이미 너를 살렸으니 너도 몸에 해를 입지 않도록 조심하거라. 빨리 몸을 감추어 경사로 향하거라."

최언선이 답했다.

"공자님이 이처럼 하지 않았다면 피하는 것이 어려울 뿐 아니라 위정 또한 살지 못했을 것입니다. 음양을 바꾸어 위정을 구하신 것이니 그 은덕이 말할 수 없이 큽니다. 어이 부정하고 간사하다고 자책하십니까? 공자께서도 미복 차림으로 송나라를 지나가셨으니, 인성 공자님의 마음이 그것과 같지 않겠습니까?"

인광이 말했다.

"너의 말이 그러하나 나는 내 행실이 부끄럽도다. 이게 다 나의 허물이니 한심한 생각까지 드는구나. 나는 아직 거취가 장헌에게 달렸으니 이제 빨리 돌아가지는 못할 것이다. 너는 운학 등과 함께 경사로 나아가는 것이 좋겠구나."

최언선이 장헌의 서간을 꺼내어 공자께 드리며 태주에 있는 정잠에게 가는 서간이 있음을 고하고 장헌이 하던 말을 세세히 전했다. 이에 인광은 눈으로 장헌의 서간을 살피며 귀로 최언선의 말을 듣다가 천천히 말했다.

"네 어찌 장헌의 은자를 받아 왔느냐?"

최언선이 답했다.

"공자께서 장헌의 은자를 매정하게 물리치시니 무슨 이유 때문입니까? 운학 등도 소인과 함께 보내고자 하시면 돈이 부족할 테니 이를 여비에 보태는 것이 좋을까 합니다."

인광이 화를 내며 말했다.

"불량한 사람의 재물을 쓰는 것이 무엇이 좋겠는가? 운학 등의 여비는 다른 사람에게 빌릴지라도 장헌의 은자는 받지 못할 것이다."

그러고는 그 은자를 전날 장헌이 보낸 은을 넣은 궤에 한데 넣어 봉했다. 그리고 운학 등을 태주로 보내려 하다가 먼저 경사에 가서 여비를 얻은 다음 가도록 명했다. 이어서 부모님께 올리는 편지를 써서 운학 등에게 맡기고 먼 길을 무사히 가기를 당부하며 말했다.

"맹추와 왕술위가 도중에서 방해하여 화가 나고 억울하지만 아직 일을 발설하지 못하니, 너희는 오로지 함구하여 짐짓 고하지 마라."

운학과 경용이 인광의 말을 듣고 중요한 실마리가 있는 줄을 헤아려 절하고 명을 받들었다. 그리고 하직하면서 눈물을 흘리며 말했다.

"저희가 처음에 공자의 생존과 거처를 알고자 하여 떠나왔는데 공자께서 살아 계셔서 다행히도 만나게 되었으나 허다한 어지러운 일로 말미암아 잠시도 조용히 공자를 받들지 못하다가 이제 부득이 먼저 가게 되었습니다. 그러나 인성 공자님이 살아 계심을 알지 못하니, 누가 묻는다고 하더라도 어떻게 답하겠습니까? 공자께서 주신 서간을 정잠 어르신께 드린 후 다시 인성 공자님의 거처를 찾기 위해 구주와 온 세상을 두루 다니게 될 터이니, 공자께서 비록 태주로 돌아오신다 해도 저희를 보지 못하실 것입니다."

"너희의 지극한 충심이 위로는 하늘에 통하고 아래로는 땅에 통하여 나를 죽을 곳에서 구했다. 그런데 다시 형님의 거처를 찾고자 하니, 훗날 우리 형제가 너희의 충의를 힘입어 한집에 모이면 장차 무엇으로 너희의 공을 갚겠느냐? 내 실로 말로써 그 고마움을 다 이르지 못하겠노라."

운학과 경용이 머리를 조아리고 수없이 절하며 황송함을 이기지 못하면서 최언선과 함께 떠났다. 이때 인광이 후문까지 나와 태주로 향하는 먼 길을 더디게 하지 말고 무사히 도착할 것을 당부하니, 종과 주인이 헤어지는 것이 애틋할 정도로 슬퍼 보였다.

인광은 이미 최언선이 참혹한 화란을 벗어날 수 있게 되었고 운학 등을 보내 남매가 살았음을 부모님께 고하게 되어 다시 마음 쓰이는 걱정이 없었다. 그러나 돌아갈 뜻이 간절하고 때때로 더하니 진실로 마음을 정하여 위정의 집에 머무는 것이 힘들었다. 그러나 일을 가볍게 하면 안 되기 때문에 괴로운 마음으로 장헌이 안양 여러 고을을 순무하며 도적을 다스려 기강 땅을 평정하고 돌아오기를 기다렸다.

정잠과 정월염의 재회

정월염이 운암산 송씨 부중에 머무른 지 열흘 남짓이 되었을 때 양수광이 모친을 받들어 모시고 돌아가고자 이에 이르렀는데, 월염이 살아서 이곳에 왔음을 몹시 다행하게 여겨 반기고 기뻐하니, 그 정이 친남매와 다름이 없었다. 월염이 또한 무사히 돌아갈 것을 다행히 여기나 동생 인광을 다시 보지 못하고 떠나는 것을 슬퍼하며 글을 부쳐 '위급한 난리 중 천금같이 소중한 몸을 보중하며 수월하게 상경하여 서로 만날 것'을 당부했다. 이에 인광도 답장으로 자기는 위태함이 없으니 멀고 험한 땅에서 무사히 돌아가 양씨 부중에 머물 것을 당부했다. 그리하여 월염이 슬픔을 이기지 못한 채 송부인의 가마에 올라 함께 경사로 향했다. 위정은 날마다 월염을 찾아가 위로했는데, 월염이 이제 떠난다고 하니 놀라 슬픈 마음을 감추지 못했다. 월염은 자기를 살려준 위정의 은혜를 살아서 다 갚지 못한다면 구천에서라도 갚겠다고 말했다. 위정은 황공함을 이기지 못하고 눈물을 흘리며 춘파 등과 함께 월염을 배웅했다.

송부인이 노년에 어머니와 잠시 만났다가 다시 상경하는 마음이 자못 슬펐으나 월염을 귀중하게 여기는 마음이 친딸과 다르지 않으니 슬픈 마음이 자연 위로되는 것 같았다. 양수광이 이를 다행이라 여기며 빨리 떠나니, 불과 열흘 남짓 만에 경사에 도착했다. 이때는 바로 음력 선달 열흘 무렵이라 해가 바뀔 때가 머지않았다. 양수광은 경사에 도착하자마자 마음이 더욱더 급하여 보통 행인의 수삼일 일정을 하루이틀 내로 바삐 행했다. 이때 해가 저물어 어두운 빛이 가득했는데, 집이 멀지 않아 종들을 재촉하여 수레를 바삐 굴리고 말에게 채찍질을 하며 남문 밖 취령산으로 향했다. 종들이 횃불을 밝혀 길을 가고자 하니 양수광이 구태여 말리지 않고 마음속으로 탄식하며 생각했다.

'진실로 시절의 혼탁함이 어두운 밤 같구나. 임금을 위해서 충성스럽게 죽지 못하고 우리 군이 노영에서 져서 만세에 씻지 못할 오명을 남겼다. 구차히 화려한 경사에 남아 밝은 불과 맑은 날을 대하는 것이 부끄럽구나. 내가 혼자 행하는 것 같으면 어이 불을 밝혀 길에 광채를 더할까마는 어머님께서 행하시니 어두운 밤에 어쩔 수 없이 횃불과 초롱을 쓸 수밖에 없도다.'

그러고는 바로 나아가다가 문득 눈을 들어보니 멀리서 급히 말을 타고 달려오는 사람이 있었다. 자세히 살펴보니 태도와 얼굴이 평범한 사람 같지 않았고 신체도 건장하여 동정호에 비친 가을 달 같았다. 얼굴은 영롱하여 동쪽 바다에 뜬 붉은 해와 같았고 기상은 명산과 같이 웅장했는데, 그 높고 광대한 모습이 정잠이었다. 양수광이 한참 바라보더니 눈에 슬픔이 가득해지고 목이 멨다. 더 자세히 보니, 비록 야위고 수척한 것이 전에 건강하고 씩씩하던 모습과 달라 다른 사람이 되었으나 빼어난 풍채의 골격이 오히려 혼탁한 세상에 병들지 않아 고상하고 청백하며 절조가 있었다. 이 시절에 어찌 저런 사람이 있으리오? 양수광이 말에서 내려 나는 듯이 그 달리는 말 앞에 나아가 소리를 높여 말했다.

"고모부님께서 조카인 양수광을 아실 것이니, 말을 잠깐 멈추지 않으시겠습니까?"

정잠이 밤새 달려 피곤하여 마음이 허둥지둥하고 속이 타서 눈의 초점이 흐려져 양수광을 알아보지 못하고 지나쳐 가려 했다. 그러다가 들려오는 소리를 따라 잠깐 곁눈으로 한번 보니 문득 반가운 얼굴이라 슬픈 빛을 내비치며 말에서 내려 손을 잡고 말했다.

"너의 목소리를 들으니 수광임을 알겠구나. 너무 반가워 저절로 말에서 내렸도다. 창명공(양선)이 황제를 모시고 북으로 갔다고 하더니, 반드시 노영 소식을 들었을 것이다. 폐하께서는 편안하고 건강하시며 창명공은 목숨을 잘 보전하고 계시느냐?"

양수광이 절하고 답했다.

"폐하께서는 평안하며 건강하시고 숙부 또한 목숨을 보전하고 계시나 바다와 땅에서 몸이 상하시어 자주 아프시다고 합니다. 자손의 초조하고 절박한 일들을 어이 다 아뢰겠습니까? 숙부께서 주야로 행하시는 것은 반드시 나라를 위하시는 지극한 충성 때문일 것입니다. 사사로운 일에 마음 쓸 겨를이 없으시겠지만 지극히 기쁜 소식을 한번 아뢰고 싶습니다."

정잠은 태주에서 노영으로 가는 동안 밤낮으로 멈추지 않고 쉴 새 없이 갔기 때문에 사람들이 말하는 것도 귀에 들리지 않았다. 그런데 양수광이 반기면서 각별히 기쁜 일이 있다고 말하니 의아해하며 물었다.

"내가 가는 길이 바빠서 조용히 긴 이야기를 들을 수는 없다. 그런데 기쁜 일이라는 것은 무엇을 말하는 것이냐?"

"고모부님께서는 고향으로 내려가실 때 따님을 잃어버리셔서 더할 수 없이 비참하시고 서러움이 가득하실 것입니다. 그러나 하늘이 우리 가문을 공연히 벌하지 못하여 사촌 여동생이 기특히 살아 있고 인광이 또한 살아 있습니다. 이로 보건대 인성이도 어디에서 목숨을 보전하고 있을 것입니다. 월염이와 인광이가 겪은 재앙과 화란은 입으로 다 말하지 못할 정도입니다. 월염이가 지금 어머니(송부인)의 가마를 타고 취령산으로 향하고 있으니, 노영으로 가시는 것이 급하시겠지만 잠깐 취령산으로 가서 월염이를 보시는 것이 어떠십니까?"

정잠이 듣기를 마치고 일희일비하여 애석한 마음을 참지 못하다가 문득 눈물을 흘리며 말했다.

"조카가 내 딸과 인광이가 살아 있다는 말을 전해주니 기쁘고 다행스러움이 어찌 세간 사람의 소식을 들은 것과 같겠는가? 이제 한유가 층봉역에서 죽은 딸을 묻고 울었던 것을 부러워할 일이 없구나. 인광이가 살아 있다는 말을 들으니 천만다행이지만 네 아이를 잃어 두 아이의 생존은 알고 두 아이의 생사를 알지 못하니 원통하구나. 자식을 잃은 한스러움은 다시 이를 것도 없지만 내 아들 인성이가 살았다고 해도 어디에 있기에 한 조각 소식도 없단 말인가? 월염이와 인광이가 살아 있는 것도 생각지 못한 바람 밖의 일이어서 사람 일을 족히 알지 못하겠구나. 인성이와 연교의 거처를 알 길이 없으니 뼈에 사무치는 참혹한 슬픔을 어찌 말로 다 표현하겠느냐? 다만 월염이는 이곳으로 왔는데 인광이는 어디로 갔느냐?"

양수광이 답했다.

"인광이는 기강에 있습니다. 장헌의 애첩이 되어 몸이 편한 것이 반석 같으니, 고모부님께서는 염려하지 마시고 월염이를 만나면 전후 사정을 물어보십시오."

정잠은 인광이 장헌의 첩이 된 것을 이상하게 여겼으나 오히려 물어보는 것이 민망하여 다시 말에 올라 양수광과 함께 취령산으로 향했다. 양수광도 또한 말에 올라 어머니가 탄 가마를 바라보았는데, 벌써 멀리 떠나 자신과 정잠이 이야기를 나눈 것을 알지 못했다. 양수광은 춘파 등을 불러 월염에게 자신이 먼저 정잠 일행을 만났음을 전하게 했다. 이때 춘파가 불빛을 보고 정잠을 우러러 절하고 눈물을 비 오듯 흘리며 슬픈 마음을 이기지 못했다. 정잠이 비록 엄숙한 성격이나 죽었다고 생각했던 딸의 유모를 만나니, 주인과 종이 다 살아 있는 것을 다행으로 여겨 기뻐하며 말했다.

"구사일생이라도 이렇게 살아 있으니 다행이다. 너는 부질없이 슬퍼하지 말고 딸에게 내가 북행하다가 여기에 이르러 고맙게도 상봉하게 됨을 전하거라."

춘파가 비로소 슬픔을 진정하고 빨리 가마 앞에 이르러 월염에게 사정을 전했다. 월염은 아버지가 오셨다는 말을 듣고 일만 번 다행이라 생각하고 일천 번 반가운 마음이 생겼다. 지극히 반갑고 지극히 기뻐서 놀란 듯 슬픈 듯 마음이 요동쳤다. 눈물을 흘리며 가라앉은 목소리로 춘파에게 말했다.

"진실로 그 말이 맞느냐? 아니면 나를 속이는 것이냐?"

춘파가 기쁜 마음으로 답했다.

"첩이 소저를 강보에서부터 받들어 오늘날까지 정성을 다하며 일찍이 거짓말을 한 적이 없는데 어찌 소저께서 저를 믿지 않으십니까? 가마 뒤에 주군께서 양수광 상공과 함께 와 계십니다."

월염은 정신이 아득하여 도리어 몸을 지탱하지 못하면서도 아버지를 뵙기 위해 급하게 취령산 문 앞으로 나아갔다. 원래 양씨 집안의 옛집은 경사에 있었다. 화려한 저택과 함께 연이어 있었는데, 추밀사 양교가 별세한 후 좋은 묫자리를 점복하여 취령산으로 옮겨갔다. 그리고 취령산에서 장사를 지내고 무덤을 지킨 지 3년이 되었으나 다시 고택에 돌아가지 못했다. 이때 양선은 황제를 따라 북쪽 땅으로 가고, 위로 네 양공은 자식들을 거느리고 취령산에 거하며 자취를 도성에 내비치지 않았다. 이날은 아직 송부인이 돌아오기로 한 날이 멀었으므로 자녀들이 구태여 기다리지 않고 다만 날을 헤아려 모친 일행이 경사에 도착하면 교외로 맞으러 가려고 했다. 그러나 뜻밖에 정잠과 양수광이 함께 오며 송부인 행차 또한 문 앞에 도착하니 온 집안이 떠들썩했다. 송부인이 돌아오고 뜻밖에 정잠까지 함께 오자 다들 급하게 반겨 맞았다.

양공 네 형제가 바야흐로 자려고 하다가 정잠이 왔다는 말을 듣고 홑옷을 입고 바지를 걷어 올린 채 바삐 나와 맞이했다. 이때 그 자식들 10여 명도 의관을 갖추고 정잠을 보기 위해 나왔는데, 그 반가움이 새로웠다. 양공 네 형제는 벼슬을 하직하고 조정의 일에 간섭하지 않았지만 나라를 걱정하고 황제를 염려하는 마음은 지극했다. 양공 네 형제의 푸르름이 무성하던 귀밑에는 흰 머리가 섞이고, 검은 털이 가득하던 수염에는 흰 수염이 늘어 노인의 모습과 같았다. 양공 등이 정잠의 수척한 거동과 모습을 걱정했지만 백발이 아닌 것을 다행이라 여겼다. 피차 슬퍼하며 반기는 마음이 넘치니, 꿈인지 생시인지 분간치 못했다.

양수광이 아버지께 인사하고 그사이 몸이 평안하고 건강하신지를 여쭈었다. 그리고 어머니를 모시고 올 때 월염 조카도 함께 데리고 온 것을 말했다. 이에 양공 형제들은 정잠이 어진 성덕을 지녔음에도 복록을 누리지 못하고 오히려 슬픔만 지극하여 자식을 잃은 고통까지 겪고 있음을 탄식했다. 인성과 연교를 잃어 죽었는지 살았는지 모르니, 매양 복선화음(福善禍淫)의 이치가 어그러짐을 탄식하며 먹고 자는 중에도 슬픔과 걱정을 놓지 못하는 것이 친부모보다 덜하지 않았다. 정잠이 부친의 삼년상을 치르며 능히 몸을 보존하지 못할까 걱정했는데, 오늘 하늘이 돕고 신령이 도와 부녀가 상봉하는 것을 보니 다행스러움을 이루 말할 수 없었다. 즉시 정잠을 이끌고 서헌에 들어가 좌정한 후 황홀하여 말을 못 하다가 이윽고 양공 형제들이 먼저 말을 했다. 세월이 흘러 벌써 태부 정한의 삼년상이 지났음을 말하며 국운이 망극하여 황제가 노영에 피란하고 불충한 사람들이 나라를 장악했으나 죽지도 못하고 목메어 소리도 내지 못하는 현실을 이야기했다. 이에 한바탕 통탄해하며 월염을 불러 보는 것도 잊었다.

도헌 양선광이 형제들과 더불어 송부인에게 인사하며 먼 길을 무사히 도착했음을 치하했다. 그리고 월염을 보았는데, 그 아름다운 일색이 빛나 공경하며 애석해하는 마음이 비할 데가 없었다. 다른 외숙모들도 송부인처럼 월염을 한결같이 사랑했다. 월염이 외가로 돌아와 외숙모들이 사랑해 주시고 외사촌 형제들이 반기는 모습을 대하여 옛날 일을 생각하니, 아름다운 두 눈에 눈물이 맺혀 떨어지는 것이 밝은 달이 하늘에 떠다니는 구름에 응하고 예쁜 연꽃이 푸른 물결에 잠긴 것과 같았다. 양선광 등이 볼수록 아름다움을 이기지 못하다가 밖으로 나와 고했다.

"여동생이 고모부님을 빨리 뵙고 싶어 하는데 어찌 부르시는 명이 없으십니까?"

정잠이 말했다.

"내가 어찌 딸을 빨리 보고 싶지 않겠냐마는 지기들과 밀린 회포를 펴느라 아직 보지 못하는 것이란다."

그러고는 비로소 딸을 불렀다. 이에 양공이 자식들을 돌아보며 말했다.

"월염이 외당에 오래 앉아 괴로웠을 것이니 새 자리를 펴서 좌석을 편하게 해주어라."

양선광 등이 즉시 새 자리를 마련한 후 춘파가 월염을 모시고 나왔다. 이때 정잠이 월염의 생사를 모르다가 오늘날 전혀 생각지도 않게 만나게 되니, 천륜의 자애와 골육의 정이 일어 그 기쁨이 어디에도 비길 데가 없었다. 정잠이 월염의 손을 잡아 무릎에 앉히고 슬프게 눈물을 흘리며 말했다.

"내가 목숨이 끈질겨, 오랫동안 밥 먹는 것을 망극해했으나 세 번의 기일을 무사히 마쳤다. 그러나 너희를 잃고 살았는지 죽었는지를 아득히 모르니, 자하가 자식을 잃고 눈이 멀었던 것과 한유가 어린 딸이 죽자 층봉역 근처에 임시로 묻고 울던 것을 부러워했다. 그들은 그나마 눈으로 그 죽음을 보아 시신을 장례 치렀기 때문이다. 네 아비가 쌓은 재앙이 많아 하늘이 벌하여 너희들을 참혹하게 죽게 만든 것인가 하여 더욱 통한함을 견디지 못했단다. 허나 차마 내 고통과 근심을 어머니께 보이지 못해 도리어 너희를 잊은 듯이 세월을 보내며 공부에 매진했었다. 그러나 전혀 생각지도 못한 곳에서 부녀가 상봉하니 어찌 다행이며 즐겁지 않겠느냐? 수광이를 통해 인광이가 살아 있다는 것도 알게 되었으나 아직 인성이의 거처를 알지 못하고 연교의 생사를 알지 못하니, 네가 살아 있다는 것에 만족하지 못하고 애통함이 더하는구나. 살아서 인성이의 거처를 알지 못하니 구천에 떠도는 귀신도 되지 못할 것이다. 갈수록 가문의 운이 불행하여 정흠이 황제에게 충절로 간언하다가 죽게 되고 조세창도 북쪽 땅으로 귀양 갔으니, 재앙과 액운이 쌓이는 것을 어떻게 잊겠느냐? 조씨 집안과 상씨 집안이 다 자기 고향으로 내려가고 일가친척 가운데 한 사람도 경사에서 머무는 이가 없거늘, 다시 형세를 살펴보아도 우리는 들판의 농민이 되기도 어렵단다. 아버님의 삼년상을 마친 후 나는 북행하기 위해 태주를 떠나고 너의 숙부(정삼)는 어머니를 모시고 일가를 거느려 깊은 산속 험한 골짜기에 자취를 감추기로 정했으니 필연 태주를 떠났을 것이다. 네가 만약 태주로 갔다면 빈집에 의지할 사람이 없었을 텐데, 다행히 이곳으로 왔구나. 아직 고향에 돌아갈 생각을 하지 말고 외가에 의지하면서 내가 돌아오기를 기다리거라. 그런데 인광이는 어찌 너와 함께 오지 않았으며, 또 적도를 만난 후 어디에 머물렀다가 오늘에야 비로소 이곳에 오게 되었느냐? 춘파는 너와 항상 함께했으니 살아 다시 돌아오는 것이 이상하지 않다. 그런데 경파는 옛 부인을 모시다가 너와는 서로 헤어졌는데, 어디에서 너를 만나 따르게 되었느냐?"

월염이 듣기를 마치고 손으로 땅을 짚어 몸을 일으키고는 절하며 아버지의 손을 잡았는데, 반갑고 기뻐서 인생에 오늘 같은 날이 다시 없을 것 같았다. 그러나 어머니의 모습이 아득하여 억만년 같은 이별의 정을 펼 길이 없으니, 통탄스러운 심정을 억제치 못해 이마에 어두운 구름이 드리워지고 별 같은 두 눈에 눈물이 가득했다. 애절한 태도와 쓸쓸한 얼굴이 곱고 아름다워 말로 형용하지 못할 정도였다. 그 걱정하며 우는 모습이 슬플지언정 경박하지 않고 군자와 성현의 기풍이 가득했다. 나직이 할아버지의 삼기를 속절없이 맞이했던 슬픔과 화란을 당해 할아버지의 삼년상에 참여하지 못해 삭망한 거처에서 아침저녁 향을 피우고 소리를 내어 울었던 일을 말했는데, 자신의 미천한 효심과 적은 정성이라도 펴지 못한 생전에 남은 한에 이르러서는 오열하여 말을 제대로 잇지 못했다.

월염은 할머니의 안부를 물은 후 종숙부(정흠)가 비참하게 죽은 소식을 조주에서 듣고 원통해했던 일을 고했다. 그리고 양 대인(정잠과 정삼)의 지극한 정성과 하늘의 도움으로 장례를 무사히 치른 일, 아버지가 쇠약해지심과 관직에서 삭탈되신 일, 아버지가 북행하기 위해 떠나야 했던 일 등을 이야기하는데 심장이 찢어지는 듯 아픔을 참기 힘들었다. 그리고 작은 배를 의지하여 남매가 조주에 떠내려갔던 일, 요도에서 곤욕을 치르고 감옥에서 고생했던 일, 이러저러하게 조주를 떠났으나 바람결에 흘러가 기강에 이르러 도적을 만난 일, 자신은 위정 덕에 살고 인광은 운학과 경용이 구하여 흉적의 독수를 면했으나 다시 불인의 해를 만나 인광이 사경을 헤매다가 겨우 최언선이 구하여 위험한 곳에서 벗어난 일, 그리고 부득이하게 인광이 여장을 할 수밖에 없었던 일을 말했다. 말하는 전후 순서가 명확하고 일부러 부풀려 말함이 없었는데, 어떤 일을 이야기할 때는 은근히 조심하여 들뜬 기운이 없었고 어수선하지 않아 마음이 엄숙하고 고요하여 참된 아름다움이 있었다. 전후사를 명백하게 말하는데도 시끄럽거나 떠들썩하지 않고 절조가 있었다. 그리고 혹독한 고생과 괴이한 변고를 눈앞에 펼쳐진 듯이 이야기할 때는 조금도 힘이 없었다. 다만 장헌의 불인함에 대해서는 말하지 않고, 인광이 여장한 것은 말했으나 장헌의 애첩이 된 것은 말하지 않으니, 이는 사람의 허물을 드러내지 않는 성격 때문이었다.

정잠이 슬픔을 억누르고 딸의 긴 이야기를 가만히 들으니, 그 목숨을 보전한 것은 천지신명이 도왔기 때문이라 생각했다. 요도의 망령되고 이치에 맞지 않는 핍박을 물리쳐 유학의 큰 도를 잃지 않았으니, 실로 정씨 집안 자녀가 아니면 그렇게 하지 못할 것이었다. 어린 나이에 세상의 고난과 재앙을 당했으나 점잖고 정대하여 구차하게 천하고 더러운 곳에 머물지 않았음을 천만다행으로 생각하며 기쁨과 기특함이 마음속에 넘쳤다. 양공 네 형제도 함께 앉아 들었는데, 듣는 말마다 탄복하고 사랑스러워 정잠의 얼굴을 바라보며 기쁜 마음으로 축하하며 말했다.

"운백(정잠)아! 옥이 곤륜산에서 나고 아름다운 진주가 바다 밑바닥에서 나니, 조카딸의 타고난 기질이 빼어나며 덕성이 있는 것은 말할 것도 없고 정절이 더럽혀진 적이 없으니 전혀 부끄러워할 것이 없구나. 불의를 당하여 화를 입었지만 군자와 열부의 큰 절개를 지켰으니 진실로 정씨 가문의 소생으로서 태부 정한의 핏줄을 잇고 자네에게서 태어나며 죽은 누이가 기르지 않았다면 이처럼 되지 못했을 것이다. 또한 인광이의 호걸과 같은 뛰어남과 통달함은 세상에서 홀로 빛나니, 여백(정삼)의 청렴하고 높은 절개가 아니면 어찌 이러한 아들을 둘 수 있었겠는가? 일시 불행한 일이 있었지만 이도 떠도는 구름처럼 흩어질 것이고 자연스럽게 다시 복록을 이룰 것이니, 가문이 더욱 경사스럽고 성대해질 것이다. 하늘이 자네 가문에 축복을 내려주신 것은 착한 사람에게 복을 주기 위함이다. 그렇다면 인성이도 목숨을 보전하고 있을 것이니, 자네는 너무 슬퍼하지 말고 나중을 생각하게."

정잠이 딸의 머리를 쓰다듬고 등을 어루만지며 말했다.

"너의 절행과 인광이의 일 처리를 들으니, 아비의 마음과 정으로써 어찌 기쁘지 않으며 그 풍상과 화액을 겪었음을 또 어찌 슬퍼하지 않겠느냐? 다행히 하늘이 도우셔서 오늘날 부녀가 만나 지난 일을 이야기하니 죽어도 여한이 없다. 그러나 인성이를 찾지 못한다면 막힌 마음을 풀지 못할 것이다. 또 인광이가 여자로 위장하여 기강에 있으나 오히려 위태로움에서 벗어나지 못하고 있으니 어찌 근심이 적겠느냐?"

양수광이 웃음을 띠고는 정월염을 돌아보며 말했다.

"월염 누이가 전후사를 고모부님께 말씀드릴 때 오직 장헌이란 흉적이 배은망덕하여 극악한 일을 벌인 것을 아뢰지 않았는데 어찌 답답해하지 않으십니까?"

그러고 나서 양수광이 춘파와 경파에게서 들은 대로 장헌이 인광을 죽이고자 하던 일을 본 듯이 이야기했다. 인광이 장헌의 첩이 되어 위정의 집에 머물던 이야기에 이르러서는 양공 네 형제가 모두 한 번 크게 웃었다. 그러면서 장헌이 눈치가 없고 권세에 빌붙어 이욕에 빠져 한 조각의 인심도 없이 지난날의 은혜를 생각하지 못하는 것을 꾸짖고 욕했다. 이에 정잠이 말했다.

"장헌은 순후한 인물이지만 성품이 헛되고 약하여 강맹함이 부족하기 때문에 재앙과 실패를 두려워하는 것이 남다를 뿐이다. 또 본디 외로운 몸으로 내외에 도움을 줄 만한 가까운 친척이 없으니, 처신을 그릇되게 하여 흉한 무리에게 밉보이게 되면 능히 목숨을 보전하지 못할 것이다. 장헌이 없어지면 후사가 아주 끊어지는 것이니 가히 삼가지 않으며 두려워하지 않겠는가? 장헌이 인광이를 죽였으면 한이 되겠지만 인광이가 죽지 않았으니 원수라 할 필요도 없고 장헌이 일을 꾀하여 내 집을 망하게 하려고 한 적도 없으니 배은망덕한 사람이라 말할 것도 없다. 그러니 장헌을 과도하게 책망하는 것은 군자의 넓은 도량이 아니다. 다만 인광이가 음양을 바꾸고 장헌의 눈을 속였으니, 이는 아이가 오히려 남을 속이는 잘못을 저지른 것이다. 이를 알지 못하고 장헌의 허물만 자세히 들춘다면 훗날에 이르러 장헌을 가볍게 업신여기고 만만히 보려고 할 것이다. 이것이 도리어 근심이 될지언정 장헌을 꾸짖을 것이 없으니, 그대들은 쓸데없이 욕하지 마라."

양공 네 형제가 웃으며 말했다.

"사람이 남의 허물을 드러내지 않는 것도 어질지만 족히 용서할 일도 있고 가히 용서치 못할 일도 있다. 장헌이 흉적인 왕진에게 온 마음으로 아첨하여 높은 벼슬에 이르렀다가 왕진 일당이 패하니 다시 우겸에게 간사하게 아첨하고 경태제의 뜻에 맞추어 작록과 부귀를 지극히 도모하며 옛날의 큰 은혜를 티끌처럼 던져 조금도 생각함이 없고 도리어 해치고자 도모하여 조카를 죽이고자 했으니, 그 흉한 마음과 추하고 비루한 행사는 만 번 죽여도 아깝지 않을 것이다. 그런데도 자네는 왜 그렇게 감싸고 도는 것인가? 게다가 정흠이 억울하게 죽었을 때 누구만 슬퍼하지 않았으며 누구만 조문하러 오지 않았는가? 장헌이 조문하러 오지 않고 있다가 밤에 몰래 와서 늙은 시종 경산에게 잡혔던 일도 해괴망측하여 우리가 더 하늘을 우러러 부끄럽도다. 다행히 우리가 죽지 않아 좋은 시절을 만나면 장헌부터 처참하게 목을 베어 왕진을 따르던 일을 부끄럽게 하고 배은망덕한 잘못을 크게 꾸짖을 것이니 자네는 괜히 편들지 마라."

정잠이 말했다.

"그대들이 늙었는가 했는데 강하고 굳은 생각과 당당하고 엄격한 성격이 쇠하지 않았으니, 지극히 고치기 어려운 것은 천성임을 알겠다. 그러나 장헌은 두터운 복록을 타고난 사람이라 결단코 머리 없는 귀신이 되지 않을 것이니, 내가 편들지 않아도 함부로 죽이지 못할 것이다."

그러고는 딸을 어루만지며 조용히 사랑하는 은정이 말로 표현할 수 없을 정도였다. 이에 월염도 슬픔을 억누르고 기쁘고 온화한 기색으로 아버지를 위로했다. 이때 정잠이 양공 등을 향하여 물었다.

"이춘보 등이 그 태부인을 모시고 떠나 경사 옛집에 있지 않으리니 어느 곳으로 갔는가?"

양공 등이 답했다.

"이춘보가 그 태부인을 모시고 이곳에 온 지 오래되지 않았는데, 문을 닫고 손님을 사양하며 도성에 자취를 끊고 우리밖에는 보는 사람이 없네."

정잠이 탄식하며 말했다.

"춘보 등은 그 태부인을 온전히 모시고자 하여 시세(時勢)를 헤아려 문을 닫고 손님을 사양하며 사람을 대하지 않는 것이구나. 그런데 이씨 아이들이 다 무사하며 또 창린이는 친부모를 찾았는가?"

양공이 답했다.

"이씨 아이들과 창린이 모두 아무 일 없이 평온하네. 그런데 창린이가 지금 친부모를 찾지 못했으나 춘보 등이 아직 말하지 않았으므로 창린이가 알지 못할 뿐 아니라 석보가 북행할 때 그 태부인께 말하되 '창린이가 13세가 되면 제 부모를 찾을 것이오니 아직 말하지 마십시오.'라고 했다고 하네. 월염이의 생사를 모를 때는 미처 그런 일을 근심하지 않았으나 이제 상봉하면 창린이의 근본을 모르는 것이 걱정되는구나. 혹시 창린이가 친부모를 찾아도 그 근본이 미천하거나 우리와 붕당이 다른 소인이면 인연을 맺지 못할 것이다. 그렇게 되면 월염이의 평생이 어찌 될꼬? 혼인을 가볍게 허락하여 정한 것이 도리어 슬픈 일이 되었도다."

정잠이 이 말을 듣고는 조금도 거리끼지 않으며 말했다.

"창린이가 미천한 집 자식일 리 없겠지만 일이 뜻과 같지 않아서 그 부모가 천한 종이라 할지라도 다시 약속을 고치거나 바꾸지 못할 것이다. 혹 창린이가 문벌이 좋은 집안의 자손이지만 우리와 다른 붕당으로 그 아비가 조고와 이사 혹은 왕안석 같을지라도 딸의 혼사를 깨트리지 않기 위해서는 그를 맞이할 수밖에 없다. 내가 딸을 여기에 머물게 하는 것은 여러 가지로 형들을 믿기 때문이니, 수삼 년을 기다려 창린이가 부모를 찾을 때까지 월염이를 나무라며 버리지 말아 주시게. 형들은 내가 돌아오기를 기다리지 말고 월염이의 아비와 어미가 되어 혼인을 성사시켜 주시게."

양공 등이 고개를 끄덕이며 말했다.

"우리도 자네가 말한 것처럼 생각하고 있네. 자네가 이미 창린이의 근본이 미천해도 개의치 않고 소인의 아들이라도 물리치지 않는다고 하니 자네의 뜻을 따르겠네."

양선광이 또한 미소를 띠며 고했다.

"고모부님께서 창린이를 사랑하여 근본 모르는 아이인데도 월염 누이의 평생을 창린이에게 의탁하게 하시려는 것을 이해하지 못하겠습니다. 창린이의 아비가 소인이나 악한 사람이라도 개의치 않으신다 하셨는데, 만약 장헌같이 시세에 편승하여 이욕에 눈먼 불량하고 패악한 부류라도 월염 누이를 그 며느리로 삼는 것이 좋은 일이라 하실 수 있겠습니까?"

정잠이 수염을 어루만지고 가만히 웃으며 말했다.

"장헌의 과격한 성격 때문에 내 주장을 펼치기가 참 어렵구나. 장헌은 충정공의 후예로 가문과 문벌이 전혀 낮지 않으며 과거 시험에서도 장원으로 뽑히고 관직에 나아가 임무를 다하여 전혀 허물도 없고 죄도 짓지 않았다. 그런데 어찌 조고와 이사 그리고 왕안석과 비교하며 욕할 것이 있겠는가? 창린이의 친부모가 장헌과 같다면 이는 오히려 기쁜 일이다. 하물며 지난날 인광이를 장헌의 사위로 삼기로 정했으니, 이제 와서 장헌이 우리 집안을 버리면 할 수 없지만 우리 집안에서는 장헌을 버릴 사람이 없다. 창린이의 부모를 찾았는데 미천하고 불량할지라도 나의 뜻을 생각하여 혼인을 성사시켜라."

양선광이 정잠의 높은 식견과 큰 도량에 감복하여 삼가 명을 받들었다. 양공 등이 정잠의 말을 듣고 웃으며 말했다.

"운백(정잠)이 진실로 구차하며 더러운 성정이로다. 창린이의 아비가 불행히 소인이라도 당나라 이임보와 같다면 차라리 시원하게 좋다고 하겠지만 장헌같이 세력에 빌붙어 이욕에 눈이 먼 더러운 인물이라면 차라리 혼인을 깨는 것이 낫지 어찌 그런 사람의 며느리가 되게 하는가? 하물며 인광이의 성품이 어떠한데 장헌의 사위가 되려고 하겠는가? 형이 장헌의 딸에게 조카를 보내려는 마음이 추하고 비루하니 다시 말하지 마라."

정잠이 웃으며 말했다.

"내가 사리에 어두우나 장헌의 인물됨을 모르고 말하는 것이 아니네. 창린이의 아비가 장헌보다 못해도 물리치지 못할 것이니, 형들은 창린이가 부모를 찾는 것을 기다려 월염이를 성혼시켜 주시게. 그리고 이제 장헌에 대한 시비를 그만두고 다른 말을 하는 것이 어떻겠는가? 오늘 밤에 이렇게 형들과 또 딸과 이야기를 나누지만 회포도 다 풀지 못하고 새벽에 길을 빨리 나서야 한다. 만나는 것이 어렵고 떠나기가 이렇게 쉬우니 가히 섭섭하지 않은가?"

이때 월염은 아버지가 급히 떠나신다는 말을 듣고 슬픔을 이기지 못했으나 더 머무시기를 청한다 해도 들으시지 않을 것을 알기 때문에 감히 아쉬운 마음을 드러내지 못했다. 양공 등이 또한 섭섭해하며 조용히 이야기를 나누었다. 이때 정잠은 천태산에 누구를 보낼지 신중하게 생각하고 있었는데, 문득 서동이 계단 아래에서 머리를 조아리며 말했다.

"정씨 집안의 노복 운학과 경용 그리고 하리 최언선이 태주로 가는 도중에 이곳에 들러 월염 소저께 편지를 받들어 드린다고 합니다."

정잠이 이 말을 듣고 크게 반기며 딸을 돌려보내면서 말했다.

"새벽에 내 친히 너에게 가서 이별을 나누고 형수님들께 인사 올릴 것이니, 먼저 들어가 잠을 청하거라."

월염은 한시도 아버지 곁을 떠나기 싫었으나 아버지의 명을 거역하지 못해 천천히 돌아갔다. 그러나 회포를 다 풀지 못한 애통한 마음에 눈물이 떨어져 소매를 적셨다. 정잠이 몸을 일으켜 월염을 따라 청사에서 나와 큰 키를 구부려 자기 얼굴을 월염의 얼굴에 대고 앵두 같은 고운 입술을 맞추며 말했다.

"내가 성군의 은혜를 받았으나 하늘이 낮고 땅이 좁아서 충성을 다하지 못하고 또 우리 군대를 위해서 죽지도 못했다. 또한 성군께서 북쪽 땅에 피란하신 것을 외면할 수 없어 어머니의 슬하를 떠나 노영으로 가고자 하는 것은 신하로서 한 조각의 염치가 있었기 때문이었다. 네가 나를 위해 슬퍼하는 것을 모르지는 않지만 이미 사사로운 정을 끊고 어머니를 떠나왔거늘 어이 너를 위해 떠나는 길을 늦추겠느냐? 외삼촌들이 충분히 아비를 대신할 것이다. 그리고 외숙모들도 너의 두 어미를 대신할 것이니 원망하는 마음을 갖지 마라. 왕망처럼 거짓으로 남을 높이고 자기를 낮추며 임보처럼 입에는 꿀을 바르고 뱃속에는 칼을 품고 있을 사람은 너의 어머니 소씨뿐이다. 증거가 확실치 않아 단정하기 어렵지만 네가 도중에 변고를 당한 것이 이처럼 간사한 사람의 짓이 아니면 무엇이겠느냐?"

말을 마치고 머리를 쓰다듬으며 들어가라고 재촉하면서 운학 등을 부르라고 명했다. 월염이 한마디 대답도 하지 못하고 들어갔으나 아버지가 소씨 어머니를 의심하시는 것에 놀라 슬픈 마음이 밀려왔다.

구태여 어머니가 어진 사람인데 애매한 말을 들어서가 아니라 부모님이 불화하여 집안이 옛날과 같이 화목하지 않아 이렇게 된 것으로 생각한 것이다. 그래서 가족들이 한 당에 모여도 어머니의 정을 온전히 받아 즐길 수가 없을 것 같았다. 이에 억울한 생각이 들어 온갖 근심과 원망이 생기니 능히 마음을 진정하기 어려웠다. 누각 안으로 들어가 외숙모들을 모셔 밝은 촛불을 의지하여 밤을 새우며 회포를 풀 때, 아버지가 어머니를 의심하고 있다는 것을 나타내지는 않았다.

운학·경용과 최언선이 경사에 이르러 양씨 집안에 도착했는데, 이미 모든 양공이 취령산에 거처를 정하고 돌아오지 않고 있다는 것을 알았다. 그래서 야밤에 질주하여 취령산에 이르러 월염 소저가 도착하셨는지 묻다가 정잠이 이곳에 왔다는 말을 듣고 인사할 마음이 급했다. 서동이 나와서 정잠의 명을 전하니 최언선 등이 바쁘게 들어가 머리를 조아리며 절했다. 정잠도 역시 반기며 운학 등의 충심과 최언선의 은혜를 일컬어 칭찬했다.

"너희들이 아니면 어찌 인광이가 살아날 수 있었겠느냐?"

이어 인광의 안부를 물으니, 최언선 등이 황송함을 일컬으며 인광의 편지를 올리고 태주로 향하는 이유를 고했다. 또 인광의 병이 채 낫지 않았으나 큰 증세가 아닌 것도 아뢰었다. 정잠이 즉시 편지를 꺼내 네댓 장을 살피니 문장이 천지에 빼어나고 지극한 효심이 가득하며 전후사에 간절함과 비통함이 담겨 있었다. 재앙에서 벗어나 고향으로 돌아가는 날이 머지않았음에 이르러서는 보는 사람의 마음이 행복하여 백 가지 근심과 만 가지 걱정이 사라지는 듯 자연스럽게 눈썹이 움직여지고 마음이 상쾌했다. 글이 얼굴을 떠올리게 하고 소리를 전하게 하는 듯했다. 즉 부드러운 목소리와 행복한 얼굴로 어머니를 미소 짓게 했던 모습이 눈앞에 펼쳐지는 듯했던 것이다. 정잠은 편지를 보고 반가운 마음을 이루 말할 수가 없었다. 양공 네 형제와 양선광 등도 인광이 정잠에게 올린 글을 돌려보며 그 문장의 빼어남을 칭찬했다. 그리고 운학 등에게 장헌이 인광을 죽이려 하던 곡절을 듣고 다시 분노를 억누르지 못하다가 또 장헌이 인광에게 속은 것을 듣고 통쾌해했다.

최언선이 정잠을 모시고 북행하기를 청했고 운학 등도 함께하기를 원했다. 그러나 정잠은 공로를 세우고 은혜가 두터운 이들을 위험한 곳으로 차마 데려갈 수가 없어 함께 가는 것을 허락하지 않았다. 대신 어머니 서태부인과 동생 정삼이 기쁜 소식을 들을 수 있도록 운학과 경용에게 바삐 천태산으로 가라고 명했다. 이에 운학과 경용이 몹시 놀라면서 말했다.

"천태산은 비록 높고 깊은 곳에 있으나 노영에는 미치지 못하는 곳입니다. 양씨 집안의 노복 하나를 빌려 보내도 금세 찾아갔다가 돌아올 것입니다. 저희는 상공의 곁을 떠나지 못하오니, 비록 반역하는 죄를 짓더라도 상공과 이별하여 천태산으로 향하지는 않을 것입니다."

정잠이 허락할 뜻이 없으니 양공 등이 일시에 권하며 말했다.

"정잠 자네가 북행할 때 반드시 위태함이 많고 길함이 적을 것이니, 노복이라도 각별히 지략이 있는 자를 뽑아 데려가야 하네. 게다가 이 세 사람이 함께하겠다고 지성으로 원하는데 어떻게 물리칠 수가 있겠는가? 청컨대 세 사람의 뜻을 허락하여 데려가 좌우의 노자로 삼으시게."

정잠이 마지못해 허락하니 운학과 경용이 매우 기뻐했다. 그리고 위험한 땅도 푸른 하늘과 비등하다고 여기니, 정말 충성스러운 종들이었다.

정잠은 양씨 집안의 노복 가운데 특별히 영리한 자를 뽑아 천태산에 보내기 전에 필기구를 내와 서간을 써서 월염에게 전했다. 월염도 또한 전후 풍상과 여기에 온 이유를 편지에 써서 봉하여 외헌으로 내어보냈다. 정잠이 자기 서간과 함께 동봉한 후 양씨 집안 노복에게 주고는 천태산으로 가라고 했다. 그리고 양선광에게 이씨 집안에 가서 창린을 데려오라 했다. 이에 양선광이 협문으로 나가 이씨 집안에 이르러 정잠이 요청한 것을 전했다. 시랑 이춘보가 크게 반기며 이불을 물리치고 빨리 일어나 창린을 데리고 양씨 집안으로 가서 정잠을 뵈었는데, 피차 반기는 정이 얼굴에 나타나 손을 잡고 무릎을 맞닿으며 기뻐했다. 그리고 나라가 위태롭게 되었음을 이야기했는데, 슬픈 마음에 서로 눈을 들지 못할 정도였다. 이때 창린이 명을 받들어 정잠에게 절을 하니, 공손한 예절이 몸가짐에 가득했다.

(책임번역 구선정)

완월회맹연 권20

딸을 후궁으로 보내려는 장헌

장헌은 딸을 후궁으로 보내려 하고
장성완은 이 말을 듣고 마음이 서늘해지다

월염과 창린의 혼사 논의와 정잠의 출정

창린이 명을 받들어 정잠에게 절을 하니, 공손한 예절이 몸가짐에 가득했다. 관례를 치러 넓은 적삼과 넓은 띠에 검은 관을 높이 썼는데, 훤칠한 풍채와 수려한 골격이 가을 하늘같이 깨끗하고 가을밤에 뜬 달과 같이 밝고 빼어났다. 아름다운 나무가 우뚝 서 있는 듯하고 가을 서리같이 늠름한 기상이었다. 소나무와 잣나무가 푸르듯 인륜과 의리가 뛰어나며 세상에 물들지 않은 거동은 천지의 깨끗함을 지녔으니, 겉모습이 좋고 속이 충실하여 조화를 이루었다. 공자 제자들의 뒤를 이을 만한 덕을 갖춘 도량은 한나라 때 이름난 재상 병길이나 당나라 때 대인 자기와 흡사했다. 시원스러운 이마는 옥을 깎아놓은 듯하고 턱은 장수의 각진 턱을 닮았고, 검은 눈썹은 풍성하여 달빛이 빛나는 듯하고 맑은 눈은 거울을 걸어둔 듯했다. 무르익은 귀밑은 연꽃을 꽂은 듯하고 찬연한 붉은 입술은 귀밑을 향했으니 얼굴에서 환하게 빛이 났다. 은은한 성품과 청렴하고 욕심이 없는 풍채와 태도는 정인성에 비할 만했다. 덕이 충만하여 행동거지에 나타나고 깊은 학문은 영롱한 얼굴에 드러났다. 글을 잘하여 세상에 알려졌지만 오만한 왕발과 떠돌아다니던 두보를 본받지 않았다. 아름다운 눈썹이 꽃과 같고 넓은 이마에는 푸른 그림자가 드리워져 멀리 있는 산처럼 빼어났다. 눈이 두 살쩍에 닿고 거동이 상쾌하고 깨끗했다. 또한 덕이 있고 영리하여 공자의 질문에 〈백규〉 편을 세 번 읽어낸 남궁괄과 무후에서 바람을 쐬며 기수에서 목욕하고 돌아오겠다던 증점을 떠오르게 했다. 그리고 황제의 수레를 탈 만한 풍채는 요순과 같았다.

정잠이 한눈에 사랑함을 이기지 못해 손을 잡고 앞에 앉히며 이빈에게 이 아이의 기특함이 세월이 갈수록 더하는 것을 칭찬했다. 그리고 양공 등이 정월염이 살아 돌아온 것을 전하자 정잠이 이춘보에게 말했다.

"딸이 요행히 살아 돌아왔으니 이빈과 내가 미처 돌아오지 못해도 세월을 지체하지 말고 혼인 시킬 것을 양씨 형제에게 부탁했네. 그러니 자네는 이빈을 대신하여 때를 기다려 창린이를 월염이에게 장가들게 하게."

이춘보 형제가 고개를 가로저으며, 월염이 살아 돌아왔음을 다행으로 여겨 기뻐하는 한편 인성의 생사를 확인할 수 없는 것을 걱정했다. 그리고 마침내 인성이 살아 돌아오지 못하면 조카딸 이자염이 혼인하지 못하게 될 것이라며 그 불행함을 애석하게 생각했다. 군자가 신의를 중히 여기는 것이 이러할 것인데, 장헌의 배은망덕하고 신의 없고 불량한 것을 이와 비교한다면 어찌 욕되지 않겠는가? 정잠이 자기를 알아주는 벗을 만나 밤이 깊어가는 것을 깨닫지 못할 정도로 못다 했던 이야기를 그치지 않으니, 어느덧 시간이 흘러 오경(五更)을 알리는 북소리가 들려왔다. 정잠이 장차 말을 타고 떠나면서 양공을 돌아보며 말했다.

"내가 잠깐 내당에 들어가 형수들과 외사촌 누이【양선의 부인 서씨】와 이별하고자 하니 형은 이 뜻을 내당에 전하라."

양공이 즉시 자식들에게 명하여 내당에 알렸다. 그리고 뒤이어 정잠과 함께 내당에 들어갔다. 양공의 부인 유씨가 동서들을 거느려 자리를 바르게 하고 촉을 밝혀 정잠을 맞이했다. 서로 예를 갖추어 인사하고 양공도 송부인과 서로 인사했다. 정잠이 손님 자리에 앉고 양공은 주벽(主壁)에 앉고 유부인과 동서들은 오른쪽 자리에 앉으니, 양선광 등이 무릎을 꿇고 앉아 마음과 몸을 다해 절했는데, 그 특별한 풍채가 눈앞에 가득하여 하나하나 하늘의 신선이고 예의 바른 군자였다. 정잠이 다시금 양씨 집안의 복됨을 마음속 깊이 존경하고 여러 옛일을 회상하며 오늘날 양씨 집안이 무사한 것을 다행이라 여겼다. 그리고 수염과 눈썹을 가지런히 하며 눈은 부드럽게 내리뜨고 있었다. 부인들도 항렬에 맞게 가지런히 있을지언정 행여 정잠을 훔쳐보지 않았다. 이처럼 그녀들의 엄숙함은 가을 하늘 같고 친밀한 정은 따뜻한 봄과 같았다. 양선의 아내인 서씨가 특별히 서태부인의 안부를 거듭 물었으며 월염이 살아 돌아온 것을 기뻐했다. 정잠 또한 외사촌 누이를 반기는 것이 친누이와 상봉하는 것 같았다.

정잠은 잠깐 정을 나누고 나서 떠날 길이 급해 몸을 일으켜 부인들과 작별했다. 이때 월염은 찢어지는 듯한 마음과 뼈에 사무치는 슬픔으로 가득 차 있었다. 그러나 다만 아버지의 옷깃을 붙들고 군영에 무사히 도착하기만을 당부할 뿐이었다. 그리고 황제를 모시고 고국에 빨리 돌아와 충렬을 빛내며, 자식이 돌아오기를 바라는 할머니의 마음도 헤아려 효도하기를 부탁했다. 이러한 월염의 지극한 정성은 천지신명을 감동시킬 만했고 예의가 있는 말은 규율과 법도에 맞았다. 고운 입술 사이로 보이는 이가 깨끗했으며, 세상에 다시없을 태도와 여린 모습은 볼수록 새로웠다. 푸른 눈썹에 근심이 사무치고 별 같은 눈빛이 흔들리며 아름다운 귀밑머리에 짙은 그림자가 드리워지고 고요한 안색이 흰 눈보다도 희었다. 풍성한 머리는 복사꽃이 봄철에 언 것과 같이 되고 아름다운 자태는 그 생기를 잃었다. 그리하여 슬픈 빛이 쪽진머리에 드리워지고 눈물이 떨어져 귀밑을 적셨다. 정잠은 충의와 절개를 지키기 위해 사사로운 것을 부운에 던졌으며 오직 무거운 임무만 생각했다. 그러나 헤어져서 사생 거처를 알 수 없었던 딸아이와 뜻밖에 상봉하고도 회포를 다 풀지 못하고 또다시 전쟁 때문에 이별하여 다시 만날 약속마저도 정하지 못하니 어찌 애달프지 않겠는가? 슬픔이 일어나고 애석함이 더해져 딸의 손을 잡고 말했다.

"부녀 사이는 말할 것도 없고 평범한 친척 사이의 대수롭지 않은 정이라도 오래 이별하여 생사를 모르다가 재회했는데 또다시 이별하게 된다면 그 슬픔은 이루 말하지 못할 것이다. 하물며 내가 너를 떠나는 마음과 네가 나를 보내는 슬픔은 어떠하겠느냐? 그 서운함과 슬픔은 하루가 가고 한 달이 된다고 해도 다 그치지 못할 것이다.

다만 아버지의 충직한 절개와 어머니의 어진 성덕과 또 너의 변함없는 효도에 힘입어 전장에 나가 오랑캐를 꾸짖고 바로잡아 평정할 것이다. 그리고 황제의 수레를 모시고 고국으로 돌아올 것이니, 그때 온 가족이 한곳에 모인다면 그 기쁨이 얼마나 크겠느냐? 한곳에 모두 모이는 날의 즐거움은 오늘 우리가 재회한 것보다 더 클 것이니, 너는 깊이 살펴서 환하게 깨닫고 의리 있게 행동하거라. 너는 속세의 평범한 아이들과 다르니, 헤어졌다가 만나는 것이 때가 있고 재화와 복록이 하늘에 달렸음을 헤아려 마음을 너무 상하게 하지 마라. 너의 외삼촌 내외를 부모같이 섬겨서 보살핌과 사랑을 받고 인륜대사에 이르러서는 여러 외삼촌의 명을 따르거라. 그사이 세월이 지나 어른이 되고 웃는 얼굴로 나를 맞이하여 지성으로 효도를 다한다면 더 좋지 않겠느냐?"

월염은 아버지가 슬픈 얼굴로 애절하게 말씀하시는 것을 들으며 더욱 마음이 아팠다. 하지만 옛날에 화목란이 나이 많은 아버지 대신 전쟁터에 나갔던 것처럼 자신이 그렇게 할 수 없기에 슬픈 얼굴로 떠나는 아버지의 마음을 흐트러지게 하는 것이 불가하다고 생각하여 눈물을 멈추고 절을 하며 다만 무사하고 건강하게 다녀오시라고 말할 수밖에 없었다. 비록 아버지를 따라 북쪽으로 함께 가지는 못하지만 효심만큼은 지극하니, 정잠이 더욱 딸 월염을 애틋해했다. 곁에 있던 사람들도 슬퍼했지만 정잠은 더 이상 걸음을 늦출 수 없어서 딸의 손을 놓고 몸을 일으켜 양공 등과 함께 밖으로 나왔다. 월염이 울면서 배웅하니, 정잠이 다시 어루만지며 편안하게 지내라고 당부하고 춘파와 경파를 돌아보며 말했다.

"너희가 위급한 난리 중에도 충성스러운 마음으로 딸을 보호한 것을 매우 고맙게 여기고 있다. 어찌 말로 다 칭찬할 수 있겠느냐? 아무쪼록 한결같이 충성을 다하여 딸의 곁을 떠나지 마라."

그러고는 소매를 떨치고 밖으로 나가니, 월염의 마디마디 끊어지는 듯한 심정을 어디에 비하겠는가? 월염은 잠깐 누대에 올라 떠나는 아버지의 행차를 바라보았다. 이때 정잠은 이춘보 형제와 양공 등과 더불어 이별하면서 눈물을 흘렸다. 슬픔과 염려가 마음속에 가득하니, 떠나는 마음과 보내는 정이 다 한가지로 슬프고 마음이 찢어져 후에 다시 만나자는 것도 약속하지 못할 정도였다. 이때 양선의 자식들과 이창린 형제도 눈물을 흘리며 정잠의 행색이 지금보다 더 위태해질 것이라 생각하고 슬퍼했다. 그리고 그 마음을 각각 아버지께 편지로 써서 전했는데, 그 내용이 어질고 효성스럽고 진실했다. 정잠은 양선과 이빈이 자식복이 있음을 부러워하여 마음속으로 '인성이를 잃어버리지 않았다면 인성이도 이빈과 양선의 자식들보다 부족할 것이 없었겠지.'라고 생각하며 탄식했다. 그리고 북당에 홀로 계실 어머니를 생각하며 슬픔에 목이 메어 울었다. 그러다가 자신이 구차히 도모하여 죽음을 피했던 일, 소중한 딸을 잃어버려 거처를 몰라 그 아픔이 뼈에 사무쳤던 일, 성심으로 부모에게 효도하고 형제간의 우애를 돈독히 했던 일을 생각하며 슬픔을 참지 못했다.

양공 등과 이춘보 등이 집안이 무사하다는 것을 양선과 이빈에게 전하라 했다. 이태부인이 '서간을 아들에게 전하소서' 하여 이춘보 등이 서찰을 한데 봉하여 정잠에게 주었다. 정잠은 일일이 서찰을 주머니 속에 넣으며 무궁한 회포를 억제하고 이·양 등 여러 공과 양선광 등이며 창린 형제를 각각 보면서 작별하고 말에 올랐다. 이에 여러 공들이 문 밖에까지 나와 눈물을 흘리며 작별하고 양선광 등은 동구까지 나와서 배웅했다.

운학과 경용 그리고 최언선은 정잠을 위해 멀고 위험한 곳에 가는 것을 마치 즐거운 여행처럼 생각하며 하루에 천 리를 행할 듯이 씩씩하고 빠르게 걸었다. 정잠이 탄 말이 또한 하늘을 나는 용과 큰 호랑이 같아 한번 발을 구를 때마다 구름과 안개를 헤치는 듯 그 빠름이 그림자가 나타났다가 사라지듯이 동구를 지났다. 그런데 새벽달 찬 바람에 흰 눈이 몹시 날리며 하늘이 어두운 데다가 날씨까지 추워서 눈 닿는 곳마다 온갖 걱정이 거듭 일어났다. 그러니 정잠의 떠나는 마음은 다시 말할 것도 없고 월염의 비통하고 복잡한 마음 또한 그 무엇과도 비길 데가 없었다. 월염은 속절없이 아버지가 가시는 길을 바라보며 오열하고 눈물을 흘릴 뿐이었다.

월염이 지극한 효심으로 떠나는 아버지를 바라보니 더욱 근심되고 절박한 마음을 이기지 못해 누대에서 내려가지 못했다. 북창을 열자 차가운 바람이 들어와 뼈와 피부에 닿고 눈도 소소히 날렸는데, 그 추운 것을 느끼지 못했다. 외숙모들과 외사촌들이 이를 보고 더욱 안타깝게 여겨 붙잡아 침실로 데리고 갔다. 월염은 슬픔을 감출 수 없었지만 외숙모들이 어머니의 정으로 대해주고 외사촌들이 동기의 정으로 대해주며, 외삼촌들이 친딸보다 더한 마음으로 사랑해 주고 양선광 등이 친누이처럼 대해주어 이에 감격했다. 그래서 호의를 저버리지 못해 비록 싫은 음식과 마음에 없는 담소라도 사양하지 못했다. 월염이 비록 몸은 편안했지만 마음은 복잡하여 온갖 걱정을 말로 다

할 수 없고 글로 다 기록할 수 없었다. 밤낮으로 하늘을 우러러 축원하며 아버지가 먼 여정을 무사하게 도착하여 황제의 수레를 호위하고 돌아와 빨리 원만하게 모이기를 빌었다. 또 인성이 살아 있기를 기도하니 그 지극한 효성과 우애가 하늘에까지 전해졌다. 그리고 어머니의 목소리와 얼굴을 그리워하는 데 이르러서는 피눈물이 떨어져 옷과 이부자리를 적셨다. 이때 외삼촌과 외사촌들이 이를 보고 슬퍼하면서 깊이 걱정하여 지극히 위로했다. 월염은 슬픔과 고통을 참으려고 했지만 나이가 어려 간과 위가 상했고 또 피눈물이 떨어져 붉은 피가 낭자했다.

여러 외삼촌과 외숙모의 걱정도 더해갔다. 이에 자질이 빼어나고 성행이 온순한 양선의 장녀와 양선광의 장녀 그리고 서부인의 딸 등을 월염 옆에 두고 위로하게 했다. 이들은 월염과 더욱 정이 각별하여 밤낮으로 방 안에서 그림자가 사람을 따라다니는 것과 같이 월염의 옆을 떠나지 않으며 바느질을 하고 책을 함께 읽었다. 이 집에 아름다운 여자들이 이처럼 네다섯 명만 있는 것은 아니었다. 다만 처녀가 아닌 이들은 각각 시부모를 공양하고 남편을 따르는 소임을 다해야 했기 때문에 월염과 밤낮으로 함께하지는 못했다. 다만 양혜완 소저는 규슈의 예절을 지킬 따름일 뿐 다른 소임이 없었기 때문에 월염의 곁을 한시도 떠나지 않고, 슬퍼하는 얼굴을 보면 말로 위로하고 슬픈 기색이 엷어지면 즐거운 말로 근심을 풀어주었다. 월염은 수척했다가 다시 편안함을 얻었으나 인광이 괴롭고 분해서 답답해할 것을 생각하며 걱정을 놓지 못했다. 하루는 양선광이 들어와 웃으며 말했다.

"너는 인광이가 홀로 기강에 있어 쉽게 올라오지 못하고 있는 것을 걱정하고 있구나. 내가 소식을 들으니, 짐승 같은 장헌이 곧 이곳으로 올라오게 되었다고 한다. 인광이의 거취가 장헌의 손에 달렸으니, 장헌이 올라오면 자기의 애첩을 내버려두지 않고 데려올 것이다. 그러니 너는 인광이와 다시 만나는 날만 기대하거라. 어찌 기쁘지 않겠느냐? 다만 황제가 무슨 일로 기강에 다른 진유사를 보내고 장헌을 급히 들어오라 하신 것인지 모르겠다."

월염은 인광이 곧 돌아올 것이라는 말을 듣고 다행이라 생각하며 기뻐했다. 그리고 그 기쁜 빛이 얼굴에 나타났다. 직사 양수광이 창밖에서 도헌 양선광을 부르며 말했다.

"형님께서 여기 계십니까?"

양선광이 답했다.

"정인광이 곧 상경한다는 소식을 월염 누이에게 전하려고 이에 왔는데, 너는 어이 이제 오느냐?"

양수광이 들어와 문득 침을 뱉으며 말했다.

"형님이 월염 누이에게 좋은 소식을 전하려고 오셨는데, 장헌의 불량함에 대해서는 아직 듣지 못하신 것이 있으십니다. 그래서 제가 알려드리려고 합니다. 세간에 부귀를 탐하고 욕심이 가득하여 성정이 흉악하기에 이르렀음을 돌아보지 않는다 한들 천고와 만대를 다 헤아려도 장헌 같은 사람이 어디에 있겠습니까? 장헌이 아홉 살인 딸을 두고 사위 구하는 것을 신중하게 하여 우겸과 범단의 자식이라도 흔쾌히 여기지 않아 그 집안에서 간절히 청혼해도 허락하지 않더니, 임치왕이 여차여차한다는 박상원의 말을 듣자마자 딸을 팔아 부귀를 사고자 하여 임치왕이 그림을 구하는 것을 듣고 여차여차 그려 보내어 딸을 후궁에 들이기를 원했다고 합니다. 마침 임왕비가 현명한 여자라 임치왕이 미처 그림을 보지 못했을 때 불태워 버렸다는군요. 그런데 임치왕이 끝내 황제께 어린 여자를 천거하기를 청하면서 장헌의 어린 딸이 뛰어나고 특이하다는 것을 말씀드렸다고 합니다. 그러자 황제가 크게 기뻐했는데, 장헌을 빨리 부르고 다른 진유사를 보낸 것도 오직 장성완을 후궁으로 들일 뜻이 있기 때문이라 합니다. 임치왕은 간악하지 않은 위인이지만 일시 잘못 생각하여 황제의 덕이 내궁에서 비롯된다고 여겨 굳이 어린 여자를 후궁으로 들이고자 했으니 잘못한 행사라 하겠습니다. 그러나 그보다 장헌이 황제의 장인 자리를 얻어 거만하게 부귀를 누리고자 하여 어린 딸의 그림까지 그려 임치왕의 집에 보내고 그윽이 그 딸이 승은을 입기를 희망했으니, 그 심술이 추악하고 더러운 것은 말할 것도 없고 성정이 음흉하고 흉악한 것이 가히 살인과 같은 죄라 할 만합니다."

양선광이 다 듣기도 전에 침을 뱉고 분노하며 죽어도 아까울 것이 없는 놈이라 욕했다. 이어 학사 양은광이 말했다.

"장헌이 후궁으로 들이려고 하는 딸이 옛날 인광이와 정혼했던 처녀이냐?"

양수광이 답했다.

"장헌이 단지 딸이 하나뿐이며 처녀의 나이 또한 인광이와 비슷합니다. 필연 그때 정혼 약속을 했던 딸을 이제 후궁으로 들이려 하는 것입니다."

양씨 집안 사람들이 다시금 배은망덕하며 신의를 잃고 약속을 저버린 장헌을 분분히 꾸짖었다. 양혜완 등도 역시 해괴하게 여겼다.

그러나 월염만이 듣는 듯 듣지 않는 듯 특별히 분노하지도 않고 괴이하게 생각하지도 않았다. 양씨 집안 사람들은 장헌에게 분노하며 침을 뱉고 욕을 했지만 오히려 월염은 아무런 반응도 없었던 것이다.

양혜완이 완연하게 한번 웃으며 말했다.

"외척의 시비를 우리가 간섭할 것은 아니지만 장헌이 은혜와 덕을 배반하고 의리와 신의를 뿌리쳐 일시 부귀를 탐하는 것은 해괴한 일입니다. 월염 소저는 자기 집안에 혐의가 있는 소인의 무례함에 조금도 억울해하지 않으니, 마음이 너그럽고 순하여 그러한 것일까요? 성덕이 지나쳐 사람의 허물을 듣지 않는 것일까요? 그 뜻을 알지 못하겠지만 오빠들이 죽이자고 벼르는 것도 매우 과도합니다. 장헌의 명이 하늘에 있지 오빠들의 손아귀 안에 있지 않아 마음대로 죽이지 못하시리니, 어찌 과격하게 욕하면서 바른 도리에 맞지 않는 행동을 하시는지 모르겠어요. 그래서 삼촌(양선)이 매양 오빠들을 경계하시면서 '너희들이 말이 빠르고 흥이 날뛰니 시정의 이치를 논할 때면 공자의 가르침을 생각하여 잊지 말라'고 하셨어요. 그런데 은광 오라버니는 더욱 격양되어 삼촌의 도타운 덕행과 다르니, 제가 당돌하나 그 허물이 있음을 고합니다."

양선광 등이 본래 혜완 누이의 상냥함과 총명함을 사랑하여 기대하는 바가 있었는데, 그 말이 다 옳음을 인정하고 칭찬했다. 그리고 월염이 정잠의 가르침을 받아 심오한 기상과 넓은 도량을 가져 실로 평범한 사람이 아님을 공경하고 탄복하여 흔연히 말했다.

"월염 누이는 깊은 생각이 있는 것 같은데, 어찌 시원하게 한번 밝히지 않는 것인가? 우리가 외사촌이라 푸대접을 하는 것인가? 우리가 너를 혜완 누이처럼 여기니 우리를 너무 외면하지 마라."

월염이 조심스럽게 몸가짐을 바르게 하면서 답했다.

"저는 천성이 어둡고 둔하지만 오라버니께서 저에게 잘해주시는 마음을 사무치게 느끼고 있습니다. 어찌 의지하고 우러러 사모하는 마음이 다른 누이동생들과 다르겠습니까? 생각이 우둔하여 담화에 능히 참여하지 못할 뿐입니다. 그리고 일찍 아버지께서 '범충이 말하기를, 사람이 지극히 어리석어 남을 책망함에는 밝고 비록 총명함이 있으나 스스로 허물을 용서함에는 어두우니, 사람을 책함으로써 내 허물을 꾸짖으며 내 몸을 용서함으로써 사람을 용서하면 성현의 자리에 이르는 것을 근심치 않으리라 했는데, 지극히 마땅한 가르침이다. 네 비록 어린 여자이나 옛 어진 군자께서 끼친 말씀을 생각하고 다시 나의 경계를 헤아려 사람의 허물을 듣는 것을 즐기지 말고 입으로 남의 불미한 일을 일컬어 스스로 사람의 의논에 잘난 체하지 말라.'라고 하셨습니다. 그래서 과연 남의 허물을 들어도 기쁘지 아니하고 더불어 시비를 걸고자 할 뜻이 없는 것입니다. 장씨 집안 사람들은 더구나 밖의 사람이니 여자의 도리로 그 어질고 불량함을 구태여 아는 척하는 것은 온당하지 않은 일입니다. 이미 오라버니들이 강하게 욕하셨으나 저는 용납할 뜻이 없습니다. 그리고 다시 저에게 소견을 물으시니 죄송할 따름입니다. 청컨대 저의 어리석은 의견을 알려고 하지 마시고 다만 조심성 있게 온화하고 공손한 예절을 따르고 격렬하고 과격한 것을 숭상하지 마십시오."

양선광 등이 듣기를 마치고 자기들의 과격함을 깨달아 멋쩍게 웃으며 말했다.

"오늘 누이들이 늙은 오라비가 덕이 없음을 꾸짖으며 장헌이 힘에 편승해서 이욕을 챙기는 불량하고 못난 인물임을 가려주니, 전생에 장헌에게 은혜를 받음이 있지 않고서야 어찌 감싸기를 이처럼 하느냐?"

월염은 잠자코 다시 말이 없었다. 그러나 양혜완은 도도하게 이야기하며 자약한 담소를 그치지 않았다. 그 침착함은 다소 월염에게 미치지 못했으나 명철하고 쾌활하며 영리하고 깨끗한 것은 월염보다 부족함이 없었다. 이에 양선광이 깊이 사랑하여 어루만지며 말했다.

"월염 누이는 평생이 평탄하여 창린이를 만나겠지만 나의 혜완 누이는 어디에서 창린이 같은 남자를 만나 일생을 즐겁게 할 것인고? 가히 걱정되는구나."

양혜완이 문득 정색하고 자리에서 물러나니 양은광이 웃으며 말했다.

"형님이 부질없는 말씀으로써 누이의 마음을 패하고 흉하게 하십니다. 원래 큰아버지와 형님이 창린이를 보실 적마다 과찬하시고 혜완 누이를 보고는 짝을 얻지 못할까 근심하시지만, 제 생각이 맞는다면 두 누이는 아황과 여영의 길을 따를 사람들입니다."

양선광이 깊이 생각하며 말했다.

"그렇지만 어찌 근본 모르는 아이에게 쉽게 두 누이를 허락할 수 있겠느냐?"

그러고는 정당에 들어가 부모와 삼촌들을 뵙고 두 누이와 이야기하던 바를 아뢰며, 월염이 도덕과 문체가 뛰어나 '치마 입은 정잠'이라고 했다. 양공이 다시 칭찬하며 말했다.

"월염이는 여중군자라 너희들의 얇은 덕과 과격함과는 다르니, 너희는 아무쪼록 그 어진 뜻을 좇아 사람의 허물을 들추지 마라. 장헌이 딸을 팔아 부귀를 사고자 하는 흉심이 참혹하고 괴이하지만 조정에 죄를 짓지 않았고 드러난 과실이 없는데 매양 그 머리 베기를 벼르고 있으니 옳지 않은 일이다. 예전에 정잠에게 장헌을 죽여야 한다고 간절하게 말한 것은 잠깐 웃고자 함이었다. 너희는 장헌의 무례함을 구실 삼아 욕한 것을 반성해라. 이제 정삼의 아들 인광이가 곧 올라와 월염이와 상봉하게 되니 기쁘구나."

양선광이 말했다.

"장헌도 정씨 집안과 혼약을 맺을 생각이 없고 정인광도 장헌의 무례함을 알았으니 결단코 그의 사위가 되려고 하지 않을 것입니다. 장성완이 후궁으로 들어가게 되었으니 처음 정혼했던 인연은 이제 아무 상관없는 것이 되었습니다. 어르신께서는 인광이 자란 후의 기상을 다시 보시고 정처사(정삼)께 구혼하여 언약을 두심이 좋을까 합니다."

양공이 옳다며 머리를 끄덕였다.

경사로 향하는 장헌과 정인광

인광은 기강에 머물며 진유사 장헌이 여러 읍을 순무하고 돌아오기를 괴롭게 기다렸다. 그러면서 스스로 자신의 불운과 장헌을 만나게 된 괴로움을 탄식했다. 그리고 여자로 변장하여 불인한 장헌의 눈을 속이는 것이 죽을 만큼 부끄러웠으며 본래 밝고 정직한 성품과 다른 자신의 모습이 통탄스러웠다.

시간이 덧없게 흘러갔다. 어느덧 해가 바뀌어 새해가 되었는데, 인광이 부모 곁을 떠난 지 3년이 되는 때였다. 남관에서 한유가 읊었던 슬픈 곡조의 시는 창자가 끊어질 듯 가슴을 아프게 하고, 고향을 떠나 격세에 미쳐 불의의 재앙이 끝없으니, 부모님 앞에 절하지 못하고 밤마다 꿈속에서나마 부모님 처소에 나아가 우러러 절할 따름이었다. 속절없이 남쪽을 바라보니 고향땅이 아득하고 돌아갈 길이 막막했다. '저 민둥산에 올라 아버지가 계신 곳을 바라보도다. 저 푸른 산에 올라 어머니가 계신 곳을 바라보도다.'라는 시를 읊으며 눈물을 흘리고 오열하니 마음이 슬프고 쓰라릴 뿐이었다.

장헌이 당당한 거동과 기쁜 얼굴로 위정의 집에 이르니 위정이 당황하며 그를 맞이했다. 인광은 갑자기 장헌이 들어오자 그의 무식한 말을 듣고 또 우환이 생길까 걱정했다. 그러나 여러 읍을 순무하며 돌아다니지 않고 안양으로부터 빨리 돌아온 것이 '경사로 빨리 올라가기 위함인가'라는 생각에 다행으로 여겨 자리에서 일어나 맞이했다. 장헌이 인광을 바라보며 나아가 손을 잡고 무릎을 연하여 자리에 앉혔는데, 기쁜 기운이 넘쳐 웃는 입을 다물지 못했다.

"내 너를 만나고 즉시 이별했지만 다시 만날 날이 머지않았음을 생각하며 위로했는데, 마음속 외로움 때문에 잠자고 먹는 일도 달게 하지 못했었다. 그런데 하늘이 나의 정에 감동하시고 귀신도 나의 마음을 알아 이제 황제께서 나를 바삐 부르시며 내 소임을 구관 우씨에게 대신하게 하여 벌써 인(印)을 전했다. 내일 수레를 끌고 경사로 향할 것이다. 너도 경사로 돌아가기를 바랐으니 내가 돌아온 것이 기쁘지 않느냐? 네가 나를 따를 것을 생각하니 즐겁고 다행인 것을 말로써 다 못 하겠지만 너의 몸이 건강하지 못해 이불에서 나오지 못한다니 걱정이 되는구나. 그러나 너의 차갑고 제멋대로인 기질은 신선과 같고 꽃과 같으니, 이번 달은 지난달보다 빛나며 오늘은 어제보다 더 기이하다. 그리고 너의 천성은 월나라 서시나 지금 양씨 집안 아름다운 여자 중에서도 으뜸이니, 요지의 아황과 여영이 아니면 오작교의 직녀성이로다. 연단을 훔쳐 태을선에게 주고 옥액을 만들어 이적선에게 주었느냐? 무슨 일로 인간 세계에 내려와 나의 향합 같은 보배가 되고 규중의 미인이 되었느냐?"

말을 마치고 황홀한 정이 무르녹아 몸의 뼈가 녹는 것 같으니, 눈이 풀리고 생각이 가벼워지며 정신을 차리지 못했다. 인광이 실로 비위가 상해 장헌 앞에서 찻잔을 던지지도 못하고 다만 안색을 씩씩히 하며 말이 없을 뿐이었다. 그러다가 천천히 말했다.

"상공께서 내일 길을 떠나실 때 저는 뒤를 따를 것입니다. 함께 떠나는 것이 불가하니, 잠깐 사이를 떨어뜨려 가는 것이 좋을까 합니다."

장헌이 웃으며 말했다.

"내 생각도 그렇구나. 내가 모든 일에 있어 아무런 잘못이 없다는 것이 명백하니 첩을 얻어 돌아간다고 해도 시비할 자가 누가 있겠느냐? 전에는 남루한 옷차림으로 몰래 만나 남들이 내가 첩을 얻은 것을 모르게 했지만 이제 경사로 돌아가기에 이르러 나랏일에 매이지도 않았고 다만 은혜로운 명을 받아 돌아가는 것이니, 일개 첩을 데려가는 것이 무슨 허물이 되겠느냐? 군관 조훈에게 조심히 너를 보호하여 나의 뒤를 쫓으라고 명했으니, 너는 아무쪼록 화려한 옷을 입어 도로에서 보는 자들이 진유사의 애첩이 헌 옷과 때 묻은 치마를 입어 복색이 볼품없다고 말하는 소리가 들리지 않게 하라."

인광은 장헌의 말이 이처럼 사치가 극도에 달한 것을 보고 더욱 증오하고 분노하며 답했다.

"상공께서는 임금이 아니고 저는 조비연이 아닙니다. 무슨 일로 호화롭고 사치스럽게 하여 교만하고자 합니까? 저는 본성이 원래 고운 것과 광채가 나는 것을 꺼리는 사람이기에 비단과 명주를 멋대로 제 몸에 걸치지 않을 것입니다. 상공의 부귀와 영록이 저의 마음에는 떠도는 구름과 같으니, 어찌 그것을 좇아 호사를 누릴 마음이 있겠습니까?"

장헌은 미인의 성품이 검소하고 정직하여 자기 뜻과 다른 것을 흡족하게 여기지 않았으나 사치하는 것에 눈을 돌리지 않는 것을 기뻐하며 그 성품을 기특하게 생각했다. 인광은 술과 잔치를 멀리하고 거울을 보며 얼굴을 꾸미지도 않고 화장기 없는 창백한 모습만 가득했으며 걸음걸이는 갈수록 조심스러워서 남쪽에서 훈훈한 연꽃 향기가 불어오는 듯 봄바람에 온갖 꽃이 다투어 피어나는 듯, 금까마귀가 하늘에서 뛰놀며 옥토끼가 구름 사이에서 배회하는 듯했다. 장헌은 그 아름답고 사랑스럽고 훌륭하고 유순한 모습에 감탄하며 말했다.

"사람들이 가난한 것을 싫어하고 부귀를 바라지만 능히 그것을 구하여 얻기 어려운데, 너는 오히려 물욕이 이토록 없어 비단과 보화를 티끌과 같이 생각하니 실로 괴이한 일이구나. 우리 딸도 사치하는 것을 원수같이 여기니, 너와 내 딸아이는 가난함을 즐거워하고 도를 따르는 군자로다. 가히 치마 입은 군자요 비녀를 꽂은 성인이라 하겠구나. 그러나 내가 돌아온 이유가 즐거운 일이 아닌 것을 너는 아느냐?"

인광이 물었다.

"황제의 명 때문에 빨리 돌아가시게 된 것을, 제가 어찌 그 곡절을 알아 즐거우며 아니 즐거움을 알겠습니까?"

장헌이 말했다.

"지난번 내가 너에게 임치왕이 내 딸을 천거하여 후궁에 들이리라는 것을 말하지 않았느냐? 이제 황제께서 나를 바삐 부르시는 것은 이 때문이다. 딸이 황제의 승은을 입는 날이면 부귀가 족히 남부러울 것이 없을 것이다. 다만 내 딸의 기질이 천자라도 미치지 못할 만큼 뛰어나니, 요순과 문무 같은 사람이 아니면 딸을 아내로 맞이하게 할 일이 없거늘, 임치왕이 구태여 우리 딸의 기특함을 황제께 얘기하여 후궁이 될까 싶으니 내 과연 즐겁지 않구나."

인광은 장헌으로부터 딸에 대한 이야기를 더는 듣고 싶지 않았다. 혹 장성완이 절개가 있어 예전에 했던 정혼 약속을 지키고자 해도 자기는 결단코 저렇게 덕이 부족하고 불량한 도적 같은 사람의 사위가 되지 않을 것이라 다짐했다. 그래서 불량한 장헌에게 권하여 그 딸을 다른 데로 시집보내게 하리라 마음먹고 가만히 웃으며 말했다.

"제가 부귀를 좋아하지 않는 것은 고집이 남다르기 때문입니다. 상공께서 호사와 부귀를 구하시면서 따님이 후궁이 되는 것을 기쁘게 생각하지 않는다고 하시며 황제의 기질이 딸에게 미치지 못해 요순과 문무가 아니면 따님의 짝이 될 사람이 없다고 하시는 것은 굉장히 잘못된 말씀이십니다. 다른 사람이 이 말을 들을까 두렵지 않으십니까? 원래 사람이 평범한 복을 지니고 태어난다고 해도 벌써 서로 얼굴에 다른 격조가 있는데, 하물며 만승의 천자께서는 어떠하시겠습니까? 이미 황제께서 제왕의 자리에 계시니, 그 위상에 대해서 다시 의논할 것이 없습니다. 따님이 비록 아름다우나 어찌 신하가 되어 따님이 천자보다 더 훌륭하다고 칭찬을 하실 수 있습니까? 부질없는 말을 마시고 임치왕이 만일 후궁으로 천거하여 황제께서 따님을 들이고자 하시거든 즉시 응하시어 따님을 입궐하게 해야 합니다. 황제께 승은을 입어 삼천 후궁 중에 총애를 한 몸에 받는다면 가문의 번성함과 복록을 가히 다 이르지 못할 것인데 어찌 즐겁지 않다고 하십니까? 혹 후궁으로 들어가지 못해도 속속히 사위를 구하여 따님의 평생을 즐겁게 하는 것이 마땅하니, 세월을 지체하는 것이 구태여 좋은 일이 아닐까 합니다."

장헌이 인광의 말마다 머리를 끄덕이며 말했다.

"너의 말이 실로 당연하다. 내가 실언을 했구나. 내가 너니까 이런 말을 하는 것이다. 딸이 후궁이 될 것이니 우리 가문의 부귀는 번성할 것이다. 그러나 일이 어찌 될지 잘 모르겠고 또 딸이 남달리 부귀를 싫어하여 황제를 모시는 것을 원하지 않을까 두렵구나."

인광이 쌀쌀한 태도로 웃으며 말했다.

"따님이 비록 호사스러움을 좋아하지 않는다고 한들 인륜대사에 이르러서는 부모의 처분을 따를 수밖에 없을 것입니다. 무슨 다른 의견이 있으며, 황제의 후궁으로 황실에 들어가는 것이야 또 어찌 다툴 일이 있겠습니까?"

장헌이 말했다.

"그것도 그러하겠지만 사소한 곡절 때문에 거리끼는 것이 있어 심란하구나."

인광이 이에 이르러서는 다시 들으려 하지 않고 말을 돌려 안양에 가서 적을 토벌한 것을 물었다. 장헌은 바다에 출몰하는 도적 가운데 가장 큰 무리를 아직 다 잡지 못했지만 은 도적을 심문하여 그 괴수의 머리를 베었다고 답했다. 도적의 모습과 행동거지를 들으니 틀림없이 태원령에서 자기를 에워싸고 월염의 교자를 빼앗으려 했던 도적이 죽었음을 짐작할 수 있었다. 즉 바다에 출몰하는 도적은 왕술위의 무리였던 것이다.

인광이 다시 물었다.

"상공께서 미처 바다에 출몰하는 도적을 다 잡지 못했으나 새로 부임하는 진유사는 그 도적을 능히 다 잡을 수 있겠지요?"

장헌이 말했다.

"그 도적은 심상치 않은 무리다. 깊은 산속의 험한 골짜기와 바다 그리고 큰 호수에 출몰하니, 어디에 숨어 있는 줄 알고 그들을 잡겠느냐? 다만 안양령에서 잡은 도적에게 진술을 들으니, 장손술이라는 놈이 바다 도둑 무리의 우두머리라 하더구나. 천하와 구주(九州)를 두루 살펴야 그들을 잡을 수 있을까 한다."

인광은 다시 물을 것이 없어 말없이 앉아 있었다. 장헌은 그 심기가 불편할까 염려하여 편히 누워 조리하라고 하고 내일 떠나자고 얘기했다. 인광은 불량한 장헌이 자신의 옆에 사랑하는 마음으로 앉아 있으니 몹시 괴로워 벽을 향해 조용히 누웠다. 그러나 장헌이 곁에 앉아 온갖 음란한 표정으로 달래면서 달려드니 인광이 죽기로써 거부하고 순순히 물리치며 경사에 가서 부모를 찾아 살아 있음을 안 뒤에 상공의 뜻을 받들 것이라고 말했다. 장헌은 그녀가 진정으로 바라는 것이 그것이라는 것을 알았지만 부모를 알아낼 때까지 기다리기가 너무 힘들었다. 우습구나, 여장한 정인광과 운우지정을 맺어 즐거움을 누릴 수가 있겠는가?

이날도 장헌이 인광의 곁에서 밤을 지냈지만 감히 범하지는 못했다. 새벽이 밝아오자 장헌이 일어나 옷을 입고 나왔다. 그리고 특별히 위정에게 상을 주고 군관 조훈에게 인광을 보호하게 하여 뒤를 따르라 당부한 후 수레를 타고 낙성으로 향했다. 이때 백성들이 노인은 부축하고 어린아이는 이끌고 멀리까지 나와 장헌을 배웅했는데, 마치 부모와 헤어지는 것처럼 슬퍼했다. 이에 백성들을 위로하며 돌려보내고 얼른 경사로 나아갔다. 인광도 또한 위정의 집을 떠나기에 이르러 매우 슬퍼하며 위정에게 훗날에 은혜를 꼭 갚겠다고 약속했다. 위정은 머리를 숙이며 눈물을 흘리면서 감히 대답하지 못하다가 인광에게 장헌의 허물을 밖으로 얘기하지 말 것과 돌아가시는 때를 당해도 조용히 행할 것을 빌었다. 인광이 고개를 끄덕이며 말했다.

"너는 다시 이런 말을 하지 마라. 장헌이 나를 가만히 둔다면 나 또한 문제를 일으키지 않을 것이다. 몸을 빼내어 돌아가는 때를 당해도 너에게 해로움이 없게 할 것이다."

위정이 절하며 말했다.

"천한 제가 비록 무례하오나 주인님을 속이고 스스로 살고자 하지 않을 것이니 공자께서 돌아가신 후에 저의 죄가 밝혀진들 설마 어떻게 하겠습니까? 제가 두려운 것은 공자께서 주인님에게 복수하여 주인님이 다치게 될까 걱정되기 때문입니다."

인광은 위정의 식견이 이같이 밝음을 도리어 특별하게 여겨 가만히 웃으며 말했다.

"너의 주군이 나를 죽이고자 할지언정 나는 너의 주군을 해치지 않을 것이니 아무쪼록 걱정하지 마라."

그러고 나서 흔쾌히 가마에 올랐다. 또 이전에 장헌이 보낸 은과 비단을 궤에 넣어 봉하여 수레에 싣고 위정에게 부탁하여 미숫가루와 건어도 가져갔는데, 이는 장헌과 한시도 가까이하지 않기 위해서였다. 그래서 자신을 보호하는 조훈이 길을 가는 도중에 좋은 술과 성찬을 내와도 조금도 먹지 않았다. 여러 날을 행하여 낙성에 도착했다. 이때 장헌이 조훈에게 명하여 인광을 바로 집안으로 데려오지 말고 태운산 옛집으로 가게 했다. 조훈이 즉시 가마를 이끌어 태운산으로 향했다.

인광은 위급한 난리 중에서도 자신을 보호하며 온갖 일과 슬픔을 참아냈다. 그리고 자신의 가마가 태운산으로 들어서는 것을 보았다. 태운산은 천지의 산맥과 건곤의 빼어난 기운을 받아 의연하게 하늘 아래 솟아 있었다. 층암절벽이 옥을 깎은 듯 구슬을 씻은 듯 아름다웠고, 푸른 소나무와 대나무가 풍성하게 우거져 있었으며, 진기한 꽃과 풀의 향기가 나부끼며 푸른 바람이 불어 향취가 진동하니, 전에 살던 터와 같은 장생불사의 터임을 알았다. 눈을 들어서 보니 경치가 아름다워 가슴이 터지는 것 같았다. 동서쪽의 구빈관은 여기에 얹혀 살며 밥을 빌어먹는 무리가 떠나 빈집이 되어 쓸쓸해 보였고, 본부에 있는 대문은 굳게 닫혀 인적이 없었다. 무너진 담과 쓰러진 소나무에

까막까치가 슬피 울어 옛날 일을 조문하는 듯했고 바람이 쓸쓸하게 부는 가운데 흰 눈이 소소히 날렸다. 인광이 가마에서 이쪽저쪽을 돌아보니 지난날을 그리워하는 마음이 다시금 살아나 속절없이 천 갈래 눈물이 눈앞을 가리고 마음을 막히게 했다.

가슴속에 품은 생각이 이렇게 외롭고 쓸쓸하니 이윽히 정신을 수습하는 사이에 벌써 가마가 장씨 집 문 앞에 도착했다. 대문에 '장헌의 집'이라고 쓰여 있었으나 본래 정씨 집안에서 별당으로 사용하던 곳을 장헌에게 준 것이어서 곳곳에 충효를 권장하고 행동과 의리를 강조하는 문장과 시구가 벽에 붙어 있다. 이 문장과 시구는 마치 팔대가의 문장처럼 빛났는데, 자세히 들여다보니 이윤과 주공의 일월의 충성과 백이와 숙제의 만고의 절개를 깨우칠 만한 문장이었다. 인광은 불충한 신하요 불효한 아들이라는 자신의 신세를 생각하며 크게 목놓아 울고 무릎을 치면서 탄식했다.

이렇게 고향에 이르러 아버지의 발자취를 느끼며 따라가니 뼈에 사무치는 슬픈 마음을 억누를 수 없었다. 그리고 외당에 있는 문회당에 들어가서는 비로소 슬프게 통곡했다. 원래 문회당은 태부 정한이 때때로 머물던 곳이라 장헌이 서재로 삼았으나 태부 정한이 친필로 쓴 문장들이 벽에 걸려 있었다. 충효와 바른 몸가짐에 대한 글이 두루 쓰여 있으며 의지와 취향 그리고 절개를 누누이 기록한 것을 보며 인광은 참지 못하고 할아버지의 서적을 어루만지며 통곡했다. 조훈은 곡절을 알지 못해 크게 놀라면서 집안 살림을 하는 시녀를 불러 모시라고 했다. 그리고 그토록 슬프게 통곡하는 이유를 물으니, 인광이 울음을 멈추고 눈물을 거두면서 말했다.

"나는 본래 어려서 할아버지를 여의어 천륜을 저버린 죄인이 되었다. 그래서 여기 벽에 붙여진 글들을 보니 마음이 더욱 비참해지는구나. 효도를 제대로 하지 못한 것이 애달파 슬퍼하는 것일 뿐 다른 이유는 없다."

이렇게 말하고는 문회당을 처소로 정했다. 장헌이 본부 안에 있는 누각에 머물라고 했으나 인광은 끝내 안으로 들어가지 않고 문회당에 머무니, 누가 그 뜻을 말릴 수가 있겠는가? 조훈은 집 안에 잡인이 들어오지 못하도록 금했다. 그리고 집안의 종들은 인광을 장헌이 사랑하는 여자라 하여 정실부인 버금가게 받들어 모셨다. 그러나 인광은 끝내 장헌이 준 옷과 음식을 가까이하지 않으려 했으며, 위정이 준 건어와 미숫가루로 굶주림만 면하고 장씨 집안의 음식을 하나도 받지 않았다.

이때 장헌이 명을 받들어 황실에 가니, 경태제는 장헌을 크게 반기며 백성을 잘 다스린 것이 일세에 빼어나다며 칭찬했다. 그래서 옥으로 만든 술잔에 향혼주를 따라 주며 본래 직함인 예부상서 집금오에서 일품을 더 높여주고자 했다. 장헌은 높은 벼슬자리에 있는 것을 두려워하여 계단에 머리를 찧으며 진정으로 고사했다. 이에 경태제는 장헌이 좋아하지 않는 것을 보고 더는 강요하지 못했다. 그래서 본직을 수행하게 하고 기강을 잘 다스린 것을 치하하며 금과 비단을 상으로 주었다. 그러고는 신하들이 듣는 데서 장헌을 불러들인 것은 황제를 보좌하기 위함이며 어진 사람의 재주를 오래 기강에 묵혀두는 것이 불가하기 때문이라고 말했다. 우겸 등이 황제가 음악과 여색을 즐기고자 하는 것을 꿰뚫어 보고 즐거워하지 않았으나 아직 후궁

뽑는 명을 내리지 않았기 때문에 이에 대해 무엇이라고 저지할 수가 없었다.

장헌이 황제의 높은 은혜를 받아 황제가 따라 준 술에 진하게 취했다. 그리고 황제에게 받은 선물을 수레에 싣고 많은 하리들의 보호를 받으며 집으로 돌아오니, 온 집안사람들이 모여 각각 장헌을 향해 지체가 높고 귀하신 분이라고 칭찬했다. 벽제 소리를 듣고 아들 희린과 세린이 신발도 신지 못한 채 급히 문에 나와 수레 앞에 나아갔는데, 옥 같은 얼굴에 나무처럼 씩씩한 골격이었다. 누가 보아도 그 아름다움을 찬양할 만하니, 하물며 그 아비는 어떻겠는가?

후궁 천거 소식에 앓아누운 장성완

장헌이 기뻐서 웃음을 머금고 천천히 수레에서 내리며 두 아들의 손을 잡고 안으로 들어오니, 낭중 박상원의 형제와 군종 7, 8인과 박씨 부인의 자매들이 다 모여 있었다. 장인어른 박도를 높은 자리에 모시니, 누가 보면 장씨의 집안이 아니라 박씨의 집안인 줄 알 것 같았다. 그가 덕이 높고 현명하며 이름 있는 영웅호걸이라면 또한 이것도 아름답다고 하겠지만 재물을 탐하고 인색하며 세력 있는 곳에 빌붙어 개인적인 욕심을 챙기는 부류였기 때문에 문제였다. 박도는 수염과 눈썹이 하얗고 그 높은 자리에 있으면서 교만하나, 젊을 때는 정씨 집안의 구빈관에서 밥을 빌어먹으며 연명하던 궁핍한 사람이었다. 마침내 태부 정한이 산과 바다 같은 은혜로 그를 잘 가르쳐 쓸모

없는 존재에서 이름을 알릴 수 있게 만들었다. 그래서 좌영도독에 이를 수 있었고 부귀도 넘치게 되었다.

그 아들 상원과 상규 등은 문필이 빼어나고 얼굴과 맵시가 아름답고 고울 뿐 아니라 아버지처럼 어리석고 무식하지 않아 문과에 합격하여 높은 벼슬에 이르렀으나 그래도 결국 장헌의 무리일 뿐 군자의 부류는 아니었다. 박씨 가문은 늙은이와 어린이, 나이가 젊고 혈기 왕성한 사람들을 막론하고 모두 얼굴에 복숭아꽃 같은 엷은 분홍빛이 낭자하며 눈이 풀려 있었다. 관과 비녀가 화려하고 패옥이 가득하여 나이가 스물과 서른에 이르는 사람들이 저마다 늙었다 칭하며 거만한 체했다. 할아버지와 증조가 살았어도 제 몸이 그 손아래임을 깨닫지 못할 듯 한 치도 안 되는 수염을 길게 쓰다듬으며 큰기침과 하품과 기지개 등 온갖 이상야릇한 행동을 했다. 게다가 인상도 별나고 이유 없이 눈썹을 찡그리고 눈을 부릅뜨며 혹 어깨를 으쓱거리고 입을 삐죽거리며 누구를 짓누를 듯이 하고 혹 기운이 강해 아무 말이나 지껄이고 자랑질을 하고 거리낌 없이 큰 소리로 말하고 사리에 통달한 체했다.

시정 이치를 바야흐로 의논할 즈음에 제 뜻에 맞지 않으면 핀잔하며 말끝을 흐렸다. 그리고 저 혼자 잘난 체하며 덤벙거리고 요란히 서둘러 가벼운 말과 잡소리를 끊임없이 했다. 막말과 실언을 수없이 하는 중에 다만 박상규가 예를 차리고 박상원이 들뜨고 추잡스럽게 구는 것이 덜했으나 모두 호사로운 사치가 가득했다. 이렇게 박씨 집안 사람들은 모두 부귀가 극진하여 구슬과 옥을 티끌과 흙같이 여기고 금과 비단을 하찮게 여겨 발아래 짓밟을 듯이 하니 이 또한 희한

한 복이라 이를 만했다.

장헌은 당에 올라 예를 올리고 박도에게 안부를 묻고는 박씨 집안 사람들에게 인사했다. 다만 자신이 집에 돌아왔는데 딸이 즉시 나와 보지 않은 것에 섭섭한 마음이 들었다. 그래서 부인에게 물었다.

"딸아이가 그간 무사한가? 오늘 집에 여러 친척들과 내가 이르렀는데 어찌 나와 보지 않는가?"

박씨 부인이 답했다.

"딸이 그간 무탈했는데, 요사이 감기에 걸려 오랫동안 낫지 않아 나오지 못했습니다."

장헌은 마음이 쓰여 즉시 몸을 일으켜 딸의 침소인 응설각으로 향했다. 이때 장성완의 시비가 먼저 장헌 나리께서 들어오심을 아뢰었다. 이에 장성완이 가만히 이불을 걷은 뒤 옷을 입고 방에서 나와 신발을 신고 맞이했는데, 얼굴엔 생기가 없고 허리는 너무 가늘었다. 장성완이 장헌 앞에 가까이 이르렀는데, 부드럽고 온화한 표정에 백 가지 교태와 천 가지의 아름다움이 있었다. 그리고 그 빼어남과 기이함은 송옥의 능숙한 말솜씨와 조자건이 붓을 들어 쓴 시로도 가히 표현하지 못할 정도였다. 맑고 깨끗한 마음과 착한 기질을 갖추었을 뿐 아니라 덕행이 높고 속마음을 밖으로 드러내지 않았으며 일상생활의 법도가 바르고 곧았다. 장헌이 박씨 집안 사람들의 추하고 어리석은 거동과 패악한 모습만 보다가 딸을 보니, 홀연 마음속 번잡함이 사라져 걸왕과 같은 포악한 마음이 없어지고 요순 같은 밝은 마음이 돌아왔다. 이렇게 딸에 대한 사랑이 무르녹아서 빨리 그 손을 잡고 마루에 앉았다.

장성완이 아버지에게 절한 뒤에 무릎을 꿇고 긴 여정을 무사하게 마치고 돌아오신 것을 치하했는데, 반기는 얼굴과 효성스러운 거동이 봄꽃의 향기가 봄의 신을 맞이한 듯했다. 붉은 입술과 깨끗하고 하얀 치아, 가지런한 눈썹과 별 같은 두 눈은 산 그림자가 강물에 떨어진 듯하고 정기가 푸른 물결에 비치는 듯했다. 그리고 아리따운 소리는 맑고 청아하여 제비가 말하고 꾀꼬리가 웃는 듯했다. 또한 날씨가 매서운데도 낡고 얇은 옷으로 옥 같은 피부를 가리었으니, 그 모습이 백옥을 깎아놓은 듯했다. 옷 소매 사이에 패옥이 넉넉하여 그 맑은 향내가 옥같이 귀하고 아름다운 몸에 풍겼다. 소박한 복색과 꾸미지 않은 모습이 더욱 빛나서 옥과 같이 아름답고 고운 피부에는 푸른 그림자가 드리워져 찬란하고 기이했다. 이마에 여덟 가지 색채를 띤 것 같은 신선처럼 아름다운 딸을 우러러보니 장헌의 사랑이 더욱 커졌다. 그래서 가까이 앉혀 탐스러운 머리를 쓰다듬으며 말했다.

"내가 집을 떠난 지 석 달 만에 돌아오니 이미 해가 바뀌었구나. 너희 남매를 밤낮으로 생각하며 사랑하는 마음을 참기 어려웠단다. 그래도 다행히 황제께서 부르시어 얼른 집에 돌아오게 되어 문을 열고 바로 너를 만나 기쁘게 반길 마음이 있었는데, 네가 병 때문에 나올 수 없다고 해서 많이 놀랐단다. 그래서 나를 반기는 가족 모임을 끝내지 못하고 들어온 것이다. 이제 아파서 신음하는 너를 보니 안타가운 마음을 이루 말할 수가 없구나. 초봄이라 아직도 엄동설한의 냉기가 가시지 않았는데, 무슨 까닭으로 얇은 옷을 입고 약한 몸으로 추위에 떨고 있느냐?"

장성완은 몸에 찬 기운이 있어 감기에 자주 걸리기는 했지만 지금은 병이 있거나 아픈 것은 아니었다. 장성완의 생모인 박씨는 이유도 없이 작은 술잔치를 열어 날마다 친척들과 놀았다. 잔치에 모인 사람들은 다 미친 듯 문란했고 경강의 예의와는 거리가 멀었다. 박씨 집안 사람들도 군자의 모습과는 거리가 있어 다들 경박했다. 그래서 장성완은 병을 핑계로 방에 누워 있으면서 그들을 만나지 않았다. 그래서 외할아버지인 박도가 와도 장성완을 능히 불러내지 못했는데, 장헌이 돌아왔음을 들었을 때도 나가지 못하고 안절부절못하고 있었을 뿐이었다.

원래 장성완은 연씨 어머니가 조강지처의 자리를 내놓고 친정으로 돌아가자 아무런 즐거움이 없고 밤낮으로 마음이 황황하고 심신이 괴로워 사람들과 일절 대화도 하지 않고 방 안에서 죄인이라 자처하며 홀로 있었다. 그리고 부모에게 그 잘못을 충고해도 들은 체도 하지 않으니, 오늘에 이르러 굳게 마음을 닫아 간하고 다투기를 아니하기로 정했으나 부모의 실덕이 사방의 이웃에게 널리 전해져 감출 방법이 없어 서러웠다. 8, 9세부터 10세에 이를 때까지도 집안에 불화가 가득하니, 어찌 사이가 멀어지지 않을 수 있겠는가? 자연히 음식의 맛을 알지 못하고 근심으로 여러 해 애를 태우다 보니 말할 때도 슬픔이 묻어났다. 문득 탄식하고 눈물을 흘리며 말했다.

"제가 연씨 어머니를 떠나보낸 지 거의 3년이 되었으며 아버지께서 기강에 가 계신 동안 세월이 많이 지났습니다. 비록 친어머니를 모시고 있지만 의지하고 우러러볼 곳이 없어 마음이 허전합니다. 외로워서 슬픔이 더하니 꿈속에서도 연씨 어머니의 넋을 그리워할 뿐입니다. 새벽과 저녁에 취운루를 우러러보면【취운루는 태운산에 있는 연부인의 처소】 울적하여 사모하는 마음만 더해집니다. 연씨 어머니에 대한 슬픔과 아버지에 대한 눈물이 간과 피에 얽혀 있음을 깨닫지 못하다가 이제 기약지 않았던 아버지께서 돌아오시고 또 성체 만강하심을 확인할 수 있으니 얼마나 다행인지 모릅니다. 연씨 어머니를 그리워하며 남쪽을 바라보았지만 길이 멀어 기러기조차 오지 않으니 소식을 들을 길이 없었습니다. 이러한 슬픈 마음이 하루하루 더욱 심해져 마침내 살아서 연씨 어머니를 받들어 모시지 못한다면 죽어서 혼백이 되어 남쪽으로 가 외로운 연씨 어머니 곁을 떠나지 않기로 결심했습니다."

말을 마치고 눈물을 흘리니 슬프고 서러운 정이 얼굴에 나타나서 이를 보는 사람들이 더욱 애석해했다. 장헌은 처음에 조강지처인 연부인을 좋게 보았으나 태도가 고약하고 볼품이 없어졌다고 생각하여 내쳐버렸다. 이에 대해 조금의 죄책감도 없었으며 오히려 연부인이 고향으로 내려간 것을 시원하게 생각했다. 그래서 갑자기 왈칵 성을 내고 꾸짖으며 말했다.

"네가 비록 나이는 어리나 보통 사람보다 식견이 뛰어난데 어찌 연씨의 나쁨을 모르고 폐출당한 연씨를 위해 죽고자 한다는 말을 그렇게 쉽게 할 수가 있느냐? 연씨가 전날에는 너와 모녀간이었지만 지금은 원수 사이가 되었다. 연씨는 너의 친어미를 죽이고자 하며 너희를 없애고자 할 정도로 그 심술이 흉측하고 악독한 인물이다. 너는 연씨를 원수라 부르지도 않고 있을뿐더러 너의 친어미가 너를 배어 열 달 동안 고생한 것과 3년 동안 키워준 은혜를 생각하지도 않고 원수인 연씨를 밤낮없이 그리워하니 어떻게 그럴 수가 있단 말이냐?

효심을 다하는 데도 다 이유가 있으니, 당치 않은 말로 내 마음을 어지럽히지 마라."

장성완이 아버지의 뜻을 모르는 것은 아니지만 걱정하는 마음을 내비칠 곳이 없어 잠깐 말한 것인데, 도리어 연부인에게 없던 허물도 만들고 조금도 좋게 여기지를 않으니 애달프고 슬픈 마음이 더해져 울면서 말했다.

"낳아서 길러주신 하늘 같은 큰 은혜를 말로 다 할 수는 없지만 사람이 부모 섬기는 도리를 어떻게 친어머니와 연씨 어머니를 다르게 할 수 있겠습니까? 제가 비록 불초하고 무례하오나 어찌 인자하신 정으로 저를 사랑하시던 연씨 어머니의 마음을 저버리겠습니까? 친어머니께서 저를 낳으셨으나 사랑으로 양육하고 교육하셨으니, 사람이 지켜야 할 마땅한 도리를 알게 하신 것은 연씨 어머니이십니다. 저는 진실로 연씨 어머니를 의지하고 우러러보는 뜻이 친어머니보다 더합니다. 그러니 제가 어찌 마음에 품은 생각을 아버지께 고하지 않고 숨기겠습니까? 친어머니께서는 비록 아버지로 인해 높은 자리에 계시나 마침내 첩의 자리를 면치 못할 것이고, 연씨 어머니는 비록 아버지께서 폐출하셨으나 당당한 조강지처이십니다. 조강지처에 대한 의리와 도리가 있거늘 어찌 윤리와 기강의 중요함을 생각하지 못하시는지요? 이제 아버지께서 집으로 돌아오셔서 이와 같은 말씀을 하시니 그 말씀에 기뻐하지 못해 죄송하게 생각합니다. 그러나 간절한 믿음과 마음으로 부탁드립니다. 아버지께서 연씨 어머니가 고향으로 돌아가신 후 저에게 '외할아버지의 삼년상을 마친 후 돌아오게 하리라' 말씀하셨으니, 이제 외할아버지의 장례가 끝나는 날이 머지않았습니다.

아버지께서 저를 속이지 않으실 것이니, 올해 어머니께서 돌아오시겠지요?"

원래 연부인은 그 부친의 제사를 올리기 위해 형제들과 함께 어머니를 모시고 남도로 내려간 상황이었다. 그때 장헌이 내쫓는다는 글을 보내어 다시 돌아오지 말라고 했다. 그래서 장성완이 이를 알고 밤낮으로 피눈물을 흘리며 간절하게 빌었지만 소용없었다. 또한 이레 동안 음식을 먹지 않고 물만 마시며 밖에 나오지 않았는데도 박씨의 성격이 모질고 불같아서 딸의 생사를 생각지 않았다.

장성완이 여덟 살이 된 늦은 가을이었다. 장성완은 연씨 어머니가 계셨던 취전의 협실과 차가운 마당에 밤낮으로 있으면서 슬픔과 설움에 북받쳐 울며 날을 보냈다. 그랬더니 몸이 약해져 곧 숨이 끊어질 지경에 이르렀다. 장헌이 차마 보지 못해 장성완을 달래며 말했다.

"연씨의 성격이 악하고 불순하여 나를 능멸하며 박씨에게 욕을 하니 내가 연씨를 몹시 분하고 억울하게 여겨 짐짓 폐출하는 글을 보냈으나 아주 폐출하려고 한 것은 아니었다. 이제 아무리 오라고 해도 고집이 강해 장인어른의 삼년상을 마칠 때까지는 오지 않겠다고 하는구나. 그러니 삼년상이 끝나기 전에는 오지 않을 것이다. 내가 외숙모를 뵙고 삼년상을 마치면 연씨를 데려올 것이라고 얘기했으니, 너는 외할아버지의 삼년상이 끝나기만을 기다리라."

그러고는 따뜻한 미음을 가져와 간절히 권했다. 그러나 장성완은 아버지의 말을 믿지 않았다. 장성완의 어린 시비인 춘홍은 위정의 둘째 딸로 성완과 나이가 같았고 그 언니 도홍은 연부인의 시비였다. 도홍이 연씨 집안에 갔다가 장헌이 장성완의 외숙모를 만나 삼년상을 마친 후 부인을 데려올 것이라고 말하는 것을 들어 이를 춘홍에게 전했고 춘홍은 성완에게 알렸던 터라 아버지가 말씀하시는 것이 맞다는 것을 이미 알고 있었다. 그러나 집안의 일이 이와 같아 연씨 어머니와 떨어져 그 소식을 알지 못하게 되었으니, 그 괴롭고 슬픈 마음을 끊어버리기 위해 거친 들판에 백골이 되어 슬픔과 즐거움을 모르고 싶었다.

장성완은 부모의 허물이 점점 더하고 연씨 어머니가 자신을 사랑하는 뜻을 일시에 저버리지 못했기 때문에 아버지가 권하는 따뜻한 미음을 받아 마시며 외할아버지의 삼년상을 마친 후 연씨 어머니를 모시고 올 것을 분명히 청하여 허락을 받아냈다. 그리고 올해 외할아버지의 삼년상이 끝나기 때문에 아버지에게 약속대로 연씨 어머니가 돌아올 수 있도록 해달라고 애걸했다. 장헌은 연부인이 말을 똑 부러지게 하고 침울한 낯빛을 지으며 자기 마음을 털끝만큼도 헤아리지 않고 예의만을 바르게 지키며 음란한 일과 사치를 멀리하는 것을 좋아하지 않았다. 그래서 애정도 점점 줄어들었다. 그러니 태부 정한이 죽고 정씨 집안 사람들도 고향으로 돌아가 연부인과 가까울 만한 사람이 없으니 누가 연부인의 덕행을 알리고 장헌의 그릇됨을 간하겠는가? 또한 껄끄럽게 생각하던 장인어른(태사 연침)도 별세하니, 그토록 미워하던 연부인을 굳이 거둘 필요가 있겠는가? 연부인을 없애고자 하는 마음이 급하여 폐출하는 말로써 글을 보냈으나 연부인이 사실 허물과 죄지은 바가 없다는 것을 알았다. 장헌은 장성완의 지극한 효심에 감동하면서 오랫동안 생각하다가 말했다.

"너는 이같이 마음을 쓰지 말아라. 내 어찌 편지로 그같이 말하고 일을 다르게 하겠느냐? 걱정하지 말아라. 다만 연씨가 돌아오더라도 자리를 너의 친어머니 위에 두지는 않을 것이니, 너도 미리 알고 그 때가 오면 쓸데없이 다투지 마라."

장성완이 놀라워하며 답했다.

"연씨 어머니께서 오시면 친어머니께서 자리에서 내려와 맞이하여 자리를 낮추어야 합니다. 그런데 아버님께서는 어찌 송홍이 '조강지처는 불하당'이라고 한 것을 생각하지 못하십니까?"

장헌이 눈살을 찌푸리며 말했다.

"너는 괴로운 말을 그만해라. 내 아무리 연씨를 조강지처로 취했으나 그 사이에서 아이를 두지 못해 종사를 의지하고 부탁할 곳이 없고, 너의 친어머니는 옥 같은 사내아이와 꽃 같은 여자아이를 낳아 자손을 창성하게 하여 장씨 집안을 흥하게 일으켰으니, 어찌 박복하고 쓸모없는 연씨의 아래에 두겠느냐? 그래서 너의 친어머니의 자리를 높여 연씨 위에 있게 했으니, 연씨가 비록 염치도 없어 무식한 여자이나 돌아와서는 할 수 없이 네 친어머니의 아래 자리에 있게 됨을 굴복할 것이다."

장성완은 아버지의 말마다 법규가 무너짐을 한심하게 여기고 아연히 바라보며 오랫동안 말이 없다가 천천히 답했다.

"훗날에 다행으로 잃은 오라버니를 찾게 되어도 연씨 어머니의 자리를 친어머니에게 주시고 또 희린에게 종사를 다스리게 하여 선후를 바꿔 동생을 윗자리에 올리는 변고를 행하시렵니까?"

장헌이 비록 무도하지만 잃어버린 아이를 생각하면 일단 비창한 마음이 있어 한숨을 쉬고 탄식하며 말했다.

"큰아이를 찾을 것 같았다면 이미 그 생사와 거처 정도는 알았을 것이다. 그러나 알 수 없으니 벌써 적의 손에 들어갔겠지. 이제 와서 찾을 수 있다고 바라는 것도 허망하니 더 말할 것도 없다. 네가 얘기하는 것처럼 행여 큰아이가 돌아온다면 당당히 장씨 종가의 맏아들이 될 것이다. 어찌 맏이 대신 동생을 들이는 변고가 있으며 연씨를 구태여 자리를 낮추겠느냐? 마땅히 그 지위를 누릴 것이니 큰 바다의 부평초 같은 이야기를 해서 무엇 하겠느냐?"

장성완이 마음속으로 다행히 여기고 또 기뻐하여 그윽이 생각했다.

'연씨 어머니의 성덕이 절대 묻히지 않을 것이니, 잃어버린 오라버니도 어찌 찾지 못하겠는가? 반드시 부자와 모자의 만남이 조만간에 있을 것이니 그때는 아버지께서 당장 살피지 못한다 해도 본디의 위치와 종사의 중요함을 돌아보실 것이다. 그러니 내 다만 오라버니가 살아 천륜이 화합하기만 축원하고 두 어머니 차례의 고하를 다투지 않으리라.'

이에 다시 긴말을 그치며 오직 공경히 웃어른을 뵙는 화기를 보일 뿐이었다. 장헌이 따뜻한 미음과 여러 가지 반찬을 가져오라 하여 딸을 쓰다듬고 먹기를 권하며 말했다.

"조심하여 조리하고 빨리 쾌차하거라."

장성완은 아버지께 걱정을 끼친 것을 죄송하게 생각하여, 우연히 감기에 든 것이고 큰 병이 아니라고 말하며 미음과 성찬을 조금 먹고 상을 물렸다. 장헌이 매양 딸의 먹는 양이 적음을 염려했고, 또 마음이 즐거워 보이지 않음을 헤아려 우스운 이야기를 하며 마음을 풀어주려 했다. 그래서 사람이 들으면 웃음을 참지 못할 포복절도할 이야기를 했으나 장성완은 아버지가 자신을 이렇게 특별하게 사랑하는 것을 은혜롭게 여기면서도 밤낮으로 우울하고 마음이 몹시 슬프고 애달파 겨우 웃어른을 만나 뵙는 화기를 띨지언정 뱃심 좋게 하는 말과 유쾌한 말씀에 웃고 기뻐할 뜻이 없었다. 연부인이 떠난 후부터는 아무리 우스운 일이라도 이를 보이며 웃지 않으니, 장헌이 그 효심을 더욱 귀하게 여겼다. 하지만 박씨는 딸이 이러한 것을 심하게 원망하여 매양 흉물 연씨를 섬기는 것을 꾸짖고 사랑도 온전하게 주지 않았다. 장성완의 인자함과 효성스러움으로도 친어머니를 애달프고 한심하게 생각하여 박씨 어머니에게는 구태여 자주 바르게 간하는 일이 없었다.

장헌은 장성완에게 편히 조리할 것을 당부하며 나갔다. 이때 장성완이 아버지를 배웅하려고 하니, 장헌이 감기에 걸린다며 어서 방으로 들어가라고 했다. 장성완은 아버지의 말씀 때문에 계단을 내려가지 못하고 침소에 들어와 단정하게 앉아 말없이 있을 뿐이었다. 이때 우연히 눈을 드니, 춘홍과 추연 두 시비가 좌우로 곁에 앉아 장성완에게 무슨 말을 고하고자 하면서 말하기를 황공해하며 머뭇거렸다. 장성완은 시비들의 얼굴빛이 자주 변하고 분분해하는 것이 보통 때와 많이 다른 것을 의아하게 생각했지만 구태여 묻지 않고 신기가 불안하여 천천히 베개를 베고 누웠다. 이에 춘홍이 참지 못하고 장성완 앞에 나아가 무릎을 꿇고 절하며 말했다.

"소저가 노야께서 돌아오실 것을 기대하지 않았다가 이렇게 급하게 오신 이유를 아십니까?"

장성완이 말했다.

"내 능히 알지 못하겠구나."

추연이 이어 무릎을 꿇고 절하며 말했다.

"소저의 그림이 임치궁에 들어간 것을 들으셨나요?"

장성완이 이 말을 듣고 맑은 눈동자에 아연히 놀란 빛을 띠며 시비들에게 말했다.

"그림이 어떻게 임치궁에 들어갔느냐? 내 실로 꿈 같아 알지 못하겠으니 너희는 아는 것을 있는 대로 고하라."

이에 춘홍과 추연이 분노를 참지 못하고 눈물을 흘리며 큰 소리로 답했다.

"소저께서는 예의를 생각하시어 밤길에 등불이 없으면 일절 층계 앞마당을 밟지 않으셨고 화원에도 가지 않으셨으며, 한번 움직이시며 한번 걸으실 때 예의와 도에 어긋난 것을 보지 못했습니다. 그래서 집안 시비들이 서로 말하기를 '우리 소저의 화난 표정을 보거나 성내는 소리를 들은 적도 없고 예의와 법도를 느슨하게 하거나 어긋나게 하신 것도 본 적 없다.' 하여 저희가 우러러보는 것이 여군(女君)보다 더했습니다. 또 감히 소저 앞에서 말씀드릴 만한 일이 아니나 정씨 집안과 혼인하기로 약속하신 것을 밑의 종들도 모르지 않습니다. 그런데 이제 나리께서 크게 뜻을 바꾸어 소저의 일생을 쾌락하게 하려고 공후·백작 등 이름 있는 사위를 널리 구하려 하더니, 지난해 모월 모일에 박상원 나리가 여차여차 이르시며 소저의 그림을 청하자 흔쾌히 그림을 그려 보냈다고 합니다. 다행히 여차여차한 탓으로 궁궐에 들이지는 못했으나 임치왕이 소저의 기특함을 궁궐에 아뢰어 황제가 후궁으로 뽑고자 하여 어르신을 바삐 부르신 것입니다. 저희가 아득히 모르다가 오늘에서야 정당에 들어가 박씨 집안 어르신들이 문답하시는 이야기를 듣고 너무 놀라 어찌할 줄 몰랐습니다. 소저의 뜻에는 어찌해야 급한 욕을 면하고 효성과 절개를 완전하게 지킬 수 있겠는지요?"

장성완이 듣기를 다 못 하여 괴이하고 몹시 놀라 마음과 몸이 저절로 서늘해졌다.

(책임번역 구선정)

현대역 완월회맹연 2: 정씨 가문의 위기

1판 1쇄 발행일 2022년 7월 11일

완월회맹연 번역연구모임

발행인 김학원
발행처 (주)휴머니스트출판그룹
출판등록 제313-2007-000007호(2007년 1월 5일)
주소 (03991) 서울시 마포구 동교로23길 76(연남동)
전화 02-335-4422 **팩스** 02-334-3427
저자·독자 서비스 humanist@humanistbooks.com
홈페이지 www.humanistbooks.com
유튜브 youtube.com/user/humanistma **포스트** post.naver.com/hmcv
페이스북 facebook.com/hmcv2001 **인스타그램** @humanist_insta

편집책임 문성환 **편집** 윤무재 **디자인** 박진영
용지 화인페이퍼 **인쇄** 청아디앤피 **제본** 민성사

ISBN 979-11-6080-424-9 04810
979-11-6080-422-5 (세트)